からゆきさん物語

宮崎康平

からゆきさん物語

目次

カバーイラスト……………宮崎昌二郎

からゆきさん物語

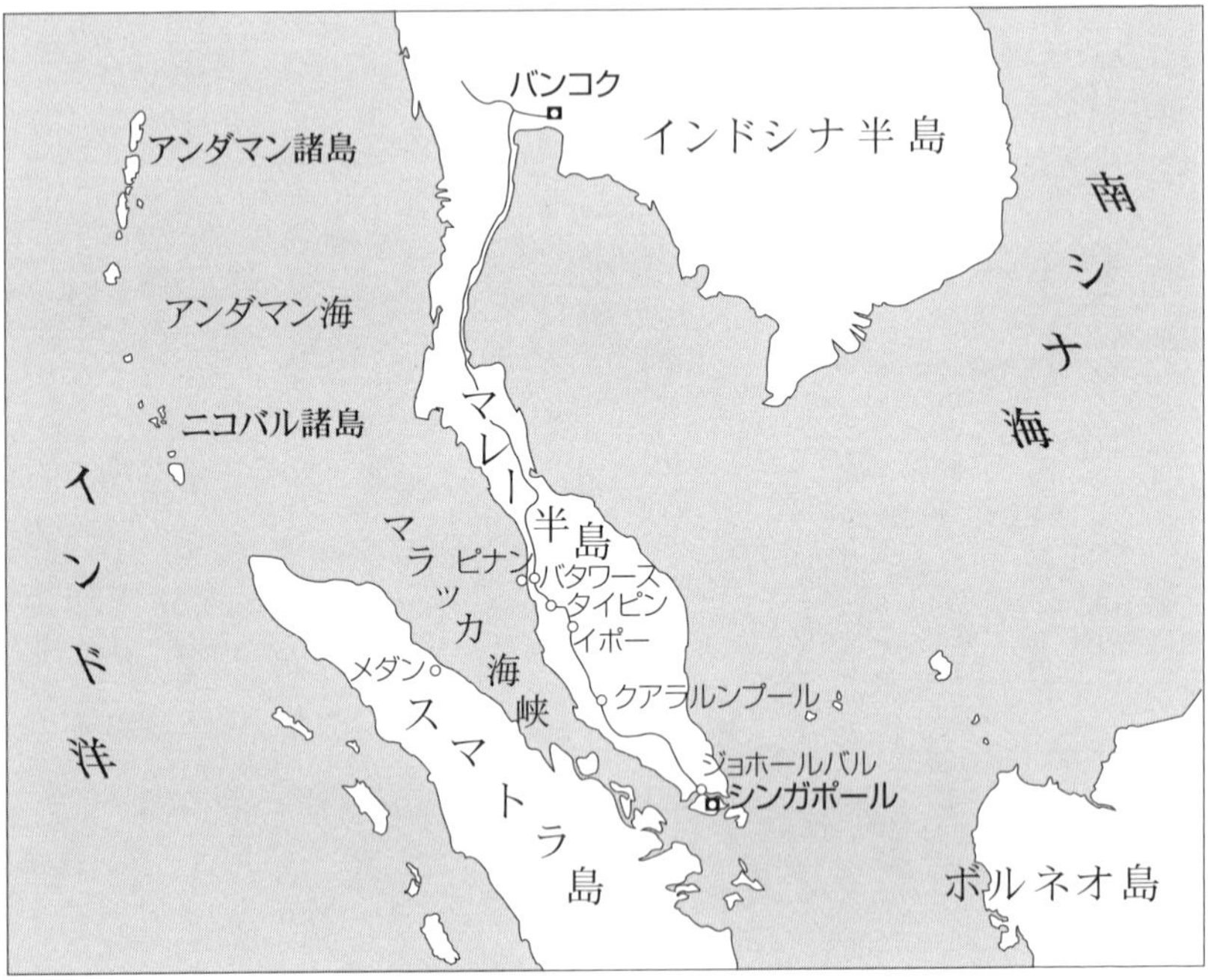
バンコク
インドシナ半島
アンダマン諸島
アンダマン海
ニコバル諸島
南シナ海
マレー半島
マラッカ海峡
ピナン
バタワース
タイピン
イポー
メダン
クアラルンプール
ジョホールバル
シンガポール
スマトラ島
インド洋
ボルネオ島

第一部 からゆきさん物語

波濤

有明海の出口、早崎瀬戸の瀬詰崎灯台。対岸は天草下島

1

明治三十六年（一九〇三）十月三十一日。

夏代《なつよ》はその月分の一円の給料を貰うと、明日は死んだ母親の四十九日に当るので一日だけの休暇をもらって家に帰った。

街の料亭、有明楼《ありあけろう》に下働きの下女として奉公していた夏代は、神経病みの父親と幼い二人の妹をのこして母に死なれ、全く途方にくれていた。

夕方、夏代は虱のわいた妹たちを連れて銭湯へ出かけた。流し場で梳櫛を使って丹念に妹たちの髪をさばいていると、横合いから、

「好い体じゃ。お前は幾つな？」

と、夏代の体をさする者がいた。振り向くと、五十がらみのでっぷりと肥った女がおはぐろの間からキラリと光る金の入歯をのぞかせて笑っている。

「十六」

夏代がそっけなく答えると、

「十六？　どう見ても十八、九には見える。どこに奉公しちょるかね」

「有明楼」

「いくら貰うちょるね」

「一円」

「フフン、たった一円かね」

二人の会話は肩ごしに交された。

「六円五十銭も呉れるところがあるバイ」

「六円五十銭！」

夏代は、六円五十銭と聞いてびっくりした。

「それもなあ、米の飯ば食うて、きれいな着物ば着せてもろうてバイ」

夏代は、くるりと向きを変えて、

「小母さん、そこはどこな？」

と、真剣な表情で訊ねた。女はニヤリと笑った。

「いい器量じゃ。お前なら雇うてくれるじゃろ。働く気があるなら明日の夕方、浜の肥前屋まで来るがよかタイ。そこでよか人ば引き合せてやる」

言いおいて、女は湯舟の方へ立って行った。

畳がぼろぼろになっているので筵を敷いて、その上に二人の妹たちが着のみ着のままで転がっている。薄い一枚のはらわたの出た着布団だけが夜具である。夏代が寝ようとしても寝る場所がない。南国といっても十月末の島原は寒かった。夏代は筵の上に坐ったままで、妹たちの薄い布団の中へもぐり込む気にはなれなかった。

何年も葺きかえない麦藁屋根には大きな穴があいて、そこから星の光と、すぐ背後のくろずんだ雲仙嶽が見えていた。

数年来、神経病みになった父の多助は、起きていればただ「南無妙法蓮華経」と唱えてうろうろするだけで、母のコマがあちこちの手伝いをしながら十五銭、二十銭の日銭を稼いで一家の生計を支えてきた。その母親が、この夏流行《はや》ったチブスの看病に行って、自分もチブスにかかって死んでしまったのである。

夏代は小学校の四年生を終えると、食い扶持が一人へるというので十二で有明楼の下女に住み込みで奉公させられた。最初は給金が月に五十銭だったが、毎年十銭ずつ加算されて今は一円になっていた。しかし一円では一家の生計をどうすることも出来なかった。

一握りの麦や粟はおろか何も混ぜないで切干甘藷のかんころ餅だけを食っても、親子三人が暮らすのに二円はかかった。母親が死んでからこの二ヶ月近く、夏代の妹たちはあちこちの親戚を廻っては残飯をもらって食いつないできたのである。

夏代はじっと星を見つめて、毎夜のように有明楼にやって来る散財客の大尽遊びを思い浮べながら、自分たちはどうしてこんなに惨めなんだろう、なぜ星のめぐり合わせが悪いのだろうと、星を恨んだ。そして、風呂屋で聞いた「六円五十銭」という女の声を何度も思い返してみるのだった。

朝になっても、法事をする金はおろかお布施を包む金もない。お経もあげてもらえないからせめて墓掃除だけでもと、夏代はお寺へ出かけた。

家に帰ってみると、父も妹たちもいなかった。片付け物もない家の中に坐っているのが退屈だったので、夏代は家のまわりを掃除して夜が来るのを待つことにした。

ようやく紅葉《いろ》づいてきた雲仙嶽に日がかかると、庭先の櫨の老樹だけが真赤に斜光に照り映えていた。その下で夏代は石に腰をかけて彫刻のように動かなかった。ひたすら夜の来るのを待っていたのである。

深閑としたあたりの空気が湿気をおびてくると、櫨の梢がかすかに鳴った。二、三枚の枯葉が舞い降ちて来た。山から夕べの風が吹きはじめたのである。


あたりはすっかり暗くなっていた。干拓地の堤防に打ちあげる波の音を聞きながら、夏代は肥前屋の入口に立った。

横合の榕樹《あこう》の暗闇から昨夜の女が現われて、

「こっちに来なされ」

と先に立って、奥の離れらしい一室へ庭づたいに案内した。

部屋には髭を生した金縁眼鏡の男が紙巻き煙草を吸いながら一人坐っていた。

ねじ上げた髭の恰好を見て夏代は、天皇陛下の髭のようだと思った。

その頃の田舎紳士や伊達者に髭と金縁眼鏡はつきものだったが、とりわけその男の髭は立派だった。

夏代が会釈すると、

「お前はいくつナ？」

「十六」

「名前は？」

「笹田夏代」

「城下の者《もん》じゃナ」

「えっ、萩原《はぎわら》です」

ぶっきら棒に答える夏代を、男はじろじろ見ていた。

城下というのは、島原半島で島原町のことを島原町以外の者がそう呼んでいたので、夏代は、この男は町の者ではないと思った。いつまでも男が自分を見ているので、たまりかねて言った。

「六円五十銭で雇うて下さる所ば教えて下さいまし」

「うむ。長崎の花月《かげつ》という料理屋じゃ」

花月と聞いて夏代は安心した。有明楼で働いているうちに、何度も聞いたことのある有名な料亭の名前である。

「そんなら、世話して下さりますか」

「うむ」

男は髭をしごいて、大きく頷いてみせた。

「夏代ちゃんとか言うたナ。もう安心して好かバイ。旦那は明日の朝、早ように発ちなさるケン、こんまま隣の部屋に泊ってついて行くがよか」

傍から女が愛想よく口をそえた。

「明日の朝？」

夏代は大きな声を出して女を振り返った。

準備とてない身の上だが、それにしてもあまりに早い決めようである。どうせ六円五十銭も給金を出してくれる所はこの町にはないのだから、長崎あたりだろうとは彼女も予め覚悟していた。しかし、四年も世話になった有明楼に暇をとる挨拶をしたり、妹たちにもしばらくの別れを惜しんだりしなければと、そうした気持がとっさにうかんだからであった。

男の目がギョロリと光った。

「悪いようにはせん。言う通りにしないと連れてゆかんぞ」

その言葉はいささか威嚇的だった。夏代は気おされて、話がくずれるのではないかと心配したが、それでも妹たちにだけは行先ぐらいは告げて去りたかったので思い切って言ってみた。

「うちまでちょっと帰ってきます。きっと、じきに帰って来ますケン」

「帰らんでもよかろうが——」

女が口を出した。

「旦那さん、うちにゃ神経病みの親父と学校に行っとる二人の妹だけです。明日食うものもなかけんで、幾らか銭ば貸しといて下さいまっせ。それば置いてきっと帰って来ます」

夏代は真剣に訴えてみた。

男は不憫に思ったのか、がま口から一円札を三枚取り出して夏代に渡した。夏代は摑むようにその金を懐に入れると部屋をとび出した。

町の通りへ出ると、夏代は先ず目についたお菓子屋へとび込んで、

「煎餅ば百枚と芋飴《ちょろきん》ば五百」

と、気忙しく注文した。

店の主人は、つんつるてんの絣の着物を着たみすぼらしい娘を怪訝《いぶかし》そうに見てから、瓦煎餅を一枚一枚数えはじめた。芋飴はみんなで三百二十しかなか

った。

「飴は二十だけまけとく。みんなで八銭じゃ」

主人に言われて、夏代はおそるおそる一円札を出した。煎餅が二枚で一厘、芋飴は十ケで一厘だった。当時、米が一升十銭から十一銭だったので、彼女の買物はたいしたものだったのである。

夏代は釣銭をもらうと、抱くようにして菓子袋を受け取った。かつて経験したことのない誇らしさで、妹たちにすばらしい贈り物が出来ると思いながらいそいそと店を出た。隣が蒲鉾屋だったのでまたとび込んで、棚に残っていた三本の竹輪かまぼこを買った。

我家にもどって中を窺ってみると、三人の親子はすでに寝ていた。夏代は父親に気付かれないように枕もとに近寄ると、

「市代《いちよ》、市代」

と声を殺して上の妹をおこした。寝惚けた妹の手をひいて外へ連れ出すと、

「市代、姉《あね》しゃんなナ、今度、遠か長崎に働きにいくようになったケン、まつよと仲好うして待っとれや。銭は毎月送る」

やっとこれだけ言うと、戸口の砧石《きんね》にのせておいた菓子袋を彼女の胸に当てがった。

声が詰ってかすれていたので、市代にもおよその見当がついたのであろう。

「姉しゃん……姉しゃん……姉しゃんナ何処《どけ》いく――」

と泣き出して夏代にすがるので、

「心配せんでよか」

と慌てて市代を土間へ押しやると、抱いていた袋の煎餅がバリバリと鳴った。

その音に驚いたのか市代はいちだんと泣きじゃくって、袋を土間に放り出すと夏代にしがみついてくる。

父親に気付かれてはとはらはらしながら、夏代はすり切れた筒袖の袖口でやさしく市代の顔を拭いた。

「みんなで一円八十九銭ある。紙の銭は間違わんようにせろや、一円札バイ。芋飴買うたりせんと、飯代にするとぞ。これが終《しまい》になる頃にゃ、姉しゃんがまた銭ば送ってやる」

夏代は駄菓子屋で貰った紙袋に釣銭を入れていた。その中に一円札を入れると、袋をじゃらつかせなが

ら市代の懐にねじ込んだ。

するとその時、彼女は、市代の懐に何か固いものがあるのに気づいた。不動さまのお守りだった。市代があまり丈夫でなかったので、死んだ母親がふだんから信心していた不動さまのお札を彼女の首にかけさせていたことを思い出した。

夏代は、このお守りがなぜか自分の旅立ちに要るような気がして、とっさに市代からそのお札を外して自分の首にかけかえた。

夏代は一目散に闇の中を駆けた。

背後で市代が、「姉しゃん——」と大声で泣いていた。


夏代はその足で肥前屋へは帰らなかった。昼間、墓掃除に行った善法寺という寺の山門まで駆けて来ると、いきなり小門を叩きはじめた。

しかし、いくら叩いても扉は固く閉されたままだった。夏代はけんめいに叩きながら泣いていた。深閑とした闇の中で、彼女の叩く狂気じみた拳の音だけが部厚い板戸にはね返ってこだまする。

「御住職様《おじゅっさま》……」

たまりかねて彼女は呼んでみた。しばらく聞き耳を立てていたが、奥ではコトリという物音ひとつしなかった。

彼女は二、三度くりかえしてそれが無駄だと知ると、がっくりとなって石段に坐りこんでしまった。山門の黒い静寂《しじま》が彼女の影をいたわるように包んだ。

しばらくすると、闇の底からとぎれとぎれに念仏を唱える声が聞えはじめた。夏代が石段に額をすりつけて祈っているのだった。

彼女は、母の葬式にもお布施らしいお布施を包めなかったし、今日の忌明けにもお経すらあげることが出来なかったのを気にしていた。せめて母への供養を旅立ちの前にすますことが出来れば思い残すことはないと肥前屋を出る時から考えていたので、特に住職に頼んで長いお経をあげてもらいたかったのである。そのために彼女は残した一円札を大事に懐にしまっていた。

かたわらの闇の中には、跡をつけて来た先刻の髭の男がインバネスを着こんで立っていた。


夏代が肥前屋へもどると、女が愛想よく出迎えて風呂にはいるようにすすめた。

風呂から出て、彼女が汚れた絣の着物に手をかけると、待ち受けていた女は、

「もうすぐ、きれいな着物ば着せてやるケン」

と浴衣をさし出し、彼女が着終るのを待って一室に案内した。

部屋には一銭《いっせん》さんが待っていた。一銭さんというのは髪結いのことで、当時、結髪料が一銭だったから、この地方では昭和の初期までこう呼んでいる。

夏代は鏡の前の座布団に坐らされ、たちまち一銭さんの手で長いさげ髪のくくり糸を切られた。

「くせのなか好か髪たい」

髪結いは、お世辞を言いながらさっさと彼女の髪を梳《けず》った。みるみるうちに見事な銀杏返《いちょうがえ》しが結いあげられた。

夏代は、鏡の中で変っていく自分の容貌が妙に大人びてゆくのに面映ゆさを感じた。

衿すじのあたりがひやりとするので首をすくめると、あっという間にその冷たさは顔一面を覆った。つむった目をみひらいてみると、いつの間にか白粉をつけた活物《いきもの》のやうな刷毛が鼻先をなでまわしている。

夏代は、たった今まですすけて見えた自分の顔がこんなにもきれいになるものかと驚いた。

ぼんやりと照らし出すランプの光に、顔だけがくっきり浮き出している。

「馬子にも衣裳とは、よう言うたもんたい。それにしても、夏代ちゃんは思ったより別嬪ばい」

傍らにひかえた女の言葉に、夏代は満更でもなかった。

「きれいにしてゆかんと、先方様で雇うては下さらんからの」

女は部屋を出て行ったが、間もなく夏代と同じ年頃の、やや小柄な娘を伴ってもどって来た。娘も夏代と同じように浴衣を着ている。

「夏代ちゃん、この子もお梅チというてな、いっしょに働きにいくとじゃケン。貴方より体はこまかばって、年は二つ上の十八」

女は二人を双方に紹介して、化粧のすんだ夏代と入れかわるように命じた。

夏代が席を立つと、女は隣の部屋へ案内した。隣室には芝居の出番を待つように、浴衣を着た二人の

娘が坐っていた。

「これが先刻《さっき》はなした夏代ちゃんじゃ。こっちが竹乃しゃんと、おサヨしゃんばい」

女は紹介しながら、夏代と別の二人を見くらべた。

竹乃といわれた娘は背の高い、目のギョロリとした不健康そうな娘だった。おサヨという娘はむっちりとした男好きのしそうな丸顔で、すでに二十才ちかい成熟しきった体つきをしていた。三人はそれぞれ目先でかるく会釈をかわした。

女はそそくさと押入れを開けて、何か葛籠《つづら》の中を調べていたが、

「これこれ、これがよかバイ」

と言って、ずるずると一枚の赤い長襦袢をひっぱり出した。続いて腰巻、下着、着物、帯と一通りの衣裳を並べると、夏代に浴衣と着替えるように言った。

かつてこんな衣裳を身につけたことのない夏代は内心困ってしまった。当惑して突立っていると、

「図体ばかり大きな子じゃ」

と、女はいきなり彼女の帯をとき放ったので、身幅のせまい浴衣があっという間にはだけた。夏代は腰巻《ゆもじ》をまとっていなかった。

「まるでヒュウヒュウドンドンのごたる」

ゲラゲラ笑いながら、女は赤い腰巻を彼女の鼻先に突き出した。

ヒュウヒュウドンドンというのは、当時、縁日などで流行していたのぞきものの一種である。

花柄をあしらった屏風の一部にのぞき穴を設けて、そこから客に中を覗かせる。中には裸体の女が例の場所をむき出しにして立っている。

客は三味線、太鼓で、

〽吹け吹けドンドン
ひゅうドンドン
と囃し立てられながら、女の黒い毛を火吹竹で吹き分けるのであるが、首尾よく笑わないで続けて三度吹いたら一銭もらうし、笑った者は一銭払うのである。

ところが三味線、太鼓が鳴り出すと、中では女が調子に合せて腰をひねり、件の場所をゆがめたり突き出したりして奇妙な恰好をしてみせるので、たいていの者が噴き出してしまうといった趣向の見世物だった。

あわてた夏代が裾をかき合せると、背後でおサヨがプッと噴き出した。

「おサヨしゃんなら、着物の着方ぐらい知っとるじゃろ。手伝うてやらんかい」

女に言われて、おサヨは愛嬌よく立ち上がった。夏代に近づくと、だまって衿がみに手をかけ、スポリと浴衣をはいでしまった。意外な仕打ちに夏代は両手をくねらせ、掌を下腹部にあてがってオロオロするばかりだった。

おサヨは全裸の夏代をニヤニヤ笑いながらしばらく眺めていたが、

「コン娘《こ》は湯もじもしたことがなかとばい」

と言いながら、女がつまみあげている腰巻を掴んで無造作に夏代の腰にまとわせた。

おサヨに襦袢と長襦袢を重ねて着せかけられても、夏代はじっと立っていた。彼女は恥ずかしさを忘れて、はじめて着る柔かい衣類の感触に恍惚となっていたのである。

夏代が着物を着終った頃、髪を結いあげたお梅がはいって来て竹乃と入れ替った。

お梅は、衣裳を着けてすっかり見違えるようになっている夏代を見て目をみはった。そしてその目は、衣裳をつければ自分だって夏代にまけないくらいきれいになれるのだという女特有の羨望に輝いていた。

四人の娘たちが残らず着付けを終って身支度を整えた頃は、夜明け近かった。

夏代は昨日からの緊張にも屈せず、明るい希望に浮きうきしていた。しかし昨日から何も食っていなかったので、時々襲ってくる空腹には弱り切っていた。

他の娘たちも、すっかり変った環境と、何時かは人並みにきれいな着物を着て白粉をつけたいと思っていた矢先に、それが現実となって叶えられたのではしゃぎたい気分だった。

実は、ここらが女衒《ぜげん》の手だった。予想もしなかったきれいな着物を、まず、貧しい家の娘たちに着せてやる。すると、日頃の鬱積した羨望に火が点いて、彼女らはたわいなく女衒の口車にのってしまうのである。

突然、髭の男が現われて、四人の娘を見まわしてからゆっくりと髭をしごいた。

「エッヘン、人力車《くるま》が来たらすぐに出かける。そのつもりでおってくれ。よろしいかね。港の波止場まで車で行って、茂木《もぎ》通いの一番蒸気に乗せてやる」

「わあ――」

四人の娘は期せずして歓声を上げた。はじめて蒸気船に乗る者ばかりだった。夏代がたまりかねて、

「朝飯はどうなりますと？」

と訊ねると、

「心配せんでもよか。舟の上で食うように弁当ば用意しちょる」

ヒゲは重々しく言い残して部屋を出た。

茂木通いの蒸気船とは、長崎行きの意味だった。島原の港から有明海を陸づたいに南下し、島原半島の南端、口之津《くちのつ》の港を経て、そこから天草灘をはすかいに横切り、長崎のすぐ背後にある茂木の港に至るのである。茂木は枇杷の産地として名高い所で、ここから長崎までは馬車で一時間足らずの距離である。

当時、長崎へは陸路で出向く方法もあったが、馬車で十八里の丸一日を要する行程は路銀も高く、金持や役人だけが利用していた。この方法によれば、船とは逆に島原半島を海岸沿いに北上して諫早で汽車に乗り替えるか、そのまま馬車で行くのである。

長崎本線が九州鉄道院によって開通したのは、五年前の明治三十一年だった。現在のように島原鉄道が諫早から岐れて建設され始めたのは明治四十一年のことだから、長崎に出向くためにはこの海路がもっぱら利用されていたのである。

「さあさあ、人力車が来ましたバイ。途中気をつけてナ。衣裳がくずれたら、おサヨしゃんがみんなのを見てやるケン」

女があたふたと駆け込んで来て、誰彼の差別なく襟元をなおしてまわった。

外には五台の人力車が並んで、『風』と書いた五つの提灯が夜明けの薄明かりの中で寒ざむと車夫の顔を照らしている。

風が吹き変ったのか、堤防にぶち当る波の音が高い。門口の石垣に気根を垂れた榕樹《あこう》の細い梢が、ひよどりのようにピュッピュッと鳴っている。

髭の男が一番先頭に、夏代は最後部の車に乗った。女は、戸口で五人を見送っていた。

男の乗った車が、まさに梶棒を上げて動きだそう

とした時である。男が呻くやうな声をあげて車からとび降りた。

乗る拍子に、幌のどこかに付け髭が触ったのであろう、いかめしい明治天皇のやうな髭がキリキリと風の中に舞って行く。男はインバネスの袖をはためかせながらそれを追った。

やっと材木小屋の片隅で貴重な品を捕えると、男は何くわぬ顔で髭を取り付け、一同に背を向けて悠々と立ち小便を始めた。門口に立っている女が袂を口にあてて笑いを押し殺しているだけで、他の者は誰も気付かなかった。

やがて車が動きはじめた。夏代は不安定な動揺にいささか吐気をもよおしたが、すぐそれにも慣れて、チリチリと小砂利をとばして走る鉄輪のひびきに快感を覚えた。

膝にのせた赤毛布《あかけっと》が、夏代にはたまらなく嬉しかった。これまで官員さんのお勝手《かっ》さまが車に乗っている姿を時折町で見かけては、いつかは自分も乗ってみたいと思うこともしばしばだった。それが、昨日までついぞ思ってもみなかった衣裳を身につけ、今、堂々と赤毛布を膝に置いて人力車に乗っているのである。夏代は、この姿を死んだ母親に一目見せたいと思った。彼女は、一夜で玉の輿に乗った出世物語の女主人公を連想して、全く夢心地だった。

五台の車は白じらと明けそめた町なかを波止場へ向って急いだ。

2

人力車が波止場に着いた時は、もうすっかり夜が明けていた。駐在所の髭を生した巡査が眠そうな目をこすりながらランプを消している姿が目に映った。

夏代は車から降りしなに、その恰好がおかしかったのでクスリと笑った。すると、先に降りて待っていた男が、シッ！　と目で合図したので、夏代はなぜ笑ってはいけないのだろうと腑におちなかったが、男がなおも見据えていたのでしぶしぶ彼のあとに続いた。

朝の波止場は思ったより賑やかで、沢山の物売りや近所の船宿から出て来た乗船客などでごった返していた。島陰に碇泊している蒸気船に乗客を乗りこませるために艀《はしけ》が何度も往復している。夏代たちは順番が来るのを並んで待たなければならなかった。

籠を肩にかけた名物のかまぼこ売りがやって来て、

「かまぼこは要らんかナイ」

と、ふれ歩くと、焼きたての香ばしい竹輪の匂いが鼻をついた。

空腹をこらえていた夏代はどうにも我慢がしきれなくなって、

「板付《いたづけ》と竹輪バ五本ずつ――」

と呼びよせ、懐の一円札を探した。

夏代が一円札を探しあてないうちにかまぼこ売りが紙にくるんだかまぼこを目の前につき出したので、彼女は髭の男を指して、

「ゼニはあの人からもろうといて」

と思わず言ってしまった。別段、彼女には悪意があったわけではない。船に乗りこんでからゆっくり探し出して男に払うつもりだった。

かまぼこ売りが指さされた男の所へゆくと、男は夏代を睨みつけながらしぶしぶ十銭銀貨を取り出して支払った。

彼女が一度に十本ものかまぼこを買いこんだのは他の娘にも振舞うつもりだったからである。

島陰の港内には朝靄が立ちこめて風ひとつなかった。櫛の歯のように行儀よく並んだ帆船の帆柱が朝日に照り映えて、岸ぞいの石垣に立ち並んだ土蔵の白壁にくっきりと影を落としている。その鮮かな縞模様を縫うように、鷗が時折、スイスイとかすめた。

帆船の海上生活者に朝餉の豆腐や野菜などを売る売櫓舟《うろうぶね》がうろうろと行き交う中を、夏代たちを乗せた伝馬船はゆっくりと進んで行った。

ひもじさに耐えかねた夏代は、港の風景を眺めるふりをして舷《ふなばた》にもたれてかまぼこをぱくついた。先程から髭の男が自分を睨みつけているのに夏代は気付いていたが、伝馬船が蒸気に着くまでに素知らぬ顔で二本も食ってしまった。

蒸気船が急に黒い煙を吐き出して出帆を告げる汽笛を鳴らす頃には、五、六十トンばかりの船内は殆ど客でいっぱいになっていた。夏代が他の三人をさそって上甲板に出ると、髭の男も後に続いて監視を怠らなかった。

夏代が神妙な顔つきで、

「この船は升金丸《ますきんまる》バイ。皆知っとるナ」

と物知り顔に一つ覚えの船名を披露した。すると横合いからすかさずおサヨが、

「何バ言うチョル！　ハルヒマルと書いちゃるバイ」

と、学のあるところをみせた。

夏代は無学で全く字が読めなかったので、おサヨが読めるのは高等科を出ているからだろうと思った。

事実、この船会社の名前が升金汽船で、同名の船もいたのである。

「おサヨ、ハルヒマルじゃなかぞ。カスガマルと読むんじゃ」

急に背後で男の声がした。

四人がびっくりして振りかえると、金縁眼鏡の男が髭をしごきながら笑っていた。

四人の娘たちが艫《とも》の片隅で一団となって夏代が振舞ったかまぼこをパクついていると、すぐ耳許で汽笛が鳴った。出帆の合図だ。

お梅がびっくりしてかまぼこで耳をふさいだ。夏代は驚いた拍子に竹輪を取り落してしまった。

スクリューが回転を始めて、船尾に勢いよく白い泡を吹き出して船が動き出したので一同はまた驚いた。

「あっ！」

夏代が頓狂な声を出した。見ると、食い残しの竹輪かまぼこがグラリと揺れた船の傾斜で甲板を転がっていく。彼女は慌ててひろい上げると、片手でパタパタはたいて急いで口に入れてしまった。

船が瀬戸を抜けて島と島との間から港の外へ出ると、待ちかまえていた太陽が一時にパッと光を浴せた。

雲ひとつない明るい朝だ。幸い風もなかった。

四人の娘が思い思いに、遠ざかる港の家並に見入っていると、ヒゲがやって来て、

「どうれ、朝めしにするか」

と声をかけた。

彼はニコニコしながら、船室から持ち出した湯呑と土瓶を皆の足許に置くと、どっかりとあぐらをかいた。まるで人が変ったような笑顔だった。昨夜からのむっつりとした表情はどこへやら、楽しそうに弁当をくるんだ風呂敷をといていた。

さきごろまで女衒たちは町や村で娘を狩り集めると、すぐその場で馬車に乗せて連れて行ったものである。馬車はおおむね貸切馬車だった。それで乗合馬車のようにピッポーとラッパを鳴らさないで走る馬車にはたいてい娘たちがつめこまれていたのである。

夜陰に乗じて、このラッパを鳴らさない馬車が蹄の音をしのばせて岩肌の往還を駆け抜けると、村の者たちは耳を澄まして、

「口之津ゆきが通る――」

と、悲痛な声で呟いたものである。

ところが、日英同盟が結ばれると、今までのように石炭船や貨物船でおおっぴらに密航していた「からゆき」の取締りがきびしくなり、長崎の港でも口之津の港でも、四、五人連れの娘の一団を発見すると巡査は容赦なく警察へ留置した。

そこで女衒たちは手口を変えて、今までの馬車を船に改め、また、みすぼらしいなりをさせていたのでは途中で発見される恐れがあるので、前もって当り前の衣裳を着けさせることにした。

このやり方は予期しない成功を収めた。巡査の目の前で堂々と連れ去ることも出来たし、一旦衣裳を身につけた娘たちは途中でずらかることもなかった。また、彼女らは衣裳を身につけることによって生れ変ったように温和しくなり、女衒たちの言うままに指図にも従うのだった。

ヒゲは、第一の関門である島原港の駐在所を首尾よく通過したので、ほっとしていた。

夏代は握り飯をほおばりながら陸《おか》の景色を見ていた。山水画のように港の背後に聳えた眉山《まゆやま》が、次第に後ずさりしていく。

もの心がついた子供の頃から辛い事ばかり味わされてきた彼女にとって、ふるさとの町は無情な人間の塊りだった。その町が今遠ざかって行く。船の上から見ると、意外にそれがなつかしいのだった。

船が沖合に出ると、視界はいちだんと展けた。秋晴れの雲仙嶽は殊の外美しく、その足許に港外の島々が点々と散らばっている。頭をめぐらすと対岸の肥後路の山も、天草も、呼べばとどきそうに近い。

四人の娘たちは船上からはじめて見るこれらの景色に幻燈でも見ているような気持だった。

艫《とも》に並んだ彼女らは期せずして、

〽汽笛一声新橋を――

と歌い出した。

汽車なるものを見たことのない彼女らにとって、船であろうと汽車であろうと、そんなことはどっちでもよかった。船尾に残る一條の白浪を見て、ひとしく今までの酬いられなかった環境や生活のすべてが水脈《みお》と共に消えていくように思われたのであろう。彼女らは清々した気分で、当時流行していたこの歌を力いっぱい歌うのだった。

海岸からすぐ山手に向って丹念に耕された段々畑や町や村が、船の進行に従ってパノラマのように廻転していく。岬の森、稜線の頂きまで続いた畑、谷間の奥に点在する村落などが、まるで船来の織物でもみるように彼女らを飽きさせない。それが小作人としての苦難に満ちた両親の深い皺であろうなどとは知る由もない娘たちである。今や彼女らの周囲には、さんさんと降り注ぐ太陽のように幸福だけがとりまいていた。

船は深江、堂崎、須川《すがわ》、田平《たびら》と沿岸の浦々に寄港しながら、島原の乱で名高い原城の沖に差しかかっていた。進路の左手には天草の島々が連なり、湯島の白い燈台が昼近い晩秋の日射しに照り映えている。

岩礁に鵜の鳥が群れているる右手のひときわ切り立った断崖の岡が、切支丹の昔を偲ぶ原の古戦場である。口之津の港は、その岬を一つまわればすぐだった。

さきほどから、この船に乗りこんでいた虚無僧が得意げに『千鳥』を一曲吹き終ると、

「ええ音《ね》ですナア。もう一曲所望出来まへんやろか」

と、旅役者らしい一団の一人が言った。虚無僧は返事もせず竹の露を拭いていたが、おもむろにまた吹きはじめた。こんどは『鈴慕《れいぼ》』の曲である。

船はその曲が終らぬうちに大きく岬を迂回して、汽笛を鳴らした。正面に口之津の燈台がそびえている。

「わあ、ふとか船の何艘も！」

船首を振りかえった夏代が頓狂な声をあげた。

「ホラホラ、こっちにも居る。――あの船は煙突バ青う塗っちょる。ありゃきっとバッタンフルバイ」

おサヨが物知り顔に、港外に碇泊している一艘の船を指さした。

「バッタンフルて何ナ?」

「遠か所に行く外国通いの船タイ」

夏代の問いにおサヨは、人から聞いて知っていたそれだけのことを答えた。

口之津の港は彼女たちが想像していた以上に大きかった。島原の港より港内は幾十倍も広く、水は深くて澄んでいた。二つの岬で馬蹄形に抱かれた港の周囲には人家が密集して、ペンキ塗りの洋館建てが並んでいる。右手の突端に近い岬の広場に堆く盛られた石炭の山が、特に彼女らの目をひいた。

船が港内に進むにつれ、繋船した貨物船もさまざまだった。石炭を積み込むためにガラガラとデレッキを動かしている船や、甲板で船員が蟻のように立ち働いている船もある。眠ったように赤い船腹を突き出して浮いている船があるかと思えば、石炭を積み終えてずっしりと深く沈んでいる船もあった。それらの貨物船の間を縫うように、夏代たちの小蒸気は港の奥へと進んだ。

その頃の口之津の港は、まことに殷賑をきわめたものである。船舶の出入りも長崎の港に肩を並べるほどだった。明治初年から、三菱が長崎を根城に、港外の高島、端島の炭坑に手を付けて石炭を掘りはじめると、三井も負けじと、有明海の奥にある三池炭田を開発して対抗した。

有明海の奥は遠浅で、それに干満の差が甚だしく、三池炭田で掘り出された石炭はそのまま大牟田で大型船に積むことが出来なかった。そこで止むなく艀に積んで、有明海の出口にある口之津港まで運び、貨物船に積みかえて、国内はもとより、朝鮮、支那、南洋の各地に輸出されていたのである。

大牟田の三池港が団琢磨氏の英断によってカルカッタの港に倣い、現在のようなゲート式の築港を完成して貿易港になったのは明治四十二年からのことである。口之津の港が廃港同様にさびれたのはそれからだった。貿易港とは名ばかり、ペンキのはげた税関に、わずかながら今も当時の面影をしのぶことが出来る。

バッタンフルとは正しく言えば、サッスーンと並び称されたユダヤ系の香港の船会社、バターフィル・カムパニーのことである。この会社の所属船は別名をブルーファーンと呼ばれ、みな煙突を青く塗っていた。当時、バターフィルは東洋における屈指の船会社として活躍していて、三井の石炭も概ねこの所属船によって国外へ輸出されていた。ところが島原半島では、このバターフィルを、バタフル、またはバッタンフルと訛り、なべて外国通いの大きな貨物船のことをそう呼んでいたのである。

船が船足をゆるめて波止場に近づくと、船内は思い思いに立ち上った船客でざわめいた。

ヒゲが夏代たちの所へそっと近寄って来た。

「困ったことになったバイ。この船は茂木ゆきと思うとったら、ここ止りゲナ。それでお前たちもここで降りて、明日まで船待ちせにゃならん」

ヒゲの神妙な顔つきに、彼女らは別段驚く様子もなかった。むしろこんな愉快な旅ならば一日でも二日でものびた方がいいと思っているらしく、ヒゲが予め予定していたセリフだとは誰も気付かない。

彼女らが一応納得したことを確認すると、ヒゲは油断なく波止場に警戒の目を向けた。

ズシンと鈍い衝撃が伝わり、客は先を争って降りはじめた。

やっと順番がきて、夏代たちが危うげな桟板を渡って上陸すると、先頭にいたはずのヒゲがいない。夏代は慌てた。右往左往する船客や物売りたちの間を押し分けてヒゲを探していると、後ろから袖を引く者がいた。驚いて振りかえると、おサヨだった。

「ああ、びっくりした。旦那さんな?」

おサヨは返事のかわりに広場の向うを指さした。

一軒の飲食店らしい家の門口に、ヒゲがこちらを向いて立っている。夏代たちの顔が一斉にその方を向いたので、判ったなというように手を挙げて、ヒゲはくるりと向きをかえて家の中へ消えた。

ここの波止場にも駐在所があって、同じようにいかめしい髭を生した巡査が立っていた。

その家は埋立地に建てられた急造のバラックだった。「すし　うどん　チャンポン　酒肴　御昼食」と、ペンキでガラス戸いっぱいに書いてある。

四人が戸口をはいると、それまで土間で立ち話をしていた四、五人の白粉をベタベタつけた女が、一せいにこちらを振り向いた。その中の赤だすきを掛けた年増の女が、

「田村の旦那さんじゃね」

と言って、愛嬌よく奥の一室へ案内した。

夏代は、ヒゲの名前が田村であることをこの時はじめて知った。

おそろしく建て付けの悪い家で、夏代たちが歩くたびにグラグラとゆれて廊下がきしんだ。通された部屋は店の者の居間にも使っているらしく鏡台などが雑然と置かれ、その一室だけが庭に突き出していた。

ヒゲの田村は、悠然と紙巻煙草をくわえて縁側に坐っていた。

「みんな腹がへったろう。昼飯はチャンポンでよかな？」

ヒゲは上機嫌だった。

「うんにゃ。せっかくじゃケン、皿うどんバ奢ってくれんね。ねえ、田村の旦那さん」

おサヨが甘ったれて鼻を鳴らすと、

「うんにゃ！　俺共《おどま》チャンポンがよか」

と、夏代はおこったようにおサヨを見すえた。

彼女は有明楼で、その頃、長崎から流行りかけた、客の食いのこしのチャンポンを一度だけ食ったことがあった。いつかチャンポンを腹いっぱい食べたいというのも、夏代の念願のひとつだったのである。

「こん娘《こ》は、皿うどんがチャンポンより高価《たか》とば知らんとバイ」

おサヨの言葉に夏代はむっとしたが、その名前は知っていても事実食ったことがなかったのだ。お梅と竹乃は全くの村娘だったので、だまって夏代の傍にすわっていた。

「旦那さん、さっさと皿うどんば注文してくれんね」

なれなれしくおサヨが片ひざをのり出して田村のひざをゆすった。

ヒゲはニヤリと笑って、

「判った、わかった」

と言いながら、彼女の手を握りかえした。

皿うどんが出来てくるのを、娘たちは思いおもいに膝を崩したり、寝ころんだりして待っていた。着なれない着物の帯が窮屈で、どの娘も腰のあたりがきりきり痛いのにには往生していた。

夏代は、自分が二、三日前まで働いていた有明楼の古風で豪華な建物と比べて、この家の粗末なことをひそかに軽蔑した。泉水ぐらいはあるだろうと思って、立って行って裏庭を見ると、築山とは名ばかりの土を盛った庭の中央に、大きな蘇鉄が一株と、一抱えもあるような檳榔《びろう》が一本、隅の方に植えてあるだけだった。先頃までここは湿地だったとみえ、急造のバラックにふさわしい数本の葦が名残りを留めている。隣家との境に雑然と植えてあるカンナだけが、もう十一月というのに真赤に咲き誇っていた。

皿うどんが運ばれると、おサヨが馴れた手つきで小皿を配り、自分がまず小量を取って食べてみせてから皆にも食べるようにすすめた。

夏代は、妙に姉じみたおサヨの仕種に妬ましさを感じたが、一方では頼もしくも思った。このおサヨといっしょなら長崎へ出ても心配することはないと、今までひそかに抱いていた不安も失せた。

おサヨが皿うどんを食べながら、この野菜は炒め方が足りないとか、ソースが悪いなどと言い出したので、夏代はまた彼女の物知りに驚いた。さきごろまで彼女が町の飲食店の女中だったことを夏代は知らなかった。

おサヨがこの一行に加わった動機は、夏代やお梅たちのようにそそのかされたのではなかった。彼女は島原町のある飲食店に奉公している間にそこの主人と懇ろになり、とうとう妊娠してしまった。それが女房に知られて追い出され、こっそり他家《よそ》で男の子を生み落して家にも帰れず、この一行に自ら志願したのだった。勿論、彼女とても、奉公先は長崎だと思いこんでいた。

隣室で急に嬌声が起った。船員らしい男の声が、かわるがわる卑猥な言葉を連発して女たちをからかっている。客は二、三人連れのようで、それに先程の戸口に立っていた女たちが酒肴を運んで来て飲み始めた様子である。

皆が食べ終ると、

「船待ちの宿じゃが――」

と、ヒゲが切り出した。

「多分、鹿児島屋という宿屋になると思うとるが……僕が今から行って交渉して来る。それまで温和《おとな》しゅうして待っとれよ」

と言って、そそくさと裏庭から出て行った。

夏代は、ヒゲが自分のことを「僕」といったので、彼も相当の紳士だと思った。その頃、僕という言葉を使っていたのは官員さんか、有明楼に来る旦那衆程度だったからである。

ヒゲが出て行ったので娘たちは満腹も手伝って皆ゴロリと横になり、うとうとしはじめた。夏代たちが銀杏返しを気にしながら突っ伏すような姿勢で転がっているのに、おサヨは片肘を立てて隣室の喧しくなった会話に聞き入っていた。

この店は夜になると淫売屋に早替りするらしく、会話のはしばしでそれと察せられた。

おサヨが突然、鼻先でせせら笑うと、

「唐豆《トーピー》か」

と言った。

「トーピーて何な？」

夏代がむっくり上体をおこして振り返った。

「唐豆も知らんとナ。あれタイ、一番安かとタイ。此辺《ここっちゃら》は十銭バイ……フフ……」

おサヨはニタリと笑って、片腿が見えるほど裾をまくって見せた。

一時間ほどして、ヒゲが戻って来た。

「運悪う、今日は船待ちでどの宿もいっぱいバイ。僕が交渉したので鹿児島屋もしぶしぶ引き受けてはくれたが……今、丁度、三井さんたちの宴会の最中じゃ。五時すぎにならんと部屋が空かんと言うとる。何しろ鹿児島屋は三井さんが来るくらいじゃから、上等の宿屋じゃケンのう」

ともかく宿屋が決まったと聞かされて、娘たちはほっとした。

三井さんとは、三井鉱山や三井物産の社員さんのことだった。

夏代が真顔で、

「ほんなら宿銭も高価《たかか》ろうに。俺《おどみ》ゃどがんしゅ、銭バ持たんとに。旦那さん、宿銭ナ出しといて下さりますか？」

「情なか面バするな。万事、僕に任しとけ」

ヒゲがトンと胸を叩いた。

「エーつまりじゃなぁ、鹿児島屋ちゅう宿屋は、この家を出て海岸づたいにずうっと右に行くのじゃ。ずうっと行ってナ、そうすると警察署がある。前が風呂屋じゃ。それから五十間ばかり行ったところに看板がかかっとる。左手の海岸側じゃ。ええか——向うに見えとるじゃろ、エー何が見えとるかちゅうと、燈台が見えチョル。燈台はどこからも見えとる。その燈台へ向ってずんずん歩け、警察の前バ通ったら、五十間ばかり向うの海岸側じゃ」

ヒゲは、判ったかと言うように一同を見まわした。

「念の為、地図バ書いといた。こればおサヨにやっちょくゾ。みんな五時すぎになったら、ボツボツ出かけるがよか。それまでここに休んどく。ここは僕の知合いの家じゃから、遠慮せんでも好えことになっチョル」

と、一枚の紙切れをおサヨに渡した。

それからヒゲはポケットからスルスルと金ぐさりのついた懐中時計を取り出し、鷹揚に文字板を指先で押えてみせた。

「丁度、二時半じゃね。あと二時間半ある。僕はそれまで用件があるので一寸出かけるが、五時までには鹿児島屋の方へ行っとく」

夏代は金ぐさりのついた懐中時計をみて、この人は金持だと思った。有明楼に来るお客の中でもこんな上等品を持っている人は少なかったので、この人ならまちがいなく宿銭も立てかえてくれるだろうし先々の心配もしてくれるだろうと考えて、いつまでもこれを見よといわぬばかりにぶら下げているヒゲの時計に見入るのだった。

ヒゲはおサヨを廊下に連れ出し、何やら耳打ちをして立ち去った。

3

生暖かい日暮れだった。

港の水面にはすでに夕霞が立ちはじめていた。何艘かの艀がはるか沖合の港の出口に近いところで一隻の貨物船にむらがって荷役を続けていたが、殆どの汽船はもう静かに薄い煙を吐いていた。

風がないので、昼間見た色とりどりの華やかな外国の旗が古雑巾のようにマストの途中にぶらさがり、煙が一直線に立ち昇っている。岡の向うから、まだ太陽が光を投げているのであろう、マストから上の煙が際立って白い。

ヒゲがどこからも見えると言った燈台はほんのりと紅色に染って、尖端からすでに白い閃光を発していた。

　夏代は海沿いの道を歩きながら、たった今出てきた飲食店でがらりと変ったおサヨの態度を思い返していた。

「もう五時半になった。ぼつぼつ出かけてよかバイ」

　寝ころんでいたおサヨがむくりと起き上ると、

「一番はじめが夏代しゃん、二番目がお梅チ、それから竹乃しゃん、尻から俺がゆく。一度に揃うチ行ちゃならんとバイ」

と、言って懐から紙切れを取り出し、鹿児島屋への道順を改めて説明した。物言いといい態度といい、昨夜からのおサヨとは思われぬほど高圧的だった。

　出がけにヒゲが彼女に何やら命じていたのは知っていたが、だからといってあんなに自分達にいばりまくる必要はあるまい。当り前にことづかったことをそのまま指図すればいいのだ。自分達はおサヨに連れてこられたのでもなく、長崎の口入れを頼んだ覚えもない。自尊心を傷つけられたことも手伝って、夏代はおサヨに疑惑を抱きはじめていた。

　埋立地をすぎて町なかへはいろうとした時、右手の路地の奥から数人の甲高い話声が聞こえた。その声は早口で、聞きなれた島原の言葉ではなかった。

　乳呑み子を負ったおかみさん風の女や半裸体の男、それに娘の何れもが小柄な体軀で、申し合わせたように髪をキリキリと巻き上げ、目がキラリと光っていた。その一団が輪になって、何か道端で仕事をしているのである。

　よく見ると、夕方に近くの海岸へでも追い上げられたのだろう、二間程もある海豚《いるか》をてんでに庖丁を持って引き裂いていた。

　島原の者は藷を食って貧乏しても海豚など食うものはいないのに、何にするのだろうと夏代は不思議に思った。

　路地には、軒先の低い何十軒もの杉皮葺きの納屋がひしめき合っている。

　ぼんやりと夏代が立っていると、海岸から同じように半裸体になった数人の男達がやって来て、うさん臭さうに彼女を一瞥した。彼等はみな毛むくじゃらだった。夏代は気味悪くなって道をいそいだ。

　彼女が見知らぬ異国人と思ったのは、沖縄の与論人だった。彼等は島をあげて与論島から数百人も移り住み、口之津に町の人が称する唐人町を造って、石炭船の荷役に従事していたのである。

やっと警察署の前まで来ると、夏代はほっとした。警察署は石垣の高台にあった。

町も夕餉時で静かだったが、とりわけ、さきほどすれ違った紅毛人の船乗りの一団や与論人など、はじめて見た異国人の姿が異境に来ているような錯覚をおこさせて、勝気な彼女をひどく孤独にしていた。ふだんは恐しい所だと思っていた警察署の、あかあかと灯ったランプの光に、親しみさえ覚えるのだった。

夏代が警察の方をふりむいて動こうとしないので、筋向いの風呂屋の陰から彼女を見張っていたヒゲを、はらはらとさせた。実はその風呂屋こそ彼の本拠だった。うわべは風呂屋の主人を装い、女衒が本職だったのである。

もともと彼がこの風呂屋に目をつけたのは、口之津の港を利用しはじめた五年前だった。警察の前だから、巡査が風呂にはいりに来る。風呂銭をとらないで入れてやる。そうすると自然に警察の者とも懇意になり、警察の動静がわかる。そういった所を狙って、ヒゲは多額の金を投じて手に入れたのだった。

また彼は、長崎にも一軒の風呂屋を持っていた。仕事で家を明けるのは長崎と往復するから留守がちになるのだと表面をつくろって、堂々と警察の前で取り締まりの裏をかいていた。

彼はあちこちの風呂屋を根城に手引き婆を張り込ませ、そこへやって来るイケそうな娘をおびき出すのを得意とした。それで仲間うちでは、本名が田村茂七だったので、風呂屋の茂七と呼ばれていた。

夏代は歩き出して、また二人の西洋人に会った。一人はマドロスパイプをくわえ、一人は紙巻煙草を吸っていた。

夏代はマドロスパイプを見て、雁首の太い曲がりくねった煙管もあるもんだと思った。すれ違いざまに香ばしい煙草の匂いがして、えもいわれぬ異国のかおりにふれたような気がした。

土塀をめぐらした屋敷の前まで来ると、夏代はまた立ち止った。木犀の氾濫である。彼女は、有明楼の玄関わきにもこの花が香っていたのを思い出して、黙って飛び出して来たことを後ろめたく思った。

この時、後ろからトンと彼女の肩を突く者がいた。

振りかえるとヒゲだった。ヒゲはものも言わず、そのままずんずん通りこして、屋敷の外れで急に見えなくなった。

あわてて夏代が追いかけると、今まで植込みにさえぎられて見えなかった向うに二階建ての家が続いていた。玄関に大きな看板がかかっていたので、字が読めない夏代にもここが鹿児島屋だとわかった。


夏代たちにあてられた部屋は海に面していた。小庭を距てて石垣に囲まれ、夾竹桃といちじくの木との間にはすぐ海へ降りる石段があった。

「明日の朝、僕が迎えに来るまで、ゆっくり休むがヨカタイ」

夕食を終えると、ヒゲはこう言って帰った。

四人の娘たちは、風呂から出て浴衣に着替えると、解放された気分で思い思いにくつろいだ。十一月になったとはいえ、まだ南国の夜は暖い。

さすがに口之津の旅館だけあって、部屋のランプは明るかった。

磨きたてのホヤにかぶせた、ふちの赤いハイカラな花型の笠が竹乃にはよほど珍しかったとみえ、彼女は芯をゆるめたり細めたりして喜んでいた。

お梅はダブダブの袖を引っ張ったり、衿元をもんだりしながら、糊の利いた浴衣を気にしている。

朝晩はまだ乳房がはるとみえ、おサヨはランプに背を向けてしきりに乳房を揉んでいた。

夏代は障子をあけ放した縁側に出て、港の夜景にみとれている。

四人の娘は、誰もがかつて経験したことのない自由さで、明日の旅程と長崎の夢に浸るのだった。


夏代は起重機《ホーキー》のひびきに目がさめた。

口之津の港は白々とした夜明けの中で、すでに戦場のような活気を呈していた。

太陽が真向いの天草島からさっと港内に射しこむと、曳船《タグボート》に曳かれた数十杯の艀、サンパン船を渡り歩く与論人の群、船腹に横文字をしるした外国の貨物船などが急に朝靄の中から姿を現わして、もの珍しげに見ていた夏代の目をみはらせた。

彼女が庭先から部屋に戻ると、おサヨたちはすっかり身支度を整えていた。慌てて夏代もうろ覚えの着方で着物を着たが、うまく衿元がそろわない。他の娘たちがニヤニヤ見ているので、泣き出しそうになっておサヨに助けを求めた。

四人が仲好く並んで朝飯を食べていると、待ちかねていたヒゲがやって来た。昨日の元気にひきかえ、浮かぬ顔をしている。

「困った事になったバイ」

彼はこう切り出すと、ジロリと見廻して、

「あれからうちに帰ってみると、長崎から手紙が来とってナ――。もう頼んでおいた女中は要らんちゅうこったい」

と、そっけなく言った。

晴天の霹靂だった。

夏代は食いかけたご飯がのどにつまって、何も言い出せなかった。

お梅と竹乃はただ茫然と、つかんだ箸をふるわせている。

おサヨだけは、ふくれっ面をしてヒゲを睨みかえした。

充分に手応えがあったことを確かめると、ヒゲは渋面《ほんに》を作って先を続けた。

「真実、こがん事《こつ》なら――四、五日前に便りがとどいとりゃ、何も心配せんで済んだとに。俺まで費用《どうよ》バ受けかぶってしもうたバイ」

夏代は、ヒゲの言葉を聞きもらすまいと、固唾をのんだ。

「なあに……船賃や宿銭や着物代は、〆て一人当り十円ぐらいじゃから大した事はなか――さあて……」

ヒゲはあらぬ方を見て一人言のように呟いた。

(十円!)

夏代は胸の中で「十円」とくり返した。

大金である。予定通り長崎へ出て働きさえすれば、十円ぐらいは二、三ヶ月で払うことも出来よう。だが働き口を断たれた今となっては、二円はおろか、ヒゲに借りた残りの一円札があるだけだ。

夏代はがっくりとなった。払おうにも払いようがない――と考えた時、取り返しのつかぬ所まで来ている自分に気付いた。

もしかするとこの男は、長崎の話がだめになったので、その立て替えた十円を無理やりに取り返すために、たったいま払えと言って、自分たちをいかがわしい所に売りとばすのじゃなかろうか――夏代は不吉な予感に襲われた。

お梅と竹乃はおろおろするだけで、互いに顔を見合わせている。

おサヨはさすがに図太かった。不貞腐れのようにヒゲの方へ向き直ると、顎を突き出して言った。

「殺生げ《ちよそわし》な、田村の旦那さん！　他人《ひと》ば嬲《きやあく》り欺し、今頃ンなっチ、俺《おる》だけでも何とかして貰わにゃ――コンままじゃ実家《えんち》に戻らりゃせん」

罵られてもヒゲはとぼけていた。

夏代たちは胸の中で、そうだそうだと叫んだ。

部屋にしばらく沈黙が続いた。

夏代は、朝の光に頼りないロウソクの焔がゆらいでいるような幻覚に襲われた。長崎へも行けないし、島原へ戻ることもできない。この先どうすればいいのだろうと思うと、膝がガクガク鳴るような気がした。

その時、ヒゲがポツリと言った。

「他にもあることはあるが、それがあまりよか口じゃなかとタイ」

夏代はヒゲの言葉をきいてほっとした。

どんな働き口でもいい。島原の実家へ帰らないですみさえすれば、先はどうにかなる。それに、今すぐ立て替えた十円を払えと言わないところをみると、この男はやっぱり金持なんだ。きっとわたしたちの働き口を世話しておいて、それから後で払わせるつもりなんだろう。

夏代は急にヒゲが頼もしくなった。

おサヨが食いつくやうに、すかさず言った。

「どこでもよか。宿屋ね？　料理屋ね？　いくら位で雇うてくれるじゃろか？」

「それがね、たいしたことはなかとタイ。別口で、これは何時でもよかとじゃが……。長崎の宿屋で、二円なら、二人下働きが欲しかて言うとる。もう一つは四《よ》ツ山《やま》たい。否《うんにゃ》、大牟田の料理屋じゃったかネ。幾ら出すかわからんが、二、三円にはなるはずじゃ。三井の社員さんから、ぜひとも頼まれとる」

「たった二円！」

おサヨは口をとがらせた。

「二円でも仕方なかろ、こうなった以上は無かよりましタイ」

ヒゲはぶっきら棒に答えた。

夏代は、この際、二円でもしかたがないと思った。

有明楼より一円も高いのだから、あきらめがつくのである。

おサヨはそんなわけにはいかなかった。

「白粉《おしろい》代もなかとに……旦那さんナ、俺《わが》でも加勢して、実家にゃ送るようにしてやると、言いなはったろうが――。そして、わたしにゃ、言うことバきけちゅうて、とうとう姦《し》てしもうて、人ば良かぁ気にしといて、あとは放ったらかすつもりじゃろ、否《うんにゃ》、わたしゃどげん事《こつ》のあってン、コンままじゃ旦那さんから離れんと！」

おサヨは息をはずませてまくし立てた。

夏代には、おサヨの声が激していたのとあまり早口だったので、意味がわからなかった。

ヒゲが途中で何度も睨んだが、おサヨにはこたえなかった。すると俄かに相好をくずして、ヒゲはカラカラと笑った。

「忘れとったバイ、忘れとったバイ。こりゃほんとに好い口じゃ。十五円もくれる所バ、もうちょっとで僕はうかつにも忘れるところじゃったぞ」

「十五円！」

四人は異口同音に歓声を洩した。

「そうじゃ、十五円じゃ」

「わあ――」

夏代は思わず歓声をあげた。はじめの花月《かげつ》でくれるといった六円五十銭の倍以上である。目先が急に明るくなったように思われた。

お梅も竹乃も口々に、十五円と言って息を弾ませていた。

おサヨは、やにわにヒゲににじり寄ると、

「旦那さん、そりゃ本当！　そげん好か口のあるトバ、何で今まで黙っとんなさったと？　じらさんで早よ教えんね。早ようはよう――わたしゃ嬉しか」

と言って腕をつかむと、彼の肩にしなだれかかった。

ヒゲは照れ臭そうにおサヨを押しやって、ヘラヘラ笑うだけでいっこうに先を話そうとしない。

おサヨがじれったそうに、またヒゲの膝をゆすった。

「そりゃどこね、長崎ね？」

「うんにゃ」

「大牟田ね、博多ね？」

「――――」

ヒゲは、固唾をのんでいる娘たちの顔をいちいちのぞきこむようにして語り始めた。

「実は……お美代ちゅう娘共《あねども》と、今の話はきまっとるんじゃが――」

「お美代？　どこの者ね」

おサヨが問い返した。

「加津佐《かづさ》の者《もん》タイ。四、五人連れで近日《ちかかうち》、行くようになっとる」

「そがん者ナあとまわしにして、私たちバ連れて行ってもらわにゃ。ねえ、田村の旦那さん」

おサヨがここぞと力説した。

夏代も、のりおくれてはと、

「ぜひとん、そがんして下さりませ」

と、おがむように哀願した。

「それがタイ、あまり好か話じゃケン、お美代たちがウンちゅうかどうかわからん。それに、親たちがひどう熱心で、僕のところに何度も頼みに来とる」

ヒゲはまたもとの渋面にかえった。

「そうでしょうバッテン、そこバ旦那さんの力で話バつけて、私たちが行けるように、何とかさしくって下さりませ」

夏代は、最上級の島原弁で、頭を畳にこすりつけた。

「何しろ、好か着物バ着せてもろうて、米ン飯バ食うてバイ、それで十五円じゃから、誰だって行きたかろ。お前達《ぬしどん》がお美代達《どん》じゃったら、他の者にゆずるナ？」

四人は、もっともだと思った。だからといって、このまま引きさがるわけにはいかない。

ふと夏代の頭に疑問が浮んだ。

「そがん高う雇うてくださる好か所が、日本にあるとですか？」

ヒゲが苦笑した。

大切なこの場で、夏代のように下手な質問をしてヒゲの感情を損ねては大変だと、おサヨは思った。彼女の言をさえぎるように、

「旦那さん、そげん沢山《たいそう》くれるところは、仕事も酷《きつ》かろうね。工場ね、炭坑ね？」

「炭坑や工場で、好か着物バ着せるもんか」

ヒゲはおサヨを振り返るかわりに夏代をみつめた。夏代はますます疑問を深めた。

「旦那さん、まさか芸者や女郎になるとじゃなかで

っしょうね。わたしゃ、わたしゃ士族ですケン」

「フウム、貴方《おまは》も士族カナ。手前《おんなづ》も元は武士ざい」

ヒゲの答えは意外だった。たしかに、一種独特のアクセントを持った士族弁である。夏代は恥じ入る気持で顔を赤らめた。

「まあ、旦那さんナ士族タイ。そんなら嘘も言いなはらんじゃろ」

おサヨの言葉に、四人はすっかり信用した。

たしかにヒゲが士族であることには、まちがいがなかった。彼は郷里の島原にまだ中学がなかったので、わざわざ長崎まで行って、その頃としては珍しい中学校を出ていた。中学を出ると彼は三井物産に勤めた。小才がきいていたので、社員に抜擢されるとすぐに上海に派遣された。そこで悪い遊びを覚えて、女の事から同僚と刃傷沙汰をおこし、クビになって支那の各地を放浪するうちに女衒にまでなり下ったのだった。

「早よう言うてきかせんね。そこはやっぱり料理屋か宿屋のごたる所?」

おサヨがまた、甘ったれた口調で訊ねた。

「割烹《かっぽう》たい」

「カポー?」

ヒゲは頷いた。

「割烹ちゅうてナ、つまり料理屋と宿屋とチャンポンにしたごたる所じゃ。二十世紀になってから、料理屋ははやらん。水炊きをしたり、すきやきを食わせたり、今までの料理屋をハイカラにした店じゃ。そこで、仕事は料理を運んだり、お客さんの相手をすればヨカ。別に芸者も居れば、下働きも居る。上女中のやうな仕事バすればよかとタイ」

ヒゲの話に、四人の娘たちは目を輝かせた。

「そげんよかとこなら、なおさらの事ねぇ、旦那さん。早ようきめてくれんネ」

おサヨはわくわくした声で、夏代たちにも頼めといわぬばかりに顎をしゃくった。

「お前たちがそう言うなら、聞いてやらずばなるまい」

わざと仏頂面を作って、ヒゲは不機嫌な顔をした。

おサヨが今度は本当に抱きついた。

「こらこら」

ヒゲは困ったような顔をしながら、抱きつかせたままでいる。夏代たちは、それを見て不自然とは思わなかった。それ程、娘たちは感動していた。

「ちっとばかり、むつかしかがのう。昼からでも加津佐に出かけて、お美代たちの親達に会うて話をつけてみるか」

「そがんして、そがんして、ねぇ旦那さん」

おサヨは抱きついたままで、ヒゲの体をゆすった。ほっとした夏代は、かんじんな事を忘れていたことに気付いた。

「旦那さん、そのカッポーちゅう店は、何という店で、どこにありますト？」

ヒゲは、そらきたと言わぬばかりに、おサヨを押しもどして向きなおった。

「ウースン路《ろ》じゃ。博多屋ちゅうて、花月の倍ほどもあるハイカラな店じゃゾ」

「ウースンロ？」

夏代は小首をかしげた。

「ウースン路じゃ」

ヒゲはとぼけている。

おサヨがかわってたずねた。

「ウースンロて、博多ね、博多の先ね？　それよりもっと遠か大阪の附近《にき》ね？」

ヒゲはいよいよ時機だと思ったのか、褌をしめるような恰好で肩をそびやかすと、ひとわたり娘たちを見まわした。

「はじめから言うとくが、行きとうなか者《もん》は行かんでもええぞ。ウースン路とは、上海にある街の名じゃ」

ヒゲの声には力がこもっていた。

「上海！」

期せずして四人が言った。

「そうじゃ、上海じゃ」

娘たちは黙ってしまった。

「行きとうなか者は行かんでもええぞ。好かァ着物着て、米の飯バ食うて、楽な仕事で十五円じゃ。

〽一生貧乏きらいな人に
　絹布団《きんぶとん》をば敷かせたい
　オッペケペー、オッペケペッポーペッポッポーだ。ワッハッハッハ」

ヒゲは豪快に笑った。

その頃までは、まだ地方では演歌が幅を利かせていたので、ヒゲが歌っても四人をからかっている風には聞えなかった。

娘たちが神妙な顔つきで彼の次の言葉を待っている様子をみてとると、ヒゲは更に肩をそびやかして壮士然とヒゲをひねった。

「皆ァ歌うとるじゃろ――

〽おどみゃ島原のナシの木育ち
何のナシやら、色気ナシばヨ
ショウカイナ

この意味はわかるか？　耕田《じいだ》も銭も何も無かケンで、色気もなかト。無かもんづくめじゃ。

〽おどみゃ勧進物乞《かんじんかんじん》、あん人たちァ良か衆《しゅ》
よか衆ァ、よか帯、よか着物《きもん》

チユウテナ、銭の欲しうなか者《もん》ナ歌うとれ。

〽乞食傍居《かんじんかたい》はかなしかろ
黄金《きん》の指輪《ゆびがね》はめてバイ
いきな束髪ボンネット
上海景気バ知らんかね
二月《ふたつき》働きゃ一年分
一年働きゃ六年分
六年働きゃ一生分
もうけて帰って倉建てろ
オッペケペーのペッポッポ」

好い気なものである。ヒゲは前もって自信があったとみえ、大きな声で調子よく歌った。

娘たちはつりこまれて温和しく聞いている。

ヒゲはいちだんと声を張り上げて、膝を叩いて調子をとりながら続けた。

「〽切干甘藷《かんころ》ン飯ゃうまかろダイ
カツレツ白飯《しろめし》ゃうもなかろ
絣の筒袖すり切れて
買う銭持たねば外出着《よそいき》たい
甲斐絹《かいき》の裏地をすべらせて
重ねるお召がふだん着タイ
金が物言う世の中タイ
オッペケペーのペッポッポー

さあ、好かん者は行かんでもええぞ。ピカァピカ光る黄金《きん》の指輪《ゆびがね》が欲しか者ナ、ちいと思い切って行け！」

「行こいこ。夏代ちゃんナ行かんな。十五円バイ、二人で行こ」

ヒゲの歌にうっとりと聞き惚れていたおサヨが、弾かれたように名のりをあげた。

「行きたかこちゃ行きたかバッテン——上海て、非常《そう》に遠《にゃ》か所じゃろ?」

あいまいな夏代の返事に、ヒゲはすかさず言った。

「上海は博多より少々《ちょっと》遠かバッテン、大阪より近かバイ、すぐそこじゃ。船で一晩寝りゃ、明日《あけんひ》はもう着いとる。長崎に行くのも、上海に行くのも、左程《そう》変わん。船にちっと長う乗るばかりじゃ」

「へえー、わたしゃ、東京よりまだ遠かところと思うとった」

気の早いおサヨが気軽に言った。夏代はまだ決しかねていた。お梅と竹乃は夏代の顔色をみていた。

「上海は僕も去年行って来たが、コン頃はひらけて、長崎の街のごたる。島原ン者も沢山《そうにゃ》行っとる。総員《そうょ》で行け。費用《どうょ》は心配せんでよかバイ」

夏代は、費用を出してくれると聞いて安心した。彼女が決しかねていたのは、上海が遠い外地だからではなかった。

現在でも島原地方の距離感からすれば、大阪、東京といった方がはるかに上海より遠く感じるのである。また、戦前における長崎—上海間の船より、長崎—東京間の急行列車の方が時間を要していたことは周知の事実である。

「旦那さんが、皆出して下さりますか?」

夏代は改めて念をおした。

「わかっとる、わかっとる。お梅に竹乃はどうな?」

夏代が同意したふうだったので、二人とも軽く頷いた。

「くどかバッテン、費用《どうょ》は幾らぐらいかかりますと?」

夏代は、まだ費用のことが気がかりだった。

「一人前、ちょうど百円ばかりかかる」

「えっ!」

夏代は肝をつぶさんばかりに驚いた。他の三人も思わず声を出すところだった。

百円といえば、想像もしなかった金額である。娘たちは全くしょげ返っていた。

「驚いたか、まあ聞け。ところが心配せんでよかとじゃ。その百円かかるところバ、僕が十円で行かれるようにしてやる」

ヒゲは言葉柔かくなだめた。

四人はやっと落ち着きを取り戻したが、まだ半信半疑だった。

「まず言っとくが、上海に行くためには、旅券チュウ物が要ることバ、お主らは知っとるな?」

と前おきして、ヒゲはゆっくりと次のような事を語りはじめた。

——旅券は、銭では買えない。旅券がないと、船に乗れない。旅券がないと、向うで船から上陸させない。では誰がその旅券をくれるかチュウと、天皇陛下じゃ。大日本帝国臣民としての証明書を下さる。それが旅券じゃ。天皇陛下のところへはのこのこ行けぬから、我々の代りに長崎県知事閣下よりもろうてもらうことになる。その手続きがなかなか厄介なんじゃ。

その手始めに役場に行って、それから警察署に行く。警察署から郡役所、郡役所から県庁と、そりゃあなかなか難しい。

旅券をもらうためには、今ここで島原の城下へ直ぐ引き返さにゃならぬが、役場を振り出しに、官員さんにはペコペコ頭バ下げてバイ、県庁まで書類がとどくのに充分一ヶ月はかかる。つまり、どんなに事がうまく運んでも、出発が一ケ月以上おくれるチュウことだ。

次に、旅券をもろうたら注射じゃ。注射は痛いからのう。ペスト、コレラ、チブスと、いろいろの伝染病の予防注射を十六本もぶっ続けにせにゃならん。たいていの者は、腕が腫れ上って熱が出て寝てしまう。見ちゃおれんわい。僕も去年、上海に行く時、注射で長崎の宿で二日も寝てしもうた。

それがすむといよいよ船に乗るわけじゃが、上海行きの船には長崎の港か下関《ばくわん》で乗るように決められとる。ところが乗る前に、もう一つ困った検査がある。税関という役所と検疫所という両方の役所に連れられて行って、素裸にされてしまう。兵隊検査よりも酷《ひど》か身体検査じゃ。男ならいいが、女、なかでも娘がいちばん困る。××の中まで調べるんじゃからのう。そして戸籍謄本と比べて、嫁にいっとらん娘がアレしとったら、その場で落第じゃ。大日本帝国の臣民として、おかしいというので追い返されてしまう。もっとも、お前達の中にはそんな者は居らんじゃらうが……えへへへへ。

笑っているヒゲを、おサヨは恨めしそうに見ていた。お梅も身に覚えがあるのか、赤い顔をしてうつむいている。竹乃は感動を示さない。夏代だけが真面目くさった顔で聞き入っていた。

「わたしゃ身体検査も注射もおそろしゅうなかバッテン、百円もかかるとバ、どげんすれば十円で行かれますと?」

夏代は、まだ金の事が気になっていたらしい。

おサヨは、ヒゲの言葉を真になって受けたのか、身体検査の話でがっかりした様子である。

「ま、まあ——慌《あせ》がるな。僕が知っとるから知っとると言うとるんじゃ。何しろ百円といえば、大金も大金、それでそんなアホらしか金バ使うて行けるもんか。十円でよかと、十円で。考えてもみい。四人で四百円じゃぞ。勿体なか。今、かりに僕が百円を持っとるとしたら、即ちここに百円札が一枚ありとせば、だ——」

と、ヒゲはまた、あらまし百円札の効用について、次のように語り続けた。

——目下、米の値段は一升十銭也であるによって、一斗が一円、四斗が四円、即ち一俵が四円である。しかるがゆえに、十俵は四十円で、二十俵が八十円、百円では二十五俵の米が買えるのである。二十五俵の米は、馬車一台である。大飯喰いのお前たちが、三度三度、米だけの飯を四人で食うても二年以上はかかるのじゃ。

また百円札が一枚あると、お前たちの麦藁屋根とちがって、瓦葺のよか家が一軒建つぞ。そうじゃそうじゃ、お前たちが今いちばん着たがっとるモスリンの着物なら三十枚も買える。

昨日、船の上で歌うとったろ、「汽笛一声新橋を」と。あの汽車の旅じゃが……島原ン城下から馬車に乗って諫早まで行く。それから、出来たばかりの九州鉄道院の汽車に乗る。博多、下関、大阪、京都、新橋と行って、東京は日本のキャピトルで、と東京見物バ一ケ月もして、宿銭も当り前に払う。それからまた汽車に乗って帰って来る。まだ銭が余っとるんじゃ。

夏代は有明楼に働いとったのう。あの有明楼で、飲んで食って芸者バあげて、酒は飲めるだけ飲んでバイ、百円あれば一ケ月も居続け出来るんじゃから、百円チュウ大金は、ほんに大したもんじゃ。

娘たちは、自分らの想像を絶した百円という金の価値について、弁説さわやかなヒゲの話を聞くよりほかはなかった。

　かんじんの十円で行ける方法をヒゲがなかなか切り出さないので、業をにやした夏代は食べ残していた朝飯をやけに食いはじめた。他の娘たちも夏代に倣った。

　ヒゲは長広舌が過ぎたと思ったのか、いきなり金ぐさりのついた懐中時計を畳に放り出して娘たちの注意をひいた。

「この時計もだ、この金縁眼鏡も、こんなものを叩き売ったって百円にはならん。いかに僕が君らに同情して費用バ立て替えるチュウても、四百円も立て替えるほどの分限者じゃなか。しかし何とかお前らをしてやらにゃならん。幸い僕はかつて三井物産株式会社に奉職していた関係上、今もって多くの外国船の船長と交際バしちょる。学があると、こんな時都合の好いもんじゃ。英語もフランス語も支那語もペラペラじゃケン。——グッドモーニング、イブニング。ムッシュ、ボンジューール、ボンソワール。ニイ、ハオハオ。ざっとこんなもんじゃ。判るかね——」

　娘たちは、ポカンと聞いている。おサヨだけは、頼もしげにヒゲを見て目を輝かせた。

「時に、僕の知り合いの船長が乗っとる船が入港すると簡単なもんじゃょ。僕が船長に頼めば、すぐ乗せてくれる。表向きは乗せちゃならんのじゃが……一人前十円ぐらいのチップをやれば、チップとは祝儀の事じゃ。祝儀バ包んどかんと、途中の飯バ食わせてくれんからのう。この口之津で、こっそり晩のうちに乗っておくと、中一晩寝て、明後日の夕方はもう上海に着いとる。楽なもんじゃ。そうすりゃ、旅券も身体検査も百円も何も要らん」

「そげん簡単に乗せてもらえると？」

　おサヨが、いきいきとした声で訊ねた。

「お前たちがその気なら、何時でもよか。だがイギリスの船は、昨今、国からやかましゅう言われとるチュウて、なかなか乗せてくれようとせん。頼むなら、アメリカかフランスかドイツの船じゃ。近日《ちかうち》、入港すると思うが、そしたらすぐかけ合うてやる」

「その船は、いつ頃はいりますと？」

　夏代が訊ねた。

「十日か二十日もすれば入港《はい》るじゃろ」

「そんなら頼んでもらおか、おサヨしゃん」

夏代がついに決心したように言った。

「わたしゃ一人でも行こうと、さっきから思うとった。お梅も竹乃しゃんもいっしょに来るじゃろ?」

おサヨの問いに、お梅も竹乃も勿論異存はなかった。ヒゲはニコニコと笑って、

「じゃ、みな行くな。行くときまったら、もう一つよか事バ教えとこ。向うへ着いたら、博多屋でみんなの費用バ百円ずつ出してくれることになっとる」

「わあ、百円ずつも!」

おサヨが袂をバタつかせて喜んだ。

「うむ、百円ずつじゃ。そこで、今までに僕が立替えておいた十円ばかりと、船の祝儀が十円、今から船に乗るまで、かれこれ五、六円はかかろ。〆て二十五、六円にはなるが、僕にも手数料として少しは儲けさせてもらわにゃならぬ。それを入れて合計三十円として、その三十円は、向こうへ着いて百円もらった時、差し引いてもらえばよろしい」

「四、五円のお礼でよかとですか?」

金となるとすぐ頭が働くとみえて、夏代が訊ねた。

「ああ、よかとよかと。四円ずつ儲けても四人では十六円にもなるとゾ。それよりお前たちは残りの七十円バ無駄遣いせず、五十円はすぐ親許へ送らにゃならん。十円で身のまわりの物バ買うて、十円はこづかいに残しとく。僕がちゃんとそうするごと、博多屋の主人に手紙バ書いて持たせてやる。いいな」

こんな好い話に異存があるはずはない。四人はしおらしく、こくりと頷いた。

「では、ぼつぼつ話をつけに加津佐まで出かけにゃならぬが——。船がはいるまで、このまま皆に宿づきされたんじゃ費用がかさんで困る。僕はかまわんが……あとでお前たちが損をせんように、僕に好い考えがある。ここの親父に僕から頼んでやるから、船がはいるまで、女中か何かで働かせてもらうんじゃ。そうすれば安心して船待ちが出来る」

「それが好か。ねえ、みんなそう仕様《しやい》」

三人に呼びかけるおサヨの声は弾んでいた。

一時間程たって、ヒゲは上機嫌で帰って来た。

「話がうまくいったぞ。ここで使うてくれるそうな。しっかりきばるんじゃぞ。忘れぬうちに言うとくが……もし、人が訊ねたら、お前たちは始めからこの家に奉公に来たんじゃと言えよ。幾ら貰うとると聞

かれたら、おサヨと夏代が二円、お梅と竹乃は一円ずつと答える。船が来るまで、時どきのぞきに来るが、用がある時はおサヨに言いつける。皆、わかったナ。じゃあ、今から普段着バ渡す」

ヒゲは携えて来た風呂敷から、四人分の絣の着物を取り出した。二枚には袂がついていたが、二枚は筒袖だった。ヒゲの説明によると、おサヨと夏代は女中で、お梅は飯炊き、竹乃は風呂たきだという事である。

彼女らが絣に着替えると、ヒゲはいそいで今までの着物をバスケットに詰め込んだ。

こうして四人は、その日から鹿児島屋で働くことになった。

4

鹿児島屋の仕事は、夏代にとって格別むづかしいことはなかった。お膳を運んだり、掃除をしたり、有明楼で皿洗いばかりしていた時より、はるかに楽だった。直接客に接することが、彼女にはむしろ仕事の上で出世をしたように思われて、楽しい日が続いた。

鹿児島屋は案外、客の出入りが激しく、夜更けに及ぶこともあった。主として三井関係の客が多く、高級社員には社員様と呼び、または三井さんと呼ぶように躾けられた。宴席などで「別嬪じゃ」と言われると、夏代は思わず頬が火照って有頂天になった。

おサヨも客のとりもちが好く、さばけていたので評判がよかった。とりわけ宴会などがあると、芸者に混って、得意のハイヤ節を、三味線に合せて上手に歌いながら踊って、喝采を博した。

〽ハイヤエー、ハイヤ
ハイヤ可愛や、今出た船はヨ
どこの港に（サアマ）着くじゃやらヨ
貴男《うん》と寝《ぬ》っともんか、銭《ぜん》と寝《ぬ》っとサ
貴男と寝っと思たなら
腹が立ってたまらん（ハ、ヒイタヒイタ）

両手に二枚ずつの皿を持って、指に挟んで鳴らしながら踊るのである。おサヨは踊りながらお尻をクリクリ動かすのが上手だった。おどけた顔で尻を振るたびに、客は笑い転げた。

彼女が上手だったのは町の飲食店に働いていていたからではなく、島原の者はたいていこの唄を歌い、何かといえばすぐ踊ったものである。

九州のあちこちでハイヤ節の歌われる所は多いが、発祥の地は島原だった。元来が旧藩主の御用船を船蔵に曳き上げる時の船曳き唄から始ったもので、そのため庶民の間に普及していた。

囃し言葉が諷刺に富んでいて、調子も陽気で面白かったのが受けたのであろう。幕末から明治初年にかけて、島原から出ていた大阪通いの定期船の船頭たちによって港々に伝えられ、今ではこの歌の本家があちこちに出来る始末である。

当時までは、まだ島原から大阪通いの定期船が出ていた。有明海には天然の良港が少なく、そのため沿岸の煙草、木蠟、黒砂糖などの産物を、一応島原の港に集荷していた。

島原の港は、筑後川の上流を含む、筑前、筑後、それに肥前、肥後の物資の集散地になっていたのである。九州の幹線鉄道が完成されたのを契機に、つまり日露戦争を境として、九州の交通や風土的色彩は一変したと言っても過言ではない。

「汝《うん》と寝《ぬ》っともんか、銭《ぜん》と寝《ぬ》っとサ」というのは、銭が欲しいから寝るというのではなく、こんなにでも言わなきゃ別れが辛い、という意味である。

夏代は、有明楼で毎晩のように座敷から流れてくるこの唄を聞いて、自分も人並みに歌えるように覚えたいものだと思っていた。幸いおサヨと働くようになったので、この機会に覚えてしまおうと、朝の掃除をする時も、午後の暇なひとときも、ハイヤ節ばかり歌って暮した。

半月ほどが夢のように過ぎた。

見るもの聞くものが、夏代には新しいことばかりだった。すっかり変った環境と目まぐるしく変化する人の動きに、どうかすると上海行きを忘れることさえあった。この点では、他の娘も同じ気持だったが、おサヨだけは、本当に上海行きをあきらめて、ここにこのまま居つくのではないかと思われる程、朗らかだった。

その証拠に、彼女の伊達が日ましに目立って、玄人のように白粉を塗り、何時の間にか金の指輪まで挿していた（実は真鍮だったが、彼女自身は本物の金の指輪だと思っていた）。

今日も十銭、昨日は五十銭貰ったと、客からの鳥目をおサヨが誇らしげに言って聞かせるのを聞いて、夏代は羨ましく思った。かれこれこの半月でおサヨが貰ったという金を計算してみると、すでに五円ちかくなっている。一月もすれば十円も溜るだろう。こんなボロ儲けがここに居て出来れば、上海にまで出かけて行く必要はない。いざとなると、おサヨは自分といっしょに行く事を厭だと言い出すのではなかろうかと夏代は心配した。

彼女がもらった金はそれまでに五十銭足らずだったので、なおさらおサヨの事が気になった。また、あんなに貰えば指輪や白粉も買えるだろうし、歌と踊りがうまいおサヨだからこそもらえるんだと信じこんでいた。


ある晩のことである。

その日は客も少く早仕舞だったので、夏代は風呂から出ると直ぐ寝ようと思って部屋に帰った。

部屋は石垣の上に突出して建てられた物置小屋の一部にあった。彼女たちは、今まで居た女中や下女とは別に、ここの三畳に寝起きしているのである。

もとからいた女中はおしのとハツエといって、近所の村の者だった。一人がめっかちで、一人は豚のやうに肥えていた。それに薄のろのおクマという下働きがいた。そこへ彼女らが加わったのだから、鹿児島屋は一時に賑やかになり、自然おサヨたちの方が本物の女中のようにみえた。

みるからに吝嗇坊《しわんぼう》らしい鹿児島屋の夫婦は子供がなかった。ためることだけが楽しみらしく、ただ働きの彼女らにさえ、客の食い残しの外は唐芋《とい》を混れた粟飯を食わせていた。ヒゲとグルになっていたので特別気の利いた女中を置く必要はなく、ヒゲの言う費用を浮かす口実はむしろ鹿児島屋が考えたことだった。ヒゲは船待ちをする間、娘たちがゴロゴロしているのをカムフラージュさえすればよかったのである。

お梅も竹乃も風呂から出て帰ってきた。三人はせまい部屋に折り重なって寝た。

自分より先に風呂を出て、とっくに帰っていなければならないはずのおサヨがなかなか戻ってこないので、夏代は気になった。もしかすると、おサヨはこの家を逃げ出したのではなかろうか。そんな心配が夏代の胸をかすめた。

この二、三日泊っていた三井さんの部屋におサヨが入り浸っていたので、夕方、三井さんが帰ったあとを追って大牟田へ行ったのではなかろうか。おサヨが「わたしゃ、あの三井さんバ、非常《そう》にゃ好いとる」と言っていたことや、三井さんも「お前がとても気に入った」と言って自分の目の前で一円札をおサヨにくれた事などを思い出した。

お梅と竹乃がすでに鼾をかいているのに、夏代は寝つかれなかった。頼りにしているおサヨがいなくなったとなると、自分はどうしよう。夏代の不安はつのった。

もしかすると、他の客の部屋へまた出かけて行ったのかもしれない。しかし寝間着のままで客の所へ行くだろうか。そんな疑問もおきたが、夏代はおサヨを探さずには居れなかった。

足音をしのばせて、炊事場のわきから母屋の方へ行きかけると、海に降りる石段の方角で人声らしいものを聞いた。おやと思って石段に近づき、夾竹桃のかげから下をのぞくと、暗闇の中に一杯の伝馬船がつないである。

夏代はドキリとした。二人の男女が囁き合っているらしい。聞き耳をたてたが、話の内容はわからなかった。モソモソ話している男の声は大きくなる時もあるが、言葉は聞きとれない。女の声は途切れとぎれだった。溜息のようなものも混っていた。

夏代は聞いているうちに、体中が一時に火照った。あの女はおサヨしゃん?

男は?

瞬間、猥らな連想が夏代の頭をかけめぐった。誰だろう、あの男は。もっと近付いて確かめようと前に進みかけたが、体が硬ばって動かなかった。

やっと伝馬船の真上とおぼしきあたりに近づいて波止めの石垣に耳をこすりつけると、船の様子がはっきりと聞える。

これがおサヨだろうか。鼻を鳴らして甘えている女の声は、子供のようである。男は、おこったように唸っている。

舟が小刻みにゆれているとみえて、静かな水面を舷がピシピシと叩いている。ときおりゴツンゴツンと音がするのは、舟が石垣に突き当っている音だ。

息を殺して聞いていた夏代が緊張の連続にたまりかねて大きく息を吐いた時だった。

猫のような呻き声と共に、

「あ、あ、あっ――」

と、異様な悲鳴が聞えた。

思わず体をのり出して下をのぞくと、二人の男女が船の中で重なり合っている。石垣の暗がりで誰だかわからない。夏代は我を忘れて更にのぞきこんだ。女はたしかにおサヨだった。あおむけにのけぞり、両手をばたつかせている彼女に、男は馬のりになっていた。こちらに背を向けていたので、その男が誰だったのか彼女にははっきりしなかった。

はじめて知った性的興奮に、夏代は得体の知れないけだるさを覚えた。急いで部屋に戻って布団にもぐりこむと、再び快感が襲ってきた。

おサヨがもどって来て、炊事場の水甕《はんずがめ》をかきまわしている柄杓の音が聞えた。彼女は水を飲んでいた。

夏代が狸寝入りをしていると、部屋にはいって来たおサヨはいきなり彼女の枕元に近づいて、鼻をいやという程ねじ上げた。

「いまから他人《ひと》の交《しょ》るとバ見るとじゃなかとゾ！」

おサヨは大儀そうに自分の布団へ行って、ゴロリと横になった。

夏代はおサヨに鼻をねじられても、不思議に腹が立たなかった。見てはならないものを見てしまったことに対する愉悦と、おサヨが逃げ出さないでいたので、さき程までの不安が解消したことで満足していた。

ただ、おサヨの相手だけは気がかりだった。幼稚な彼女は、それがヒゲであり、白粉を買ってやった者も真鍮の指輪をくれたのも、同じ彼だということに気付かなかった。

おサヨはその後も、床を抜け出すことがしばしばだった。

夏代はおサヨの秘密を知ってからも、お梅たちにそのことを口外しなかった。彼女には、そうすることがいかにも大人らしく見え、自分も一人前になったんだと、誇りに似たものを感じていた。

夏代は、来る日も来る日もたのしかった。多くの客に接して少しでも世間のことを知り得ることが、今の彼女には生き甲斐となっていた。だが、二十日たってもヒゲが姿をみせないので、お梅たちが不安がると、彼女もさすがに心配になりだした。

おサヨだけは依然として朗らかだった。

ヒゲのことを訊ねると、

「どこバ彷徨《ほっつい》とるやら、あの人ン事はわからんト。船がはいれは、何処《どっ》からか忽然《ぼかあっ》と出て来るたい。心配せんでよかよか」

と、意味ありげにうそぶいた。

夏代たちは、彼女の落着きはらった言葉に気をとりなおして、また毎日の仕事にいそしんだ。

この鹿児島屋に来てから、夏代は実に多くの事を学んだ。

まず彼女の期待を裏切ってがっかりしたものに、紙巻タバコがあった。有明楼で紙巻煙草を吸う人はとてもえらい人かお金持だと思っていたのに、口之津ではたいていの者が吸っている。外国船の船員たちが焼酎とかえたり売ったりするので、刻み煙草ほどに安いということだった。キャッスルとかキャプタンとかいう名前や、葉巻煙草というのがあることも覚えた。港の肥前屋ではじめてヒゲに会った時、紙巻煙草を吸っているのを見て、この人は身分の好い人だなと思ったことが、今では馬鹿らしくてならなかった。

因みに、朝日六銭、敷島八銭で、初めて紙巻煙草が専売法によって売り出されたのは、翌明治三十七年七月からのことである。バットは四銭で、少しおくれて明治三十九年に売り出された。

ある日、見たこともない親指の爪ほどの美しい塊りを、三井さんが、

「長崎のおみやげだ、おあがり」

と言って五つほど下さったことがある。玉虫のように輝いたその塊りを口に入れると、えも言われぬ甘い味に、よだれが溢れて困ってしまい、

「これは何ちゅうお菓子ですか?」

と訊ねると、ロシア飴だという事だった。あくの強い芋飴の外になめた事がない夏代は、これが飴だろうかと訝った。勿体なくて残りの四個を紙にくるんで懐にしまいこみ、夜、お梅たちにもわけてやろうと思ったら、貰う所をおサヨに見付けられて、後でまき上げられてしまった。

この時、三井さんは、傍に居た他のお客様と、

「いよいよロシアと日本は戦争しなきゃならなくなるだろう」
と話されていた。ほんとうに戦争が始まるのだろうか。夏代はかすかに覚えている日清戦争で勝った時の旗行列の事を思い浮べた。

上海に渡る前に、ぜひこの口之津で見物していきたいと夏代が思っている所があった。苧扱川《おこんご》という所である。客の話によると、そこはすばらしく賑やかな通りで、島原の城下にもない程繁盛している所だと聞いた。

苧扱川。オコンゴ。たいていの客が口にするオコンゴという所は、一体どんな所だろう。

また、いろいろの客の話題の中で、「密航者」という言葉を度々聞いた。この地方では女衒の事を密航者と呼び、海外に石炭船で渡ってゆく婦女子のことを「密航婦」または「からゆき」或は「二本奴《にふんど》」と呼んでいる。二本奴とは、昔、遊女が、穴あき銭を縄に通して二本、つまり二貫匁の身代金で売り買いされていたことから、銭二本分の奴という意味である。

夏代は密航者の話を聞いた時、ヒゲの顔を思い浮べて「もしや」と疑念を抱いたが、すぐまた、あのヒゲに限ってそんなことはない、と打ち消した。ヒゲは第一、親切である。金持でもあれば、船長も知っている。密航者は娘を売りとばすのに、ヒゲは金まで立て替えて、自分たちの先々のことまで心配してくれる親切な世話人《はんにん》だ。ヒゲを密航者などと考えたら罰が当ると、彼女はひたすら信じこんでいた。

夏代にとって特筆すべきことは、ここで彼女が〝社会主義者〟になったことだった。

その頃、造幣局や、東京、大阪などの大きな工場で、しきりに同盟罷業がおきていた。夏代はその話を客の言葉の端ばしから聞きかじって、彼女は彼女なりに、大がかりな喧嘩の意味だと解釈していた。しかしその後の話で、うまく自分の解釈と当てはまらないので、居合わせた三井さんに同盟罷業の意味をしつこく訊ねると、
「この女は末恐ろしい奴だ。社会主義者になるのか」
と言われた。またしても難解な、社会主義者とい

う言葉がとびこんで来た。彼女はそこで、今までの考え方を修正して、次のように解釈した。

同盟罷業とは、自分がこうだと言い出したら、意地でもがむしゃらに押し通すことである。もし、言い分がとおらなければ、不貞腐れて仕事を放り出すか、言いつけを守らないことだ、と。また、社会主義者とは、その不貞腐れ者の事を言うのだ、と。

そこで夏代は、自分は一度も仕事を放り出したり、ふくれっ面をしたことがないのに、三井さんが自分に社会主義者だと言ったということで、内心、大いにむくれたものである。


鹿児島屋に来て、一ケ月にもなろうという日の夕方だった。

おサヨが裏庭の石段の所で手招きするので、夏代が行ってみると、

「旦那さんが来とらすバイ」

と、下の方を指さした。

二人が降りてゆくと、ヒゲが伝馬船に片足をかけて水際に立っている。

「船が来たぞ。喜べ。今夜、船長と交渉するつもりじゃ。話が決ったら、二、三日のうちに出発する」

それだけ言うと、ヒゲは櫓をとって漕ぎ出そうとした。

「旦那さん！」

夏代がいきなり叫んだので、

「何ナ？」

ヒゲは振りかえって石段に足をかけた。

夏代は、船が来たと聞いてほっとしたが、同時にあることが彼女の脳裏にひらめいた。

「船に乗ってしもうたら、もう戻って来れんかもしれん。そいで、お客さんから聞いたオコンゴやらどこやら明日見物バしたかケン、幾らか銭バ貸しといて下さりませ」

夏代の言葉に、ヒゲはギクリとした。

「ようお前ゃ銭バ借る娘じゃ。幾ら欲しかな？」

ヒゲは渋い顔をしてがま口を取り出した。

「――――」

夏代は何も言わないで、じっとヒゲをみていた。

ヒゲは面倒とみたのか、バラ銭をとり出して、

「この位あればよかろう」

と銭をつかんだこぶしを突出したが、夏代は手を

出さなかった。

「いらんトナ?」

「そンくらいならもらわんがマシ」

夏代がつっけんどんに言ってのけた。ヒゲが怒った口調で、

「そんなら幾らじゃ」

「十円!」

「十円?」

今度は本当に怒ったらしく、ヒゲは眉のあたりをピリピリと動かして夏代を睨んだ。

夏代には成算があった。

石段を降りてくる時、伝馬船に乗ったヒゲを見て、彼女は、いつかの晩のおサヨの相手がヒゲだったことに気付いた。

更に、船が来たと言った時、いつになくヒゲの目が底光りしていたので、もしかすると、この男は密航者じゃなかろうかという予感がした。

しかしもはやここまで来た以上、あとへ引くわけにはいかない。密航者であろうと、ただの口入屋であろうと、自分は行こうと決心した以上、上海へ行くのだ。今更そんな事を詮議立てするより、どうせ当分は帰ってこれないのだから、見たいものは見て食いたいものは腹いっぱい食わなきゃ損だ、と腹をすえたのだった。

「くれんならくれんでよか。おどみゃ知っとるバイ。旦那さんナ、おサヨしゃんと、ここで何度も××バしよったろが」

夏代の意表をついた言葉に、

「何いッ!」

とヒゲが目をむいてみせたが、彼女はそっぽを向いていた。

仕方なくヒゲはおサヨと見合った。

「仕様ンなか」

いまいましそうにヒゲはバラ銭をがま口にもどして、五円札を出した。

夏代はちらと見て、

「五円なら要らん! 警察に行くばっかりタイ」

クルリと向きを変えて、石段をのぼる真似をした。

彼女は胸の中で、今こそ、東京《みやこ》の者《もん》に負けんごと私《あたい》も同盟罷業ばするとゾ、と叫んでいた。

ヒゲは本当に驚いて、船からとび降りると彼女の懐に十円札をねじこんだ。

夏代は、

「要らん、いらん！」

と邪慳に手を振ったが、かんじんの十円札は、しっかりとつかんでいた。

生まれてはじめて手にした十円札である。夏代はこみ上げてくる感激をおさえることが出来なかった。

「旦那さん、済ンまっせん」

夏代は、それだけ言うと、急いで石段をかけのぼった。

5

十二月一日。

その日はよく晴れていた。夏代は朝じまいをすますと、お梅をさそって外へ出た。

二人は道を訊ねながら、だらだら坂をのぼった。のぼりつめると、思いがけない入江が目の下に開けた。

目指す苧扱川《おこんご》は、その入江の奥まった一郭だった。人通りもまばらで、十数軒の似たような二階建てがずらりと並んでいた。聞きしにまさる大きな建物ばかりだったが、小店や荒物屋などの類がない。

夏代は、ひっそりと静まりかえった朝の通りを一瞥して、お客さん達はなぜここが繁華な場所だと教えたんだろうと怪しんだ。苧扱川は、彼女の期待に反して遊女屋街だった。

かつて島原半島の領主であった有馬氏が、いち早く南蛮貿易を開始して、この港を開港場にあてたのは一五六二年（永禄五）のことで、長崎より数年早い。そのころの遺物として、ポルトガル語のオコンゴという言葉が今に地名となって残っているのだと、里人は言う。

口之津が石炭の積出し港として発展しはじめると、オコンゴには遊廓が出来て、港の隆盛とともに繁昌をきわめた。日本人の客だけではなく、諸外国の船員達も相手にしていたので、公娼となっていた。

ある一軒に近付いて、夏代が中をのぞくと、打水をまいていた遣手婆らしい女が、二人を振り返ってけげんそうに見ていたが、

「働きに来たッかい？」

と声をかけた。

夏代は驚いて身をひるがえすと、お梅には目もくれず駆け出した。

何がおきたのか訳もわからず、彼女も夏代の後を追った。

一気に坂をかけのぼると、樟の木陰に夏代が待っていた。

「あそこは皆、女郎屋バイ。まごまごしちょると叩き売られるかも知れん」

大きな目をぐるぐるまわしながら、夏代はまだ息を弾ませて立っているお梅にそう言うと、もと来た道を先に立って歩きはじめた。

道端に山茶花《さざんか》の花が咲いていた。夏代はその真赤な花を手折ると頭に挿して、お梅にも挿すようにすすめた。

「もう椿の花の咲いとる」

夏代はうきうきした顔で、花の梢と青い空を仰いだ。

「否《うんにゃ》、こりゃ椿じゃなかとゾ、山茶花《かたし》ばい」

お梅は夏代の言葉をさりげなく否定して、

「今どきゃ、うちに居ると、椿の油やかたしの油バ搾油《せじ》らにゃならん。うちじゃ、もう疾《と》うに長崎で働いとると思うとるじゃろ」

と、感傷的に地面を見つめる。

夏代はそんな事には頓着なく、明るい日射しに眩しげな表情をしてみせた。

「これから、早崎の瀬詰の瀬戸バ見に行こ」

突然、夏代が言い出したので、

「瀬詰の瀬戸て何な？」

お梅は気のりしない返事をした。

「日本一、非常《そう》にゃ大《ふと》か渦巻の出来《でく》る所《とこ》タイ」

夏代は、客から得た知識を披露した。

瀬詰の瀬戸は島原半島の南端と天草島の間にある早崎海峡の一部で、干満の差の激しい有明海の潮流が天草灘に奔騰するのど首のような所である。ここに起きる渦巻は日本三大渦巻の一つに数えられている。

二人は燈台を目あてに、岬のけわしい坂をのぼった。

夏代は、渦巻は燈台の向うに出来ると聞いていたので、そこへ行きさえすれば簡単に見られると思っていたのであるが、全くの見当ちがいだった。そこには漂茫とした天草灘が果てしなく拡がっているばかりで、問題の渦巻は右手の、もう一つ向うにある岬の沖合に出来るらしく、海面が白く泡立っていた。その方角から、ごうごうと風のまにまに汐騒が聞える。

がっかりした二人は、のぼって来たばかりの汗ばんだ額を、爽やかな小春日和の汐風に吹かれながら、曲りくねった榕樹の幹に腰をおろして休んだ。

青一色の空にそびえ立つ燈台に感心していた夏代が、ふと左手を見て、

「まあ、綺麗さ……」

と歓声を洩した。

みると目の前に、天草の出ばった岬が、海蛇のようにのびて、その中程に鬼ノ池の港が手にとるように見える。天草の山々はさらにその向うに霞んでいた。左手には、原の古戦場の断崖が、すぐに飛び越せそうな位置でとがった顎を突き出している。

口之津の港は、全く目の下だった。手鏡のような形で、昼近い太陽の光につつましく照り映え、船はその鏡に姿を映して、人家は彫刻のように周囲を縁どっている。

やがて、煙を吐いて港外に碇泊していた一隻の船が、すべるように沖合に向って出てゆくと、二人は申し合せたように、船が水平線の彼方へ消えるまで、いつまでも見守っていた。

自分たちも二、三日のうちに、あんな大きな船に乗って、美しいこの港から旅立ってゆけるのだと思うと、まじかに迫った未知の世界への憧れが、今は彼女らをもどかしい気持にさえしているのだった。

燈台の岬を降りて、夏代たちが波止場近くへやって来たのは二時近かった。昼飯を食う店をあちこちと探しまわっているうちに、ここまで来てしまったのである。

二人は「めし」と書いたのれんをやっと見つけて、とびこんだ。よほど腹が空いていたとみえ、いなりずしを二皿ずつ、それに卵かけのうどんを二杯も平げてしまった。

夏代はチャンポンを食いたかったのだが、うちでは出来ないと断られたので、奮発してすうどんを卵かけにしたのだった。

「いくら？」

夏代が勘定をたずねると、

「へい、すしが四皿で四銭、卵かけが四杯で四銭、みなで八銭でやす」

めし屋の親父が鼻をすすりながら答えた。

夏代が大事そうに懐の奥から、紙にくるんだ十円札を出したので、

「十円！　チョッ――そがんとン釣銭は無か」

と、どなった。

夏代は別に、鹿児島屋で鳥目にもらった五十銭ばかりと、とっておきの一円札を状袋に入れて持っていたが、わざとそれを出さなかった。

めし屋の親父が腹立たしそうに十円札を睨んだまま困り切って突立っているのを見ると、夏代はたまらなく嬉しかった。今まで味わったことのない優越感が面映ゆい程おそって来て、夏代に金銭への魅力と執着をいっそう深めさせた。

傍からお梅が、

「ねえ、夏代しゃんのうちは、金持でよかネ。おどま家《うち》バ出るとき、父親《ちゃん》から非常《まんいち》の時にと言うて二十銭貰《もろ》て来たとバ、持っとるばっかりバイ」

と泣き出しそうな声で言った。

お梅は、夏代が羨ましくもあったが、自分自身に対する卑屈さの方が強かった。それを夏代は単純に、彼女がしんから羨ましがっているのだと解した。ただ、金持だと言われた時は内心ひやりとしたが、一方では何も知らないお梅を可哀そうだと思っていた。

「待っとれ。釣銭バ細《こも》うして来るケンデ――」

親父は、らちがあかないとみたのか、プリプリして出て行った。

一時間たっても帰ってこないので、二人は飯台に突伏してねてしまった。

それから半時間もたった頃だろうか、親父が帰ってきて、二人が眠っている飯台の端を激しく叩いた。

「こら、起きらんか！　矢張《やっぱし》釣銭ナどんならん」

寝とぼけた夏代が、

「釣銭？　釣銭なら持っとる」

と言って、懐から状袋をひきずり出した。

中の銀貨がチャリチャリと鳴ったので、

「汝《うん》ナ、こまかとバ持っとるじゃなかかナ。ひとバ馬鹿にしくさって！」

親父が怒って、また飯台を叩いた。

夏代は急いで十銭銀貨を取り出すと、親父の鼻先へつき出して、

「釣銭ナ要らん」

と言った。

「何い、汝《うぬ》から二銭バもらうもんか、持って失せろ！」

親父が胴巻から二銭銅貨を出して飯台に叩きつけると、二人は驚いて外へ飛び出した。

お梅が心配そうに、

「あの十円ナ、どうしたナ？」

と訊ねると、

「持っとる。そう簡単に渡すもんナ。あン爺が釣銭バ持って来た時、引きかえに渡そうと思うとった」

と夏代は笑った。

二人は宿とは反対の方角へ、ぶらぶら歩き出した。町全体を見物してまわるつもりだ。

小間物屋の店先まで来て、夏代はフラフラと中へはいった。棚の片隅に、銀紙にくるんだ拳ほどの物を目ざとく見つけると、

「こら何かナイ？」

と訊ねた。店の女主人が、

「シャポンというてナ、上海から船員さんが持って来たものを売ってくれと頼まれとりますト。船来モンですタイ」

と、手にとって銀紙を開いてみせた。

「上海からナア――」

夏代は、上海という言葉に言いしれぬ親しみを覚えた。その、艶のあるピンク色のお菓子のようなものからは、ほのかに甘い香りが漂ってくる。

「うまかですか？」

「え？　食われまっせんとよ。西洋の上等石鹸ですケン。これで顔バ洗うと、色が白うなってきれいになりますゲナバイ」

夏代はがっかりすると思いの外、

「もろうとこ」

と、簡単に答えた。

それから、赤いがま口を出させると、さっさと自分の金を入れてしまった。お金を払う前に、一度十円札を入れてみたかったのである。しかも彼女はそのがま口を懐にしまいこんだ。

夏代がシャポンを手に握っていたので、そのまま逃げ出すとでも思ったのか、店の女主人は慌てたよ

うに金の催促をした。

「シャポンもがま口も、どっちも十銭ですバイ」

夏代は落ち着きはらっていた。お梅にも坐れといって、どっかりと椅子にかけると、次つぎに、縫針の小袋、糸、糸巻、裁縫ゆびわ、と注文した。

指輪はその場で挿した。おサヨの指輪が癪でしょうがなかったので、せめて裁縫ゆびわでもと思ったからである。

他に目ぼしい物は無いかと店内を見まわしていると、赤い手絡《てがら》が目にとまった。

夏代は有明楼で、ある年の正月、舞妓のしていた桃割の赤い手絡に心をひかれた事があった。それから正月が来るたびに、赤い手絡をかけて、何度桃割れを結びたいと思ったことだろう。果せなかった日の追憶が、はしなくも目に浮んだ。

「あの、赤カ手絡バ二つ」

女主人は、言われたとおりに持って来た。夏代はその一つをつまみ上げて、

「お梅チにもやるタイ」

と、彼女の懐におし込んだ。

「西洋手拭、それから塵紙バ一〆と風呂敷バ一枚。これでみんな買うてしもうた」

夏代は、せいせいしたように、懐からがま口を出してもてあそんだ。

お梅は夏代がちり紙を一〆も買いこんだので驚いたが、夏代は月のものが近かったので、船の中でもしもの事があったらと用心したつもりだった。西洋手拭を買ったのは、今使っている汚れた日本手拭ではせっかく買ったシャポンを使うのにそぐわないと思ったからである。

夏代の前に品物をそろえると、女主人は算盤を入れはじめた。

「四十銭五厘になりますとヨ――四十銭もろときましょ」

夏代はおもむろにがま口を開いて一円札をとり出した。

小間物屋を出て町外れまで来ると、駄菓子屋があった。その隣が駅遞舎《たてば》だったので、乗合馬車を待っている客が店先に群っている。つりこまれて夏代も中へ割りこんだ。

「芋飴バ二袋。炒豆《はじきまめ》バ二袋。落花生《どうはつせん》バ二袋。黒砂糖バ二袋。金平糖バ二袋」

餅箱《もろぶた》に並べてあった菓子袋を片ッ端からたて続けに言ってのけたので、店の婆さんがおどろいた。

夏代は船に乗ってから食べるつもりだった。風呂敷に詰めこみながら、お梅にも一種類ずつわけてやる約束をした。

その時、はるか彼方からラッパの音も高らかに乗合馬車が駆けて来た。

馬車はすぐ彼女らの目の前に止った。中から二、三人の客が降りると、赤い帽子をかぶった馭者は扉を閉めた。

夏代は、今からこの馬車が口之津を発ってゆくのではなく、城下の方から到着したものであることに気付いた。

「小父さん、この馬車はどこまで行きますト？」

夏代はとっさに訊ねた。

「船着場までタイ。乗るとナ？　乗るなら二人で一銭にまけとこ」

馭者は彼女らをみて気楽に言った。

ねがってもない幸いである。一度はぜひ乗ってみたいと憧れていた馬車なのだ。二人はいそいそと乗りこんだ。

波止場までは半里足らずの道のりだったが、それでも二人は満足だった。

馬車から降りて鹿児島屋の方へ帰りかけると、船着場を出た広場の片隅でザボンを戸板にのせて売っていた。それを見た夏代は、またしても六つ買いこんだ。二人で前掛をはしょって三つずつくるもうとしたが、中の一つがとび出してうまくくるむことが出来ない。

ザボン売りの女が呼び戻して芯に穴をあけて縄を通しじゅずつなぎにしてくれたが、ブラ下げてみると今度は地べたにつかえてしまう。

ふと、前の諸式屋の店先に吊した信玄袋が目についた。夏代は急いで信玄袋を買って、持っていたものをみなぶちこんでお梅に背負わせた。

数軒行った所に、瀬詰屋という船問屋があった。

「茂木《もぎ》行、網場《あば》行、小浜《おばま》行、富岡行、鬼池《おにのいけ》行、三角行、島原行。

大阪、関門、長崎、鹿児島、大牟田、通い。

南高丸、肥前丸、升金丸、天洋丸、筑後丸ほか、各船各港行、回漕、回船問屋、瀬詰屋」

と、看板いっぱいにデカデカと書かれている。

その看板の前まで来て二人は立ち止った。夏代が看板を仰ぎながら、何やら口の中でモグモグ言っている。お梅も同じように口を動かしているが、声にはならない。どちらも字が読めないのだが、読めるふりをしてお互いにごまかし合っているのである。

その時、すぐ左手の海から、ブッブッブッブッブウーと、ホラ貝が鳴り響いた。続いて、船問屋から番頭風の男がとび出して来て、

「鬼《おん》の池《いけ》ゆきが出ますぞう！　最終の鬼池ゆきぞう」

と、両手でメガホンを作ってふれ歩いた。

二人が問屋のわきから海岸の石垣にかけ寄ってみると、一艘の和船が二、三人の客を乗せて問屋の裏手で出帆を待っていた。

しばらく待ったが誰も来ないので諦めたのであろう、船頭らしい男が立ち上ってまたホラ貝を吹いた。出帆を告げる汽笛のつもりらしい。

日がかげりはじめた港の沖へその船が消えるまで、二人は見送った。

近くで細い歌声がしていた。振り返ると、鉢巻をしめた十二、三の娘が港を向いて檳榔《びろう》の陰に立っている。

〽姉しゃんナ　どけ行たろかい
姉しゃんナ　何処《どけ》いたろかい
青煙突のバッタンフル
唐《から》はどこんねけ　唐は何處《どこ》ンねけ
海の涯バヨ　しょうかいな
泣く者ナ蟹《もんがね》ンかむ　オロロンバイ
鬼《おん》の池ン九助どんの連れン来らるバイ

歌は、聞き慣れた島原地方の子守唄である。だが夏代には、その歌がなぜか今日に限って悲しく聞こえた。歌の文句が他人事ではないような気がする。燈台の岬で胸をふくらませた、昼間のはればれとした幸福感もどこかへ吹きとんで、わびしさがこみ上げてきた。

「お梅チ……俺《おっ》たちゃ、四、五年は帰って来れんかもしれん。否、十年も帰れんかもしれん」

だしぬけに夏代が妙なことを言い出した。

「バッテンなあ、お梅チ。俺たちゃ何時までも貧乏人で居りとうはナカ。うんと働いて、うんと儲けて帰っとぞ！　俺とお梅チと、どっちが金持になるか、

銭バためくらしゅう——」

彼女は目をうるませて力んでいた。そして何を思ったのか諸式屋へとって返した。

しばらく待っても夏代が帰ってこないので、お梅が諸式屋へ行ってみると、夏代は店の奥に立っていた。

「はい、これでよかろ」

店の主人が差し出した状袋を、夏代は大事そうに受け取って何度も礼を述べた。状袋には、「郡内島原城下　字　萩原　笹田多助様」と書かれていた。まだ墨の乾かない状袋の外に、彼女は一袋の線香を持っていた。

店の主人が「島原城下」と書いたのは、当時、島原村、島原町、島原湊町と、現在の島原市が分れていたので、萩原がどの町か村かについて夏代の話が要領を得なかったからである。

夏代は町角で切手を買うと、むぞうさに十円札を状袋に入れた。そして、投げこんだ郵便箱の底で状袋がかすかな音をたてると、にっこり笑った。

二人が鹿児島屋へ帰った時は日が暮れていた。


その晩は客が少なかったので夏代は早目に風呂にはいった。体中をシャポンの泡だらけにして彼女は目を細めていた。えも言われぬ匂いとなめらかな感触に、おサヨたちより一足先にもう上海へ渡っているような気分だった。

風呂から出ると、夏代は早速線香に火をともして庭へ出た。昼間、状袋に宛書きしてもらおうと諸式屋へとび込んだ時に考えついたのである。口之津を発つ前に、もう一度線香でもあげて母の冥福を祈り、留守中の妹たちの事を頼もうと考えたのだった。

海には風が吹き荒れていた。昼間の静かな小春日和にひきかえ、夜になるとこの季節には突風が吹くのである。庭はざわざわと樹木がゆれて騒々しかった。

夏代は、波止めの石垣の根元に、早咲きの水仙が匂っているのに気づいた。暗闇の中で手にふれた二、三株を乱暴に引き抜いて、根のついたまま石垣の天端《てんば》の割目にさしこみ、その前に線香を立てた。それから一歩さがって、北の城下の方を向いて手を合せた。

「なまんだ、なまんだ」

彼女は熱心に何度もくりかえした。最初から百遍は唱えるつもりでいた。念仏は多く唱えれば唱えるほど御利益が多いのだと、死んだ母に教えられていたのである。

しばらく止んでいた突風《ばめき》がまた吹きはじめた。ザザッと庭木が鳴りだしたかと思うと、ちぎれた無花果の大きな枯葉が飛んできて、目の前の線香を倒した。

その時である。突然近くの半鐘が鳴り出した。夏代は慌てて家の方をふり向いたが、火事らしいものは何も見えない。動悸を静めてあたりに気を配ると、港の向う岸でも鳴っていた。さらに半鐘はまだ数ケ所で鳴っている。

数をましてきた鐘が夜陰にこだまして、港の水面を不気味にかき立てると、岸の人家では人々が一斉に総立ちとなり、騒ぎは町全体に溢れた。

石垣にのり出して見ると、西の空が真赤に焼けている。風に煽られた炎が、丘の稜線をくっきりと描き出して、二、三軒の農家が火花を散らして燃え上るところだった。

夏代が火事場に気をとられていると、おサヨが後から不意に肩をゆすった。

「夏代ちゃん、何バぼやぼやしちょる！　もうすぐ迎えの艀《サンパン》が来るとゾ」

夏代は腑に落ちない顔でキョトンとしていた。

「何しにや？」

「何しにテ、あるもんか。船に乗るとタイ、船に！」

おサヨの声は殺気立っている。

「へえー、明日かあさってと思うとったら、今からネ、みんな良か着物バ着ヨルト？」

「着物バ着よっちゃ間に合わん。良か着物ナ、船に乗ってから着替えるトタイ。さあさ石段の下まで降りとこ」

おサヨは激しく夏代の袖を引いた。

あらかじめ今夜乗船することや半鐘を合図に艀がむかえに来ることも、彼女はヒゲから聞いて知っていた。

やっと事の次第をのみこんだ夏代は、おサヨの手をふりはらってかけ出した。部屋へ戻るといそいで前掛をつけ、シャボンとぬれた西洋手拭を信玄袋につめこんだ。前掛をつけたのは外出する時の習慣からだった。

信玄袋をぶらさげて石段を降りて行くと、おサヨとお梅と竹乃の三人が着のみ着のままで石垣に身を寄せて立っていた。

火事明りに港内が夕映えのように明るい。けたたましい警鐘に騒然となっている町の様子が、ここからは手にとるように見える。すさまじい火柱を見て、竹乃がふるえていた。

四人があたりの緊迫した空気に固唾をのんで待っているうちに、一隻の伝馬船が素早く近寄って来た。船の男は身をかがめて、機敏な動作で櫓を漕いでいる。石段にトンと船をぶち当てると、

「さあ乗れ！」

と言った。低くて鋭い声だが、まぎれもないヒゲだ。

四人は無言でとび乗った。

最初にとび込んだ夏代は、危く人の体を踏みつけるところだった。船の中には、すでに二人の同じ年頃の娘が腹這いに突伏していたのである。

「伏せろ！」

言われるとおりに四人は伏せた。船が狭いので、夏代が横になろうと上半身を起しかけて驚いた。火事明りにくっきり浮き出たヒゲの顔に肝腎のヒゲと金縁眼鏡がないのである。

目深に鳥打帽をかぶった彼の顔は実に若々しい。今が今まで五十に手がとどきそうな年輩だと思っていたのに、まだ三十才前後の青年である。しかも眉のひきしまった美男子で、目だけが異様に光っていた。今夜の彼は得意のインバネスの代りに船員風の菜ッ葉服を着ていた。火事場の方を見ながら、薄笑いを浮かべている。

「さあ指輪《ゆびがね》バイ。唐金《からきん》バイ。ピカアピカ光る金の指輪バ、はめさせチやろタイ、今夜から一寸の辛抱じゃ。いっちょ出かくるゾ！」

ヒゲはひとわたり船の中を見まわして、一枚のむしろを彼女らの上にかけた。

「よいしょ」

ヒゲが石段を蹴った。パシャリと水音がして、船は岸を離れた。

いる。

6

突風《ばめき》に大きく伝馬船《ふね》が揺れる。半鐘がまだ鳴っている。

夏代は、むしろの下で息を殺していた。

これでやっと船に乗れる。島原の城下を出てから丁度一ケ月目だ。自分達の乗る船は、どこの国の船だろう。部屋は板張りだろうか、鉄だろうか。椅子の上に寝るのだろうか。もうすぐ、あの昼間見た大きな船に乗るのだと思うと、夏代は疼くような緊張を覚えるのだった。

上海へ着きさえすれば、働いて働きまくって、きっと分限者になってみせる。そんな意識が、彼女を感傷から救っていた。

ヒゲのあやつる伝馬船は光の部分を避けて港の出口へ急いだ。

夏代は火事が気になった。こっそりむしろを払いのけてみると真赤に焼けた空がちらと映っただけで、視界は忽ち遮断されて暗黒の中に吸いこまれた。

夏代が目をこらしてみると、大きな壁がそそり立っていた。そこは半鐘も聞えなければ風も当らない、まるで洞窟のような静けさだった。

壁には一艘の大きな漁船が横づけされていて、ヒゲが上手に伝馬船を近づけると、向うの船からロープが投げられた。

「遅うがした。心配しとりましたバイ」

声は向うの男からだった。

「出がけに人が来チョッてのう——汝《わり》の方は皆すんだかい」

ヒゲの声は横柄だった。

「へい、うまくいきやした」

男は、伝馬船にロープをもやっていた。

「さあ、着いたぞ」

ヒゲは手早くむしろをはぐと、

「みんな声を出すな。となりの船から本船に乗り移るんじゃ。梯子バすべらんようにせい」

と、言いおいて、隣の船にとび移った。見上げると、巨大な船体が黒々と夜空を区切っている。

まずお梅が乗り移った。ヒゲは軽々と彼女を抱きかかえて、船体に貼りつけた。そこには縄梯子が下っていた。

「手を放さんようにせい。まっすぐ昇るんじゃ」

低いヒゲの声だけが頼りだった。

お梅に続いておサヨがのぼった。それから竹乃、見知らぬ娘二人と続いた。夏代は信玄袋を気にしてまごまごしているうちに、殿《しんがり》になってしまった。

皆が手ぶらでおずおずと梯子をのぼってゆく様子が、闇の中でありありと感じられる。どうしてこの袋を持ったままであの梯子を登ろうか。刻々と迫ってくる自分の順番に、夏代はいらいらしていた。

船の男が、

「サア、ボヤボヤするな」

と、彼女の手を取って伝馬船から引上げた。

よろめいたはずみに、夏代は膝をついて前掛の端をおさえていた。彼女はそのまま胴間に坐りこむと、帯をときはじめた。前掛をしているので帯をといてもかまわないことに気付いたのである。

彼女はゆっくりと信玄袋の口を締めなおして、帯で袋を背中に背負いはじめた。

夏代がぐずぐずしているので、ヒゲが近寄って来た。

「何バしよる」

抱きかかえようとして、彼は夏代の信玄袋に気づいた。

「何じゃ、こげん物《もん》ナ棄てろ！」

吐きすてるように言ったが、夏代は動じなかった。

「棄てろチュウに、打棄《うす》てンか！」

ヒゲは、激しく肩の信玄袋を引張った。夏代は二、三歩よろめいたが、歯を喰いしばってこらえた。

この時、頭上で聞き慣れない声がした。

「イソグ、ネ。イソグネ」

変に訛のある言葉だった。ヒゲはいまいましそうに舌打ちをして、夏代の尻を縄梯子に押し上げた。

やっとの思いで甲板にはい上がると、

「コレ、ナニ、アルカ？」

夏代は不意に背中を叩かれた。ギクリとして振り向くと、目の前にデップリと肥えた男がしゃがみ込んでいる。吐く息がたまらない程ニンニク臭い。夏代は、支那人だナと思った。

「ボートノウシロネ、ハシゴアルヨ。ソコカラ下エオリル。ヨロシイカ、人マッテル」

夏代は言われたとおりに救命ボートの背後にまわった。

はい上った場所はブリッジの陰で暗かったが、船尾の方は火事明りで昼間のように明るく見える。キャビンが遮っているので火事場は見えなかったが、赤々とした夜空にマストだけがくっきりと浮き出していた。

夏代は、乗りこんだ船のあまりの大きさに、甲板をあちこち歩いてみたくなった。このまま中へはいるのはもったいない気がして、ブリッジの方へ歩きかけると、ヒゲが登ってくる気配を感じた。幸い荷物があったので、夏代はいそいでそのかげに身をひそめた。

「王《ワン》さん、多謝《トーシエ》」

ヒゲの声だ。

「ミナスンダアルネ。ヨカタ、ヨカタ。時ニ、アノ火事、野口サン、本物アルカ」

「風が強いもんで、ちいと拡がりすぎて本物になった」

二人が声を殺して話し合っている。

「火事スコシアレバ、コチラ、タクサンネ。アレ大キナ大キナ火事、ミナ困テルゾ——」

「仕方ないね。風が大きくしたんじゃ。こっちの知った事じゃなかですタイ」

縄梯子を二人で手繰り上げている様子である。

「野口サンノヒゲ、ビクリシタナ。コノ前ミテ、昨日ミテ、立派ニナッタ。今日ハヒゲ忘レタカ。ハハハ……」

支那人の言葉に、夏代はおや？　と思った。

ヒゲの事を、確かに野口さんと言っている。ヒゲの名前は、田村と言うのではなかったのか。この男は、二つも名前を持っているのだろうか。野口、田村？　どちらが本当だろう。ヒゲを剃り落したので、この支那人は田村をヒヤかしているのである。

二人は更にどんな事を話すのだろうと思うと、夏代は興味をそそられた。

密航者たちが娘を船に積み込む夜は、きまって火事が起きたものである。山手の民家に放火して、警察や町全体の注意が火事場に向けられている間に、彼らは手早く仕事をすませた。放火はたいてい藁葺の物置小屋程度だったが、時には本物の火事になることもあった。

不思議なことに、当時、数十回もの火事が起きているのに、一度も犯人が挙げられていない。今から想像すると、女衒たちは、あらかじめ放火すべき予定の物置小屋を買収しておき、農家としめし合わせての合意の仕業だったように思われる。

コツコツと船尾の方で靴音がした。夏代はいっそう身をかがめて息をのんだ。

靴音が止んで、ヒュッと口笛が鳴る。

「ボン・ソワール」

支那人が答えると、靴音はまたもと来た方へ遠ざかった。

「ジャン・マロウか?」

ヒゲの問いに支那人は答えなかった。

「アン畜生!」

口笛の主に、ヒゲは何か腹を立てているらしい。

支那人が慌てた口調で、

「ソレヨリ野口サン、船長達、イマ帰ッテ来ルヨ。税関桟橋出タシラセアルゾ。船アシタノ朝出ル、マチガイナイネ」

「それじゃ王さん、多謝《トーシエ》だ。約束の半分だけあげとこ。あとはいつもの通り、彼地《あっち》へ着いてからじゃ。航海中は頼ンますぞ」

ヒゲは持っていた風呂敷包みから、銭の入った袋を取り出した。

「オキニ、オキニ」

王はその袋を受け取るが早いか、クルリと背を向けて袋の紐をほどいた。そして中から五十銭銀貨をつかみ出すと、一枚一枚の銀貨を丹念に叩きつけながら光に向かって調べはじめたのである。

「王さん、天草の船もうまくいったんじゃろうナ」

「二ツトモウマクイッタヨ。アンタノ船、六ヨ」

王は振向きもしないで答えた。

「二つ? やっぱりそうじゃ。畜生、マロウの奴。アンカ部屋バ騙《たくらか》したとはマロウに違いナカ! オイ王さん——」

「一《イー》、二《アール》、三《サン》、四《スー》、五《ウー》……」

王は聞こえないふりをして銭を数えた。うっかり「二ツトモ」と言ってしまって困っている様子である。

この船には、天草から漁船で連れてきたヒゲの娘たちの他に、もう一組の別な密航者の手による一団が乗り込んだ模様だった。その一団をかくまった場所がアンカ部屋だったのである。

　アンカ部屋というのは揚錨機のすわった舳《へさき》の三角形の部分のことである。たいていの船はその下が飲料水のタンクになっていて、予備水槽が一つ二つ空いている。

　当時の船はここにマンホールからもぐり込めるようになっていた。アンカ部屋は監視の目も怠られがちで、密航者にとって一等席とされていた。船艙《ダンブロ》の船底は、さしずめ二等室ということになる。

　最初ヒゲ達はこの一等席に納まるつもりでいたが、割り込みが出たために一人十円の密航料をマロウによって十五円に値上げされ、渋っている間にその切符を買いそこねたのだった。


　ギイと、かすかに櫓の音がした。

「あとは頼んだぞ」

　ヒゲが腹這いになって海の方へ叫んだ。

　漁船が二隻の伝馬船を曳いて離れて行く。やがて漆黒の絨毯から抜け出すと、先に船首を離れた漁船の後を追って伝馬船も何くわぬ顔で港外へ出てゆくのである。

　こうした漁船のことを、密航者の間では「かかり船」といった。島原や天草の漁村から娘達を連れ出す場合、よくこのかかり船が利用されていた。

　火事を合図に、漁船をよそおった小舟を急いで港内に漕ぎ入れ、夜陰にまぎれて娘達を積み込み、またすぐ港外へ出てしまう。昼間は娘達を船底にかくして何くわぬ顔で漁をしているように見せかけ、港外にかかり船をして待機するのである。本船に積み込む手はずがつかない時は、一日でも三日でも、点々と港外の瀬に投錨《かかり》りながら待機するのだった。

　入れちがいにキャプテンたちのバッテラが帰ってくる。水をはねる櫂の音がすぐ間近に聞えた。

「野口サン、オ金タシカニアルヨ」

　王が立ち上がってヒゲの肩を叩いた。

「アリガト、キャプテン来タネ。サヨナラ」

　そそくさと低く言い残して王が去った。後にのこったヒゲは風呂敷包みを取り上げると、ボートの後にまわってしゃがみこんだ。

「オーイ、長吉」

　船艙をのぞき込んで呼ぶと、下の方から、かすかに声が聞えた。

「遅うなんなはったナ。一人足らんのバイ」

その声には、まぎれもない島原藩の士族訛りがあった。

「足らん？　たしかに六人のぼらせてやったんじゃが……また、あの支那人共に一匹盗られたかの――迷子になるわけはなし……」

首をかしげていたヒゲが急に立ち上がって、救命ボートの方へ来かけた。

夏代は、最初自分らを船に世話するだけと思っていたヒゲが変った姿でこの船に乗り込んできたので、今まで半信半疑だったがやっぱり密航者だったのだとブルッと身ぶるいする思いで、思わず立ち上っていた。

「何《なん》バしちょるか、この娘《おな》！」

目ざとく見つけるなり、ヒゲは夏代の顔をいやというほどなぐりつけた。

夏代は大声で助けを求めかけたが、やっとの思いで憤怒を押しころした。下手にここで騒ぎ出せば上海行きは水の泡だ。どうあっても上海へ行くのだという決意をこめて、ヒゲを憤然と睨みかえした。その衿がみをつかんだヒゲは船艙のふちまでひきずっていくと、「ここから降りれ」と夏代をこづいた。

言われるとおりに見当をつけて手をやると、そこだけ覆いの板がめくられていて、縄梯子がかかっていた。

「こがん物《もん》ナ、打棄《うす》てんか！」

また、ヒゲが信玄袋を引っ張った。夏代はその手を振りはらうと、急いで縄梯子に足をかけた。

降りた場所はひどく足場が悪かった。

「お前か、手間どらしたのは――こっちじゃ、こっちじゃ」

闇の中で、長吉と呼ばれた男が手をとった。そこは梱包された荷物が積み上げられた船艙だった。

幾つかの大きな箱の谷間を抜け、荷物を乗り越えて、夏代は男の後に続いた。やっと入口らしい所にたどり着いた。

「さ、ここじゃ」

と、長吉が手を放した。夏代は、その奥に自分達の部屋があるのかと、ほっとして中へはいろうとすると、

「危ない。そこの梯子バ伝うて、もう一つ下へ降り

ると、ゾ」

と、長吉が慌ててつかまえた。

真暗闇の空間に顔を突き出して様子をうかがうと、むっとする異様な臭気が漂っている。鉄錆やペンキの臭いに、石炭や油の臭いが混じるとこうなるのか、何とも得体の知れぬ悪臭だった。

これが船のにおいなのだと自分に言いきかせながら、夏代はそろそろと梯子を降りた。今度は縄梯子ではなく、間の遠い鉄梯子だった。

降りるにつれ、あたりの空気はだんだん湿っぽく重く、まとわりつくような気がした。やっと爪先が何かに触れたので手を放すと、ザザッとひざまでめり込んだ。石炭の山だった。

夏代が茫然としていると、頭上から声がした。

「壁に沿うて、右の方へずうっと行け」

長吉の声だ。

足をとられながら、夏代は一歩一歩壁を頼りに石炭の山を迂回した。正面の壁にぶつかって更に右手に折れ、ちょうど降りた場所と反対の方角とおぼしきあたりまで来た時だった。彼女は思いがけぬ人の体につまづいて、その場に折り重なって倒れた。

「ありゃあ、夏代ちゃんじゃなかかナ。どがんしたろうかと心配しとったバイ」

「ああ、お梅チ」

夏代は、なつかしい人にでも出会ったようにお梅に抱きつくと、そのまま坐りこんでしまった。

追いかけるようにヒゲと長吉がやって来て、彼女らを蹴ちらしながら奥へ進んだ。すぐ先にも人がいるらしいが、全くの闇で誰だかわからない。

「あーら、旦那さん」

突然、おサヨの声がした。行き過ぎようとしたヒゲに気付いたのであろう、彼女はヒゲの足にまつわりついている様子だった。

「おう、おサヨかい」

ヒゲも坐りこんだ様子である。

「旦那さんが来なさらんケン、私共《わしどみ》ゃ、こげん穴ぐらに放り込まれてしもうたトですバイ」

おサヨのぐちを聞いて、夏代も全くだと思った。

「どうもこうも、夏代が逃げかかって手間どってしもうた。お前達の部屋はアンカールームいうてな、良か部屋バ取っといたんじゃが、あの支那人共が間違うて他の者バ入れとるんじゃよ。仕方なかタイ、ここで辛抱せんバ」

ヒゲが煙草をのもうとしているらしい。マッチを擦ったがシュポリと音がしただけで燃えあがらない。また擦った。駄目である。ひどい湿気だ。今度は二、三本の軸を合わせて擦ったようで、ユラユラと焔がゆらいでやっと燃え上がった。

夏代は、ヒゲが紙巻煙草に火をつけているのをみて驚いた。自分たち数人だけだと思っていたのに、淡い光に、人相の悪い男や見知らぬ女達の顔が十数人も照らし出されていたからである。

実はこの船艙には十数人どころか、三十人もの人間がひしめき合っていた。長吉のほかに、同じヒゲの子分で牛深の松。おサヨたちの同行四人と、同じ伝馬船に乗って来た娘二人。それに、かかり船で先に乗船していた天草の娘たち十六人の他に、ヒゲの手引きで国外へ逃走しようとする五人の凶状持ちも加わっていた。

ヒゲが吸っている紙巻煙草の匂いが、船内の者には妙な安らぎに似たものを感じさせた。そのせいか皆は思い思いにくつろぎ、むだ口をたたきはじめた。

やがてヒゲが立ち上がって怒鳴った。


「おーい！　みんな聞け。明日の朝、船が出るまでは静かにすっとぞ」

おびえたように、船内はピタリと静まりかえった。波の音も町の騒音も火事場の騒ぎも、ここまでは聞えて来ない。文字通り、暗黒の不気味な沈黙だった。

しばらくすると、またあちこちでヒソヒソ話がきこえはじめた。

夏代は息苦しい臭気と湿気に耐えながら、襲ってくる孤独感にうち勝とうと唇を噛んだ。ぶ厚い鉄の壁が背後から威圧するように迫ってくる。体をもたせかける気にもなれず、前かがみにうずくまって周囲に気を配っていたが、昼間からの引き続く緊張感に疲労がどっと押し寄せたのだろう。そのうち彼女はだらしなく涎をたらして眠りこけてしまった。


どのくらいたったのか、夏代はふと自分の体がフラフラゆれているような気がした。目をこすってあたりを見廻したが何も見えない。だが漆黒の闇の向うでは自分が眠っている間に何かが起きているようだった。

夏代はそろそろと手をのばして、あたりの石炭の山すそを探ってみた。何かやわらかいものがネットリと掌にふれた。

「糞!」

思わず彼女は叫んだ。しかし誰も驚きの声も上げなければ、何の反応もなかった。

やっと彼女は、皆が思い思いに最短距離に用を足しているのだと気付くと、なぜ石炭を掘って用を足し、あとを埋めておかないのだろうと腹を立ててみたが、どうすることもできない。いかにも黄色い光芒を放っているような臭いのかたまりは、その向こうにも、またその向こうにもあるらしい。

夏代は指先についたものを丹念に石炭のかけらでこそぎ落し、さらに手を拭くチリ紙を取り出すために信玄袋をおろそうと帯を解きかけた。ところが、さっきからグラグラ揺れていた体の動揺が急に激しくなって、信玄袋が妙に引っ張られていくようである。驚いて手さぐりであたりの様子をうかがうと、夏代の背中のうしろで二人の人間がしっかと抱き合っている。男と女のようである。

夏代はのばした手で相手をまさぐりながら、ついでにその着物に汚れをなすりつけ、誰だかを思案した。

男は壁にもたれ、女はしゃがみ込んだ男のひざの上に馬乗りにのっかっている様子である。そして二人の体は抱き合ったまま上下にゆれていた。信玄袋が引っ張られるように思えたのは、その女が片手で信玄袋の紐をしっかとつかんでいるので、二人の体がゆれるたびに夏代もゆさぶられていたのだった。

次第に二人の息遣いが荒くなって、呻きともすすり泣きともつかぬ声の合間に、

「旦那さん!」

という叫びを聞いた時、夏代の体もなぜか一時に火照った。横ざまにとびのきながら、二人はヒゲとおサヨで、いつかの伝馬船の中のようなことをしているのだと気付いた。

急に夏代が動いたので、おサヨは不意をくらってドサリと石炭の上に倒れた。夏代も、とびのきざまに、石炭の上に重なり合っている別な二人の体につまづいて、もんどり打って倒れた。たしかにその二人も男と女であった。夏代は起き直ると、いったいこれは何が起きたのだろうと身がまえた。

自分だけが一人ぼっちで、他の者はみな騒いでい

る。それぞれに何かしているのだ。ヒゲと先刻の手下の他に、まだ何人かの男が乗り込んでいる。男のわめく声がする。きっとあの男は泣き叫んでいる女を手ごめにしているにちがいない。真暗闇の中で、それと確かめる術もないが、やがては自分にもきっと危険が迫ってくるのだ。その時はどうしようと、思案をめぐらした。

夏代がつまづいた男が、むっくり起き上る様子だった。続いて女も起き上ってパタパタと裾か何かをはたいて身じまいをしながら、フーッと大きく息をついて「あー、水が飲みたか。のどが乾いてたまらん」というその声はお梅だった。

泣いた様子もなく、きわめて平静なそのようすに、夏代は不思議な衝撃を受けた。お梅も、あのことについてはおサヨと同じようにもう知っていたのだろうか。それとも、ここではみんなそうしなければならないようになっているのだろうか。眠っている間にすっかり変わってしまった船艙の出来事に、夏代はわけのわからぬ恐怖と絶望を感じながら、一歩一歩壁にそって後しざりしていた。

船艙の角まで来てしゃがみ込むと、どっと空腹が襲ってきた。のどもヒリヒリ乾く。彼女は急いで信玄袋からザボンを取り出して、皮をむくのももどかしく貪り食った。

まるまる一つ食べてしまうと、夏代はようやく落ち着きを取りもどした。もしかすると、自分も誰かに襲われるかもしれない。その時はこれで防いでやろうと、持ち前の勝気が頭をもたげた。信玄袋をまさぐって、ようやく探しあてた裁縫道具から木綿針を一本抜きとると衿に刺した。

ほっとすると急に腹が張って、どうにも我慢できなくなった。とっさに足許の石炭を掘ってしゃがみ込むと、シュルシュルと石炭の底へ浸みとおってゆく生温かい音が何ともここちよかった。さっきの手触りを思い出すといささか気おくれしたが、この先三、四日はかかりそうな船旅を思うと我慢もならず、大きい用も足して、彼女は猫のように石炭をかぶせた。チリ紙を買いこんだのは天の助けだと思った。

晴ればれとした気分で信玄袋にもたれていると、お梅がにじり寄って来て、しきりに飢えと乾きを訴えた。そこで夏代はザボンを一つ取り出して半分与え、残りを自分も食べた。芋飴もせがまれて一袋ずつ食べると、またのどがたまらなく乾いた。もう一つザボンを分けて食べたが、まだまだ先が長いのだから辛抱しようとお梅に言いきかせて、やっと終りにした。

もたれ合ってものうくうずくまっていると、かすかなエンジンの響きが二人の体に伝わってきた。時折、空間全体がふんわりと左右にローリングして、そのたびに石炭の山の頂きから幾かけらかの石炭がサラサラと音をたてて転げ落ちた。

また、体が前後に突き上げられるように浮き上がると、次の瞬間にはストンと落ちることもあった。続いてザザッと船にぶち当る波の音とも振動ともつかぬひびきを感じた。船が外洋に出たのか、それとも時化ているのか、そのくり返しが次第に間隔をせばめて大きくなっていった。

そこここでゲッ、ゲッと不潔な苦悶がおきはじめた。さきほどまでの狂声に代って、苦しそうなのど声が苗代で鳴き合う蛙の声のように不気味に反響しあった。

夏代はさきほどからの疑問と好奇心を押えきれなくなって、お梅に話しかけた。

「男に押しつけられても、お梅チは何ともなかトな？」

「――――」

「ね、いつ、どげんしてお梅チは覚えたトね？」

「何ンじゃ無かト。夜這いタイ」

ポツンとお梅は答えた。

何じゃ無か……というたって、抱き合うてどげんなるとじゃろか。どうしてゆさぶり合うとじゃろか
――夏代にはわからないことがいっぱいなのに、お梅はすっかり知っているらしい。聞くのも癪だと、あれこれ想像をめぐらしてみるものの、そこから先は何もわかりはしない。

夏代は、フーッとため息をついて頭を振った。もたれかかった石炭が急に覆いかぶさるような感じと共にザザーッと崩れ、すうっと引き込まれるように体が浮いた。

お梅が急に起き上って、ウウッと呻いた。饐えた芋飴のやに臭い甘ずっぱい匂いが立ちのぼった。夏代もつられて吐いた。二人はありったけの胃の中をぶちまけてしまうと、かすかにひろがるザボンの匂いの中で再び横になった。

7

明治三十六年（一九〇三）十二月二日。

日本とロシアの険しい雲ゆきの中で、軍需品を積んで日本へやってきたフランスの貨物船、エルネスト・ブーランジェ号は、帰途、口之津で石炭を満載し、ついでに天草の娘二十三人を船首の予備水槽に、島原、天草の娘二十二人を船艙の底に積んで、一路シンガポール経由マルセイユに向って出港した。

五千五百トンのブーランジェ号は、その日の午後には天草灘を出て東支那海の外洋にあり、時折北西の季節風に煽られて白浪をかぶった。ずっしりと満船した船足はのろく、煙突から吐き出す煙は前甲板を駆け下り、船より速く海面に流れた。航海は五、六ノットの船足としては概して平穏で、危険というほどのことはなかった。

幸い夕刻になって風は凪ぎ、太陽の縁《へり》がふやけて血のような光が海面に滲んだ。真紅の塊はしばし水平線の彼方でたゆたいながら光芒をのこして消えていった。

紫色のギヤマンのような光の中で、ブーランジェ号は一本の長い煙の尾を曳きながら、事もなげに西南の方向へ進んでいた。変わったことはといえば、昼間、機関長の報告によって、船尾の第三水槽《タンク》が少し水洩れしているというので、船長が船首の予備タンクに水を移しかえるように命じたことだけだった。

やがて赤と青の航海燈が灯され、灰色の中でその光は次第に輝きを増していった。

頭上の一角で、ヒュッヒュッと口笛が鳴った。すると待ちかねていたようにヒゲが立ち上がって、「多謝《トーシエ》！」と叫びながら、こおどりするように石炭を踏みしだいて鉄梯子の下へかけ寄った。

一同は何事がおきたのだろうと沈黙した。ややあって、「水だ、水だ」と言いながらヒゲは帰ってくると、一同が歓声をあげた。

「静かにせんかい！　今から水バ分けてやるゾ。五人にこの二合びん一本の割じゃから、仲好う辛抱して飲まにゃならんバイ。それからパンが一片《ひときれ》ずつ。

パンちゅう物は船来の食い物で、えろう滋養がある。これパ、ちいとずつ口の中に入れて水といっしょに食うとじゃ」

皆が固唾をのんで待ち受ける中をヒゲは手さぐりで頭数をかぞえながら、パンと水を配給してまわった。彼は大きな支那風の籐で出来た籠をさげていた。中にはパンとコニャックの空瓶に詰められた水が、かれこれ十本ほど入っていた。

一同は溜息をついてパンを食い、水を分けあって飲んだ。

ところが間もなく一隅に騒ぎがおきた。ヒゲが前科者の五人に一本の水をあてがったため、二人で一本を飲み干し、他の一人が傍の娘たちの分を奪って飲んだ。それをまた他の一人が奪い取って飲もうとしたことから、仲間同士で喧嘩をはじめたのである。

彼らは傷害の前科者が二人、賭博常習者が一人、あとの二人はそれぞれ窃盗と強姦の前科を持っていた。何れもさらに似たようなことをしでかして国外逃亡をはかっていた。

五人が空瓶でなぐり合いをはじめると、ヒゲが素早く割って入った。

「汝《うぬ》ら、温和《おとな》しうせんかい！」

居丈高に一喝されると、争いはピタリと止んだ。

「お前たちゃ、皆、兄弟分の盃バ交し合うチ、この船に乗り込んだんじゃろが――不心得者が居たら、しょっ引いて東支那海に放り込んでやるぞ」

「野口の親分さん、済ンまっせん」

口々に五人は闇の中でペコペコとだらしなくあやまった。

ヒゲは悠然ともとの場所へもどってくると、持って来た風呂敷包みをおもむろに解いて、中から昆布を取り出した。それを手探りで二人の子分とおサヨに分け与えた。この四人は一人で一本ずつの水を飲んだ。夏代たちも幸い集団からやや離れていたので、お梅と二人で一本を分けあうことができた。

水を飲むと急に元気が出て、船艙の中はまた人声が高くなった。全然水にありつけなかった二人の男はおずおずとヒゲの許へ這い寄ってきて、泣くように水をねだった。ヒゲは長吉と松に一口ずつ飲ませるように命じた。

大方飲み終った頃をみはからって、ヒゲは長吉にビンを集めるように言いつけた。

「これで一日目が終ったぞ――」

長吉は籠を持って誰に言うともなくふれあるいて瓶を集めると、鉄梯子の下へ行って上からさがっているロープに籠をくくりつけた。

こうして、一日一回の水とパンは日が暮れてから王によって運ばれたので、それから船艙の中の者たちはこの水によって夜明けと日没を想像し、航海の日数をかぞえるようになった。

長吉が鉄梯子から帰りしなに、夏代たちに皆と離れていてはいけないとやかましく言うので、夏代は中の物を知られては困ると思い、信玄袋を船艙の隅に置いてついていくことにした。

二人はヒゲがいる元の場所に座った。長吉がお梅をはさんで入口に近い所に座ったので、夏代は、この男がさっき、お梅に抱きついていたのだと判断した。

昆布をクチャクチャとしゃぶっていたおサヨが、しゃぶりかすを少し分けてやろうかと言ったが夏代はことわった。

終日まっくらやみで昼と夜の境すらないこの船艙の中で、習慣というものは恐ろしかった。日がすっかり暮れて夜になったのだという考え方が皆の脳裡を支配した。船に乗り込んでから、かれこれ一昼夜近くたっていた。退屈と倦怠が夜の中の夜に蠢動をはじめた。喚き声、努号。泣き叫ぶ者、罵り合う者。声が声を呼び、興奮の渦が次第に全体を呑みこんで、船艙はもはや光の中での人間の生活を容赦なく否定して、野生の動物に解放していた。

夏代は、太股のあたりがもやもやするので、はっと驚いて膝を縮めた。だが、さし込まれた腕は膝の間に挟まれたままで動かなかった。うろたえた彼女は、ギュッとその手を抓《つね》った。ところが、ひっこめるどころか、その手は逆に彼女の肢体の奥深くのびてきた。

予想しなかったできごとに、彼女は声を出すこともとびすざることも出来なかった。精いっぱいの力で身をよじりながら無我夢中でその腕をひっかいた。さすがに痛かったとみえて、手はひっこめられた。夏代は生まれて初めて他人に不遠慮に触られた秘所《ところ》を着物の上からしっかと押えて、わけのわからぬ興奮に荒い息をついていた。

しばらくすると、またその手がのびてきた。今度は油断なく身構えていたので、そうたやすくは割り込ませない。その手はがむしゃらに膝の間に押し入ろうとして、ふくらぎのあたりを強く抓った。すかさず夏代は衿の木綿針を抜くと、チクリとその腕を刺した。

「アイタ、タタ……畜生！」

驚いてうろたえるヒゲの声に、夏代は胸がすうっとするようだった。これで大丈夫と安心していると、今度は左手から別の手がのびてきた。ヒゲに気をとられている間に、いつの間にか長吉がお梅との間に割り込んで、ピッタリと彼女に寄りそっていた。しかし長吉は、夏代の針の一突きに「ヒイッ」とだらしない声をあげて忽ち退散してしまった。

長吉は刺された腕をしばらくさすっている様子だったが、気を取り直してお梅の方に向き直ると、体のあちこちを触りはじめた。お梅は長吉のなすがままにさせていた。二人がしっかり抱き合うと、放心したようなお梅の体が夏代にもたれかかってきた。ピクピクと動くお梅の腰の動きがそのまま伝わってきて、夏代はだんだん動悸が高まり、何となく息がつまりそうになってきた。いつの間にか、今までしっかり組んでいた膝もしどけなく開いているのに気付かなかった。

いきなり、ドサッと体がぶち当たってきたので、夏代はハッと我にかえった。お梅の動きに夢中になっているうちに、おサヨがのしかかってきたばかりか、おサヨを抱いたヒゲがまたもや図々しく右膝を夏代の股の間に割りこませて、グイグイ体を押しつけてきたのである。

この大人たちの悪戯に両方からはさまれた夏代は、絶体絶命だった。顔が火照って頭の中はガンガンしはじめた。彼女は、左右のお梅とおサヨを押し除けようと、両方の手をばたつかせた。ヒゲの右手が素早く股の間にすべり込んだと思うと、あっと言う間もなく左手で腰のあたりを抱いて、彼女はくるりとその場にねじ伏せられてしまった。

「バカ、ヒゲ！　お梅チ……」

ありったけの声で叫んだが、ヒゲの体は重みをますだけだった。ジリジリと割りこまれ押し付けられて、内股に気味悪くネットリとしたようなヒゲの体が密着し、荒い息が彼女の顔に吹きつけた。夏代は思わず、ガブリと噛みついた。顎のあたりのようだった。

ヒゲがひるんだすきに、彼女はガバとはね起きて逃げようとしたが、片足をつかまれてしまった。蹴りにけってその手を離そうとしたが、かえって両足とも抱きつかれてしまった。

破れかぶれになった夏代は、手にふれる石炭を所かまわず投げつけた。その一つがヒゲの頭か顔に当たったのだろう。手がゆるんだ。そのすきに彼女は足をはね上げ、転がって逃げた。ヒゲがすかさずのしかかって来なかったのも後を追って来なかったのも、実は嫉妬に燃えたおサヨが同じように後からヒゲの両足に抱き付いていたからだった。

ヒゲは夏代に逃げられたと知ると憤懣やるかたなく、おサヨを打ちのめした。おサヨはオロオロと声をあげて泣いた。

夏代は船艙の角まで来ると、ヒゲが追って来るものと思って針を抜いて身構えていた。

やがて船艙の騒ぎは一つの峠を越して次第におさまりはじめた。夏代はヒゲが追ってこないのでほっとしたものの、きっと手ひどい仕返しをされるにちがいないと思うと、恐ろしさにじっとしておれなくなった。急いで信玄袋を背負い、今のうちに少しでも安全な場所へ逃げようと腰を上げかけた時だった。お梅が近寄って来た。

「心配せんでン好かバイ。おサヨちゃんがひどう焼餅じゃケン」

夏代にはその意味がわからなかった。とにかく逃げるにこしたことはないと船艙の縁に沿って鉄梯子の方へ進むと、お梅も黙ってついて来た。梯子のところでさらに前の方へ進みかけたが、同じ船艙の中では何にもならないと思い、意を決して鉄梯子を登った。お梅は思案していたが、夏代が食物を持っているので、彼女についていった方が得だと思ったのか、続いて登りはじめた。

夏代が一番艙に登って荷物の間に腰をおろした時であった。バサリと頭上で音がした。ギクリとして息を呑むと、縄梯子を伝って誰か下りて来る気配である。そんなこととは知らずお梅が後を追って鉄梯子を登り切ったのと同時に、上の人物も降りてきた。

二人ともすくんでいる様子だったが、低い声が沈黙を破った。

「アナタ、ダレ、アルカ？」

王《ワン》の声だった。お梅は応えなかった。

「ダレネ！」

「オウメ……」

彼女の声は意外に大きかった。夏代はお梅の度胸のよさに驚きながら、箱の陰で息を殺していた。

「オウメ？　オオ、島原の娘サンネ」

安心したらしいその声には、むしろ笑いさえ含んでいた。王はお梅に近寄って体のあちこちを触っている様子だった。

チュッチュッと、小さな音がして夏代を驚かせた。身動きもならずじっとしていると、後ろの方でもチュウチュッと声が起こった。彼女は身じろぎもせず耳をすましていた。

やがてチャラチャラと王のバンドの金具が鳴った。お梅たちのいる近くの箱が、かすかに連続してきしんでいた。いきなり王が犬の遠吠えのような声を出したので、夏代はいよいよもって驚いてしまった。また沈黙が続いた。チャラチャラと音がして、今度はにこやかな声がくぐもって聞こえた。


「オウメサン。下おりるだめネ、毎日毎日食べ物持って来るから、アナタ、ココ、イルネ。キット、ココイルネ」

王はそれから何やら囁きながらロープを手ぐりはじめた。やがて吊り上げた籐の籠を手に縄梯子を登りながら、

「オウメサン、ソコ、イルヨ。今、美味しい食べ物持って来る。キット、ソコ、イルヨ」

と念を押すように言いおいて、そのまま消えて行った。

「夏代ちゃん。夏代ちゃんナ、どこナ？」

お梅のけだるそうな声に、夏代はほっとした気持ちといたわりをこめて、思わず彼女に抱きついた。

「塵紙バわけてくれんネ」

「よか、よか」

気前よく差し出す塵紙を受け取ったお梅は、立ったままバサバサと音を立てながら事もなげに始末をした。夏代は彼女の落ち着いたそぶりに驚きながらも、何とも不可解な思いがつのるのだった。

二人は山積みされた箱の陰にやや広い場所を探しあてて、平たい箱に腰をおろした。そこは底の船艙

から比べるとまるで天国だった。空気も良いし、湿気も少なかった。醜い騒ぎもほとんど聞こえてはこなかった。それに、一応お梅のおかげで水と食糧は確保されたようだし、あと二、三日の辛抱もここならできそうだと、二人は今度こそほんとうに解放された気分でのんびり手足をのばしていた。

コトリと頭上で音がした。夏代はいそいで荷物の陰に身をひそめ、お梅は一人そ知らぬ顔で腰をおろしていた。

王が下りてきて、一本の水と紙に包んだ食糧を渡すと、小さなカンテラに火をともしてお梅をしげしげと見つめた。

「オ梅サン、美人ヨ」

彼は満足げに呟いた。お梅は細面の、やや目尻がつり上がった中国風の顔立ちだったので気に入ったのであろう。

「コレ、美味しいヨ。オレ、この船の料理の大将。心配ナイヨ」

王はカンテラを吹き消すと、チュッとお梅にキッスして梯子を登った。

二人は紙包みを開いて食べ始めたが、お梅は、はじめて食べる脂っこい肉類の混った揚げ物は食う気がしないといって夏代に渡した。その代わりにと、例の信玄袋の落花生をねだった。

やっと食べ物らしいものにありついた二人は、むさぼり食べてはかわりばんこに水を飲んだ。満腹感を覚えると、あたりの荷物をせっせと整理して隠れ家を工夫し、桟敷を作った。

夏代は仕事がすむと、まず隅っこに信玄袋をしまい込み、のびのびと手足をのばして寝ころんでみた。石炭の船艙ほど暖かくはなかったが、ベッドはさほど寒くもなく寝心地がよかった。二人は、唱歌でもうたいたいほどの晴ればれとした幸福感に浸りながら寝そべっているうちに眠ってしまった。

一匹の小さな鼠がベッドの隅に現れた。とっとと彼女らのまわりを一周して元の場所へ戻ってくると、チュッと鳴いた。すると同じような鼠がもう一匹、反対の場所に現れて、前とは逆に廻りはじめた。その鼠も現れた場所へ戻るとチュッと鳴いた。それを合図にガリガリとすぐ近くで木箱を齧る音がして、二、三度くり返してピタリと止んだ。

二匹の鼠は左右から二、三歩行っては止まり、五、六歩行っては止まり、彼女たちに近付いてしばらく窺っている様子だったが、思い切ったように彼女たちの胸に這い上り、反対側に跳び降り、そんな動作をくり返して舞台から降りた。

チュウと鳴き声がして、今度は中型の鼠が入れ替って現れた。彼はお梅の顔に近寄って、尻っぽで髪や耳のあたりを撫でてみてから這い上り、鼻先で顎をつついた。夏代にも同じ動作をした。二人は鼾をかいて眠りこけていた。先刻、王が持って来た食物の包みらしい紙が、ガサガサと鳴った。中型の鼠はベッドのうちで再びチュウチュウと鳴いた。すると、あちこちで一斉に木箱を齧る音がし始めた。今度は一段高い縄梯子のあたりで、チュッチュッと大きな鳴き声がした。木箱を齧る音がピタリと止んで、船艙の中は忽ちザザッというざわめきに変った。あっちからもこっちからも、彼女らの周囲に数百匹の鼠が蝟集して来たのである。船艙にひそんでいた鼠は、早くから食物の匂いを嗅ぎ付け、機会を狙っていたのだった。

忽ちのうちに信玄袋の紐は喰いちぎられ、底の方には穴があけられた。数匹の鼠が底の方から雪崩れ込み、他の数匹は上の口からもぐり込んだ。彼らが最高の好物は種子だった。落花生も炒り豆も好物の種子に違いなかったが、ザボンの種子は最も彼らの好む品だった。

残った三つのザボンに通した紐はすぐに食い切られて、一方から口にくわえて引き抜かれた。こんな時、鼠は人間と同じ様な動作をする。ザボンの片方に大きな穴を開けて、鼠は頭を突っこみ、中の方から種子をほじくり出した。キッキッと一匹が鳴くと、中の数匹が底に開けた穴の入口まで一粒ずつ担ぎ出した。穴の外にはすでに数百匹の鼠が二匹ずつの列を作って、万里の長城のように箱の間から箱の上へ、箱の上から箱の谷へ、どこか彼らの最も安全と考える場所へ続いていた。ザボンの種子は瞬くうちに、中腰で立った手から手へ、コンベアの様に送られた。

次に落花生、次に炒《はじ》き豆、次に金平糖、後に黒砂糖の順で送られたが、幾千粒のこれらを運ぶのに一時間とはかからなかった。信玄袋の底に納っていた使い残りの舶来の石鹸も、跡形もなく齧り取られていた。

略奪が終って殿《しんがり》が引き揚げると、鼠の大群は煙のように消えた。

海上で他の船とちれ違った時に鳴らす汽笛が、頭上で鈍く響いた。外はさんさんと太陽の輝く、航海第二日目の平穏な朝だった。

交替を終った甲板員のピエルは、明るい光の中で髭を剃っていた。昨夜、司厨長の王から聞いたオウメという娘のことで彼はひどく浮き浮きしていた。王と彼はグルだった。

ピエルは朝食をすますと、ココアを詰めた空瓶と四、五枚のビスケットをポケットに忍ばせて船艙に向った。

アルジェリア出身のピエルは、青年というよりむしろ背の高い少年に近かった。東洋通いのこの船に乗り込んだのも持前の冒険好きな性格が興味をそそったからにすぎず、無邪気で明るい彼は些かメランコリックになっていた。

船艙の上部は厚い板を並べて、その上からキャンバスがしっかりとかけてある。王に教わったある一点のロックをゆるめて鈎《フック》を外さねばならない。人目を避けて、操舵室《ブリッジ》の真下に当る死角に忍び寄って彼は素早くキャンバスの中へ潜り込んだ。

夏代は、頭上のかすかな汽笛に目が覚めて、まだ夜だろうか昼だろうかと迷った。しきりに便意を催したので、起きて信玄袋の塵紙を取り出すために手を入れて驚いた。紐はずたずたに切られ、中は乱雑に混ぜっ返してあった。豆や落花生は底の方に喰い散らしたからがわずかに残っているだけで、塵紙はグチャグチャになっていった。夏代は腹立たしげに袋を引出して中をあらためて見たが、やはり失せ物は袋の中に残っていなかった。

余りの横着さに、まさかと思いながらお梅を疑い、彼女を闇の中で見すえた。お梅はまだすやすやと眠っていた。

夏代は荷物の間を抜けて、見当をつけておいた鉄梯子の所に近寄り中を窺った。むっとする異臭が鼻を衝いた。相変わらず男女の乱痴気は続いているらしく、訳の判らぬざわめきが断続して聞こえた。

彼女は素早く鉄梯子を降りて用を足した。そしてハラハラしながら再び鉄梯子を昇りつめると、すぐ頭の所でバサリと音がして人の気配がした。心臓が一時に止る思いだった。彼女は鉄梯子にへバリ付いたままで、じっと様子をうかがった。

「オウメサン……オウメサン」

王と違う声が、お梅を探している。その声は若くて、西洋人風だった。お梅が返事をしなかったので、その男は思案に暮れた様子でしばらく立っていたが、じれったそうな声でまた大きく叫んだ。

「オウメサン！」

「ウーム」と背のびをしながら、寝とぼけた声で「はーい」と返事をするお梅の声が聞こえると、男は声のする方へ手探りで動いて行った。夏代は鉄梯子から体を乗り出して、なりゆきを注目した。

用が済んで、男が縄梯子を登っていくのにはさほど手間はかからなかった。だが夏代にとってはひどく長い時間に感じられた。

彼女がベッドへ近寄ると、まだぐったりとなって寝ていたお梅が体を起こし、紙をくれと要求した。夏代はしわくちゃになった紙をていねいに延ばして渡した。

「また好《え》え物《もん》バ貰ったバイ」

お梅の声は、やや誇らしげだった。苦悶の後もなければ恥らいの気持もなかった。教養の低さから来るあきらめと無知な人生観が、彼女を無抵抗な形で、今の場合最も生き易い方法を取らせていたのだろうか。

「男が違うとったろ？」

「ウン」

お梅は夏代の問いに軽く答えるだけで、自分からは何も言い出さなかった。それが彼女には憎らしかった。お梅は本当に何でもないのだろうか。口惜しくはないのだろうか。昨日から今日までに、少なくとも自分が知っているだけで三人の男が変っている。

「今のは異人じゃなかったナ？」

「ウン」

またしても相槌をうつだけだった。

夏代にはお梅の気持がどうしても呑みこめなかった。

「汚《よそわ》しゅうはなかったナ？　あげんされてもどうもなかとナ？」

詰《なじ》るように夏代がお梅の手をつかむと、

「仕様《しよん》なかモン。始めは恐ろしかったが、異人は親《やさ》切《し》かバイ」

お梅の意外な返事に、夏代は息の詰《つま》る思いがした。自分の考えとお梅の考えに、どうしてこんなに大きな開きがあるのだろうと、ますます理解に苦しんだ。

それとも男と関係することは、別にある違った自分の知らない世界がそこに悪魔のように待ち受けていて、自分を判らないようにしてしまうのではなかろうか。

そんな風に考えていると、得体の知れない性の問題が彼女の低級な脳裡で爆竹のようにはじけた。それはわびしくもあり、興味に似た激しいたかぶりでもあって、恐怖と愉悦の入り混じった感情が不思議な力で彼女の官能をかき乱すのだった。

二人はビスケットを少し食べて、これは西洋の餅であるか煎餅であるかについて論争を始めた。まっ暗闇の中で、色も見えなければ形も完全に判定出来ないのであるから、無理はなかった。

お梅は、花祭りの日にお寺で貰った餅の事を思い出し、ココアは西洋の甘茶だと言った。

夏代は、有明楼にいた時、風邪を引いて苦い医者の水薬を砂糖を入れて呑まされた経験から、ココアをこれは薬だと言い、ビスケットはあと口を直すための煎餅だと言い張った。

互いに主張して自説を曲げなかったが、結局ビスケットは単なる菓子であり、ココアは砂糖の入ったお茶であるということに落ち着いた。そして二人は安心してココアを飲み合い、ビスケットを食べた。食べながら夏代は、さきほどお梅を非難したことを大いに悔いた。お梅のおかげで自分までこうして美味しい物が食べられるのだと思うと、お梅の存在が有難くなってきたのである。

それにしても口惜しくてならないのは、信玄袋の中身が盗難にあっていることだった。夏代は袋をベッドに置いて事情を説明し、お梅の判断を乞うた。船艙の誰かが忍び寄って来て盗み去ったとも考えられなかったし、何のために口を締める紐をバラバラに切断しなければならないのかが不思議だった。なでまわしているうちに底の穴を発見して、やっとこれは鼠の仕業であると判断した。

幸いザボンだけは残っていたので、その一つを食べようと手に取り上げてみると、大きな穴があいていた。二人は皮をむいて、種子の無い袋を、かえって食べるのに簡単だと笑いながら食べた。夏代は、お梅によって食糧が一応確保された今は、信玄袋の食物をさほど惜しいとは思わなかった。もうあと一日もすれば上海に着くだろうという安心感も手伝っていたからである。

数時間が経った。その間二人は相談して、鉄梯子を降りるのは大便だけとし、小便は少し離れた荷物の谷間を選んで、そこにすることにきめた。なすことも無くうつらうつらと眠ったり、村の祭りの話や精霊船や初市の賑わいなどについて語り合った。

空腹が襲ってきて、二人は王の来るのを待ちわびた。王はなかなかやって来なかった。二人はあきらめて、またウトウトと眠りはじめた。すると、すぐ近くでヒュッヒュッと口笛が鳴った。夏代はハッとして隠れ家にもぐり込んだ。

王が例によって籠をロープに括りつけて降ろすと、ヒゲが下の方から「多謝《トーシエ》」と怒鳴っている声がかすかに聞こえた。お梅は座ったまま静かに王の来るのを待っている様子だった。

「オ梅サン元気イルネ、美味シイ物、沢山沢山モテキタヨ」

王の声は弾んでいた。カンテラをつけて彼女のところに近寄ると、フワとそれを吹き消し、ドタドタとベッドの上に這い上がって来た。続いてお梅の体がドサリと崩れる音がした。

しばらく沈黙が続いた。鼠が何回かくり返して鳴いた。やがてお梅の身じろぎする音が次第に激しくなった。むしろがバサバサと鳴った。小さい声で王が「好《ハオ》？　好《ハオ》？」と囁いていた。お梅が何度も溜息をついた後で、犬が物を喰う時のようなペチャペチャという音が連続した。夏代は、王が何を食べだしたのだろうかと思った。

お梅の息づかいが荒くなった。ベッドに組合せた箱が大きく揺れて、ギシギシと暫くの間きしんだ。お梅がかすかな悲鳴をあげたような気がした。若しかすると、お梅はこの男に首を締められて殺されようとしているのではなかろうかと、夏代は気が気でなかった。王が昨夜のように犬の遠吠えのような声を上げると、ベッドのきしみはハタと止った。

またしばらく沈黙が続いて、夏代はお梅が本当に殺されてしまったのではないかと思った。そう思うと、突伏した両方の手がガタガタふるえ出した。しかし続いてお梅が洩らした大きな溜息を聞いて、夏代はほっとした。王のバンドの金具の音でさらに安心した。

　王は目的を果たしてもなかなか帰ろうとしなかった。そして片言で何かとお梅に話しかけた。年は幾つか、家はどこか、食物は何が好きか等と問いかけたが、お梅の返事はいっこうに要領を得なかった。そのうちお梅が「自分は長崎へ行くつもりだったが、上海に行くことになってしまった。上海にはいつ着くのか」と訊ねると、王はカラカラと笑った。

「コノ船ハ、上海行カナイ、モ少し遠イ所ヨ。二十《ニジユウ》日《ニチ》、五日《ゴニチ》、ソコカカルヨ。俺、食物運ンデ来ル、安心ネ」

　王の答えを聞いて、夏代はガックリとなった。せめて上海なら密航者に連れられて行っても何とか自力で逃げ出すこともできるだろうに、と抱いていた一縷の望みは絶たれた。しかも「二十日五日」とは二十五日かかるという意味だろうが、そんなに長く乗らねばならないのだろうか。そんなに遠い場所とは、いったいどこなのだろう。

8

三日目の朝が来た。

　今日もピエルが帰った後で、夏代はお梅にチリ紙を渡しながら、これで食物を分けてもらうのだから銭のようなものだと思った。

　お梅がポツリとつぶやいた。

「あの人は、やさしゅうして好か人。まだ俺たちくらいの若者バイ」

　ピエルに好意を示したような言葉を聞くと、夏代はなぜか不潔なものを感じた。王だけならまだしも東洋人だからゆるせるとしても、ピエルは……。夏代は、何となく腹立たしさといっしょに抑えがたい関心が芽生えているのに気付かなかった。

　その日の食物はサンドウィッチであった。お梅はパンに挟んだものがいやだといって夏代に中身を与えた。夏代もあまり好きではなかったが、旺盛な食欲にまかせてたいらげてしまった。飲物は水だったが、水の中には何か甘酸っぱいものがまぜてあった。

四日目が訪れた。

その日のピエルは長々とお梅のそばを離れなかった。事は簡単にすんだが、その後でピエルも王と同じようにカンテラでお梅を眺めた。お梅もピエルを見た。それから二人はいつまでも抱き合って離れなかった。

ピエルの言葉は王と比べものにならない程の片言だったが、通じないことはなかった。お前が好きだ、とても好きだといった意味のことを連発していた。それから、シンガポールに着いたら俺は脱走するつもりだ。きっとお前を探して会いに行く、というようなことを言っていた。別れぎわにまた二人は激しく抱き合った。それは全く恋人同士のからみ合いだった。

夏代は身を潜ませているのも忘れて、気付かれる程の大きな溜息をついた。体中がかっかと火照って不思議な気分に金しばりにあったようで、ペタンと坐ったまま何度も溜息をついていた。

昼近くと思われる頃、昨日あたりから薄ら寒さがうすれ、だんだん暖かくなっているのに気付いていたが、急に船艙全体が蒸し暑くなってきた。二人は絣の着物を脱いで下着だけになった。

その後、王はシャツがけで現れ、下着一枚のお梅をさらに裸にした様子であった。

五日目の朝、ピエルにもらった水には昨日のような味が付いていたが、何となく妙な臭いがしていた。夏代が気のせいだろうと思ってお梅にたずねると、彼女も変だと言った。

お梅は水のことより、ピエルにもらった甘いこってりしたとろけるような西洋菓子をしゃぶりながら、ピエルのことをうっとりと考えていた。

水に付いた味は葡萄酒で、甘い西洋菓子はチョコレートだった。菓子を食べ終ると、お梅は別の箱を開けた。中には豆粒ほどのシワシワした弾力のある粒がいっぱい詰まっていた。食べると甘酸っぱく、二人は何だろうと首をひねった。それが干葡萄だとは知る由もなかった。

急にお梅が、ピエルが好きだと言いだした。名前がピエルでフランス人だということ、年は十九だということがわかったのもその日だった。その日の逢引も前日のように長く、激しい愛撫がもっとくり返された。

夏代は同伴者としての信義を裏切られたような気がしてムッとした。お梅は夏代がだまっていたので、言いわけのように話しかけた。

「支那人《アチャサン》ナ、やぜらしか（しつこい意）。それに蒜《にんにく》臭うして……」

夜、王からもらった水は味が付いていなかっただけにいっそう妙な臭いがした。それでも二人は喉が乾いていたので、パンといっしょにゴクゴク飲んだ。数時間後に二人は腹痛を起して下痢をした。


六日目の明け方から、船はひどく揺れはじめた。下痢をおこしてフラフラになっていた上に、二人はすっかり吐いてしまった。ぐったりとなってベッドに横になっていると、ピエルがやってきた。夏代は隠れ家に身をひそませるさえやっとだった。

ピエルはあらかじめお梅が船酔いに苦しんでいるのを予測していたように、優しい態度で肩をなでた。

「苦シイ、クルシイデスカ？　コレ薬デス」

彼はひとしきり肩や背を撫でてから腹を押さえた。お梅は船酔いで苦しいのか腹が痛いのか、ピエルがどっちの質問をしているのか判らなかった。ピエルは丸薬のはいった小袋と粉薬の包みを彼女の手に握らせると、何の要求もせず水と食物を置いて立ち去った。

二人は薬を一服ずつ飲んだ。水は味が付いていたが昨日のように臭くはなかった。ただ何となく鉄錆のにおいがした。食物は甘い味がついたパンだった。二人とも一口かじっただけで食う気になれなかった。しばらくして夏代は吐き気が止ったといってパンを食べた。が、依然として下痢は続いていた。お梅は下痢は止ったが吐き気のために苦しみ続けた。

船艙内は、時と共にいよいよ蒸暑くなってきた。何度目かの下痢で夏代が船艙に降りてゆくと、中はむせかえるような熱気で、いっときも我慢できないほどだった。それに、今までの異臭に嘔吐と下痢の悪臭まで加わって、豚小屋以上の息苦しさだった。下の連中も昨夜の水にあてられたのである。

それにしても時折、吐く声が聞えるだけで、船艙の中は意外に静かだった。連日の乱痴気と空腹に疲労が重なっていたところへ、この船酔いと下痢でぐったりしてしまったのだろう。

　夏代は、やっとの思いで梯子を昇った。揺れが激しいのでベッドに横にはならず、隠れ家の箱にもたれて眠った。王が口笛を鳴らしてお梅に近寄ってきたのも知らなかった。

　お梅が「いやいや」と言っている声に目が覚めた。王は、この揺れの中でも目的を果そうとしていたのである。

　弱り切ったお梅に王もあきらめたのだろうか、

「コレ、薬アルヨ。昨日ノ水ヨクナイ。今日ノ水ヨロシイ。今、台湾ノ沖、二《ニ》日《ニチ》ダケ荒レルネ」

と、これだけ言うと、ピエルが持って来たのと同じような薬を置いて去った。二人は前の薬と重複しないように飲んだ。

　船艙の底では、昨日よりもっと変な臭いのする水だったので、船酔いのせいもあっただろうが一口飲んで皆吐き出した。

　夜に入って、船はますます大きく揺れた。

七日目。ピエルも元気のない声で、

「苦シイデスカ？」

と、わずかに声をかけただけで、水と薬と食物を置いて立ち去った。

　その日は終日揺れ続けて、せっかくのベッドもすっかり形を変えて単なる凹凸の荷物に化した。隠れ家も無残にブチこわされ、二人は右に左に移動する荷物に押しつぶされそうになって鉄梯子の附近に避難した。

　夏代は、王がやって来たらどうしようかと迷ったが、その時はその時でどうにかなるだろうとお梅のそばを離れないことにした。

　王が来た時、彼女は折よく傍の大きな荷物に身をかがめるだけで済んだ。王も流石に弱っているらしく口笛に力がなく、ヒゲの何時もの「多謝」と叫ぶ声も聞こえなかった。

　王が去ってから、時間がたつにつれ次第に揺れはやわらいでいった。明方近く、船は殆ど平静に復していた。二人は手近の荷物に突っ伏して昏々と眠りこけた。


八日目の明方、船は台湾海峡から島々の間を抜けて、ようやく汕頭《スワトウ》の沖にさしかかろうとしていた。

北回帰線を越して太陽はぐっと激しさを増し、海の色も一そう濃さをまして鮮やかに見える朝だった。涼風もすがすがしく、船は沿岸ぞいに走っていたので大陸の山々もなつかしく見えた。南支那海にはいってから第一日目の平和な航海だった。

ところが、この平和なブーランジェ号に一大事件がおきた。騒ぎは、甲板員たちが勤務を交替して朝の食事をとるために洗面所で手や顔を洗おうとした時に始まった。
四、五日前から何となく飲料水が臭いという者がいたが、ジャン・マロウがそれは気のせいか塗料のせいだろうと打消していた。いよいよその臭いが臭くなって司厨長の王に尋ねると、鼠がまた何匹かタンクにとび込んだのだろうと笑っていた。
一昨日の夜から昨日の朝にかけて、水に葡萄酒を入れて飲まなかった大部分の者が下痢を始めた。昨日の朝になると水は薄黄色に濁って、いよいよ悪臭を放った。そこで、とりあえず飲料水はボイラー用の水を濾過して使用することにした。

みな首をかしげてあれこれ原因を考えてみたがわからなかった。何分にも海上は時化ていたし、調べてまわる余裕はなかった。

夕方になると悪臭はいよいよ激しく、水は黄色く濁ってきた。南支那海に入ったら、ゆっくりタンクなどを調べてみることになっていた。

その朝、洗面所のコックをひねって、濁った水を不快そうに見ていたピエルが「あっ」と大きな声をあげた。

「血だ！」

見ると、腐った膿のような血がコックからドロリと出て来た。続いてぶよぶよの肉片らしいものが洗面器の中に落ちた。驚いて見ていると、今度は毛髪らしいものが流れ出て、長く垂れ下ったまま水を止めてしまった。

この奇怪な出来事は早速船長にとどけられ、時を移さず船首の予備水槽が点検された。最初にマンホールにもぐった一人は、悪臭に堪えられないと言って出て来た。他の二、三人も同じようなことを言ってはいろうとしなかった。しかし、中に何人かの死体が浮いていることだけは確認された。

航海中のこととて水槽を切り開いて死体を取り出

すわけにもゆかず、また取り出してみてもすぐにその水槽が役立つわけでもないので、船長の裁断によって万事は寄港地についてからということになった。ブーランジェ号は憂鬱な航海に変った。中でもジャン・マロウは食事もとらず、ぼんやりとふさぎこんでいた。

船艙では船酔いも下痢もすっかり治った夏代とお梅の二人が、空腹をかかえてピエルが来るのを待っていた。ピエルはその日に限ってなかなか降りて来なかった。待ちくたびれた二人はまたうとうと眠りはじめた。目が覚めてからも、結局ピエルは姿を現さなかった。

二人が絶望していた時だった。やっと待ちかねたピエルが来た、そう思って彼女たちがこおどりすると、口笛がヒュッと鳴った。王だった。

王は綱《ロップ》に籠をくくり付けてから、しばらく鉄梯子の上で待っていた。ヒゲがやって来ると、彼は自分から下へ降りて何か話をはじめた。夏代がおそるおそる近寄って聞き耳をたてると、下の話は手にとるように聞えた。

話の内容は、ジャン・マロウが天草の娘たちを予備水槽に入れた失敗から始まり、すでに悪事が露見してしまったこと。この船は明後日の朝、香港に着く予定だが、その時、この船艙もきっと天井のキャンバスをはぐって点検されるだろう。そのために、船艙の一部にマンホールがあるから、そこから舷側の水槽にもぐりこむこと、その他いろいろの注意を要する打合せなどであった。

夏代は話を聞いているうちに、身の毛のよだつ思いがした。

王が昇って来る気配に、夏代は急いで身をひそめた。

「オ梅サン、明日カラ二日《ニニチ》、三日《サンニチ》苦シイコトアルヨ。コレナ、少シズツ食ベテ、少シズツ飲ムアルヨ」

王はお梅に抱きついてキッスすると、水と固いパンを置いてそそくさと出て行った。

二人は飢えていたのですぐに食ってしまった。水も今までにない程喉が乾いていたのでうまかった。二人とももっと食べたいと溜息をもらした。

二人が新しいベッドを作り始めた時、またしても頭上で人の降りて来る気配がした。夏代はいそいで身を伏せた。王が引返して来たのだと想ったが、それは待ちくたびれたピエルだった。

「オ梅サン、ワタクシ、アエナイデス。悲シイ」

ピエルは泣きだしそうな声でお梅に抱きついて動かなかった。

「コレ少シズツネ、少シズツネ」

と言って、何か食物を渡しているようだった。そのうちピエルは堪えかねたような溜息をもらして、お梅にやたらとキッスしていた。

バンドを外す金具の音がして、二人は立ったままで激しい愛撫を始めた。お梅が気の遠くなるような声を出して後ろにのけぞると、ピエルもそのまま呻くように重なり合って崩れた。

ところがお梅は、息を殺してすぐ傍に隠れていた夏代の体の上に折り重ったのである。夏代は思わず
「ウーン」と呻いた。

びっくりしたのはピエルであった。彼は声をあげてはねおきると、しばらくは物も言わず荒い息をついていた。

「これは、友達の夏代ちゃんですタイ」

お梅が言うと、

「オオ、友達！」

ピエルはやっと安心したらしく、急いで身をつくろいバンドを締めた。

「コノ船困リマシタ。大変タイヘン弱ッテイマス。ソレカラ、アノ、ソレカラ、会エマセン……」

ピエルは、それから何かをさかんに説明しようと努力していたが、足りない日本語ではどうすることも出来ずに止めてしまった。多分、水の問題や、王がヒゲに話していたようなことを説明したかったのだろうが、日本語を数多く知らなかっただけではなく、こんな問題を洩らして好いのかどうかの判断にも迷っていたようであった。

ピエルは、その日の午後からマロウと勤務の交替を命じられていたので昼間来れなくなったことや、夜は王といっしょになるのでどうすれば好いのか、そんな複雑な気持も打明けたかった。しかし周囲の事情から、自分にもいよいよ身の危険が迫っているので当分会うことを断念しなければならない。そんなことを伝えたかったのである。

ピエルは別れぎわに、夏代にも手探りで握手を求めた。夏代は彼の手が触れた時、慌てて自分の手を

ひっこめてしまった。

王は青ざめた顔で暗闇のブリッジを昇った。しかし船長室のドアをノックする時には、何時もの顔色にかえって薄笑いを泛かべていた。

ふんだんに顎髭をたくわえた船長のマックスは、葉巻をくゆらしながら彼の来るのを待っていた。

「僕は、名誉あるその人の名前とブーランジェ号のために、君を最も信頼出来る男だとふだんから考えていたよ」

話しかけた船長の言葉に、王はギクリとした。彼がすべてを知っていたのかと思った。

「船長のお気に召すように一生懸命努力しています」

王は平然と言ってのけた。

「そうだろう。そこでだ――」

船長は体をのり出すようにして、左手をポケットに突込んだ。

それからゆっくりとその手を王の前に出して掌を開いた。

百フラン金貨が二枚光っていた。

「どうだね？」

船長は、チラと王を見て呟いた。

王はしめたと思って、心の中でこおどりした。これで露見しないですむ。船長はこの俺に厭な仕事を押しつけようとしているのだ、とすべてを察した。

「三色旗《トリコロール》のために――船長の最も忠実な部下として命令に服従します」

「やってくれるね。有難う」

王のきっぱりとした返事に、船長は微笑を泛べた。責任者を出したり事が面倒になったりするのを恐れて、船長は昼間の事件を秘密裡に処理しようと考えたのだった。

三十分後、王は雨合羽を着て船首に立っていた。

王は熊手のような道具で死体を一人ずつ引上げると、一《イー》、二《アール》、三《サン》、四《スー》と数えながら南支那海の闇に投げていった。

死体は、腐乱しきって半ば白骨がむき出しになっているのもあった。軽いのもあれば一人でやっと引出せるのもあったが、どれもあと一日遅ければ四肢が殆どバラバラになるところまできていた。幸いどの死体も着物を着ていたので、王は上手に衿の附近をつかんで引上げることができた。

マンホールから舷側までの甲板には、死体の雫がヌルヌルとよどんで、この世ならぬ悪臭を放った。王が汗だくになって最後の二十六人目の死体を捨て終った時は夜明け近かった。天草から連れ出された二十三人の娘と誘拐者の三人は、こうして汕頭《スワトウ》の沖に葬られた。

王は甲板をすっかり洗い終ると、冷蔵庫から持ち出して来た豚肉一頭と牛肉半頭をマンホールの口から水槽に投げ入れた。


船員たちにとって九日目の航海ほど不愉快なものはなかった。太陽はジリジリと照りつけたし、急に風の吹き止んだ南支那海の航海は単調だった。何時もならば明日は香港に着くという期待に満ちた感情が船一ぱいに溢れて明るいのだが、昨日の悪夢はお船首から流れる臭いと共に消え去らなかった。船長と王だけが何時もと変らぬ顔をしていた。

夕刻、江海湾の入口の岬の燈台が投光をはじめていた。汕尾《スワウエイ》に向うジャンクが薄暮の中にひしめき合って消えた。

王はあたりがすっかり暗くなると、何時もの場所から特に帯を持って縄梯子を降りた。

「コレデオシマイネ。昨日オシマイ一日ノビタ。ユクリユクリ食ベテ飲ムヨ」

王は、口笛を鳴らす前にこう言って水と食物をお梅に渡した。渡しながら、彼はせかせかとバンドを外したが、その日の行いは鶏のように早かった。

用を済ますと、彼は梯子を降りて下の方で口笛を吹いた。今日は籠を持って来ていなかった。一本の水とパンをヒゲに与えて、ここで食えと命じた。ヒゲが食い終ると、王はカンテラをつけて先に立ち、舷側の水槽に通じるマンホールのある場所へヒゲを案内した。

「判ルネ。コレ低イ。頭ツカエル。二日《ニニチ》、三日《サンニチ》ハイルヨ」

「仕様ンなか」

ヒゲはぶっきら棒に答えると、暗闇に向って怒鳴り出した。

「オーイ、みんなこっちへ来い。クソや小便ばタレたか者は今のうちしとけ」

ヒゲの声を聞いても一同は何のことやらさっぱり

判らなかったが、多分水と食物があるのだろうと思ってガヤガヤ集まって来た。

「もう直ぐ船が香港に着く。着いたら検査があるじゃろケン、検査が済むまでこの穴にかくれとくんじゃ。クソばタレたか者はいますぐタレろ」

ヒゲが重ねて念をおしたので、一同はしぶしぶうなずいた。

二人は頭数を数えながら、先ず前科者たちを先にたて、それから娘たちを次々に穴の中へ送りこんだ。最後の一人がはいってしまうと、

「この間から二人足らんのじゃが……」

と、ヒゲが言った。

「二人？　一人イルヨ、コノ上ニ。オレ、連レテ来ル」

王はカンテラをヒゲに渡して、鉄梯子の方へ引返した。

お梅と夏代が食事を終って鉄梯子の上から中のなりゆきを見守っていると、王が梯子を昇って来て呼んだ。

「オ梅サン、オ梅サン、下ニ降リルネ。ココ駄目アルカラヨ」

夏代も、これまでと観念した。夏代を発見して王は、

「オオ、二人アルネ、二人」

と驚いた。

夏代とお梅がおずおずとヒゲの所へやって来ると、

「このアマッチョ！　何日も探したぞ、心配させやがって。さっさとはいらんかい」

ヒゲは恐しい剣幕で拳をふり上げたが、王がいたので殴りはしなかった。ぐずぐずしていると面倒とみて、二人は胸の高さ程あるマンホールに這い上って中へ入った。

中はぬるぬるして、苔や藻のような物が一ぱい生えていた。幅は四、五人並んではいれる広さだったが、高さは四ツン這いになってやっとだった。手足を交すとツルツルすべって思うように進めなかった。手肘を折って楽な姿勢になると、表面に残っていたわずかな水がじわじわと気味悪く着物に浸みてきた。タンクの中は忽ち人いきれで蒸風呂のようになった。

皆を舷側の予備水槽に入れてしまうと、王はヒゲからカンテラを受け取った。長吉と松も加えた三人に、

「今カラ掃除スルネ。帚アルヨ。判ラナイヨウニ上等ニソージスル」

　こう言って王は船艙の中をカンテラの光であちこち調べてまわった。そこは鶏小屋よりもすさまじい脱糞の山で、紙屑もあちこちに散らかっていた。

　三人は足で糞の上に石炭をかきあげ、さりげない風景につくろってまわった。しかし、至るところで糞にかぶせようと石炭を蹴上げると、その底からもまた別の糞が出て来て、結局は新しい石炭を山の部分から手ですくい取ってかけてまわらなければならなかった。

　作業がすんだ所で三人は、

「貴方タチノ番アルヨ」

　と王に言われて渋い顔をしたが、仕方なく自分たちも穴にもぐった。

　王は丁寧に蓋をした。


　そしてブーランジュ号が錨を入れたのは、口之津を出てから十日目の朝だった。だが、目の前にはビクトリアの市街は無く、山上まで続く白亜の建物も見受けられなかった。そこは支那風の家がひしめく丘に、セントポール寺院のひときわ目立った屋根が見える港だった。ジャンクの帆桁が櫛の歯のように港の岸をギッシリと埋めていた。

　船は香港入港直前に、船長の命令によってマカオに寄港することに変更したのだった。特別の荷役も無く、水と食料の一部を補給すれば好かったので、出来るだけ目立たない方が好いと船長は考えたのだった。

　ブーランジュ号は三日間マカオに碇泊した。その間に食料や水の補給がされ、勿論船首のタンクも切り開けられて掃除された。

　二日目、陸上から職人がやって来て、タンクを切り開ける時は船長も立会った。中からは想像された不愉快な死体は出て来ず、一頭の豚と半頭の牛肉の大塊が確認されただけだった。

　狐につままれたような顔を一同はしていたが、それでも憂鬱さを打ち消すために、誰もが無理な笑いを泛べて納得することに努めた。王だけが得意そうに、

「誰だろう、こんなたちの悪い、ひどい悪戯をする

奴は。余程、俺に恨みを持っている者かな？　それとも豚めが水を欲しがって、冷蔵庫からトコトコ歩いてきたのだろうか」

と、おどけた言い方で一同を見まわしたが、誰も笑わなかった。船長が王の側に寄って行き、

「君の御自慢の腕で、すばらしい料理を作ってもらおうか」

と、努めて快濶に声をかけると、一同はどっと笑った。それから船長は声を落して王の耳許に囁いた。

「タンシチューをね、それを君が食べるんだよ。犠牲者は成仏するぜ――」

囁きは笑いにかき消されて誰にもわからなかった。王だけがチラと船長を見て、無表情な顔にまばたきをしていた。

四日目の明方、船はマカオを出た。ここから一路シンガポールまで約十二日、千四百四十浬《カイリ》の航程だった。海南島の沖を通って、南支那海からボルネオ海に出ればべた凪ぎの航海だ。

夏代たちは船がマカオに入港した四昼夜を水槽の中ですごした。王が前もって給水管のバルブをしめておいたので、給水された時もこのタンクには水は流れ込まなかった。

最初の間は、皆四ツン這いになったり腹ばいになっていたが、時がたつにつれて皆仰向けになって膝を立てた。息苦しかったり窮屈なのはどうにか我慢出来たが、小便と大便だけは辛抱出来なかった。

皆は結局、仰向けの姿勢でやりっ放した。それが二度三度重なると尻のあたりに堆高く溜ってべたべたと気味悪くくっ付くので、皆は申し合わせたように上体を少しずつ頭の方へずらした。ところが頭の方にも同じものが待受けているので、やがて進むとも出来なければ後退することも出来なくなった。

全然飲み食いをしていないので大小便はやがて出なくなったが、空腹が稀薄した空気の中で鬼のように絶叫するのに悩まされた。皆始めのうちは溜息をついていたが後には本当に気狂いのように喚き出し、声がガンガンと反響して耳の底まで痛かった。そのうち次第に力が抜けて誰も物をいわなくなり、誰もがこのまま死んでゆくのではないかと覚悟した。

夏代は朦朧とした意識の中で、縁日で見たのぞき眼鏡の地獄はこんな所だろうと思っているうちに眠

ってしまった。

船が出て夜になるのを待ちかまえた王がマンホールを開けにやって来た時は、皆死んだようになっていた。ヒゲと長吉と松の三人だけが鰹節をしゃぶっていたので比較的に元気だった。

三人は穴からとび出すと、空気がうまいといって大きく息を吸った。事実、船艙の中は碇泊中に覆いをはぐって検査されたので、空気がすっかり入れ替って異様な臭気は無くなっていた。

王から水とパンの他に熟れたバナナを一房もらうと、彼らは瞬くうちにたいらげて元気を快復した。

「どおれ、いっちょ仕事にかかろうか」

ヒゲが言うと、長吉と松は威勢よくマンホールの口へ這い上った。

やがて次々に穴から引っ張りだされた娘たちは、誰もが骨を抜かれた人間のようにフラフラになっていた。石炭の上に降りて二、三歩歩くとそのままヘナヘナと坐りこみ、うつろな目でカンテラの光を眩しそうに見ているだけだった。

十数人が引出されると、船艙の中は再び異臭が鼻を衝いた。今まで自分の体に着いていたもの、更に汚物の絨毯の上をそりのように引出されて体中の衣類にくっついたもの——それはこの世ならぬ黄金の衣装から発散される香気だった。

長吉が一人の女を抱いてマンホールからとび降りてきた時、あまりに臭いので王が顔をしかめた。

「親分、こン娘は死んどるごとある」

長吉がそう囁くと、ヒゲは娘の額に手をおいて一寸考えこんだ。王のカンテラを借りて顔を映したが、眼《まなこ》は動かなかった。

「仕様ンなか。一人損したバイ」

ヒゲはそう言って、大勢のいる場所とは別な方を指さし、そちらへ死体を置くように命じた。息が切れて間がないとみえ、長吉に抱かれた娘の手はダラリと下っていた。

「どこン娘じゃったかね」

「天草ン高浜の、お美代ちゅうとりましたがナ」

ヒゲは長吉から聞いたその名前を、ポケットからとり出した手帳の中から探して鉛筆の線で消した。

しばらくすると、松も同じように娘を抱いてきた。

「またか」

ヒゲが苦々しく言った。

「何ンちゅう娘かね」

「さあ？」

　ヒゲに問われたものの、松は要領を得なかった。

「あっちへ置いとけ」

　松は言われたとおりに、娘をお美代の死体の横に並べた。

　こうして全部の者がマンホールから引出されると、ヒゲは王が持って来た水を一人ずつ飲ませてまわった。次にパンを渡す時、その都度カンテラで照してみると、どの顔も容貌が一変していた。

　結局、この舷側のタンクで四人の者が絶命していた。

　カンテラで死体の顔を照しながら、

「血ば吐いて死んどる」

と長吉が呟いた娘は、天草の御領村のおかねという娘だった。見るからに弱そうな体つきをしていた。

　松が引出してきた娘は比較的丈夫そうな体をしていたが、下痢が最後まで止まらないといっていた布津村の塩入崎のまさよという娘だった。

　もう一人は前科者の仲間で、牡丹の鉄という博奕打ちだった。彼も同じように血を吐いていた。一ばん早く死んだものとみえて、すでに死臭が漂っていた。やせぎすの男で、はだけた二の腕に色あせた牡丹の入墨が憐れをとどめていた。博奕打ちらしい角刈りの頭髪にはポマードの代りに黄色いものがこってりと着いて、無情にも額のあたりには蛆虫が這い廻っていた。

「思案六法で引き目なしちゅうとこかね、博奕打ちとしちゃええ往生じゃ。こげん男は穀潰しで国の為えならん。それにしても三人は勿体なかことした。汝《わり》たちの分け前が二、三百円ずつしもうたぞ」

　並んだ死体を眺めていたヒゲは、長吉と松を振返ってそう囁いた。

　ヒゲが王を呼んで死体の処置について相談すると、

「ステル他ナイネ、海アルヨ。アナタステルヨロシイネ」

　王に言われてヒゲは頷いた。

　しばらくして、王が四枚のアンペラを持って来たので、ヒゲたちはそのアンペラにそれぞれの死体をくるんだ。

　その夜、王の案内で四人の死体は雷州半島の沖に捨てられた。

マカオを出てから二日目の夜が来た。船艙の中では殆ど元気を快復しつつあったが、まだ誰も自らすすんで口を聞こうとする者はいなかった。

飢えと渇きに堪えかねた夏代は、お梅をさそって鉄梯子を昇った。お梅を利用して、いくらかでも多くの水と食物を王からせしめたかったのである。お梅も全く同意した。例によって王が縄梯子を降りて来た時、お梅は自ら「オウメ……」と名のった。王はすぐにそれと気付いたが、

「臭イ臭イ、ダメアルネ」

と、手を振って後ずさりした。更にくい下る勇気はお梅にはなかった。夏代は傍で、尤もなことだと悲観した。それでも王は、

「水アルヨ、パンココアルヨ」

と言って、三本の水と五切れのパンを置いてくれた。王は口笛を吹く、とさっさと梯子を昇って帰って行った。

二人が思いがけない食糧にありついてガツガツ食べていると、入れ替りにピエルがやって来た。

「オ梅サン、心配シマシタ。お梅サンデスカ?」

彼は手探りでこう言いながら近寄って来た。夏代はわざとかくれなかった。近くまで来ると、

「臭イデス。ドシマシタ、困リマス」

彼もさすがに異臭にはへきえきしたらしく、それ以上は近寄って来なかった。

「バナナデス。ココアデス」

それだけ言うと、彼もさっさと梯子を昇った。余程異臭がこたえたらしく、梯子を昇りながらゲッゲッと喉を鳴らしていた。

夏代とお梅はもらったバナナをひねくりまわして考えた。果物にはちがいないと思ったが初めて触れてみる品だけに、どうして食うのやらわからなかったのである。

まず皮ごと食ってみた。渋い皮の部分と芳醇な柔い果肉の部分とが口の中で分れた。これは皮をむくのだと思ったが、折角口の中に入れのだから勿体ないと、最初の一口は皮ごと食べてしまった。何というすばらしい果物だろう。こんなものが自分たちの行く手にはふんだんに実っているのだろうか。それを考えると、絶望の中に一縷の明るい希望さえわいた。

二人は夢中でバナナを食べた。食べ終って、何という名前だったのかといろいろ思案したが、ピエルから聞いたバナナという名前をどうしても思い出すことが出来なかった。

夏代とお梅の二人は、三日目の晩までそこにねばった。だが、王もピエルも姿を現さなかった。用をたすため梯子を昇り降りするのが大儀だったので、二人は下に降りる事にした。四日目の晩も王とピエルは遂に姿を現さなかった。


王が遅くやって来て、監視がきびしいのでこれ以上は水や食糧を運べない旨を伝えた。ヒゲはがっかりしたが、そのことについては王には何も言わなかった。ただ、また二人の死者が出たことを告げた。

王は二枚のアンペラを持って来た。長吉と松の二人が前の時と同じように死体をくるんで海に捨てた。海はボルネオ海だった。

「これでおしまいじゃ。パンも水も当分望めんぞ」

一同はヒゲに宣言されてがっかりした。それでも飢えていた一同は、最後の二切れのパンをガツガツ食い始めた。


その時、片隅の前科者達の間で口論が始まった。

「嘘つけ！」

沖仲仕《ごんぞう》の虎吉だった。

「ほんまに間違うとりましたんや」

下手に出ているその声は五位鷺の豊松だった。

「汝《うぬ》はまだシラ切るか！　人の嬶ば奪《と》ったり、コソ泥ばかりして来た手クセば当り前と思ちょる」

豊松は居丈高に虎吉にののしられても黙っていた。口論の原因というのは、虎吉が後でゆっくり飲もうと傍に置いていた水の瓶を豊松が横合いから置引したというのである。

五位鷺の豊松は姦通と窃盗の前科四犯で、その窃盗も置引が専門だった。虎吉は単純な荒くれ者で、傷害の前科を二犯も持っている上に、執行猶予中の身でまたまた仲間を刺してこの船に逃げ込んで来たのだった。

「おい五位鷺、汝《わり》ゃ、悪かったと思うなら、なして手ば突いてあやまらんか」

虎吉はすでに激昂していた。

五位鷺は、本当に間違っていたのかも知れない。間違った、と言うだけであやまろうとしなかった。

それで、豊松が盗んだと信じきっている虎松をますます怒らせる結果になった。

「ほんまに、間違うとったと言うに——虎吉つぁんも、あんまりやんまりやないか」

あんまりや、と言ったのが虎吉の癇にさわった。

「何っ！」

と言った時は、有無を言わせず空瓶で豊松の頭をなぐり付けていた。五位鷺は「ギャアッ」と悲鳴をあげた。虎吉はカラカラとうち笑って、

「本物の五位鷺のごたる声で鳴きよるタイ」

と、うそぶいた。

それで争いは終りを告げ、あたりは静かになった。

五位鷺の豊松は完全にのびていた。彼の頭からは血が噴き出していたが、暗闇の事ではあるし誰も気付かず、介抱する者はいなかった。

こんな事があってから、飲まず食わずの数日間が続いた。

9

熱帯海域にはいってからの昼間の航海は単調だった。

海の色はいよいよ青さを増し、くろぐろと果てしなく広がっている一点に、煙突から煙が一直線に立ち昇り、どこまで行ってもその煙は常に垂直に立ち昇り続けた。時折やってくる白い海鳥の群れが、マストに止まったり、船尾の白いレースのような波にもつれ合って追いつ追われつするので、辛うじて船が進んでいるのを判別できた。スコールのやってくる回数も日毎に増えていった。

そうした航海の中で、船艙の温度は上昇し続けた。空腹と渇望と焦躁が、人々を狂犬のように這いまわらせていた。

それにもう一つ困った問題が加わった。虎吉に頭を割られた五位鷺の豊松が、失神から覚めて二、三日たつと高熱を出して「痛い痛い」と頭をかかえて

石炭の上を転げまわった。空腹もさることながら、一同はその悲痛な声を恨めしそうに聞きながら彼を見守った。

すでに娘たちの頭髪には虱が群り、体のあちこちには蛆虫が這いまわっていた。特に夏代の足や股には折悪しく始まった月のものの臭いに油断すると無数の蛆虫がたかってくるので、それをはらいのけるのに一苦労だった。だがそんな事ができるうちはまだよかった。いよいよ気力が失せて払いのけるのがおっくうになりはじめた。油断すると睡魔が襲ってきた。

夏代は、水槽から出されて鉄梯子を昇った時にすぐ信玄袋を探したのだがどうしても発見できず、もう塵紙は持っていなかった。考えたあげく思いきって腰巻きを噛みちぎり、それを丸めて陰部の入口をふさいだ。こうして栓をつめておけば、蛆虫が中まで入りこまないだろうと考えたのだ。なお念を入れるために、腰巻をはずしてくるくると丸め、太股の間にはさんで出来る限りの防衛につとめた。

おサヨとお梅は月のものが無いと言い、もしや妊娠《はらん》だのではないかと心配しはじめた。そのうちにおサヨは、こんな時だから無いほうがかえってましだと不貞腐れていた。

一方、五位鷺の豊松の傷はますます悪化して、化膿した頭部には一面に蛆虫が巣食っていた。中の方へ虫が食いこむ度に、よほど痛いとみえて、はじめのうちは間断なく悲鳴をあげていたが、いつの間にかその声は笑い声に変った。

「間違うとり……ましたんや。あんまりやないか……これ、勝つぁん、勝五郎はん……ハッハッハッハ」

節をつけてこんなことを口走りながら、五位鷺はピョンピョ跳ねてまわった。

彼はすでに発狂していた。やがてそんなせりふが聞かれなくなると、今度は石炭に蹲って、時折、「ギャア」と奇声をあげては跳ね起きた。その声は全く夜明けの不気味な五位鷺の声に似ていた。

今は誰もが、どこの港でも好い、たとえそこでどんな苛酷な事が待ち受けていようと、一刻も早くこの場から逃げ出して上陸したい気持だった。

十日目と思われる頃、やっと人々は悩まされ続けた五位鷺の声から解放された。動かなくなった彼の骸《むくろ》の傍には、もう一つ、人の気付かぬうちに静かに息を引き取っていた娘の亡骸があった。天草、上津浦のお清という娘であった。ヒゲはそれらの死体を捨てようとはしなかった。

皆は二人の死によって絶望を感じた。それから申し合わせたように誰も口を利かなくなった。

蒸風呂のような熱気の中で死体の腐敗は早かった。異臭の中に更に別な臭気が湧き起って、船艙の中はもはや息をするのさえ苦しかった。

王が慌しく梯子を降りて来て口笛を吹いた。

「船着クヨ、昼頃ネ。シンガポ、昼ゴハン食ベテタ方マデニ着クネ」

この声を聞いてヒゲがむっくりと起き上った。

「多謝《トーシエ》」

とっておきの言葉を口にしながら、彼は急いで王に近寄った。

「王さん、すぐ上陸して連絡を頼ンますぞ。連絡先を間違わんようにナ」

「ワカテルワカテル、夜キト迎エニ来ルヨ」

王はヒゲと相対しながら、彼があまり臭いので近寄るのを避けて鉄梯子に手をかけた。

「また二人死んだよ」

ヒゲがポソリと言った。王は、

「ワカテルワカテル」

と言いながら、急いで鉄梯子を昇り、アンペラが無かったのか麻袋を四、五枚持って来てヒゲに投げた。

ヒゲは一枚を残して袋の底を引き裂き、二人の体をそれぞれすっぽりと通した。それから彼はその一枚に坐り、長吉と松に死体を担いでゆくように命じた。

船はビンタン島の沖にさしかかっていた。五位鷺とお清の死体は暁のシンガポール海峡に捨てられた。薄い紅色の靄を通して、船尾の方にはフカの群れているのが見られた。

夏代は精一ぱいの力で縄梯子を昇った。やっと甲板に出ると、足がふらついてその場に座りこんでしまった。

吸い込んだ空気があまりに清らかだったので、頭の芯までキンキン痛む気がした。夜風が頬をなでた。

振仰ぐと、今まで見たこともない大きな星が空一面に撒き散らしたように輝いていた。

はるか向うには色とりどりの街のあかりが、人なつかしげにまばたいていた。

夏代が放心したように、ここはどこだろうと港の夜景に見とれていると、

「ダメダメ、イソグネ」

と、王がやって来て引き立てた。夏代が勇を鼓して歩きかけると、王が背後からトンと背中を突いた。彼女が前のめりによろめくところを、ヒゲが横合いから出て抱きかかえると、あっと言う間もなく海に放り投げた。

夏代は瞬間、折角苦労してやっとここまで来たのに、自分は海に投げ捨てられて殺されるのだと思った。体がふんわりと宙に浮いて、続いて気の遠くなるような落下する意識の中で、彼女は残念さと口惜しさに泣いていた。

しかし、次におきた軽い衝撃に、彼女は意識をとり戻していた。彼女らを迎える密航者の一団が、二隻の船に分れて海上に張ったキャンバスの中に受け止められていたのである。疲労の激しい彼女らを縄梯子から降ろしたのでは、殆ど海に落ちて満足に降りる者はいないだろう。従って彼らはサーカスのような仕ぐさで、船上から直接彼女らを受取ることを考えついたのである。

こうして十六人の娘とヒゲたちを入れた七人の男は、下船を終って二隻の艀に収容された。それから、例によって船板に腹ばいにさせられて、上から筵がかけられ、ブーランジェ号を離れた。

それは口之津の港を出てから実に二十四日目に当る十二月二十五日のクリスマスの晩だった。

碇泊中の蒸気船の間を抜けて、艀は暗いシンガポールの港内をあちこち漕ぎ回って、とある海岸に着いた。そこはジョンソン・ピアから少し離れた暗がりだった。

ヒゲは艀から降りて筵を払いのけると、

「この石垣にそうて砂の上を這ってゆけ。絶対に声を立てるな」

と厳しく言い渡して、まず夏代の体をつついた。

夏代は腰をかがめて砂浜にとび降りた。幾十日ぶりかで陸地の肌に触れた感激がこみ上げて、足の裏

が火照って力が湧いてきた。彼女は四ツン這いになったまま夢中で砂の上を這った。

何十間か行った頃、闇の中から突然、日本語の声がした。

「ここから石垣をのぼれ。真直ぐに這ってゆくと、家の入口につき当る。そしたら中にはいって待っとれ」

声はそう言って一枚の筵を渡した。

夏代は言われたとおりに筵をかむると、亀のように真夜中の路上を這い出した。広い道路を横断すると、果せるかな一軒の家の戸口に突き当った。夏代がほっとして入口にすべり込むと、燈火を消した玄関の土間に一人の男が待っていた。

「よう来た。そのまま上れ」

彼女は雑巾で足を拭くと廊下に上った。ゴザが敷いてあった。二つの部屋を通り抜けて、昼間のように明るい広間に通された。どの部屋にも同じようにゴザが敷いてあった。

広間には食卓がしつらえられて、中央に大きなお櫃がのっていた。夏代は思わず食卓にかけ寄った。

「待て！　みんなが来たら、ゆっくり食べさしてやる」

件の男に制されて、夏代は仕方なく腰を下した。

男は、金縁眼鏡をかけた役者のような素晴しい好男子だった。大島紬を着た姿が、いかにも若旦那風にみえた。それで、日本のどこかの旅館にいるような錯覚をおこして彼女は安心した。部屋には床の間もあれば畳もしいてあったので、よもやここがシンガポールであろうとは夢想だにしなかった。後で判ったことだが、ここは『青井』という日本旅館だった。

あたりがあまり明るいので、夏代はどんな仕掛けのランプだろうかと不思議そうに天井を見上げたが、後でそれが電燈だと聞かされた。

そのうち忘れていた空腹が脾腹をしぼるように訴え始めて、夏代は何度も生唾をゴクゴク飲みくだし、やがて目先きがクラクラしだした。それから全部の者がやって来るのに一時間とは経たなかったが、夏代にとっては本当に長い時間だった。

大勢の者が入りこんだ部屋には異臭が充満したが、すでに一人一人は慣れっこになって気にとめる者もいなかった。

「銀杏の実を洗う時より、もっとひでえや――」

そう言って、件の好男子は顔をしかめて座を立った。彼は砂や石炭の粉でザラザラとなったゴザの上を、さも気味悪げに爪先歩きで娘たちをよけて部屋を出た。

風呂の用意が出来たというしらせがあり、娘たちは二階の浴室に案内された。途中で洗面所にコップがあるのをみつけると、皆は先を争って水を飲んだ。ひとしきり水の争奪戦だった。

脱衣場には大きな木箱が置いてあって、その中に彼女らの異臭の本体は脱ぎ捨てられた。

鏡を見て、娘たちは交る交る自分の顔を映しては、キャッキャッとはしゃぎまわった。石炭の粉で、彼女たちは顔といわず体といわず真っ黒だった。誰彼の見分けもつかない汚れた顔に、歯だけが白く光っていた。今は誰もが九死に一生を得て共にここに居ることを喜び合っていた。

年増の女中が来て、一人に三つずつの卵を皿にのせて渡した。夏代が殻を割って食べようとすると女は押し止めて、この卵は体を洗うためのもので食べてはならないと言った。夏代は浴槽の隅に石鹸があるのをちらと見て、女が帰るとすぐにその卵を食ってしまった。あとの二つも皿のふちにぶっつけてすぐに食べた。それを見て他の娘たちも次々に倣った。生卵のきらいな娘だけが二、三人そのままにしていた。夏代は皆が卵で騒いでいる間に、他の者から取られないようにと、急いで石鹸をつかんだ。

石炭の汚れはいくら洗っても取れず、黒さが肌にしみ込んでいるようであった。頭髪の虱は、お湯をかけてしごいただけでごっそりと一つかみ程も取れた。しかし、頭皮の中に食い込んでいる虱は、洗っただけでは取れず、夏代はお梅と交りばんこに何匹も取り合った。

それまで気付かなかったが、痛い痛いと思っていたら陰部のあたりに一匹の蛆虫が食いこんでいた。一寸ひっぱってみたがなかなか取れず、引っ張れば引っ張る程痛かった。夏代は恥しさを忘れて、おサヨに取ってくれるようにと頼んだ。

「ほんに、好か気色ではまり込んどるタイ。みみず腫れしちょる」

キャッキャッと笑ってみていたおサヨがいきなり手をのべてそれを引き抜くと、夏代は「あっ」と声をあげた。後から血が噴き出して来た。他にもそんな者が四、五人いた。

風呂から出ると、娘たちにはそれぞれ一枚の洋服（？）が渡された。その洋服の布地はキャラコで出来ていて、帯も要らなければ衿を合せる必要もなく、ただ頭からすっぽりかぶるだけだった。

夏代は水玉模様のその簡単服を着ると、ひどくハイカラになった気分になって鏡に映してみたくなった。それで鏡の前に立って自分をしげしげと見ていると、幾つも同じような顔が加わって来た。

下に降りると、廊下のゴザも片付けられてすっかり掃除がしてあった。

「一度に食うと体に悪いから、御飯も味噌汁も二杯までだぞ」

大島紬の好男子がそう言い渡してから、お櫃の蓋が取られた。夏代は、御飯を食べながら顎のあたりが疼くのを覚えた。


やっと人心地がついて落着きを取り戻すと、夏代は少々心配になり出した。そこで、

「ここはどこですか？」

と、思い切って大島紬に問うてみた。

「どこだと思うかね」

男はニコニコ笑っているだけだった。

横合いから、

「シンガポーたい」

と、自信ありげなおサヨの声がした。彼女は最初から知っているらしかった。後ろの方でガヤガヤと声がして、中に「シンガポー」と口走る幾つかの驚きの声があった。

食事が終ると、一同は広い洋間に案内された。中央には大きなテーブルがあって、その向うには見知らぬ中年の女が十人ちかく坐っていた。皆日本人で、玄人らしい内儀さん風をしていた。その横には、さっぱりとしたシャツに着替えたヒゲに長吉、松の三人が立っていた。

娘たちはテーブルの手前に並んだ椅子に坐らされた。テーブルの上には、夢かと思うほどのすばらしいバナナが幾つかの籠に山のように盛られて置いてあった。

それを見ると、夏代の今まで抱いていた不安は吹きとんで食欲に代った。あの苦しい水槽の中から這

い出した日に、ピエルから貰って食べた果物だ。忘れられないあの味。唾液をぐっと呑み下した。しかし次の瞬間には水槽の中を思い出してぞっとした。身ぶるいに似たものを感じた。他の娘たちはそれがどんな果物であるかまだ知らなかった。

「このバナナは食べるだけ食べてよろしい、よく皮をむいてね」

大島紬が言い終らないうちに、夏代は手を出してその一本をむいていた。

夢中で彼女が食べはじめると、他の娘たちも遠慮していなかった。娘たちはそれから我を忘れて、この珍しい果物をむさぼり食った。

その間、向う側の女やヒゲたちの間ではしきりに算盤をがちゃつかせながら何か相談事がすすめられていた。使っているのは外国の言葉で、何を言っているのかサッパリ判らなかった。時折女たちは娘の方をちらと見ては、算盤の玉に指をおいていた。

さかんに自分たちが評価されて取引きされているとも知らず、娘たちはなお嬉々としてバナナを食っていた。

やがてポンポンと手打ちの音がひびいた。それは商談がすべて終った合図だった。

彼女たちは次の部屋に案内された。そこも広い洋間で、テーブルには白い布がかけてあった。彼女たちがテーブルのまわりに行儀よく坐ると、コーヒーとケーキが運ばれてきた。それは誰もが生れてはじめて食べる素晴しい西洋の菓子と甘くてほろ苦い西洋の飲物だった。

その部屋には中年の女やヒゲたちははいって来なかった。それで誰に気がねもなく彼女たちは思う存分、言いたい放題のおしゃべりに時を過ごした。出身の村のこと、船の中のこと、食物のことなど話はつきなかった。これが二千六百浬《カイリ》の波濤を越えて来た娘たちに対する、せめてもの別れのパーティであることに気付く者はいなかった。

そのうち話題もとぎれがちになり、この先自分たちはどうなるだろうと不安げに囁いているところに、大島紬がはいってきた。

「今から、それぞれの宿に連れてゆくぞ」

こう言われて彼《サド》に連れられて玄関に出ると、外には数台の馬車が待っていた。

夏代はしきりに不安がこみ上げてきて、これからどこへ行くのかを確かめたかった。しかし、ヒゲを探したが彼の姿は見当らず、仕方なく彼女は命じられるままに先頭の馬車に乗った。続いておサヨが乗り、他に見知らぬ天草の娘が二人、最後に先刻の内儀さん風の女の一人が乗り込むと、馬車は動き出した。

外はまだ薄暗かった。

娘たちはこうして、夜明けのシンガポールの町を馬車に乗せられて各々買い取られた先へ配られていった。足早な馬車の後を、火焔樹の梢を通して朝の光が追っていた。

第二部　からゆきさん物語

花莚

シンガポールのからゆきさんたち

1

明治三十七年（一九〇四）一月一日、マレーストリート百六十番地の草野の家では、内地の諸式に倣って正月の宴が催された。

屠蘇も雑煮も、お神酒も数の子もあった。似て非なるものは黒豆の代りに干した竜眼の実が皿に盛られ、干柿の代りに彼らが南洋柿と称する大蒲桃《レンブ》が代用され、たくあんの代りにはパパイヤの漬物がそえてあった。

特に女達のために、ピーサン（バナナ）、パパイヤ、パイナップルはもとより、ドリアン、マンガ（マンゴー）、マンギス（マンゴスチン）、蕃茘枝《スリカヤ》、韶文《ユムブタン》などの見も知らぬ果物までが大きな籠に山と盛られ、居並ぶ者達の目を見張らせた。この暮に新しくふえた四人の仲間を歓迎する意味もあって、その日は商売も休んで例年より盛大に新年の宴が張られたのだった。

女達は商売に従事する者だけでも、新たに加わった夏代たちを合せて十六人いた。草野の家族や使用人も入れて二十数人の全員が階下の広間に集まり、まず君が代の斉唱から宴会は始められた。

宴が進むにつれて三味線が持ち出され、女達は故郷《ふるさと》の歌をうたって浮かれ騒いだ。集まっている者が殆ど島原、天草の者だったので、歌は自然にハイヤ節に集中した。

〽温泉山《うんぜんやま》から後ろ跳びゃするとも

お前さんに縁切状《ひまんじょ》は

やりもせにゃ取りもせぬ

温泉山と聞いて、末席に控えていたおサヨがたまりかねたように皿を握って踊り出した。彼女はホロ酔いきげんだった。得意の皿踊りに一同は爆笑した。

何を考えたのか、楼主の草野は、踊りの途中でおサヨを呼んだ。皆のけげんそうな視線を尻目に、草野はニヤニヤしながらおサヨを連れて部屋を出た。しばらくすると裸にされたおサヨが腰みのを着けて現れた。つまり趣向を変えての皿踊りというわけだった。彼女のたくみな腰の振り方に一座はヤンヤの大騒ぎではやしたてた。新顔の彼女は一躍、一家の人気者になってしまった。

片隅に座った夏代は歌もうたわず、一人白けきって堅い表情でもじもじしていた。かつて経験したことのない豪勢な正月の御馳走だったが、食物もあまりのどに通らなかった。一家の者たちが何となく白眼視しているような様子が、かえって彼女を依怙地にしていた。

——私の考えがまちがっているのだろうか。なぜ、私の言い分が通らないのだろうか。どうしてこんなことになってしまったのだろう。

ヒゲに対して、私は一度も女郎になるなどと約束した覚えはない。金も十三円は借りたが、船賃と合せて払いさえすれば、誰にも何も言われる筋合いはないのだ。女中奉公の約束はしたが、こんなに遠い所まで来て、こんな事をしようなどとは夢にも思わなかった。

女郎をするくらいなら内地で芸者になったほうがよっぽどましだった。有明楼に居る時、芸者になる機会は何度もあった。何度か芸者になろうと決心しかけたことだってあった。ところが、母親も止めたし、学校に行っている妹達の肩身のせまさも考えて、結局、貧乏はしていても芸者にだけはなるまいと誓ったのだった。それなのに、今更どうして女郎になんぞなれよう——。

彼女の心の底には無意識に、賤業婦に身を落すことへの反撥があった。それというのも、足軽だか仲間だかわからないが、とにかく彼女は士族だった。その士族だという意識が、彼女の意志を決定し支えているのだった。

シンガポールに上陸してこのかた今日までの一週間というものは、船底の空腹や肉体的な苦痛に代って、夏代には言いようのない苦痛の日々が続いていたのである。

十二月二十六日の朝、夏代たちの乗った馬車は海岸の広い通りから幾つかの角を曲って、とある二階建ての洋館の前に止った。

その洋館のポーチの柱から軒先にかけてはブーゲンビリアの花が真赤に咲いていて、それに朝の太陽が正面から当って目が覚めるような美しさだった。夏代は単純に、赤い藤の花がきれいだと思って眺めた。

南国の太陽はしょっぱなから暑かった。冬だというのに何という暑さだろうと不思議な気がしてキョロキョロ見廻していると、ターバンを巻いた印度人がパンの配達にやってきた。黒い大男の頭上に白布を巻いた姿に思わず身ぶるいした夏代が急いで家の中にとび込むと、小柄な男が愛想よく迎えてくれた。それがこの家の主人、草野市次郎で、島原の千々石《ちぢわ》村出身の男だった。

その日は疲れているだろうからと、すぐに寝せられた。初めて寝るベッドにしばらくは寝つかれなかったが、そのうち前後不覚になってしまった。

目が覚めた時はあたりは薄暗かった。もう夕暮れ時かと電燈がともるのを待っていると、意外に外はだんだん明るくなり、やがて太陽が照りつけはじめた。朝になっていたのだ。おサヨも他の娘たちもみんな船旅の疲労で一昼夜眠り続けたのだった。

四人が朝食をすませて吊された籠の赤オウムを物珍しげに見ていると、昨日この家まで馬車で娘たちを連れてきた女将のミセスお花が一人の女を伴ってはいって来た。三十すぎと思われる小柄で優しそうな女だった。

「グ・モーニング、おはよう」

お花は愛想よく笑って、

「あんた達の世話をしてくれる、おしのさんですタイ」

と、娘たちにおしのを紹介すると、彼女は軽く会釈した。こっちが島原の多比良の人でおサヨしゃん、これは城下《じょうか》の夏代しゃん、こっちは天草の志岐《しき》のおツネさん、楠浦のおヨネさんと、お花は次々に紹介した。

「夏代さんナ、城下のどこですかナイ」

おしのが待ちかねたように尋ねた。

「萩原――」

夏代がぶっきら棒に答えると、

「萩原?」

おしのはそう言って、夏代の顔をまじまじと見た。

「もしかすると、多助しゃんの……」

多助といわれて、夏代はギクリとした。

「やっぱりナァ……太うなっとるもんじゃケン」

夏代は、自分の父親の名前を知っているこの人は誰だろうといぶかった。

「貴女《あたん》ナ、どこン人？」

「貴女と同じ萩原ン者《もん》たナイ」

優しい口調でおしのは、自分は飯塚おしのであること、十年前から此地《こっち》に来ていて、今では妹二人と三人で居ることなどを話してきかせた。

夏代は話を聞くうちに、おしのの顔から彼女の妹の顔をおぼろげながら思い出した。彼女が夏代より三つ年上のタマの姉であることにやっと気付いたのだった。よくも近所の人が姉妹三人もそろっている所へ来合せたものだ。こんな遠い異郷で近所の人にめぐり合えたのもきっとお不動さまの引き合わせにちがいないと、ひそかに首にかけたお札に祈る気持だった。

娘達はおしのの案内で一室に入れられた。何事が始まるのだろうと胸をドキドキさせて待っていると、一人ずつ次の部屋に呼び出された。

まずおサヨ、次に夏代が呼ばれた。おずおずと隣室にはいってゆくと、見知らぬ男が三人とお花が待っていた。その中のヒゲの男がベッドに腰をかけるようにと言った。

言われた通りに夏代が腰をおろすと、二人の男が両方から素早く彼女の足をつかんで有無を言わせずベッドに仰向けに押し倒した。それからアッという間もなく、両方の爪先が肩のあたりにとどくように太ももをおし開いて身動きできないように押し付けてしまった。驚きのあまり夢中ではね起きようともがいたが、微動だにしなかった。ヒゲの男は夏代の股の間に立ってむき出しにされた彼女の大切な部分をしばらく眺めていたが、静かに右手を落として二本の指を陰部にあてがった。夏代は仰天して「キイッ」と叫んだ。男はおかまいなしに暫時まさぐっていたが、

「上等！　ほんに珍しか」

と、言って手を放した。同時に両方の足もゆるめられた。

何故こんな辱しめを受けねばならないのだろう、何のためにこんな事をするのだろうと、夏代は怒りと口惜しさに心臓も止まる思いで部屋を走り出た。

ドアの外で泣いていると、

「こりゃスッポンポンタイ」

という笑い声が聞こえた。おヨネが出てきて、

「スッポンポンげな、馬鹿にしちょる」

と、ふくれっ面で呟いた。

最後のおツネも「これもスッポンポン」という声に追い出されてきた。

三人の娘がそれぞれに興奮したり気おくれしたりしている中で、おサヨだけは平気な顔だった。

上等というのは、他の娘たちが皆、犯されているのに夏代だけは処女だということであった。密航婦の大部分は途中で犯される者が多く、処女で上陸する者は本当に珍らしかった。

おしのに、

「おめでとう、夏代ちゃん。ほんに好かったなあ、今どき珍らしか」

と言われても、夏代にはその意味がさっぱり理解できなかった。

「何で、おめでたかと?」

「そりゃね、他の者が皆スッポンポンじゃから、珍らしかとサ。縁起モンじゃケン、おめでたかと」

おしのの説明に、やっぱり夏代は納得がゆかなかった。ただ、生娘である自分が貴重な存在になっていることだけはわかった。それにしても、わざわざ検査までして何故、こんなことを確かめなければならないのだろうか。それが疑問だった。

オウムの居る畳敷の茶の間で、四人はコーヒーを振舞われた。夏代にだけは特別にパイナップルとケーキの皿がそえてあった。

彼女たちはまた次々に帳場に呼ばれた。おサヨをはじめ娘たちは、その都度、しょんぼりとなって部屋に戻ってきた。さすがに横着なおサヨも今度は何があったのか口もきかなかった。

夏代の番がきた。さきに呼ばれた三人の様子から、あまり好い話ではないことぐらいは彼女にも判断がついた。何となく心に身構えて帳場にはいってゆくと、マスターの草野とお花が坐っていた。

帳場は半分板張りで半分は畳敷きになっていた。この草野の家には隣りの茶の間とこの部屋以外は畳はなかった。お花たちは畳の方に坐っていた。

「縁あって夏代さんには家《うち》に来てもろうたが、疲れもとれたろうからいよいよ今日から働いてもらいまっしょう」

ミセスお花が紙巻煙草をふかしながら静かに切り

出した。

「何の仕事バするとですか」

夏代はこれから割り当てられる仕事に一種の興味と期待をよせて尋ねた。

「そりゃ言わんでもわかっとろうモン。おしのさんが言わんやったかね」

お花の声にはやや険があった。

「いえ、別に――」

「ふうん……そんならよか、じきに判る。あとでおしのさんによう言うとく」

お花が何と言っているのか夏代には判らなかった。あまりいい仕事ではないらしい。こう思って首をかしげると、

「そがん話はあとでヨカタイ。時になあ夏代さん――」

草野は彼女たちのやりとりを面倒とみて、本論を片付けるべく一枚の紙きれを前に置いた。

「これに名前バ書いて……印鑑《はん》は持たんじゃろから、拇印でヨカ」

「何と書いてありますと？　私しゃ尋常科しか出とらんケン字が読めまっせん」

夏代は事実、そんなしちめんどくさい字は読めなかった。戸惑うように草野を見ると、彼は一寸困った顔をして、

「つまりじゃナ、あんたがここまで来るのには大そう金がかかっとるんじゃ」

「知っとります。連れて来てもろた旦那に十三円借りました。島原から口之津までの船賃やら、御馳走もしてもらいました。いろいろ立て替えてもろとりますが、幾らくらいになっとりますか？」

夏代は予期したようにスラスラと答えた。

「そうじゃ、いろいろかかっとる。それば読んできかせるからナ、ええか」

夏代は目をつむって耳をすました。草野の言う金額を自分も頭の中で計算してみるつもりだった。

「ええと、まず渡航の船賃が六百円」

「六百円？」

夏代は二人がびっくりするような大声で叫び、草野を睨みつけるように目をすえて、息を弾ませながら詰めよった。

「わたしゃ口之津で、こっちへ来る船賃は十円と聞きました」

草野は取り合わず、せせら笑って先を続けた。

「入国手数料五十円、各地旅館代立替五十円、小遣い其他諸立替五十円、斡旋手数料三十円、衣装代及び調度品、その他支度金百二十円。合計九百円也じゃ」

「わたしゃ、十三円しか借りとりまっせん！」

夏代は泣き出しそうな声で訴えた。握りしめた両方の手が、ガタガタ震えた。有明楼で一度だけ見たことのある紫色の大きな百円札が九枚、頭の中でグルグル駆けまわって、その一枚一枚が大きな鉄の扉のように八方から覆いかぶさってくるのを感じた。見たこともない九百円という大金を、数えても数えても数えても数えきれない大金を、どうしてこの細腕一本でも払うことができよう。一生かかっても払えそうにない大金を、なぜ私の借金にしなければいけないのか。夏代はそう考えると、ひきつるようなカラカラの喉で何度も喘いだ。目先に黒い矢のようなものが飛び交った。渾身の勇を鼓して、彼女はしぼるような声で訴えた。

「そがん無茶な……わたしゃ十三円しか借りとりまっせんとヨウ——田村の旦那さんバ呼んで下され、田村の旦那さんと会えばわかる。田村の旦那さん……」

泣きじゃくって、夏代は畳に突っ伏してしまった。

草野とお花は冷く黙殺した。


マレーストリート百六十番地の草野の家は、通りから奥へ鈎の手に続いた中庭のある比較的大きな二階建てだった。部屋数も、女性の個室を合わせると四十近かった。ホテル兼業の遊女屋だったのである。通りに面して階下にはバーがあった。

女達は昼間から客をとっていた。客の殆どは白人で、支那人や、稀にはマレー人もあった。日本人はほとんど来なかった。彼等はバーにたむろしている女達と酒を飲み、それから相手をえらんで二階の彼女達の個室へ登った。料金はショートで三ドル（海峡ドル）、オールナイト（夜中の二時以後）で十五ドルだった。

その日も午後から女達は水浴《マンデー》をすますと、舶来の白粉を首筋まで分厚く塗って階下のバーに降りた。新入りの四人の娘は与えられたそれぞれの個室にひきとり、ドアを閉めきって沈痛な表情で椅子にかけていた。おおよそのこの家の空気から自分たちは何をしなければいけないのか察しがついていた上に、俄かに背負わされた厖大な借金に、四人は打ちひしがれていた。

蒸し暑さが午後の最高に達した頃、娘たちの不安と憔悴も最高に達していた。折よくスコールがやってきて、雨脚が裏庭のバナナの葉を激しく叩いて通り過ぎると、娘たちの気持も幾分柔らいだようだった。

おサヨは前借の一部で支給された衣装箪笥の中の着物や化粧品などをひねくりはじめた。ツネとおヨネも、それぞれ室内の調度に怖わごわ手を触れてみていた。夏代だけはベッドに坐ったまま、歯をくいしばって外を見ていた。

時折、近くの部屋から聞き慣れない異人のくぐもった声や女の嬌声が洩れてきた。女達の言葉もみな外国の言葉であった。何をしゃべっているのか四人にはわからなかった。その日は特に昼間から客の出入りが激しく、廊下には靴音が絶えなかった。どこかの水兵らしいセーラー服の一団は日暮れまで入れ替り立ち替り床を踏みならして出入りし後を絶たなかった。

おサヨの部屋にノックをしておしのが入ってきた。四方山の話の末、彼女はおサヨにそれとなくバスリンの使い方などを教授した。バスリンとは彼女らの発音で、ワセリンのことである。その中に幾種類かの薬品が配合されている性病の予防薬でもあった。

おしのは、今日のようにセーラーが一度にどっと押しかけるときは一回一回、面倒でもその都度、済んだらすぐにこれをつけておかないとヒリヒリ痛んで腫れ上るからよく覚えておきなさいと注意した上、自分は一日に二十六人もの客をとったことがある、などと述懐した。

それから簡単な英語の会話を教えた。たとえば、酒のことはウスケ（ウイスキー）と言うとか、シヨートタイムの時はすんだら「フィニッシュ」といって押しやらないとすぐにまたかかってくるから用心しなければいけない等の、きわめて卑近な言葉だった。おしのは、二、三日すればすぐ覚えると言って部屋を出ていった。

おサヨは黙って聞いていたが、もはや絶体絶命の立場に追いこまれたことを、いやでも覚らざるを得なかった。海の向うへ着きさえすればと、一筋の希望にすがって耐えた船の中の苦しみは何だったのか、ヒゲの愛人きどりで言うがままになっていた答えはこれだったのか――今さらヒゲを恨む気力も失せて、おサヨは茫然と坐っていた。

「こげん遠か所まで来てしもうたんじゃから、あきらめるよりほか無か。くよくよしてもはじまらんバイ。さっさと働いて――働けば借金はすぐ返せるのじゃから、一日も早うに稼いで、親許に沢山の銭ば送ってやるこつですタイ」

別れぎわにおしのが言った言葉を、おサヨは空っぽのあたまでくり返しくり返し考えてみた。親許に金を送れといった彼女の言葉に、おサヨは里子として親許にあずけてきた子供のことを想い出していた。

おしのは、ツネにもおヨネにも同じことを言い聞かせたが、夏代だけは話が違うとそっぽを向いたままで相手にしなかった。

夕刻、女達が食事をすませて階下へ降りていくと、おサヨも分厚い化粧で、その後からおぼつかない足どりで階段を降りた。宵の間は舗道に打ち水をしたテラスのサイドオフで、女達はチェアにもたれて張り見世をするのが慣わしになっていた。その宵から、島田に結って友禅ちりめんを着たおサヨの顔も見られた。

二十八日の朝であった。朝食をすませて夏代が部屋に閉じこもっていると、おしのがやって来た。夏代は昨夜まんじりともしなかったので腫れぼったい目をしていた。おしのが昨日と同じようなことを言い出したので、彼女はきっぱりと答えた。

「おどみゃ、そがん話は聞きとうはなか。約束がちごうちょる――」

激しい剣幕で出て行ってくれという夏代をおしのは軽く受け流して、

「たいていにしちょかんかナイ。おサヨさんもゆうべから客をとったが、怖《おそろ》しかとは最初だけで、あとは何ともなかと言うとる。早よう働けば、そんだけ早よう借金バ返さるるとバイ」

「何と言われても、おどみゃ、そがん事はせん。おしのさん、どげん汚か仕事でも、きつか仕事でもするケン、ほかに下働きの仕事はなかとじゃろうか――」

夏代が必死になって訴えるので、おしのは憐れと思ってかしばらく彼女の話を黙って聞いていたが、これ以上無駄だと思ったのであろう、無言で出て行った。

夏代は終日部屋に閉じこもっていたが、おツネとおヨネはその夜から、それぞれ水揚げというふれこみで外人の客をとった。

二十九日の昼頃であった。おしのがまたやって来て、「夏代ちゃんナ、赤ヒゲがよかナ、日本人がよかナ?」と切り出した。

夏代はおしのの言葉を解しかねて、「どっちも好かん」とわけもなく退けた。

おしのは草野から特別の命を受けて、是が非でも彼女を口説かねばならなかったので当惑していた。草野は外人や日本人の客から、今度船が入ったら本物の水揚げをする飛び切り上等の上玉を世話してくれと頼まれていたのだった。

上玉がある以上、下玉もなければならない。おツネとおヨネはその部類だった。新鮮で、物怖じしている様子に作為さえなければ、支払う金がさほど高くなかったのと娘たちが年若だったので客は満足したのだろう。おツネとおヨネは、それでも数日間を水揚げというふれ込みで客をとらされた。おサヨは乳房が張って乳首が黒かったので、ごまかしがきかなかった。

夏代があまり手強いので、業をにやしたおしのが昼食の後でこのことを草野に告げると、

「何しろ上玉じゃけん——手強うあろうさ。ごゆりと口説きなっせ」

と笑っていた。おしのは草野の言葉でほっとしたのか、夏代の扱い方を考えなおしたようだった。

その日のスコールは早かった。窓外の雨足に日本の梅雨のことや故郷のことなどを思い浮べて心細くなっている夏代に、おしのはピーサンの一房を持って来て優しくこう言った。

「悲しかろう、島原へ帰りたかろうネ?」

夏代は首をふった。事実、彼女は日本へさほど帰りたいとは思っていなかった。悲しくはあったが、前にも進めず後にも引けない、今のジレンマに混乱している自分をどうすることもできなかった。ただ悲しみに身をまかせることで何か解決への糸口が見つかるような、そんな思いにすがっていた。

身を粉にして働きさえすれば……と願ってきた希

望の翼は無残にへし折られ、卑しい仕事に身を沈めなければならない破目に追い込まれている、今までの自分の判断の甘さがただ口惜しく、悲しかった。夏代はふと、口之津の波止場で不吉な思いで聞いた子守唄が冷えびえと耳のあたりを吹き抜けてゆくような気がした。

「わたしゃ、ここば逃げ出そうと思うとる」

夏代が思いつめた表情でいきなり言いだしたので、おしのはびっくりした。

「おそろしげな。そんな事でもしたら殺されてしまうバイ」

「そんなら、田村の旦那さんにもう一度会わせて下さらんか」

おしのは妙な顔をして首をかしげた。

「田村の旦那さん？　そがん者は知らんバイ。そりゃきっと密航者じゃろ。もうそがん人はシンガポールにゃおりゃせんバイ」

「おらんはずは無か」

「もうとうに、しこたま儲けたゼニば持って日本へ帰るバッタンフルに乗っとる」

おしのは語気を強めて、密航者に対する恨みとも蔑みともつかぬ言い方で夏代をさとした。

夜になって活気づいた町の騒音の中で夏代が一人とり残されたように部屋の椅子に坐っていると、窓の下に胡弓ひきが寄ってきた。初めて聞く楽器の悲しい音色に、夏代は胸の中をかきむしられるようだった。

おしのの話がわからないでもなかったが、身に覚えのない九百円という無茶な借金を背負わされたということが今の彼女には一番苦痛だった。たとえ身を沈めて働く決心をしたとしても、どんなに働いても返せそうにないその九百円には希望がなかった。そのうちの何百円かが親許に渡されたか自分の手に握ったというならばまだしも、せいぜい何十円かのために、一生を台無しにしてしまうと思えば自分が憐れでならなかった。他の娘たちが不承不承に客をとりはじめたのに、同じ無知ながら夏代が頑として抵抗しているのは勝気のせいばかりではなかった。すでに四年も他人の飯を食い、他人の間でもまれた経験がものをいっていたのである。

酒臭い匂いをさせておサヨがはいってきた。いきなり夏代に抱きつくと、「西洋人ナ優しかバイ……」

と言いながら腰のあたりをさすり、厭がって逃げようとするのを更に抱きしめて頬ぺたにキスをした。おサヨは、おしのから、夏代を口説くようにと言い含められているのだった。

夏代は、おサヨからそうされたことがひどくみじめに思われて泣き出したい気持だった。ふと、夜明けの宿屋で別れたままのお梅の顔が浮かんで、今頃どうしているのだろうかと思うと、たまらなく会いたくなった。一目散に彼女の所へ馳け出して行きたくなった。竹乃の顔も浮かんだ。だがすぐその後で、自分もあの時の王に対するお梅のような平気な気持になれたらと羨ましい気もして、よけい孤独な感情が胸をしめつけた。

ただでさえ蒸し暑く寝苦しい夜を、夏代は夜明けまでまんじりともしなかった。眠れない夜が二晩も続いたので、太陽の出る頃にはさすがの夏代もフラフラになっていた。額にびっしょりと汗をかいて、夏代は朝の光の中で眠り続けた。昼頃目が覚めたが、頭痛がするので食事もとらず、そのまま再び終日眠り続けた。

――清々しい朝であった。太陽はすでに高く登り、椰子の葉陰を落とした広い道路が長く続いていた。その道路を夏代は一散に馳けていた。後からヒゲの田村や王や数人の西洋人、それに妹の市代や父親の多助までが混って追ってくる。三叉路まで来ると、危うくヒゲにつかまりそうになって、右に逃げようか左に逃げようかと迷っていると突然、不動さまが目の前に現れて右の方を指さした。夏代は指さされた通りに右へ走った。すると背後でものすごい火の燃えさかる音を聞いた。振り返ると不動さまの仏焔が道端の樹木に燃え移って、ヒゲが炎に当てられて倒れるところだった。夏代は一目散に馳けた。すると大きな邸宅に突き当った。近寄ると扉がひとりでに開いた。招き入れられたように中へ入ると、扉はしまった。邸内には沢山の花が咲き誇り、家のテラスに一人の西洋人が腰かけている。夏代がはっとして立ちすくむと、男はにっこり笑って家の中へはいれというように手招きをしているではないか。夏代は、はいろうかはいるまいかと思案した。するとだれか耳許で「さあさあ」と促す声がする。誰だろうと振り返ろうとすると目が覚めた。

ベッドの傍に、おしのが立っていた。

「何かしらんが、うなされとったなあ」

おしのはそう言ってアイスクリームをさし出すのだった。夏代は、何だか急におしのがひどくなつかしい人、親代りのようにさえ思えて、少し心がほぐれた。おしのはとりたてて説教じみたことは言わなかった。

夏代はその日も、些か我儘とは思いながら終日、部屋にこもっていた。

夜おそく再びおしのがやってきて、「年越しの蕎麦ばい」と言いながら一杯の丼蕎麦を彼女にすすめた。

「夏代しゃんナ、明けて幾つになるとナ?」

「十七」

夏代はそっけなく答えたが、心の中ではしみじみと彼女の親切に感謝していた。

おしのは柔和なまなざしで、

「十七なあ……もう大人たい。十七になったなら、もう少し——」

と言いかけて口をつぐんだ。

夏代は、明日が正月なのかと不思議な気がした。真夏のような気候のせいもあったが、この変化に富んだ今の土壇場の中で迎える十七才は一度に十八にも十九にもなるような気がして、他人事のようでもあり不安でもあった。

おしのは部屋を出しなに、「夏代ちゃんナ、赤ヒゲよりやっぱり日本人がよかネ。どう考えても、赤ヒゲは可哀相かバイ」と、のぞき込むように彼女の顔を見た。

夏代は頑な表情で動かなかった。

2

「泣かんでもええちゃ、泣かんでもええ」

夏代は男の腕に抱かれたまま声をあげて泣いていた。いつまでも泣き止まないので男はいささか手古ずっていた。

夏代の前に彼が現れたのは元日の夜だった。同じ日本人仲間であちこち飲み歩いたあげく、楼主の草野が夜おそく二、三人を伴って帰ってきた。その中の五十がらみの男が彼だった。いきなりドアを開け

「厄介になるでナ……」と言ったかと思うと、酒臭いにおいを漂わせながらゴロリと横になっていびきをかきはじめた。

夏代はどぎまぎしながら、奪われたベッドの傍に立って途方にくれた。大方の察しはついていたが、男が何もしないでぐっすり寝こんでしまったので安心してフロアーに腰をおろし、ベッドにもたれたまま夜を明した。時折まどろんではハッと目を覚まし、首にかけた不動さまのお札を拝んでは安心してまた眠った。

夏代が目覚めた時は、すでに彼は顔を洗って煙草を吸っていた。夏代は慌てて部屋をとび出して急いで顔を洗ったが、部屋には戻らなかった。おしのの所へいくと、「心配せんでもええと」と言って部屋に連れもどされた。

男は田中百太郎といって、ジョホールで雑貨商を営んでいるということだった。目が鋭く、がっちりした体軀の持ち主だったが、気は優しかった。

「ジョホールからシンガポールへはしゅっちゅう出て来るのやけど、正月やさかいゆっくり遊んで帰るんや」

と言い、のんびりかまえていた。

百太郎は食事の他に、いろいろの果物やお菓子などを取り寄せて彼女に御馳走してくれた。彼はまるで夏代を子供か友達のようにいたわった。しかも彼は、彼女が最も恐れた行動には出てこなかった。夜になっても、ビールを注がせたり、マレーの奥地の話をして聞かせたり、彼女にとってはむしろシンガポールに来てはじめて味わう楽しさだった。しかし、ともすればゆるむ心に警戒心だけは怠らなかった。

何もしないからいっしょに寝ようと言われたが、夏代は前夜のように堅く言いはってフロアーで眠った。

翌日も同じようなことが続いた。

四日目の夜、遂に彼女は抱かれて眠った。しかし何事も起きなかった。

五日目の夜、彼女は全く安心しきっていた。キッスをされても抱かれても、憎悪に似た感情や恐怖心は起きなかった。かえって、抱かれることによって今日まで張りつめていた感情がふっとほぐれ、一種の安堵に似た放心さえ覚えるのだった。

百太郎が優しくすればするほど、夏代の孤独感は彼女が気付かない間にひろがっていた。彼女の感情は、もはや異郷の地に頼るべき相手として、百太郎を些かの疑念もなく受け入れていた。夏代はその夜、女になった。

啜り泣きが意外に長く続くので、百太郎はほとほと手を焼いている様子だった。彼女をそっとベッドに置くと、彼は日除窓《ジンデラ》の前に立った。

月明りの中庭には大きな蝙蝠が何匹も羽ばたいていて、それを見た百太郎はかすかに微笑をうかべて、「よし」と呟いてうなずくのだった。

その頃、アマゾン産の天然ゴムがアメリカの急増した自動車のタイヤ用に買い占められて極度に不足していた。そのために日本は軍需用品として、対ロシア作戦のためのゴムの入手に悩んでいた。マレーの栽培ゴムはつい数年前から生産を開始したばかりだったのでごく僅かの生産量しかなく、貴重品だった。まだ一般に栽培ゴムの優良性が知られず、英国は厳重な監督のもとに、苗が英領外に持ち出されることを監視している頃だった。百太郎はそのゴムの入手を極秘裡に日本政府から依頼されていたのである。

そこで彼は、このゴムの取引にいち早く従事していた華僑との間に手を打ったのだが、向うは向うで、同じようにその頃不足していた日本から来る干鮑や鱶のヒレや干椎茸などの莫大な量を交換に要求してきた。ところが、日本からの品物の到着がおくれたために五井物産にこのことを嗅ぎつけられ、この仕事をゆずって欲しいと再三にわたって百太郎はうるさく交渉を受けていた。しかるに五井物産は一方では裏面から盛んにこの仕事を妨害していたので、彼は意地でもこの仕事に勝たねばならなかったのである。

いよいよ日本からの荷物の到着が二、三日後に迫って、百太郎はそれまでの間身をかわす目的でここに潜んでいたのだった。

中国では古来、蝙蝠は福寿の吉兆とされていたので、今宵、処女を得た感動と結び合わせて、彼は今度の大きな仕事が成功する前触れだと、確信に満ちた微笑をうかべたのである。

百太郎は、それからさらに二日間泊って、ジョホールへ帰っていった。帰りしなに彼は、「あきまへんな。二十世紀やさかい、着物はやめて洋服を着たほうがええ」と言って、彼女に洋服を作る金を与えた。

「また近いうちに来る」と言う百太郎に抱かれた夏代は、何も言わないで目をつむっていた。彼女の胸の中には、別れの悲しさとまではいかないが、なぜか侘びしさがこみあげていた。


夏代が客をとりはじめてから一ケ月ほどたったある日だった。マンデーをすませて部屋に帰ると、おしのが呼びにきた。

「おサヨさんの具合が悪かけんで、一寸来てくれんネ」

おしのは、病院までゆくのだと言って外へ出た。夏代は連れだって出ながら、いったい何が起きたのだろうと首をかしげた。今朝、おサヨに会った時には何も変ったところはなかったのに、けがでもしたのだろうかと思った。

二人は残暑の照りつける午後の舗道を傘もささないで急いだ。とある街角まで来ると、おしのは立ち止まって、教えられた病院の方角を思案していた。

夏代はシンガポールへ来て外へ出るのは初めてだったので、物珍らしそうにあたりを見廻していた。生まれてはじめて見る自動車や自転車が行き交う大通りを、サロンをまとったマレー人が素足で横切ってゆく。日除帽《トピー》をかぶった白人やターバンを巻いたインド人の群にまじって、口早な支那人たちが声高に話しながら通り過ぎる。そうした街の様子に目をみはりながら、夏代はしみじみと異郷に来ていることを感じるのだった。

ふと忌わしい、つめたい風のようなものが首筋を吹きぬけて、夏代は体中に粟立つものを感じた。雑踏のあの中に、もしかすると自分の所へ遊びに来た客がいるかもしれない。私を抱いた男がきっと私を見ているだろう。そう思うと夏代はその場に居たたまれなくなって、どこでもいい、そこらの家に飛び込みたい気持になった。

裸にされた己の羞恥の幻影が、白昼の光の中で大きく揺れる。通り過ぎてゆくどの白人も自分と関係したことのある客のように見えはじめて、夏代はやっと毎晩の客にも慣れて職業的に割り切ろうとしていた矢先に、羞恥の水をぶっかけられたようなショックだった。

おしのが歩き出したので、夏代は後ろから押すようにして道を急いだ。目ざす病院の玄関に立った時、夏代は救われたようにほっとした。

おしのの話によると、おサヨは妊娠して三ケ月目だった。それで内々相談してあったこの病院で今日の昼前に手術を受けて堕胎《おろ》したのだが、出血がひどくて危篤状態ということだった。

おサヨが譫言《うわごと》で「夏代ちゃん、夏代ちゃん」と言うので、付添人も要ることだし、いっそ彼女を当分の間つき添わせたらということになって、草野からすぐ来いという電話があったというのである。

夏代は、船の中でおサヨとお梅が月のものが無いといっていたことを思い出した。お梅は今、どこにいるだろうかなどと考えながら、夏代は階段をのぼった。お梅も早晩手術を受けねばならないだろう。

狭い部屋の中は消毒薬のにおいとムッとする人いきれがたちこめて、異様な緊張が漂っていた。白人の医者が顔色を失ったおサヨの脈をみていた。その傍に支那人の看護師が二人と、おサヨの顔を心配そうにのぞきこんでいるお花、後ろにマスターの草野が立っていた。他に、入口に見知らぬ男が一人背を向けて坐っていた。

夏代たちがこわごわ中の方へ進むと、男は背後の人の気配に気付いたのか急に上体を起して振り向いた。夏代はその顔を見て、「アッ」と叫んだ。一同がびっくりして夏代を注視したので、彼女はその男に武者ぶりつこうとする衝動を辛うじて押えた。男はヒゲだった。

ヒゲは別段驚いた様子もなく、女らしくなった夏代をじろじろ見ていた。夏代はたかぶってくる興奮を押えて真赤になったが、この場で喚き散らすわけにもいかず、目を怒らせてヒゲをにらみつけて地団駄をふむのだった。

ヒゲはあれから日本へは帰らず、シンガポールに留っていた。おサヨの所にも時々泊まりに来ていたのを夏代が知らなかっただけである。

ヒゲはその後、松吉だけを日本へ帰して、儲かった金でハイラムストリートに家を一軒借り受け、連れて来た娘五、六人を置いて長吉に女郎屋をさせていた。

彼はその家に寄宿しながら毎日シンガポールの町をうろつき、ある時はタンジョンバガーの波止場に、ある時はマラバストリートの華僑街にと、内地からの放浪者のように流れ歩いていた。しかし彼には一つの目的があった。

日露間に漂うただならぬ雲行きに、はたして英国は日英同盟に基いて日本を支援するだろうか、シンガポールを中心とする英人の間からイギリスの対日感情をつかまねばならない。ロシアとフランスが同盟関係にある以上、フランスはどう動くか。これも日本人にとって一大関心事だった。これらに関する情報を、ヒゲはシンガポールにあって、懇意な外国人の船員から聞き込むという大役を負っていたのである。

ヒゲがこんな大それた密命を帯びることになったのは、夏代たちを連れて上陸した翌日からだった。それは例の日本旅館の主人、青井が、ひそかにヒゲたちの一味に目をつけて計画した、安上りの諜報網だったのである。

青井は陸軍大尉で、密偵として一年前からこの地に乗り込んで旅館を経営しながら情報を集めていた。青井の勧誘を受けた脛に傷持つ女衒たちは、国家の為とあって双手をあげて二足の草鞋をはいた。かくてシンガポールを中心に、香港以南の港々では数十名の密航者たちがすでに活躍を始めていた。

幸いおサヨは数日で退院した。ベッドの上で夏代の看護を受けながら、おサヨは、また入院費やかれこれで借金がふえるとぼやきながら、夏代にこんなことを話して聞かせたのだった。

おサヨは更に、夏代は自分とちがって生粋の生娘だったから、必ず最初のお客からは莫大な水揚代というものを取っている。退院して帰ったら、楼主の草野にかけ合って、その分を借金から差し引いてもらうように話をつけてやる。もし自分で出来なければ田村の旦那さんに頼んでやる、というのだった。

田村と聞いて夏代は、あのヒゲに頼むくらいならいっそ借金を全部棒引きにしてもらいたいものだと胸の中で思っていた。

夏代が返事をしないのでおサヨは彼女が遠慮していると思ったのか、自分は働いて働きまくって一日も早く借金を返して田村と夫婦になるのだと言って明るく笑ってみせた。

病院から帰ると、百太郎が待っていた。

「今日はチッテ祭りやさかい、花火を見に出て来たんや」

笑いながら百太郎が抱いてくれる腕の中で、夏代は待っていた人に会えたような気がしてなぜか心が弾むのを覚えた。

「ひと月見ないうちに、きれいになったなあ」

ほんとうにそう思っているらしく、百太郎はしげしげと彼女の顔を見守った。夏代は、顔が赤らむ思いだった。

その晩、ラフルズホテル前の広場で打ち上げられる花火を、夏代は百太郎に抱かれながら窓ごしに眺めた。夜空に美しくはじける色とりどりの光に照らされると、自分も力いっぱい弾けてみたい思いに心がふくらみ、百太郎に優しく抱かれていることが何となく幸福に思え、久しぶりの安らぎを得た身も心も、百太郎のたくましい胸にゆだねて悔いはないと思う夏代だった。

客をとり始めてから一ケ月というものは、本当に体を潰されるようなフラフラな日が続いた。珍らしい若い娘が来ているというので、ひっきりなしに外人たちが押しかけてきた。まだ客の顔もろくろく見ることのできない彼女は、寝たきりで、その腹部にまるで代る代る異った重量の肉体をのせ替えるようなものだった。陰部はしびれて感覚を失い、紫色に腫れ上ってヒリヒリ痛んだ。教えられた通り、いくらワセリンをすりこんでも、そんなことで追いつくものではなかった。歯をくいしばって、半ば自棄《やけ》になりながらも、彼女はじっとその重圧に耐えた。肉体を売る屈辱よりも、肉体を買いに来る冒瀆を逆にさげすむ気になっていた。おサヨが入院したのは、そうした時だった。

夏代は、おサヨの入院のおかげでいっとき勤めから解放され、すっかり元気を恢復していた。百太郎の愛撫に対しても、一ケ月前の抵抗をまじえた堅さはなく、彼の満足し得る状態にまで体を任せた。

百太郎は、この一ケ月の彼女の変り方に不思議なものを感じていた。自分が女にした責任と本当に女になってゆく変化をまざまざと見せつけられて、愛しさと不愍さの混り合った愛情のようなものを覚えた。初めは草野のすすめで好奇心から冒した罪なしぐさが、今は女郎と客という関係をこえた愛情の芽生えに変ってゆくのを、百太郎は生き甲斐のあることのように考えた。夏代もまた、彼の激しい愛撫の中で、経験したことのない感情を伴った快感と喜悦に不思議な気持で浸っていた。

二月十一日、シンガポールの日本人の間には、只ならぬ空気がみなぎっていた。二月六日、遂にロシアと日本が国交断絶をしたというしらせを領事館から受け取ったのは昨日のことであった。

草野の家では朝早くから、こうした時でもあり今日は紀元節だから、皆階下の広間に集まって君が代を歌うのだといっている所へ、ヒゲが駆けこんできた。

「やったぞ！　日本は昨日、とうとうロシアに宣戦布告をした。皆、一致協力して国家の為につくすんじゃ！」

室内にざわめきが起きた。ヒゲはそれだけ言うと、すぐまた外へ駆け出して行った。彼は今や日本人の間でいっぱしの国士風を吹かせて、野口南海と称していたのである。

その日の午後、おサヨがやって来て、水揚代を借金から差し引く話がうまくゆかなかったことを夏代に伝えた。

草野の言い分は、そもそも水揚げ出来るような生娘を楼主が特別に探して雇い入れたのではない。これはくじ運のようなもので、中には使い物にならない女を抱えこむこともあり、そんな時は楼主が貧乏くじを引いてかぶらねばならない。その反対に、夏代のような場合は好いくじ運を引き当てたのだから楼主のものであって、借金の穴埋めにはならない、というものだった。

夏代はちょっとがっかりしたが、もともと当てにもしていなかったのでさほど気にも留めなかった。あきらめたというより、そんなことはどうでもよかったのである。水揚代を負けてもらうくらいなら、その前に自分はもう一度ヒゲと会って借金そのものを棒引きにしたい考えをまだ捨ててはいなかった。そもそもヒゲに惚れるようなおサヨの言うことなど最初から当てにならないと考えていたからだ。

おサヨはそれから、ヒゲの受け売りかロシア人の客をとらないこと、そしてフランス人には注意した方がいい等をつけ加えた。

「ろくろく言葉もわからんとに……どがんして注意

ばしゅう？」

夏代が笑っていると、

「言葉はわからんでも気持の上でサ。俺たちゃ日本人じゃけん、一等国バイ」

そうおサヨが力んでみせたので、夏代は吹きだしてしまった。何が一等国サ、女郎にまでなりさがって……と言いたかった。今の自分には、あてのない借金をどうして返せばいいのか、どうしても返さねばならないのか、その方がよほど重要で、ヒゲの言いそうな真似ごとは自分には関係のないことだと、夏代は胸の中でせせら笑っていた。どうせヒゲに惚れるような女じゃけん、とおサヨを罵ってみたい気持も手伝っていた。

別れぎわにおサヨは勿体ぶった口調で、お梅と竹乃がハイラムストリートの長吉の家にいることを教えてくれたが、夏代にとってはその話の方がよっぽど有難いニュースだった。

そんなことがあって一ケ月程すると、シンガポールの日本人にも連日のように召集令状が来た。夏代達は何枚もの千人針を縫わされ、波止場に見送りに出かけた。

おサヨの話によると、召集を受けた日本人で帰る旅費のない者などに、ヒゲが邦人の間をとび廻って金を集め、無事出征が出来るようにしてやっているということだった。また三井汽船にかけあって、出征する者は近く無料《ただ》で乗せてもらうようになった、とも言った。

夏代は、ヒゲが偉そうなことをすればするほど腹立たしさを覚えた。世の中はあんな男をなぜあのままにしているのだろう。私たちのように欺されて売られた者を放っておいて、なぜ世の中は大事な仕事をあんな男にさせるのだろうと、少しずつ夏代は疑問を持ちはじめていた。

四月にはいってから、在留邦人の間には沈痛な日が続いた。開戦以来、仁川の上陸、韓国北上と華々しく報道された戦果は、その後期待に反して鴨緑江附近に釘付けされて、日本軍は到底満洲には進入できないのだという、そんな噂がシンガポールの町に流れた。堅固な旅順要塞に押えられて日本軍の遼東半島上陸は絶対に不可能だと、外人の間でも噂されているという気をもむ者もいた。

そのうちに良いしらせがあるだろうと首を長くして待っていると、今度はロシアがバルチック艦隊を大挙して東洋へ廻すという噂がパッと流れた。そうするとバルチック艦隊がやって来る前に勝負をつけないと日本には到底勝目がないということが専らの評判となって、日本人はますますやきもきした。

そうした空気は夏代たちにも察知された。たままやって来た百太郎にたずねても、ただ「心配せんかてええ」というだけで、自信ありげな返事は聞かれなかった。夏代にも何となく不安な日が続いた。

ところが、シンガポールの白人の間では日本人女の人気がますます高まり、草野たちの商売は皮肉にも繁盛をきわめた。そのために夏代たちは心も殺伐となり、くたくたになる日が多かった。せめて百太郎が来てくれることだけが今では夏代にとって楽しみになっていた。

彼が来るとゆっくり出来たし、町に出て支那料理を御馳走になったり、活動写真を見せてもらうことも出来た。うろ覚えの片言の単語を綴り合わせての英会話の練習や、時にはマレー語も噛んで含めるように教えられたので、そんな時、彼女は女学校にでも行っているような気がして楽しかった。だから百太郎は今の夏代にとって無くてはならない存在になってしまっていた。

百太郎も夏代を娘のように可愛がり、無学な彼女に少しでも教養をつけて一人前の女に仕立てようと意識的に努力していた。他の女達が高島田を結ったり、銀杏返しでしどけない態度でいるのを見るにつけ、百太郎は彼女を厳しく戒めて、

「二十世紀の女は、いつもきっちりしとらんとあかんで」

と言った。

彼女が髪を三つ組にして欧風に巻き上げているのはそのためで、友禅ちりめんの和服姿に混って、彼女だけが一人洋装で押し通したのも彼の好みによるものだった。

六月のある日、ひょっこりお梅が訪ねてきた。半年ぶりに見る彼女は見ちがえるほど美しくなっていた。肉付きもよくなり、何となく落ち着きはらって大人びていた。

夏代が、すっかり変ったと言うと、「テレマカシー」と言って、お梅も夏代に同じことを言った。二人はアイスクリームを食べたり、果物や菓子を食い散らして、四方山の話に時のたつのを忘れた。おサヨも一寸顔を出したが、お客さんだというので話の途中で座を立った。

お梅が慌ててパタパタと馳け出すようにして帰ったのは夕方近かった。

夏代は一人になってから考えた。みなそれぞれ楽しくやっている。くよくよ考えたり、いつも厭な気持で客をとっているのは自分だけだ。あの竹乃でさえ万事をあきらめてお梅に負けないように働いているという。自分といっしょにこの草野の家に来た天草のおツネもおヨネも、今ではすっかり変って自分よりはるかに働いている。なぜ自分だけがあきらめてしまえないのだろう。

ここまで考えた時、はたと夏代の胸に思い当ることがあった。おサヨもおツネもおヨネも皆スッポンポン、自分だけが上等だと言われた言葉を秘かに心の中で誇りに思っていた、その考えがいけなかったのだ。もはや自分は上等でもなければ娘でもない、みんなと同様、スッポンポンのポンなのだ。今更どう考えてみたところで取り返しのつかない体になっている。こうなった以上は稼ぐより他はない。働いて働きまくるというおサヨの考えが正しかったのだ。

そう思うと、今度百太郎が来たらこのことを打明けてたずねてみよう。そうすれば、もっと違った考えが自分にも生まれて楽になるかもしれない。夏代はこんなことを考えて、百太郎の顔を思いうかべるのだった。

3

訪ねてきたお梅が語った半年間のその後はこうだった。

彼女らは夏代たちと別れてから天草の娘たち四人とそのまま日本旅館にいたが、四、五日たってから長吉に連れられて、ハイラムストリートの五十六番地に移った。その家は部屋数が二十程度で、あまり大きい家ではなかった。

落ち着いた翌日から彼女たちは商売をさせられた。天草の娘が一人、二日目に逃げ出したので大騒ぎとなったが、すぐつかまって連れもどされてからひどい折檻を受けた。それが恐ろしかったのでお梅たちは一生けんめいに客をとった。

ようやく客にも慣れて二ケ月程たった頃、ピエルが訪ねてきた。彼は、彼女たちが船から降りた翌日、自分も上陸したまま船には帰らず、ブーランジェ号から脱走したのだった。以来毎晩のようにお梅を探して歩きまわり、やっと彼女を探し当てたというのだった。ピエルは今では市内の製氷工場に勤めて日曜毎にお梅に会いに来ていた。

彼女の言によると、船の中ではよくわからなかったが彼は金髪の素晴らしい美男子で、すでに二人は夫婦約束を交しているらしかった。ピエルの給料が安いので今は会いに来るのがやっとだが、自分も一生けんめいに働いて一日も早く借金を返し、そのうちいっしょになるのだと楽しげにお梅は語った。

竹乃も、口之津にいた頃のような蒼白い顔ではなく、すっかり元気になって丸々と肥り、目が大きいので美人になってとても外人客にもてているそうである。お梅は、自分はなぜか白人より支那人に好かれて、今だに船の中と同じようににんにくの臭いに悩まされていると苦笑した。

ヒゲは最近は殆どお梅たちの家には泊らず出歩いている様子で、時折、昼間ひょっこり帰って来ることがあるかと思えば、必ずおサヨがいっしょだった。草野の家におサヨを訪ねたのでは金がかかるので、当分二人は長吉の家で逢引するつもりなのであろう……。

実は、お梅が今日訪ねて来てのんびり半日すごすことができたのは、四、五日前に日本人のもぐり医者に堕してもらってまだ働けずに休んでいるからだということだった。

彼女はおサヨからいろいろ聞いていたのか、夏代ちゃんにはジョホールの立派な金持の旦那がついているというじゃないとひやかした。夏代が否定すると、ええじゃないか遠慮することはない、羨ましかバイと、むきになる彼女をいっそうからかうのだった。夏代は、お梅のすっかり世間慣れした態度や言葉づかいに驚かされて、自分も少し考えを変えなければいけないのかもしれないとしみじみ思うのだった。

お梅が訪ねてきてから二ケ月ほどたった頃だある。この一月ほど顔を見せなかった百太郎から一通の手紙がとどいた。字が読めない夏代はおサヨに読んでもらったが、その手紙は七月十六日付で長崎から出されたものだった。

「今日船が長崎に着いて、泊っている旅館の窓から名物の精霊船を見ながらこの便りを書いているところだ。お前の母が去年亡くなって今年が初盆だと聞いていたから、お寺にお経をあげてもらって燈籠でも買うようにと二十円をここの警察に頼んでお前の家に届けてもらうようにしておいた。多分お前のところは旧盆だろうからまだ間に合うと思う。島原まで行って仏様をおがんであげたいと思ったが、自分は明日の朝早く汽車に乗って大阪に発たねばならぬ。実は大阪の実家で商売をまかせていた長男が出征したので、店の整理や仕入れのことなどもあり道草を食っておれないのだ。シンガポールへ帰るのは多分九月末になるだろう。

今、内地では国民が一致団結、日本軍の勝利を確信している。噂によれば戦局も次第に好転しているとのことだ。くれぐれも体に注意をして過すように——」

たどたどしくおサヨが手紙を読み終わると、夏代はベッドに突伏して声をあげて泣き出した。百太郎の親切もさることながら、忘れていた郷愁がどっとこみ上げてきたのである。

シンガポールに来てからはじめて経験する変化の多い明け暮れにまぎれて、ついぞ思い出したこともなかった故郷の荒屋《あばらや》と弟妹たちの顔がふっと浮んだ。筆を持てないにしても、百太郎からもらった小遣いの一部を、書いてもらった手紙に添えて送ろうと思えば今までに送る機会は何度もあったのだ。一、二度そうした考えが浮んだこともあったが、手紙を書いてもらう煩わしさについ不精してしまった。今、思いがけぬ百太郎の親切に己の親不孝を見せつけられたようで、夏代は身を切られるように辛かった。

おサヨにもさすがに夏代の気持が通じたのであろう、彼女も目をうるませていた。里子に置いてきた我が子のことや、乳呑子を押し付けて家出同然に飛び出した時の両親の途方にくれたゆがんだ顔が、多情な彼女の心にも映らずにはいなかった。

八月も半ばをすぎると、日本人の間にはにわかに活気が溢れた。野口南海ことヒゲが、領事館から得た情報をもとに蔚山沖海戦を伝える蒟蒻版の号外をあちこちに配り歩いたことがきっかけとなって、大いに気勢が揚ったのだ。その号外は意外に評判がよく、題して南海新報と銘打っていた。

続いて九月四日の遼陽の大会戦、十二月六日の二〇三高地の占領と、相次ぐ連勝に号外はますます人気を博した。邦人はその都度喜びにわき返った。

連戦連勝といって喜んだのは日本人ばかりではなく、英人も同盟国として非常な喜びようだった。口々に「ハッピー」を連発して、あちこちの盛り場で祝杯をあげた。そのため夏代たちの家にはますます客が増えて、どうにもならない程の忙しさだった。草野の家で使っているマレー人の使用人までが号外の来るたびに「マタ、ハリ、バンザイ」と踊りまわっていた。

ところが年末になると、また一つのニュースがひろがり、日本人を不安がらせた。遂にバルチック艦隊が、去る十月十五日にリバウを出港して東洋に向ったというのである。それで近くシンガポールの沖を通るだろうという噂で持ちきっていた。

南海先生はこうした中で、感心にも毎日の波止場通いをかかさなかった。しかし、その労は遂に報いられて、十二月三十一日の朝、ザンジバルから入港した英国船の船員によって貴重な情報を得た。それは、スエズ運河を通過してきたと思われるロシアの艦隊がマダガスカル島へ向っているのと印度洋で出会ったというのである。

この情報は直ちに青井に急報された。ヒゲは肩をそびやかして「敵艦いよいよ迫る」と言って、この顚末をその日の午後おサヨに語ってきかせた。夏代は年越しの蕎麦を食べながら、おサヨからさらにこのことを聞いた。

だが、百太郎は日本へ帰ったままで、とうとう年の瀬になっても夏代の前に姿を現さなかった。


明治三十八年（一九〇五）元旦。

草野の家の正月気分は去年とは比べものにならないほどの賑やかさだった。知り合いの日本人も集まって朝っぱらから浮かれ騒いでいた。閉めきったフロント・ドアにはカーテンに代って日の丸の国旗がかかげられていた。南海新報の号外によって乃木将軍の名も広く知られ、二〇三高地はすでに陥ちて旅順要塞の陥落も近々のうちだというので、邦人の喜びようはひとかたではなかった。

そうした気分を反映して宴会はしょっぱなから乱痴気騒ぎになった。去年は一滴の酒も飲めなかったおツネやおヨネまでがウスケと日本酒をチャンポンにしてがぶ飲みする始末で、すでにへべれけに酔っていた。

夏代だけはそうした騒ぎをよそに一人しんみりと座っていた。待ちかねている百太郎からは何の便りも来なかったし、もうシンガポールへは帰って来ないのではなかろうかとあきらめてみたり、もしや病気にでもなっているのではないかと身の上を案じたりして、いっこうに落ち着かなかった。

そこへ酔っぱらったおサヨがにじり寄って、

「おい。負けたステッセルのごたるつまらん顔ばせんで、こっちへ来て歌わんか」

と彼女に抱きついて、しゃにむにキッスした。

夏代はおサヨの腕をはらいのけると、逃れるように自室にとって返した。

そうだ、今日はこっちからお梅をたずねてみよう——そう思うと夏代は矢も楯もたまらなくなって、すぐに外出の支度をはじめた。

ロッカーから仕立ておろしのスリーブレスのドレスを取り出すと、それを素早く身につけた。はちきれるような肢体に、その服はピッタリ仕立てられていた。純白のシルクが体を動かすたびにキシキシと鳴るのが小気味よかった。上からレースの縫い取りのある上衣《カバヤ》を羽織ると、釦やフックのないこの上衣の衿のあたりを金のブローチで留め、耳にはヒスイのイヤリングをつけた。それから白いキッドの真新しい靴に履きかえ、彼女は鏡の前に立って見ちがえるような自分の姿にしばらく見とれた。まるで貴婦人のようだ。百太郎がいつも彼女に「ノーブルに——」と言っている言葉の意味がわかるようで、少し得意な気分だった。

この服は百太郎が日本へ発つ前に誂えてもらったもので、彼が今度来たら目の前で着て見せようと今日まで大事にしまっておいたものだった。

夏代は今日この服を着ることが些か残念だったが、だからといって別に外出用の晴着を持っているわけではなし、いわば帽子も服も靴も装身具も彼女にとっては最高のものであり、それらすべてが百太郎に誂えてもらった物ばかりだったのである。

ようやくシンガポールの地理にも慣れた夏代が、うろ覚えのハイラムストリートの五十六番地を訪ねたのはそれから一時間後だった。表戸が閉まっていたので横合いの勝手口から入ると、

「どなたですかね？」

と、フランス風の髭をたくわえた紳士が出て来て挨拶した。

「マレーストリート百六十番地に居る夏代という者ですが――」

そう答えると、紳士は驚いて、

「夏代？」

と、大きな声を出して目を丸くした。

夏代はその声を聞くと、あ、長吉だ、と思った。一度だけ、日本旅館の青井の所で、上陸した夜に彼の顔を見るには見たが忘れていた。しかし声は、長い船旅の暗がりに聞いた聞き覚えのある声だった。

「あの時の夏代がなあ……お梅からは聞いとったが――」

一年前の田舎娘が変れば変るものだと言いたげな表情で、長吉は彼女の帽子のてっぺんから靴先までしげしげと眺めまわしていた。

上品に取り澄した夏代の笑顔と衣装から受取る感じは、長吉にとって確かにどこかの貴婦人か令嬢に見えたであろう。自分の家に抱えている女や他の日本女のだらしない日常の生活や趣味や態度を知っているだけに、彼女らとは比べようもない縁の遠い存在に夏代が見えたとしても不思議ではなかった。夏代もまた、彼女らを船艙の中で苛酷に叱咤した悪玉とも思えぬ長吉の紳士ぶりに驚いていた。

お梅たちのことを訪ねると、

「今日はわしが留守番じぁ」

と言って大仰に両手をひろげてみせた。道理で家の中がひっそりとしていた。

長吉の話によると、正月だからといって酒を飲んで騒ぐばかりでは何にもならぬ。今朝は君が代を歌って遙拝式をすますと、家中の者に弁当を持たせてカトン地区に花見をかねて海水浴にやったので、夕

方にならぬと帰らないということだった。

夏代が残念そうに、「それでは――」と帰りかけると、長吉は、

「さあさあ、まずは上れ。どうせ今日はお前の所も一日中休みだろうが。わしがコックをして御馳走するタイ。昼寝でもして、皆が帰るまでゆっくりして行けや」

と、手を取らんばかりに招じ上げた。

長吉は意外に気さくな男で、冷蔵庫から果物を運んだり、自分でコーヒーを沸かしたりして彼女をもてなした。その四方山の話の間に、夏代は長吉から思わぬ知識を得た。

まずお梅のことだったが、よく働くには働くが、あの子にゃ、フランス人のピエルちゅうガキが付きよって――と、長吉は特にガキという言葉に力を入れて、彼女をほめるような、ほめないような言い方で説明をした。

夏代は、ちらと長吉の目に嫉妬が走るのを感じた。そういえば船の中で、長吉が最初からお梅を追いまわしていたのを思い出し、今もこの男はお梅を好きなんだなと直感した。


「お梅にあのガキさえいなきゃ――」

といった言い方で、今もって自分は独身であるからお梅を女房にしてやってもいいんだが、という意味のことをそれとなく白状した。

竹乃も相変らず元気で働いている。彼女には何人もの外人の馴染みがついているので、借金も一番早くすむだろう、ということだった。

もしヒゲがいたら、幸い長吉もいることだし、この際、懸案の借金の問題をかけ合いたいと思って、夏代はそれとなくヒゲのことを訊ねてみた。

「親分か……今朝、行きがけにちょっと寄んなさったが――領事館で祝賀会をなさるのに招ばれておるちゅうてナ」

長吉は、いまやヒゲが偉くなっているということを言外にほのめかしながら、自慢らしく語るのだった。

そのヒゲは、二、三ケ月前に長吉の所を出て、波止場に近いマリナーハウス（海員宿舎）の主人になっていた。もともとこの家の主人は一年前程に亡くなり、お内儀さんが後家でいたところへ入り婿になったのだという。

長吉の話によれば、そのお内儀さんがまた絶世の美人で、おキワさんといい年も若い。何しろおサヨが焼餅やきで、親分もホトホト持てあましていたので、一挙両得というわけだ。おサヨはまだ知らないから好いようなものだが、もしわかったら泣きわめいて大騒ぎをするだろう。仕事の方も南海新報の号外が当っているので、親分は近く本物の活版器械を手に入れて、ゆくゆくは日刊の新聞を出すことになっている。親分は中学校も出ており、学があるので、きっと成功するだろう。今、その活版器械は日本へ帰っておいでの後援者である田中さんに頼んであるから、もうすぐとどく頃だと思う。ほら、お前の旦那だよ――。

そこで長吉は、人から伝え聞いた百太郎のことについても話してくれた。

百太郎はもともと大阪英語学校出のえらい人で、以前、ロンドンの大使館員をしていた。十年ほど前、日清戦争がすむと感ずるところがあって官員勤めを辞め、シンガポールに来て三星商会という会社を作り貿易商として成功している。現在も領事館の嘱託で、ジョホールの王様《ラジャ》の顧問もしている。店はタンジョンバガーの三井物産の近くにあり、神戸に支店がある。たしか大阪の人で、夏代には勿体ないような人だ。半年ほど前に急用があって日本へ帰られたが、おっつけ近いうちにシンガポールに帰って来られるということだ。

親分が号外を出しはじめたのも田中さんのすすめによるもので、なぜ親分が田中さんの知遇を得ているかというと、親分は中学を出ると上海の三井物産に勤めていたが、その時分、田中さんも上海の領事館に居て、それからロンドンに行かれたわけだが、その頃の縁だということだ。その後、親分は女の事で同僚を刺し、会社をクビになると転々と博奕打ちやかれこれしながら今日のようになってしまったという事だった。

夏代は長吉から田中百太郎について一部始終を聞き、なるほどと思った。ざっくばらんな大阪弁を使っていたのは、自分のことを私に偉くみせまいとしていたのだ。自宅はシンガポールにあるのにジョホールだといったり、ジョホールで雑貨商を営んでいるというのも嘘で、王様の顧問だったのか。何となく気品と威厳があって、英語の会話にしてもマスターの草野たちが使う言葉と全然喋り方がちがう。考えれば考えるほど、長吉が言うようにあの人はほんとうに偉い人なんだと思い当ることばかりだった。

夏代は、百太郎の女であることに些かの誇りを感じた。どうせこんな身になるにしても百太郎のような人に水揚げされたことはせめても運がよかったのだと、今更のように一年前のことを思い出すのだった。

夏代は百太郎のことを考えると、急に落ち着かなくなった。もしかすると、日本から帰った百太郎が今、訪ねて来ているかもしれない。そう思い出すと矢も楯もたまらなくなって腰をあげた。しきりにひきとめる長吉の言葉も、百太郎の女と知って夏代に取り入り百太郎に近付こうとする意図がありありとうかがえるようで今はおぞましく感じられ、彼女は振り切るようにして外へ出た。

スコールが来そうな気配に夏代は帰路を急いだ。白人の男がすれちがいざまに「オオ、ナツヨサン……」と声をかけたが、夏代は顔も見ずに「グッドアフタヌーン、サー」と言葉を返し、雨が降りかけたので踵を返して近くのレストランに逃げこんだ。男も後を追ってついて来た。夏代はしかたなく二人でビールを飲みながらスコールの通り過ぎるのを待った。彼は夏代の店に時々通って来る英人で、政庁に勤めているヘンリーという快活な青年だった。

その晩、夏代は留守中にとどいていた郷里からの手紙をおしのに読んでもらいながら泣いた。

文面によると、百太郎からとどけられた二十円で無事お盆の供養もすませ、残った金で雨洩りのする藁屋根を葺きかえたり妹たちの身のまわりの品を買ってやったという親戚の者からの便りだった。

夜更けて夏代はあれこれベッドの中で考えながら、自分が百太郎の女になっていることがいかに自分ばかりでなく周囲の者にまで大きな意味を持っているかということをはじめて痛感した。そうなると今までのように自分本意のいいかげんな考えで百太郎に接していてはいけない。もっと尊敬をもって接し、彼の気に入るように可愛がられるようにつとめなければならないのだと、彼女なりの反省めいた思いをめぐらした。

常々百太郎からいましめられているように、夏代は自分にきびしくすることにより百太郎の女にふさわしい存在になりたいと思い、はじめて生きてゆく目的をみつけた喜びを知るのだった。

4

シンガポールの正月気分は元日だけで終った。ところが三日になると、また邦人社会は正月がぶり返したような騒ぎになった。南海新報の蒟蒻版の号外が待ちに待った一月一日の旅順開城を伝えたからである。日本人のみならず英人までが肩の荷を降ろしたように喜び、草野の家も夜になると元日以上の賑わいを呈した。夏代だけは、未だに顔を見せぬ百太郎のことが気になって一人ふさぎ込んでいた。

やがて一月も半ばを過ぎようという頃になっても、百太郎が日本から帰ったという噂はなかった。夏代は気を揉んだが、どうしようもなかった。そんなことより、邦人の間ではチッテ祭りの花火の話でもちきりだった。今年は戦争で花火師が日本から来ないので中止になるだろうというのが正月の話題だったのだが、この二、三日、二十日すぎに入港する船で花火屋がやって来るという報せがあったとかで、しかも仕掛け花火の出し物が「二〇三高地」だというようなことが評判になっていた。

一月二十五日、期待された花火に先立って、南海新報が突如として日本人を驚かせた。

「露国首都、ペテルスブルグに大暴動、死者数千名――」

という見出しで、号外が二十二日の「血の日曜日」を英字新聞から焼き直して細部にわたって伝えたのである。内容もさることながら、読み難かったこれまでの蒟蒻版の号外と異り、鮮かな活版活字で刷られていたことも大きな話題になって、邦人はこのなつかしい日本文字のもたらした活字の内容に明るい期待を寄せた。

その日のティータイムの後で、号外を手にしたおサヨが夏代の部屋にやって来てヒゲの自慢話をひとくさりやってのけると、

「野口先生はきっとこれで大物になんなさるよ」

と誇らしげに言葉を結んだ。彼女はもはや田村の

旦那さんとは言わなかった。

夏代は、印刷機と百太郎の関係やヒゲに女の出来ていることを長吉から聞いて知っていたので、彼女の話をいいかげんに聞き流しながら胸の中で笑おうとしたが笑えなかった。ふと夏代は、印刷機が来たのだからもしやという期待で胸のときめくのを覚えた。

明日はいよいよチッテ祭りだという朝だった。化粧をしている夏代の所へおしのがやってきて、お花の買物についてゆくようにと伝えた。夏代が階下へ降りてゆくと、

「普段着じゃつまらん。ほれ、あの正月に着とったろうが……あの上等バ着てこにゃ」

お花は彼女を見るなり、こう言って手を振った。言われるとおりにシルクの一帳羅に着替えた夏代は、お花について街へ出た。

彼女はまず宝石店に入って、夏代が驚くのを尻目に多額の買物をした。真珠のネックレス、真珠のブローチ、真珠の指輪、婦人用の時計。指輪を買う時には「これはどう?」と言って夏代の指にはめてみたりなどした。夏代は、欲しくても自分などにはとても手の出ないものばかりなのに、お花がわざと見せつけるような態度をとるのだと思ってムッとして顔をそむけた。

婦人用品店に入ると、これまた夏代の欲しそうな衣類や化粧道具ばかりを買い求めるので、余計なことだと思ったが、

「少しマダムには派手じゃなかですかね」

と言ってしまった。お花は、

「派手かね?」

と笑っていた。

二人はおそい昼食を、シンガポールで最も高級なフランス料理店でとった。

帰途、階下の同じフランス人経営の婦人服部に立ち寄った。お花は、どんな布地が好きか、どの柄が良いかと言って夏代に選定をまかせた。彼女がお花に向きそうなものを取り上げると、「お前さんの服だよ」と言うので、夏代は、ここで言われるままに服を作ったらまた借金がふえるだろうと思って躊躇した。

「心配せんでもよかと。私に任しとき」

お花は押し付けるように派手な花柄の上等のリネ

ンを選んで夏代のサイズを採らせた。目のとび出るような代金をお花が払うのをみて、夏代は少々心配になった。

マレーストリートに帰って、マンデーをすませると日暮れ近かった。浴室を出て部屋へ入ろうとするとドアが開いていた。おや、こんなに早くから客かと中をのぞくと、見慣れぬ男が窓ぎわに背を向けて立っていた。いぶかりながら「ハロー」と声をかけると、その男はゆっくりと微笑を泛べながら振り返った。百太郎だった。

夏代は激しい衝撃を受けた。待ちあぐんだ百太郎がやっと来てくれた感激と同じ程度に、彼女が後ろ姿を見誤るほどに彼が痩せていたことに対する驚きだった。旅の疲れとばかりは思われぬようなそのやつれ方には憔悴の色が深かった。大病でもわずらったのだろうかと、痛わしさと慕わしさがいっしょになって夏代の胸につかえた。

夏代が立ちすくんでいると、百太郎は意外に明るい声で近寄ってきた。

「日本からやっと帰って来れたよ。明日はチッテ祭りやさかい、夏代はどないしとるやろうかと思うて見物に出かけて来たんや――」

何を百太郎が喋っているのか、もはや夏代には聞えなかった。ひとりでに涙が溢れてきて、彼女はよろめくように百太郎にとりすがった。

百太郎は日本へ発つ前と同じように優しかった。変ったことといえば、しゃくり上げて泣いた後の顔を埋めた百太郎の胸や腕が、何となく年老いた感じで骨張っていることだった。それだけに佗しさがひとしおこみ上げて、やるせない気持にさせられるのだった。

百太郎は、おみやげだと言って大きな風呂敷包みをくれた。中には京人形の藤娘が入っていた。彼女は早速鏡台の前に飾った。部屋が一度に明るくなる感じだった。幼い頃から欲しいと思った泥人形《べんたろさん》の一つだに買ってもらえなかった彼女にとって、この人形は満たされなかった過去を呼びもどし、いまそれが叶えられた喜びに彼女を忽ち幸福にしてくれた。

人形の他に、祇園の舞妓が持っているという象牙の骨に絹張りの、絵が描いてある扇子、下着などを作るための厚地の練羽二重、京都の八ッ橋、大阪の粟おこしなどがもう一つの風呂敷に入っていたが、夏代は心からこの人形だけで沢山だと思った。

その夜の夏代は、幼い頃から飢えていた過去の愛情のすべてを取り戻そうとするように、一方ではこの半年の思いのすべてを洗いざらい投げ出すように、ひたすらにかつてない程の愛撫を求めた。百太郎は、いじらしくもあったが、夏代の半年の間に成熟した肉体と性的技巧に驚きながら、ひそかに夏代の行末を案じていた。


宵闇の空で夥しい蝙蝠がキッキと啼いていた。夏代はその声を聞くと、たまらない興奮にかられた。

昨晩の愛撫を、なお今日の昼間にでもくり返してもらいたかった彼女は、百太郎の疲れた様子に自分から言い出すわけにもゆかず、四方山の話で時を過した。百太郎が何を話して聞かせたのか、夏代は上の空で聞いていた。それ程彼女は切ない興奮に身悶えていた。

病気ではないのかと何度も百太郎にたずねると、仕事があまり忙しかったので、と言うだけだった。

それから念を押すように、

「お前は自分の体の調子と、五十を過ぎた私との年齢の差を知らないのだ」

と言われると、さすがに夏代もあきらめざるを得なかった。

そんなわけで百太郎に誘われるままに、二人はラフルズ広場まで出てきたのだった。海岸は人だかりで煩いから、ここらで花火を見物しようという百太郎の言葉に夏代は素直に従った。木陰のベンチに腰を下すと、百太郎はラフルズの銅像を指さして、シンガポールの歴史などについて語りはじめた。

夏代にとってそんな堅苦しい話は、徒らに心の空虚さを増すだけで無駄だった。彼女は胸にいっぱい溜っている疑問を、昨夜から何度も切り出そうとしてはひっこめ、言おうか言うまいかと考えあぐんでいた。

百太郎はなぜ雑貨商だなどと身分をかくしているのか。それにヒゲの事も……。なぜあんな男を引き立てるようなことをするのか。私をかどわかして連れて来たのはあの男だと、ぶちまけてしまおうか……。

やがて味気ない話に空まわりしていた興奮が話が終ると同時にどっと噴き出して、夏代はたまらなくなって百太郎ににじり寄った。ガス燈に照らし出された近くのベンチの男女のしぐさもあまりにも艶めかしかったし、蝙蝠もいぜんとして啼いていた。

夏代が腕をからませて百太郎の唇を求めようとした時だった。突然、思わぬ近さで、頭上の花火が一時にどっと弾けた。思わぬ邪魔者に驚いた夏代がしっかりと百太郎に抱きつくと、百太郎はゆっくりと彼女の体をほどくように外して傍らに坐らせた。しかし堅く握り合っていた手は離さなかった。

弾け散る赤や青の光芒が交互に点滅して二人の顔を映し出した。百太郎は眩しげに花火を見ていたが、思い出したように口を切った。

「花火はどんなにきれいでも花火やさかい、花火のような夢を見ちゃあかんで。二十世紀の女はな、自分をもっと大切にして、自分の生きる道を自分で真剣に考えないけません。お釈迦様も言うてはるやろ、蓮の花は汚い泥の中でも、あんなにきれいに咲いてみせるとな。心が美しければ、どないな場所に居ても蓮の花のように何時でも咲くことがでけるのや。夏代もこの先ざき、よう自分のことを考えて、蓮の花のような生き方を心がけるんやぞ……」

思いがけぬしんみりした口調に、夏代はひき込まれるようにうなずいた。

家に帰ると、急に百太郎は「大事な用を思い出したので」どうしても帰ると言いだして夏代を驚かせた。

夏代が哀訴嘆願して引き留めても彼はきかなかった。振り切るように出ていく彼に追いすがった夏代が、もう一度別れの接吻を求めると、百太郎は彼女を胸の中に抱いて額にキスしただけだった。何となくぎこちない不自然なそぶりが感じられて、夏代はふと不吉な思いに胸をふさがれるのだった。

百太郎が出てゆくと、わびしさがスコールのように襲ってきた。一時に空が暗くなったようで、ベッドに突っ伏したまま動悸が静まるのを待とうとしたが、胸騒ぎに似た不安はつのるばかりだった。日除窓にへばりついた守宮の声がその晩に限って陰にこもっていた。やがてその声は、今にも泣き出しそうな夏代の胸の中で啼いているように聞えはじめた。とりとめのない寂漠とした感情の断絶に、守宮の声はさらに調和するように聞えた。

翌日の午後、お花が夏代の部屋にやってきて、

「驚いちゃいけないよ」と前置きしながら、一昨日、夏代を連れて買物をした品々を並べて、「これは皆、田中先生からの贈り物だよ」と言った。

それだけ聞くと、夏代ははっと胸を衝かれた。

「これはバリ島のもので――」

別な箱を開けて、お花が大きな真珠の飾りのついたハンドバッグを差し出した時は、もうそんなものは夏代の目に映らなかった。

「田中先生は、もう私の所へは来んと言われたとでしょう……」

切れ長の目にいっぱい涙を溢れさせて、夏代がお花のセリフを先に言ってしまったので、彼女は慌てて手を振った。

「田中先生はね、この秋の沙河の大会戦で坊ちゃんが戦死されたんじゃそうな。それで急に大阪に引揚げにゃならんようになって、今朝出帆するイギリス船でもう日本へ発たれたとよ」

夏代にとってそれ以上聞く必要はなかった。彼女は大声をあげると、そのまま崩おれるようにベッドに突っ伏した。

実はお花は、二、三日たってから一部始終を夏代に告げるようにと百太郎から頼まれていた。だが彼女は、どうせ一度は話さなければならないことだし、下手をすると先に知れてしまってからでは、なお始末が悪い。こんなことはありがちなことだし、憐れとは思うが、早く片付けて一日も早く正常に戻って稼いでもらった方がましだという風に考えて、さっそく切り出したのだった。

お花は、まだ百太郎からの伝えるべき言葉が残っていたので帰るわけにもゆかず、夏代が泣き止むのを待った。彼女の号泣は意外に長く続いた。

手持ち不沙汰なお花は、泣きじゃくる夏代を見ているうちに、自分も憐れだった若い渡航して来た頃のことを思い出して、まだまだ夏代などは幸せな方だと思った。

泣きじゃくる夏代は買われた身の上であり、それを見ているお花は買った身分である。今は逆な立場に立っているお花も、元をただせば十年前に買われた身の上だった。それが何の不思議もなく、一方は悲恋に泣き、一方は冷酷に見つめるこの部屋の情景を、鏡台の藤娘だけが黙って眺めているように見えた。

百太郎は、神戸の店を任せていた息子が戦死さえしなければ、今度日本から帰ったら夏代を請け出して、ある程度の読み書きを覚えさせ、一寸した店でも開かせてやろうと考えていた。こうなってからも、いっしょに内地に連れて帰ろうかと何度も考えたが、戦死した息子の葬式が済んだばかりというのに、そんなところへ夏代を連れて帰ったのでは、親戚兄弟からも激しい非難をあびるだろうと、世間態がはばかられた。また、たとえここで夏代の借金を払ってやったにしても、結局は自分がついていなければ何にもならないことだし、それほど夏代にしてやらねばならない義理もない。それに息子の戦死という衝撃が急激に人生観を変えてしまって、今更、色恋の沙汰でもあるまいと思うようになっていた。

こうした事情を率直に夏代に話そうと思ったが、どうしても夏代の顔を見ると最後まで切り出すことができなかった。せめて記念の品といっしょに、お前からこのことをよく夏代に伝えてくれというのが百太郎の伝言のあらましだった。

5

百太郎が去ってからは、胸の中に空洞をあけられたようなわびしい日々が続いた。夏代は、その空洞の中にカナリヤが出たり入ったりする夢をしばしば見た。半月程たった頃、カナリヤは卵を生んだ。夏代はその卵を空洞の中で温めたが、いくら温めても卵から雛は孵らず、ある夜、こっそりと卵を取り出してみると腐っていた。

驚いて夏代が声をあげると夢だった。寝汗がびっしょり出ていた。なんとなく熱っぽいので額に手をやってみると熱があった。

その翌日からふるいが出て、彼女は高熱に悩まされた。悪寒と熱は周期的にやってきた。医者の診断によると回帰熱ということだった。

夏代が元気になって再び稼ぎはじめた時はもう三月になっていた。

ある日、お花が夏代を帳場によんでこんなことを言った。

「あんただけ一人洋装をさせとったんじゃ、他の者に悪いから……」

夏代にも着物を着ろと言うのであった。

この一年の間、着物を着るようになどとお花は一度も言わなかったのに何故だろう。夏代が黙っていると、

「もう田中先生も居んなさらんのじゃし……」

夏代は、はじめてその意味がわかった。

百太郎が引揚げてからは、何かと些細なことではあったがお花は夏代にわがままをゆるさなくなった。彼女もそのことは早くから気付いていたが、まさか洋服のことまで言われるとは予期しなかった。百太郎の力がこんなところにまで及んでいたのかと、今更のように知らされた。しかし夏代は心の中で、おかみがどんなに言っても、この服だけは百太郎の言葉どおり、二十世紀の女だから絶対に脱ぐまいと決心するのだった。

その日、泣き腫らした顔のおサヨが夏代の部屋にやってきて訴えた。

おサヨの話によれば、野口が今日突然現れて、号外を出す資金が足りないから、お前の持っている金を全部出せと迫った。体を売ってようやく貯めた金だから、これだけは絶対にいやだと言い張ったが、いやなら今日限りお前と別れると言うので、泣く泣く百円余りの金を出した。いつになったら夫婦になるのかと訊ねたところ、金を渡した後だったので野口は、そんなことはわからんと言って部屋をとび出して行ったというのである。それで口惜しくて口惜しくて泣いていたのだということだった。

おサヨはベソをかきながら、野口先生は本当に自分を女房にしてくれるだろうかと夏代にたずねるのだった。

夏代は、よほどマリナーハウスのことを言ってきかせようかと思ったが、百太郎に去られた直後の悲しさを思い出すと、とてもそんな気にはなれなかった。ここでも自分の洋服のように、後援者の百太郎を失ってヒゲが困っていることが察しられた。

翌日、おサヨから捲き上げた金で紙を手にいれたのだろうか、南海新報の久々の号外が三月十日の奉天大会戦の勝利を華々しく伝えた。この勝利で気をよくした日本人達は、明日にでもロシアが降服する

のではないかと喜んだ。だがそれも束の間で、忘れていたバルチック艦隊がいよいよ勢揃いして近く東洋へ乗りこんで来るという噂に、人々は再び緊張した。

ヒゲはその噂が立つ頃にはすでにシンガポールから姿を消していた。

三月十六日、第二艦隊がマダガスカル島を出発したという情報を青井から受け取ったヒゲは、おそくとも四月上旬にはマラッカ海峡を通過するだろうという想定の下に、海峡の入口附近を見張る役を命じられていたのである。

ヒゲは早速ピナンまで出かけて同志と連絡をとり、自分も毎日ピナンヒルに登って洋上の見張りを続けた。

四月七日の夕刻だった。遂に舳艫《じくろ》相銜《あいふく》むバルチック艦隊の船影を双眼鏡の中に認めたヒゲは、躍る胸を押えてその数をかぞえた。船は大小合せて四十二隻で、この情報は時を移さず青井に連絡された。そのため、シンガポールの市内はでんぐり返るような騒ぎになった。

翌四月八日、沖を通るバルチック艦隊を見て日本人はもとより英人も敵愾心をかき立てて憎悪の眼《まなこ》を燃した。その日からシンガポール市内には不気味な緊張と不安な空気が流れて、それは五月二十七、八日の日本海々戦の勝利を聞くまで月余にわたって続いた。

五月三十日、海戦の勝利を領事館から入手すると、南海新報はここぞとばかり日本海大海戦の記事を書きたてて、それから連日のように号外を発行した。ヒゲは、マラッカ海峡の入口でバルチック艦隊を最初に発見した英雄であると号外で絶賛したが、邦人の間ではこれが罷り通った。この頃が南海新報にとってもヒゲにとっても絶頂だった。

六月も末になると、勝利が決定的になって皆が安心したのか号外がさっぱり売れなくなってしまった。続いて八月十二日の第二回日英同盟成立、九月五日の日露間の講和条約成立と、戦勝気分のうちに目まぐるしい日が流れて、シンガポールにも秋が来た。秋といっても名ばかりで、南西の風が北東の風に吹き替り、スコールの量が増すだけだった。

夏代はそのスコールに百太郎の思い出を洗い流す

ように、一切を忘れ去ってひたすら稼ぎ続けていた。

　戦勝祝賀の提灯行列や旗行列、入港する船便毎に凱旋して帰って来る邦人の出迎え。それらの出来事すら夏代にとっては遠い、よその国の出来事のように思われた。今は他人のことを考えるより、彼女は自分が生きることに専らだった。それだけに彼女の英会話は、百太郎から手ほどきを受けたせいもあって他の女たちとは比べものにならない上達ぶりだった。もともと利口なたちでもあったし、外人への接客態度も身についてきて、十代の女とは思われぬほどの成長ぶりだった。

　十一月。勝利の感激はいよいよ高まるばかりで、邦人の間には連日のように宴会が続いていた。それにひきかえ、ヒゲの号外は戦争という対象を失って、何時か人々の間から忘れ去られようとしていた。ヒゲはあせるばかりで、新聞に切り換えるのには金は無し、さりとて元々密航者だった彼に資金を出してくれる篤志家はいなかった。

　十二月になって間もない頃だった。この二、三日、おサヨの所へヒゲが出入りしているのを知った夏代が、何か起らねばいいがと思っているところへ、おサヨがにこにこしながらやって来て「今から蘭領のメダンに行くとよ」と告げた。

　ここの借金は皆、野口先生が払ってくれた。自分はメダンに、五、六人をかかえる店の女将《おかみ》になってゆく。一、二年稼いで儲けたら、またシンガポールにもどって来て、二人は夫婦になるのだ……といってはしゃいだ。

　こんなわけで、おサヨが出発する前の日、草野の一家は彼女のために送別会を催した。おサヨは感激して涙を流していたが、夏代はなぜか彼女の旅立ちが気になった。

6

明治三十九年（一九〇六）一月。

　例年の正月の乱痴気騒ぎが今年は戦勝とあって三日間も続き、その後で例年にない大雨に祟られたことで、草野の家は年頭から去勢されたように淋しい日が続いた。

夏代も久しぶりの暇を持てあまして、しょうことなく日除窓からカユ・ガディンの目の覚めるような黄金色の花に見とれていると、突然、雨に濡れたお梅が部屋にとびこんで来た。近くまで用があって出かけたので寄ってみた、ということだった。

退屈しきっていた夏代は、お梅の来訪にすっかり陽気になってコーヒーを取りに階下へとび出そうとすると、お梅は引きとめて、「すぐ帰るから要らない」と言った。

彼女は立ったままで、「おサヨしゃんのことは知っとるナ?」

と切り出した。おサヨの事を気にしていた夏代だったから、これは何かあるなと直感した。

お梅が長吉から聞いたという話はこうだった。

おサヨの行く先はメダンではなくパダンだった。パダンというのはスマトラの向う側(インド洋岸)にあるオランダの軍港町で、おサヨはそこで女将となるどころか、女郎としてヒゲに売られたというのである。借金で首がまわらなくなったヒゲは、草野の所に残っていた五百円ばかりの彼女の借金を払ってやると欺して八百五十円でパダンの女郎屋に売りとばし、さらに海員宿泊所や印刷器械なども叩き売ってコアランポ(クアラルンプール)へ逃げ出してしまったということであった。

それだけのことを口早にしゃべり終ると、お梅は夏代がひきとめるのも聞かないで、また来るといって忙しそうに帰っていった。帰りしなにお梅がさりげなく袖の間にのぞかせていた二つの金の腕輪を見て夏代は、相当の旦那がついていることを知った。

お梅から聞いた一部始終を草野に話すと、驚いたことに彼は逐一知っていたのである。夏代は知っていてなぜそんなことをさせたのかと草野をなじると、「下手に逆らうと、あの男はすぐポリスオフィスにあること無いことをとどけて商売の邪魔をするんだ」と言い、仕方ないではないかと笑った。

おサヨの話は夏代の心を暗くした。

その夜、一人の客を帰してから、夏代がベッドのシーツをなおしていると、枕の下から一通の手紙が出てきた。おやと思って手にとってみると、その封筒は意外に重かった。表に「モシピエルガキタナラワタシノコトヲイワンデコレヲワタシテクダサイ。オウメ」と、たどたどしい字で書いてあった。

片假名なので夏代にも読めたが、「若しピエルが来たなら――」と読み取るまで、何度も何度もくり返したどらねばならなかった。やっと文章の意味がわかったものの、何のためにピエルが来るのか、何のためにお梅がこれを渡してくれと頼むのか、その意図がさっぱりわからなかった。封筒の中には、金側の立派な懐中時計と百ドル紙幣が一枚はいっていた。

翌日の昼すぎ、若いハンサムな青年が階下のバーに夏代をたずねて来ているとおしのが呼びに来た。夏代は、このところとんと姿を見せなかった馴染みのヘンリーだと思って、いそいそと馳け下りた。

階下で待っていたのはヘンリーではなく、彼よりもっと年若なブロンドの青年だった。彼は憂鬱そうな表情で夏代に向ってこう言った。

「夏代さんですか？」

それは明瞭な日本語だった。

夏代はそのアクセントを聞くと、すぐにそれがピエルだと判った。長い船旅の暗黒の船艙で聞き慣れた、あの懐かしい声だった。まのあたりに見るピエルに、夏代ははじめてとは思えない親しさを覚えた。ピエルも、二年前の真暗な船底から一足とびに現れたように彼女を眩しげに見つめた。

「お梅さんのことです。話したいことといっぱいあります。聞いてくれますか？」

勿論と言わんばかりに夏代がうなずくと、ピエルは嬉しそうに手を出して握手を求めた。

果物などを注文して、ここでは話もゆっくりできないからと夏代が部屋へ案内しようとすると、ピエルはひどく固辞した。多額の金でもとられると思ったのであろう。心配しなくていい、自分も話を聞きたいからプライベートの時間にすると言うと、彼は安心したらしくついて来た。勿論、客を自室にプライベートで招じ入れるようなことは到底お花が許さないことは判ってはいたが、夏代は胸の中でお梅が置いていった手紙の中の百ドル紙幣を計算においていた。

部屋に入ると、ピエルはいきなり悲愴な声で、

「お梅さんはコケット！　カラゼンキンだ」

と言うなり、大粒の涙をポロポロ流して泣き出した。

コケットというのは夏代も聞き慣れた言葉だった。自分達の浮気は棚に上げて、外人たちがよく彼女らに浴せる言葉だった。カラゼンキンとはマレー語で蠍《さそり》を意味し、夏代は昨日覚えたばかりの言葉だった。お梅から聞いたおサヨの一件を草野に話した時、彼は野口南海はカラゼンキンだと言ったのである。夏代がカラゼンキンとは何だと草野にたずねると、マレー語で罵る時のいちばん悪い言葉だと聞かされた。

夏代は、どんなむごいしうちをお梅がピエルにしたのだろうと、あれこれ思いめぐらした。昨日、お梅が口に出しそびれて枕の下に置いていった封筒といい、今日のピエルの来訪といい、何らかのつながりがあることには間違いなかったが、さっぱり手がかりになるようなことは思いつかなかった。それで下手なことを言ってかかわり合いになるより、見当がつくまでだまっていようと決心した。

ピエルはやっと泣き止むと、たどたどしい相変らずの日本語と英語をまぜながら意外なことを告白した。

四、五日前、ハイラムストリートのお梅の所にピエルが行ってみると、彼女は居なかった。他の女達に訊ねてみたが、皆、知らないと言った。竹乃が彼女の親友であることを知っていたのでしつこくお梅のことをたずねると、やっと彼女が王《ワン》という華僑に請けだされたことを教えてくれた。

そこまで言ってピエルは、

「夏代さん、あの王だ！　私は口惜しい」

と言って、歯ぎしりをしながらまた泣きはじめた。

一九〇五年の九月、日本とロシアの戦争が終ると、王はブーランジェ号を降りてシンガポールに住むことにした。長い海上生活で貯めた金で、彼はマラバストリートに一軒の家を買って商売を始めた。店は二階がレストランで、階下は食料品店だった。

ある日、王は道でばったりピエルと出会って、四方山の話の末にお梅のことを聞いた。王はそれからこっそりとお梅の所へ通い始めたが、ピエルはそのことを知らなかった。

一方、楼主の長吉は以前から懇意な王のことだし、お梅がピエルに貢いでばかりいてせっかく良い客が来てもピエルが来るとほったらかすのを苦々しく思っていたので、ちょうど好い幸いに王をそそのかしてお梅を請け出させたのである。

彼女はこの二年間にピエルのたねとおぼしき子を三度も堕していた。長吉にしてみれば、最初は自分もお梅に惚れこんでいたから何とかピエルから引き離そうとしたのだったが、今ではこのまま放っておいたら二人が逃げ出すか、逃げ出さないまでもお梅は厄介者になるところまできていた。

王がお梅の所へ足繁く通っていたのをピエルは最後まで知らなかっただけに、彼女が王のものになったことがどうしても信じられなかった。そこでピエルはマラバストリートの王の家を訪ねて一目お梅に会わせてくれと頼んだが、お梅は俺の女房だと言って王はきっぱりことわった。

ピエルは仕方なくあきらめて帰ったが、丸二日間食物がのどを通らなかった。思い悩んだあげく、お梅がいないならシンガポールにいても無意味だと、とうとう帰国を決意したのだった。

ピエルの許にはこの半年来、アルジェの親許から再三帰国を促す手紙が来ていた。それは「去年の三月、ドイツのカイゼル・ウィルヘルム二世がモロッコのサルタンと会見したことから、フランスとドイツの間に戦争が起きかけている。お前は風雲急を告げる祖国のために急遽帰国してアルジェリアを守らなければならない」といった意味の手紙だった。

それやこれやで帰国を決心したピエルは、折よく入港していたアルジェ経由でマルセイユに向う母国の船に頼んで乗せてもらうことにした。その船が明日出港するので、一言だけこの事を折があったらお梅に伝えてもらおうと夏代の所を訪ねて来たのであった。

夏代はピエルの話を聞いて彼に同情はしたが、さりとてお梅に対しても彼女がとった態度を格別むごい仕打ちとは思わなかった。

昨日、お梅が来た意味もやっと判ったし、おそらくはあの封筒をとどけるために王の目をかすめて抜け出してきたであろう彼女の心情が察しられるだけに、金で売り買いされる身の哀しさが改めて夏代の心をしめつけるのだった。

ひとりでに夏代の目にも涙が溢れた。ピエルはそれを自分への同情から湧いて出たものと思ったのか、感動的な声をあげて彼女に抱きついた。

夏代は思わぬ反応にいささか面映ゆい所はあったが、ピエルのなすがままにまかせた。はじめは少年的なしぐさで胸に顔を押しつけてむせび泣いていたピエルだったが、ふっくらとした乳房の柔い感触と甘い女の匂いに次第に興奮したのか、唇といわず首といわずがむしゃらにキッスをくり返した。こうなると夏代にも商売で義務的に身を任せる時と違った健康な愛情と興奮が自然に湧いてきて、いつしか彼女もピエルをしっかり抱きしめていた。

身を任せる時の一瞬、夏代はあの船の中でピエルとお梅が喜悦にひたりながら小刻みに荷物をきしませる傍で得体の知れない興奮と嫉妬に何度か溜息をこらえていた時のことを思い出していた。

スコールのようにひとときの激情が過ぎ去ると、夏代は今夜はここへ泊るようにとピエルに百ドル紙幣を渡した。驚いて彼は何度も押しもどしたが、

「今日から明朝へかけてのここの支払いを貴方の手でして、残額は貴方への餞別だからシンガポールのおみやげをお父さんに買って帰りなさい」

と、言われてやっと納得した。彼はしばらくもじもじしていたが、自分は記念にあげる物は何も持っていないと言って、ワイシャツの袖から大きな赤サンゴのカフス釦を外し、

「これはアルジェリアの名産で——家を出る時、父のものを失敬して来たんだ」

と、夏代に渡した。

四十ドルの前金をカウンターで支払ったピエルは残金をポケットに入れて、スコールの晴れ上った街にスイスイと飛んでいる燕のように明るい顔で飛び出して行った。

下宿の荷物をまとめてピエルが帰って来た時は日が暮れていた。

「ゴメンナサイネ。おみやげ探して太陽《マタハリ》失いました」

ピエルは上機嫌に冗談を言いながら、買って来たみやげ物を取り出して夏代に見せた。どこで探したのか、父へのみやげだという日本の浮世絵が三枚。母親には中国風の刺繡を施した繻子のスリッパをもとめていた。

夏代は浮世絵の版画を見て郷里の破れぶすまに張りつけてあった同種のものを思い出し、これがみやげになるのかと思った。しかしピエルが正直に両親へのみやげを買って来たことで、いくらかでもお梅

の希望がかなえられたような気がして嬉しかった。

二人は並んでおそい夕食を摂った。食卓にはトロル・ベベック（あひるの卵）が趣向をかえて幾通りも並べられていた。トロル・ベベックはマレーではなくてはならぬ強精食品であるから、女の待ち設ける食卓にこれがあることはどんな意味を持っているかはピエルも知っていた。

その夜は殊のほか夏代にはむし暑く感じられた。だが全裸になってピエルと抱き合っても汗は出なかった。不思議に燃えるような疼きが腰のあたりから湧き上ってきた時、夏代はその暑さが自分の体の中をかけめぐっている血のせいだとわかった。

激しい愛撫をくり返しながらピエルは泣いていた。狂おしい興奮にぐったりとした夏代は、まだ醒めやらぬ放心の彼方にすすり泣きを聞いた。かつてない悦びと官能のしびれに浸りながら彼女もなぜか悲しかった。ピエルの啜り泣きを聞いたからではなく、その啜り泣きは自分の胸の奥から聞えてくるようであった。感情が静まるに従ってすすり泣きは捕えどころのない侘しさに変り、ますます彼女を風の吹きすさぶ冷い世界へ追いやるのだった。

ピエルが泣いたのは、自分の肉体を通してお梅のことを想っていたにちがいないと夏代は思った。それでいいのだ。自分の体からお梅のまぼろしがピエルの為に生まれたとしたら、同じように自分もピエルの体を通して百太郎の幻影を求めようとしていたのだから。

だが想像した百太郎は、たくましい若やいだ青年の肉体に他ならなかった。感情をこめた行為の絶頂に、欲情の馭者が青い目のブロンドであることを発見した時、彼女は肉体の感応と精神の感応が全く別物であることを知らされていた。

丁度一年前の今頃だったと、日本から帰った百太郎に切ない感情をたかぶらせて愛撫を求めた時の気持が思い出されて、外出から帰って来るピエルを待ち受けたのだったが、その行為の後に来たものはやはり百太郎と別れた時に湧いてきた、あの索漠たるわびしさだった。一年もたった今、なぜ同じ思いに襲われなければならないのだろう。

夏代は、自分のみじめな姿をピエルの上に重ね合わせて自分自身を憐れんだ。未練ともしたわしさともつかぬ追憶の感情に区切りのないのがやり切れなかった。

せめて百太郎が発ってゆく船だけでも見送ることが出来ていたら、最後のはっきりした別れの挨拶を交すことができていたら――。その時はどんなに悲しくとも、すっきりした気持になり得たろうにと思うと、ピエルがお梅に別れの一言さえ言えないで帰国する気持が奇しくも自分に通じているように思えるのだった。

そうだ、明日のピエルの出帆を見送ろう。波止場で思いきり手を振ってやるのだ。そうしたら自分の気持も晴れるだろうし、ピエルも気持よくシンガポールを離れることができるだろう。ピエルを送ることによって一年前の不本意な別離を清算し、百太郎への気持に区切りをつけよう。夏代は心にそうきめると、沢山の船が浮んだ明日の港の風景を想像するのだった。


雀が鳴き出すと、太陽はかけ足で昇った。二人は早い朝食をとって馬車《サド》を呼んだ。昨夜の食卓に飾っていた蘭の花を抜くと、夏代はそれをピエルの胸に挿した。濃艶な香りがただよっている胸のあたりにピエルは顔をくっつけ、クンクン鼻をならしていた。明るい朝だった。

荷物を積み込んで夏代がサドに乗ろうとすると、

「蠍《カラゼンキン》の代りだ」

と、ピエルがポーチに垂れ下ったブーゲンビリアの花を折ってその一房を胸に加え、残りの花の房をスーツケースに入れた。

「波止場まで」

馭者にそう命じてサドが動き出すと、夏代は懐中時計を取り出した。

「花はすぐ枯れる――。これなら何時でも貴方のそばで、貴方の心臓のように生きている」

ピエルは渡された時計を手にとってしばらく見ていたが、

「こんな高価なものを……。俺にやろうというのかい?」

「勿論」

「俺にはそんな権利はない」

と、ピエルはおこったように突っ返した。

夏代は掌にのせて考えていたが、

「もしもこれが私からでなく、お梅からだったらどうする？」

「即座に道端に叩き付けるサ」

「ほう、威勢のいいこと……。貴方の蠍が泣いてわびながら、この時計を渡した時の貴方の顔が見たい」

夏代がそう言うとピエルは、やっと気を取り直して愉快にシンガポールを発とうとしている気持をまぜっ返されたように思ったのか、ふくれっ面をして横を向いた。

「好いからサ。ゆうべからの好意を忘れたの？　これだって五十歩百歩じゃないの。お梅の代りに私があげようというのに――」

夏代は口早にこう言って、ピエルのポケットに時計をねじ込んだ。

南方の夜明けは早い。昼間は暑いので、労働者は朝のうちに大方の仕事をすませてしまう。波止場は今が仕事の盛りで活気を呈していた。すでに太陽は高く、油の浮いた桟橋近くの海面がギラギラ光って眩しかった。広場で材木を鼻先に捲き上げて運んでいる象の体も、びっしょりと汗に濡れて光っていた。

近くの船もはるか沖合の船も、みな色とりどりの国旗をあげて煙を吐いていた。朝っぱらから物好きがいるとみえて、客船のまわりにはカヌーが群がっていた。甲板から客が投げる硬貨を海中にもぐって拾おうと、裸の子供達がしぶきをあげて飛び込んでいる様子が手にとるように見えた。

夏代は、ピエルが海員事務所の方へ手続きを取りに行っている間、そうした港の風景を眺めながら長い時間待っていた。ピエルの乗る船はどれだろうかとあれこれ探したが、トリコロールの旗をあげた船は近くには見当らなかった。何度も船から船に目を移して国旗をたしかめることを繰り返しながら時間をつぶしたが、ピエルはなかなか戻って来なかった。

待合所の周囲にはマレー人、インド人、支那人の労働者が群れていた。夏代がいつまでも一人で立っているので、彼等はジロジロと不遠慮な視線を浴せながら通り過ぎた。

夏代は何となく不安になり出して、ピエルはもう船に乗ってしまったのではなかろうかと考えて帰りかけようとした時、ピエルが息をはずませて馳け寄って来た。

「もうすぐ船が出るんだ。出港準備がすんでしまった後だから乗せないというやつを、やっとかけ合って乗せてもらうことにした。俺の乗る船は一番沖に居る。では永久にサヨナラだ。もう会うことはないだろう。元気でね――俺は君の幸福を、毎朝この時刻にアルジェの空から祈ってるぜ」

ピエルは一気にこう言って夏代にキスすると、堅い握手をした。二人の指輪がふれ合ってカチリと鳴った。

「そうだ、忘れていたよ。これは俺が学校を出た時の記念だ」

彼はせわしげに指輪を抜くと、それを手当り次第に夏代の指にさし、代りに彼女の飾りのない指輪を抜き取った。

ピエルはもう一度、彼女の頰にキスをすると、「アデュウ！」と言い残して、手を振りながら駆け出して行った。

あっけない別れだった。夏代も口の中で「アデュウ」と呟いた。

次第に輝きを加えて照りつける陽光の中に立っているのに、夏代の胸には沛然とスコールが降ってくるようなわびしさがひろがっていた。目のさめるようなフォークバーの緑の森や白亜の建物や、コバルト色の空がかすんで視界から消えた。夏代はいままでにない淋しさで異郷に在ることをしみじみと悟るのだった。

「フォックスから電話がかかっているので、これからすぐに中央停車場《タンクロード》へ行け」

と、草野に命じられて夏代が家を出たのは、波止場から帰った午後のことであった。

間奏

一九〇六年（明治三十九）一月二十日。

陽が落ちたばかりのキンタ渓谷《ヴァレー》の山の端は磨きたての真鍮のように光っていた。その手前の鬱蒼と茂った丘陵の森《ウツタン》は昼間の不逞な表情をすでに黒ずんだ靄の中に没しかけている。

今しがたまで農園の外れに聳え立って独り残光に照り映えていた巨大な黒檀の樹冠が急に光を失ったかと思うと、あたりは全くの闇に包まれていった。するとと幾百千の蝙蝠の大群が突如として現れ、空一面を覆っていた。

続いてキイキイッと欲情をかき立てるような啼声がスコールのように降り注ぎ、その声は森やホテルの屋根に反響しながらしばらく続いた。

やがて蝙蝠が啼き止み、あたりがもとの静寂にもどると月が昇りはじめた。月は満月だった。香桃金嬢《カプチテ》の高い梢で、しだれた枝が濡れたように光っている。

マレーの月は黄金の臼を転がすように椰子の葉を地上に叩きつけて勢いよく昇る。夏代はその光を浴びてうっとりと日除窓にもたれながら、フォックスが帰って来るのを待っていた。

彼女はシンガポールに来て二年余にもなるのに、解放された月下の自然をまのあたりに見るのはこれがはじめてだった。

フォックスの帰りはその日に限って遅かった。森の向うにある土侯《ラジャ》の屋敷から流れて来るのか賑やかな胡弓の音と大勢のざわめきに気付いてふと我に返った夏代が、ロビーにでも降りて時間をつぶそうかと窓を離れた時だった。フォックスが勢いよく扉を開けてはいって来た。そしていきなり彼女に抱きつくと、キッスするのももどかしげにこう言った。

「もうお前は永久に俺のものだ。さあ、いまからジョホール行きの夜行列車に乗ろう。寝台券も好いあんばいに手に入れたし……。仕事も上首尾だ。予定より一日も早く片付いて完全に今日で終った。

中央停車場《タンクロード》へ着いたら、その足で真直に俺たちの為に用意してあるバンガローへ行く。そこでお前もマレーストリートとはお別れだ」

「そう、結婚なさるのね。おめでとう」

夏代は意に介する風もなく無雑作に言った。

「こんがらがっちゃ駄目だよ、夏代」

夏代は愛くるしい目をくるくるまわしながら怪訝そうにフォックスを見ていた。

事実、シンガポールへ来てまだ二年そこそこの、やっと会話が出来るようになったばかりの彼女にとって無理はなかった。「お前もマレーストリートとはお別れだ」と言ったのを、「お前のマレーストリートとも――」と聞いてしまったからである。

フォックスはせわしげにウイスキーの瓶を取り上げた。

「今やマレーストリート百六十番地に別れを告げるお前のために……乾杯！」

差し出されたグラスを受取りながらも、夏代はなお不審そうにフォックスを見ていた。

「どうして、私が、マレーストリートと別れるの？」

「まだわからないのか。すでにマレーストリートは俺にとってもお前にとっても必要ではないんだ。シンガポールへ帰ったら、お前は俺といっしょに暮らすんだよ」

フォックスの声は、いかにも勝ち誇ったように上機嫌だった。

マレーストリートというのは、ハイラムストリートとともに、当時の日本女が集中していたシンガポールの遊女屋街である。店は屋号を掲げないで番地だけで呼んでいた。

夏代は日本から渡って来た、いわゆる島原生まれのからゆきさんで、百六十番地の女だった。

「あなたと、私と？」

夏代は自分でもびっくりするような大きな声を出した。

「そうだとも。俺は今日のためにちゃんと帰国休暇を返上して代償金も貰っているし、ブキチマにバンガローも用意してある」

「まあ――」

夏代は、フォックスの意外な言葉にとまどった。あまりに唐突な彼の言い出し方にどう返事すればいいいのか判断に苦しんでいた。

実は一週間ほど前のことである。夏代が、アルジェリア生まれの若いフランス人で、アルジェへ帰るピエルを波止場に見送った日の夕方だった。

楼主の草野が夏代に、突然フォックスから電話がかかったので明日の朝、ピナン行の急行列車が発車する八時までに旅行支度をして中央停車場へ行け。そしたらステーションの前にミスター・フォックスが待っているはずだから、と命じた。それに、今夜はフォックスから時間もつけてあるので、商売は休んでよろしいということだった。

シンガポールへ来て一度も島内から出たことのない夏代は、行先も知らされない旅行にいささか不安な気がしないでもなかったが、相手がフォックスだったのでさほど心配することもないだろうと、気軽に家を出た。

もっともフォックスについて夏代が知っていた事は、彼が政庁《ガバメント》の鉱山技師でケンブリッジ出であることと、二十六才の独身の青年だという事だけだった。

彼は「なじみ」というより思いだしたように時々やって来るお客の一人で、背の高いやや顎のとがった縮毛の温和な風貌がいかにもイギリス人的で紳士とよぶのにふさわしいタイプだったから、夏代はそれだけで信用していた。

停車場へ行ってみると、日除帽《トピー》をかぶったフォックスが待っていた。

「これから旅行に出かけるのだ。よろしいね、俺と一週間」

フォックスはぶっきら棒にそう言って、スタスタと歩きだした。夏代はあっけにとられて後へ続いた。

二人を乗せた汽車はジョホール水道でいったん河蒸気に中継され、ふたたび椰子の林をぬけて終日、原始林やときおり部落《カンポン》の見える山野を走り続けた。

はじめて見るマレー半島の景色もさることながら本当に生まれてはじめて乗った汽車が彼女には珍しく、予期しなかった旅行に満足していた。

汽車がクアラルンプールに着いた時はちょうどスコールが降っていて、ここで大勢の乗客が入れ替わった。フォックスは、ここにはハイコミッショナーの連邦政庁があって、自分もストレート・セッツルメントと兼務であることを説明した。

夏代はつい先だって、日本から同じ船で密航して来た同行のおサヨを、料理屋を出してやると欺して蘭領へ叩き売った南海日報の野口がシンガポールを逃げ出してこの町へ来ていると聞いたばかりだったので、降りてみたい気もした。フォックスにこの町に用はないのかと訊ねると、「ナッシング」と答えた。

汽車はふたたび動きはじめ、夜になってイポーという町に着いた。フォックスの目的地はここだった。

汽車を降りて駅の広場へ出た夏代は、ひんやりとした夜気に驚かされた。ちょうど、日本の五月下旬頃を思わせるようなあたりの空気に、夏代はほんのしばらくだったが久しく忘れていた郷愁に襲われた。螢がとんでいたのでぼんやりと突立って見ていると、気分でも悪いのかとフォックスが訊ねた。

イポーはマレー半島北部のペラ州にある瀟洒な山の町で、キンタ渓谷の川にのぞんだ避暑地である。マレーの王侯《サルタン》や土侯《ラジャ》とともに華僑たちが好んで別荘を構える静かな町であり、また附近に散在する錫山の中心をなす鉱山町でもあった。

もともと今度の旅行はフォックスの仕事のための出張だった。夏代は旅のつれづれに連れて来られたのだと思っていたから、深く自分の事などについては考えてもみなかった。

この町へ来てからフォックスは毎日を仕事のためにせかせかとかけまわっている。夏代はすることもなく昼間はひとりホテルで時間をもてあまし、ひるねばかりしてすごした。そんな楽な日がつづき、シンガポールへは明後日の夜、ここをたって帰る予定になっていたのである。

「私のような女と……」

夏代はしばらく考えてから気のりのしないような語調でポツリと言った。そして、言ってしまってから胸の中で、まずいことを言ったものだと後悔した。

あまり好きではない相手だが、白人で、それも大学出の独身であるフォックスが自分といっしょに暮らそうというのだから、結婚も同然の夢のような話である。この幸運が目の前にぶらさがっているのに、何と気のきかない言い方をしたのだろう。彼の言葉を信用するしないは別として、もう少しあやのある返事が出来なかったものだろうか。いまのフォックスの言葉がむしろ冗談であってくれればいいが、と彼女は思っていた。

「いけないのか？　ヘンリーのことが気になるのだろう」

フォックスが意外なことを口走った。

「ヘンリー？」

夏代は、そしらぬ顔で答えた。

フォックスをちらと見ると、冷たい目で彼女を見ながら煙草に火をつけている。夏代はさとられまいと笑ってみせたが、ヘンリーの名はなぜが妖しく胸にひびいて尾をひいた。

ヘンリーもフォックスと同じ政庁につとめている英人で、よく夏代のところへやって来る客の一人だった。肩幅の広いがっちりとしたスポーツマン風の青年で、快活なところが夏代は好きだった。

正直なところ、商売女として厭な毎日にもなれっこになり、お客に好き嫌いの判断が出来かけたころから彼女はすっかりヘンリーを好きになっていた。

そのヘンリーがこの一、二ケ月一度も姿をみせていない。

「ヘンリーのことなら心配しなくても好い。彼は本国から女房をもらって一ケ月程前にボルネオへ転勤して行ったよ」

「ヘンリーが……」

思わず言いかけて彼女は口をつぐんだ。

「そう、そうだったの。あの人もいつかそんなことを言っていたわ」

しいて平静をよそおいながら、夏代はぎこちない笑いをうかべた。

「それだけ言えるなら結構！　さあ、時間がない。出かけよう」

フォックスは無愛想に言い終ると、バタバタと手まわり品をスーツケースに詰めはじめた。

ポーチに立って、二人は馬車がまわされて来るのを待っていた。昼間の暑さにひきかえ、夜に入って冷えびえとしはじめた前庭には蟋蟀がないている。

ガス燈の淡い光に照らされて白く輝いて見えるのはガーディニアの花だった。ガーディニアはむせるような香りを発散している。そのかおりの中でガス燈には沢山の蛾が群がり、次々に光弦の中へとびこんでは焼けおちていた。

夏代はその蛾をじっと見ているうちに、今から展開されようとする自分の運命に妙に勝負じみたものを感じるのだった。

馬車が動きだし、やがて月のきれいな川岸に出ても、フォックスはむっつりと黙りこくって外を見ていた。

この人は、本当に私を好きなのだろうか? 一週間もいっしょにいながら一度だって、お前が好きだと言ったこともなければ、いっしょになる気はないかと訊ねたこともない。それがどんな風のふきまわしか、出発間際になって急にあんなことを言い出すなんて——からかわれているんじゃなかろうか。

それとも、ヘンリーの名を持ちだしたところをみると、ジェラシィからなのか。

まさか? あの時の真剣な顔つき、ひとりできめこんでいるブキチマのバンガローの話——もしかすると、私を旅行にさそったのも最初からこうした事を言い出すためじゃなかったんだろうか。

でも、相手はいいかげんな白人じゃない。商売人が二号になれと話をもちこんできても不思議ではないが、れっきとした役人の彼が、しかも独身の身でこんな事を言い出すなんて信じられない。あの時、わたしはなぜ幸運が目の前にぶら下がっているなどと思いこんだのだろう。思い上がってるんだ。今の自分に、そんな夢のような幸運が舞い込んで来るわけがないではないか。

夏代はフォックスの心をはかりかねた。

しかし、また一方では、あくせくと今日まで稼いできたのも、そうした幸運を摑むことに一縷ののぞみをかけて生きてきたのではなかったのか。チャンスという言葉がある。何事によらず、お前が腑甲斐ないから、これまでも度々チャンスをのがしている。今こそ、その幸運を自分の手でしっかりつかまなくちゃ! 幸運の主は五寸と離れないすぐ傍にいる。

夏代は思いきって、甘ったれたジェスチャーを使ってみようかとも思った。

するとヘンリーの顔がふっと浮かんだ。ああ、ヘンリー! お前さんだって、結婚するならすると一言ぐらいは前もって聞かせてくれても悪かないじゃないか。

だが、本当にヘンリーは結婚してボルネオへ行ったんだろうか。ヘンリーはそんなに水臭い男だったのか。シンガポールへ帰ったらさっそく確かめてみなくちゃ。その後でフォックスとの話をすすめてもおそくはない。

どうせ外人といっしょになるなら、地位や財産に多少の差はあっても好きな人といっしょになった方がいい。今のフォックスがヘンリーだったら……。

夏代はたまらなくヘンリーに会いたかった。しかし金で自由にされる自分の身の上を思えば今が今までまともに考えていた事が馬鹿らしくなってきて、夏代は自嘲したい気持にさえなるのだった。

馬車が急に左に折れて橋にさしかかろうとしたとき、夏代はふと左手に汗ばんだ暖かいものを感じた。見ると月明かりの中で、コトコトと揺れる馬車の反動をおさえるように彼女の手はしっかりとフォックスに押さえられていた。

夏代がそしらぬ振りをしていると、やがて彼の右手はうなじのあたりから抱くようにのびてきた。指先が乳房をさわると、その指は軽く乳首をまさぐりはじめた。車の動揺でこきざみな振動も加わった。

光をさえぎるようにフォックスの顔がぐっと迫ってくる。夏代は自然に瞼を閉じていた。

ポーカーだ。ためらっては居られない。この人に運命を賭けよう。彼女は胸の中で呟きながら、フォックスの荒い息づかいに焼きつくような唇で応酬した。

車が椰子の林にかかると、木の葉ごしに洩れてくる月光が彼女の白いシルクのドレスをまだらな縞模様にそめて、彫りの深い彼女の顔をいっそう印象的に引き立てるのだった。

当時、シンガポールにいる日本人の遊女たちは、おおむね唐縮緬《モスリン》や大きな花柄の友禅縮緬を着て和服姿で店に出ていた。髪は日露戦争の戦勝で急に内地から流行してきた二〇三高地に結い上げ、猫も杓子も似たような恰好をしていた。

その中で夏代だけは髪を三ツ組にして欧風に巻き上げ、いつも洋服を着ていた。年のわりに成熟した肌の白い大柄な体軀と日本人ばなれした特徴のある顔が、一見、欧亜混血児《ユーラシアン》にも見えたのである。夏代が白人たちの間に人気があったのは、こうした理由からであった。

駅に着いてしばらくホームで待っていると、汽車は赤い薪の焔をあげて鐘を鳴らしながらはいって来た。

二人が寝台車に乗りこもうとすると、

「旦那様《トワン》、大事な忘れ物……」

と、ホテルの使用人が息をはずませて馳せつけて来た。

「ありがとう」

フォックスはチップを渡し、使用人の差し出した品物を受け取るかわりに夏代に渡すようにと目で合図した。

それは大とかげの皮に朱と漆で丹念に彩色されたバリ島製のハンドバッグだった。分厚い金《きん》の口金にはアラフラ海の大きな真珠が二つもあしらわれており、夏代の持物としては誰が見てもひどく不釣合なものである。

汽車に乗りこんでからも、フォックスの冷たい視線がハンドバッグにそそがれているのを夏代は気付いていた。

かまうことはない。人からもらったものでも自分の物は自分の物だ。それに、これを形見にくれた百太郎はもうシンガポールにはいないんだから――。

フォックスはきっと、これをヘンリーからもらったものだと思っているんだ。ヘンリーがそんな気の利いた男なら、お前さんなんかとこんな遠くまで旅行なんかに出かけちゃ来ないよ。

夏代は反撥したい気持ちだったが、フォックスがヘンリーに対して抱いているジェラシィに気付くと、かえってじらしてみたい気にもなった。彼女は座席の片隅からハンドバッグを引き寄せると、膝の上にのせてこれみよがしに口金を何度もパチパチと鳴らした。それから、おもむろに口を開いて中から小さな板切れのようなものをつまみ上げ、うやうやしく額にあてがって十字を切るようなしぐさで拝んでみせた。

フォックスははじめ苦り切った表情で見ていたが、夏代が奇妙な手つきで礼拝をはじめると彼女の指先をまじまじと不思議そうに見つめた。

口金の片隅に花文字で『NH』と組み合わせて刻みこまれている『H』が、フォックスには気になって仕方がない。そのうえ夏代が小さな物質をおがみだしたので、それもヘンリーと何かのいわくがあるとみて内心おだやかならぬものがあった。

無学な夏代は、百太郎の『H』がヘンリーの『H』に通じることを知るよしもなかった。だからフォックスの猜疑のまなこが頭文字に向けられていようなどとは想像もしていなかった。

『H』の本人、田中百太郎は、事情があって一年ほど前、シンガポールから郷里の大阪へ引き揚げて行った貿易商である。夏代がこの世界の女になってからずっと世話をしてもらった、いわば旦那だった。いま着ている服も、身につけている指輪も装身具も、ヘンリーとはおよそ縁の遠い彼からあつらえてもらった形見の品ばかりである。

夏代がつまみ上げた小さい品物は、板切れに焼印を押しただけの、粗末な不動さまのお守りだった。彼女は故郷を発つ時から、このお札《ふだ》だけを頼りに今日まで生きて来たと言っても過言ではない。密航して来る石炭船の中でも、マレーストリートの明け暮れにも、我身に危険が迫った時、思案にくれた時などはいつもこのお札を取り出して不動さまに祈ってきたのである。

今日まで異郷の地に生きながらえてきたのは、まったくこのお札のおかげだと夏代は信じ切っていた。今も彼女は、自分の身がこの先々、フォックスによって、あるいはヘンリーによって、どのような方向に決定づけられようとも、どうか好い運命をお授け下さいますようにと祈ったのである。

夏代がひざを折ってベッドに座っていたので、カーテンを張りに来た支那人のボーイは何と思ったのか通路に立ってもじもじしていた。それに気付いたフォックスは、

「おやすみ。原始林の向うに太陽が昇るまで幸福な夢をみるのはお前の勝手だ。だがヘンリーの夢だけは辛抱できないね」

と言ってゴロリと横になった。

「ヘンリーでなけりゃ誰の夢だっていいの?」

夏代はくるりと向きなおって、いたずらっぽく笑った。

「そうだとも。待ち受けているブキチマのバンガローの夢なら、朝までだって見飽きないだろうよ」

フォックスは夏代の言葉が意に叶ったのか、それとも自分の考えを彼女におしつけたことに気がとがめたのか、皮肉とも冗談ともとれぬ笑いをのこしてカーテンを閉めた。

汽車は谷間の大きな鉄橋を渡り、峠を越え、まっしぐらに走っていた。

満月の月明りに濡れた草原を横切り、樹海を抜けると、やがて錫山地帯の掘鑿機《ドレッツジャー》の群落にさしかかる。昼間の仕事で疲れ果てて巨大なラクダが眠っているように見える機械の周囲は、掘り返された跡に水が溜まって湖のように見えた。その水に満月が砕けて明滅するので、地中にも町があるかのようである。

山の中腹には、錫山の鉱山事務所らしい建物がランプをともしていた。夏代は見てはならぬものを見たようにはっとした。すっかり忘れていた故郷のみすぼらしい我家のランプを思い出したのである。彼女はいそいでカーテンを閉めた。

こんな時、夏代は胸迫る思いで郷里のことを思うよりも、一途にその境遇からのがれようとあせってきた過去のみじめな映像を一刻も早く打ち消そうとするのが常であった。

フォックスはすでにいびきをかいていた。

彼女は彼のベッドに向きなおると形式的に、

「グッド・ナイト」

と、もはや習慣になっている甘い調子で囁いた。


ジョホール水道を渡ってシンガポールの中央停車場へ着いたのは翌日の午後だった。二人が停車場を出て自動車に乗ろうとしたとき、折悪しくスコールがやって来た。

急いでとび乗った夏代が何気なく外を見ていると、一台の車が急に横合いからとび出して雨の中へ消えた。

見るともなくその車に視線をうつして、夏代は息がつまるほど驚いた。まぎれもない、ヘンリーが乗っていたからである。叫び出したい衝動にかられ顔がつぶれるほど窓ガラスに額を寄せて彼女はその車の行方を追ったが、繁くなった雨足とガラスにぶつかる大粒の水滴に定かではなかった。

夏代はがっくりとなって溜息をついた。ほんの束の間の出来事だったのでフォックスは気付いていない。

「疲れたのか？　もうしばらくの辛抱だ」

にじり寄って、フォックスが彼女の肩に手をかけた。

夏代は彼からそうされたことにかえって腹立たしさを覚えた。彼の手を払いのけるように腰をうかす

と、

「この車はどこへ行くの？」

と、けわしい目付で言った。

「勿論、ブキチマさ」

「わたし、マレーストリートへ帰る！」

「マレーストリート？　おお、そんな所に用はない」

「用がある。わたしは沢山の借金があるのよ」

夏代は、子供がすねる時のように口を尖らしてフォックスの膝をゆすった。彼女は何とか言いがかりをつけてマレーストリートへ帰りたかった。

もしかすると、ヘンリーは自分をたずねて行ったのではなかろうか。今日は日曜日なのだ。ヘンリーが自分をたずねて来るのはたいてい日曜日の午後にきまっている。もしたずねて行ったとしたら、どうしよう。是が非でもフォックスの言ったことを直接たしかめようと思っていただけに、彼女は気が気ではなかった。

それに昨夜からフォックスは度たび、「お前は俺といっしょに暮らすんだ」と言いながら、彼女を請け出す前借についいては一言もふれなかった。彼女は何度もその点をたしかめようと思ったが、今までに切り出す機会がなかったのである。そうしたフォックスに対するもっとも現実的な不信感が意識の中に働いていたので、期せずして借金ということを口に出してしまった。

「借金？　お前には関係のないことだ。一週間前にけりがついている。五百五十ドルですんだよ」

「うそ」

夏代は憤然として言った。

フォックスは得たりと手提鞄の中から一通の書類を取り出して、夏代の膝に置いた。

「これが、小切手《チェック》とお前のところのマスター草野と交換した借用証さ。日付は三年前《さきおととし》の一九〇三年十二月。お前がサインしているねえ。日本円で九百円と書いてある」

夏代は書類にちらと目を落としただけで顔を硬ばらせていた。感動とまでは言えなくとも、ジーンと胸をうつものがあった。

しかし、次の瞬間、知らない間に自分は請け出されていたのかと思えば、一言も知らせずになぜこの男はわたしを請け出したのだろうという疑問が先にたった。

　フォックスの強引なやりくち――否応なしに私を妾にでもするつもりなんだろうか。金で自由にされる身の上とは言いながら、自分の気持もたしかめないで勝手にこんなことをするなんて……これじゃまるでフォックスに金で買われたも同然ではないか。夏代はフォックスに食ってかかりたかった。

　だが一方では、これで前借の枷がはずされ自由の身になったという厳粛な事実が、彼女の自制心を呼び戻していた。ヘンリーのことさえなければ、所詮は誰かに身請けされなければならない身の上である。すでにフォックスにはポーカーのように一度は運命を賭けたのだからと割り切ってみたが、どう考えても何の前ぶれもなく請け出されたことには納得がゆかなかった。それだけに夏代にはヘンリーが慕われた。

「わかったわ、わたしはあなたのものよ。だけどマレーストリートにはわたしの着物や鏡台やベッドや沢山の品物が置いてある。どうしても一度帰って荷物を整理してこなくちゃ」

　彼女はじっとしていられない気持だった。この男とこのままバンガローへ行ってしまえば永久にヘンリーと会うことが出来ない。それにマスターや朋輩たちにも別れの一言ぐらいは交わさなければと思っていた。

「おお、そんなもの汚い！」

「どうして？」

「汚い！　汚い！」

　フォックスは激しく手を振った。

「でも、わたしは貧乏な家の子。働いて自分が買ったものばかりだから、置いてくるなんてもったいない」

「ノーフェア！」

「まあ！　どうしよう、マスターや友達に別れの挨拶も出来ないなんて。あなたは日本の習慣を無視するの。英国では、長い間世話になった家を黙ってとび出すのが習慣になっているの！」

　フォックスは当惑した。しばらく考えていたが、

「わかったよ――マスターにはほかに用もある。腹もすいた。おい君、ラフルズホテルだ」

　運転手がハンドルを切った。

　すでに車はブキチマのバンガロー地帯にさしかか

っていたが、急に方向を転じると再びホテルのあるビーチロードへ向って走りはじめた。

夏代はもうなかば諦めていた。むし暑い車内に涼風を入れようと窓をあけると、スコールが止みかけた丘の向うに虹がたっていた。


ラフルズホテルに着いてマンデーをすませた夏代がマレーストリートの自宅へ電話をかけようとすると、フォックスはその手をおさえて自らマスターの草野にホテルまで出て来るようにと命じた。

二人が食事をしているところへ草野がやって来た。愛想の好い小男で四十才ぐらいである。夏代と同じ長崎県島原の千々石という村の出身で、草野市次郎といった。

「マスター、今日は君にちょっと手伝ってもらいたいことがあってね」

「はっ、何なりとも——」

不愛想なフォックスの調子に草野は少々固くなっている。夏代が何かまずいことでもしでかしたのではないかと心配している様子だった。

「旅行はどうだった、夏代、楽しかったか。旦那には気をつけてお伴して来たんだろうな」

「旅行の内容については君に必要はないはずだ」

フォックスはひややかに続けた。

「用件を言おう。君の所に夏代が置いている荷物を全部古道具屋《セール》に出してくれ給え。その代金は日本の彼女の父親に送る——引きうけてくれるね」

「かしこまりました」

草野はほっとして軽く頭をさげた。

「ミスター・フォックス！　あなたはどうしても私のものを売ってしまわなければ気がすまないの？」

夏代が気色ばんでにじり寄った。

「黙っとれ。旦那の言うとおりにしておれば間違いはなか」

草野が睨むように目で制するよりも早く、

「俺の好まない人種や男たちの匂いが、お前の品物には浸みこんでいる」

フォックスは吐きすてるように言った。

ノックの音がして、ボーイが一人の男をともなってはいって来た。男はデパートの店員だった。挨拶を終ると次の部屋にひきかえして、大きな箱を幾つも持ちこんで来た。女の服や下着やストッキング、靴の類がはいっている。ホテルへ着くや否やフォックスがボーイに命じて用意させたのである。

彼はその中からグリーンの服を取り出して、

「これだ」

と言った。

ひととおり品物がそろうと、店員は残りの品をとりまとめてボーイといっしょに部屋を出た。

「さあ、これですっかり俺のものだ」

フォックスは立上がり、選んだ服を夏代の肩に当てがってしばらく眺めていたが、みな新しいものと着替えるように命じた。

夏代は観念して、衣類の箱を小脇にすごすごと寝室へ向った。

フォックスは夏代が部屋から出るのを見すますと、いそいでテーブルの上にあった彼女のハンドバッグを取り上げた。そして中から素早く不動さまのお札を抜き取ると、

「ホワット?」

と草野の目の前に突き出した。

草野は意外なものの出現にしばらく笑いをこらえるのが精いっぱいだった。

「おお、仏陀のオマモリ――」

フォックスは草野の説明を聞き終ると、大事そうにお札をポケットにしまいこんだ。

「これこそ純粋で、且つ、ただ一つの夏代の持物――」

フォックスが呟いているのを聞いた草野も、もっともだと言わぬばかりに頷くのだった。

またノックの音がして、ボーイが別な男をともなってはいって来た。男は恭しくおじぎをすると、携えてきたスーツケースから幾つも小匣《こばこ》を取り出してテーブルに並べた。

フォックスはそれらの匣を一つひとつ手にとってあらため、蓋を開いたまま見比べている。燦然たるダイヤの指輪やスターサファイアをあしらったブローチ、それに翡翠の髪飾りや真珠のネックレスなどがいかにも自らの高価さを誇るように競いあっている。

傍からダイヤの指輪を眺めていた草野は、どの玉も充分二カラットはあると値踏みした。もしフォックスがこの指輪を夏代に買ってやるとすれば、こいつの方が夏代の身代金よりよほど高価である。すば

らしい旦那にありついたものだと、今更のように彼女を祝福する気持になるのだった。フォックスは宝石の値段を確かめようともせず、ことさら興味がなさそうに装っているように見えた。

そんなものが用意されているとも知らず、夏代がすっかり身支度を整えてはいって来た。

フォックスは軽く顎をしゃくって夏代を呼び寄せ、いちばん大きなダイヤの指輪を彼女の指にさしてみてぴったり合うのを確かめると、もとの匣に収めてピシリと蓋を閉めた。

夏代は思いがけない宝石の山に目をみはって、着替えたばかりの真新しい服を気にしながらモジモジしている。

フォックスはその匣をテーブルの片隅にひきよせると、

「いくら？」

と、ぶっきら棒に言った。

顎ひげを生やしたトルコ人ふうの宝石商は目を輝かせて、

「千五百ドル」

フォックスの顔をチラと見る。

フォックスは瞼を閉じて眠たげな表情で軽く首を振った。

「千三百ドル」

またフォックスは首を振った。

「千二百ドル――千百五十ドル――千百ドル」

フォックスは黙って１０００＄と書いた小切手《チエック》を宝石商に見せた。

男はうなずいた。事もなげに署名したフォックスから紙切れを受け取ると、その小匣を一つ残して何度も礼を言いながらボーイと部屋を出て行った。

この様子を見て草野は自分の考えが適中した事をひそかに喜びながらも、もしかするとこの英人はダイヤモンドの指輪を彼女に買い与えるところを見せるためにわざわざ自分を呼び寄せたのではなかろうかという疑問さえおこすのだった。

「お前にはまだ取り除くべきものが残っている」

フォックスはやわらかくそう言って夏代をソファーにすわらせると、彼女から指輪と髪飾りを抜き取って、

「これでよし。すべて終った。あとは魂だけだ」

と言いながら、もとめたばかりの指輪を彼女の指

にさした。

さすがに夏代の頬が紅潮して、かすかに指先がふるえているのをフォックスは見逃さなかった。

草野が感動めいた声で、

「おお、ミセス・ダイヤモンド！」

というのを尻目に、フォックスはくるりと向きをかえて抜き取った指輪と髪飾りを彼女のハンドバッグに投げ入れた。

「これも君にあずける。この天然真珠はたいしたしろものだ。前に依頼した彼女の持物と同様にね」

差し出されたハンドバッグを受け取って、

「かしこまりました」

と、草野はピョコリと頭を下げた。

「では、君の役目がすんだ事を君は知っているね」

「はい。それでは今夜はチッテ祭りもございますので、ごゆるりと――」

草野がまたピョコリと頭をさげた。

「せっかくだが、チッテ祭りに用はない」

「でも、日本からすでに花火屋は到着して日が暮れるのを待っておりまする。何しろ今年の仕掛花火はシンガポール中の評判でして……。日英同盟のおかげで、勝ちに勝った『日本海大海戦』というのが見ものだそうでございます」

草野は特に日英同盟という言葉に力を入れて、花火の説明を得意そうにつけ加えた。

チッテ祭りというのは、インド人の中の金貸しを業としているチッテたちが、年に一度行うお祭りのことである。シンガポールのチッテ祭りはその最終日に日本からわざわざ花火屋を呼び寄せ、ラッフルズホテル前の海岸で花火大会を催すのが恒例になっていた。

「お生憎さまだ。チャイナ趣味は真平だね」

草野はむっとしたらしく、

「ご趣味にかかわらず、時間が来れば窓の外では遠慮なんかしますまいよ。きっと勇ましい日本海軍がバルチック艦隊を――」

「わかった、わかった。残念ながらその時刻には、この由緒あるホテルに俺たちはいないのだ」

フォックスが手を振って制したので、草野は機嫌を損じたとみたのかハンドバッグを小脇にはさむといそいで立ち上った。

「失礼します――」

草野が歩きかけると、顔色を変えた夏代がさっと腰をあげた。

「マスター！　わたしのハンドバッグば、本当に持って帰るとですか」

「そうさ」

「それだけは……あんまりですバイ！」

「未練がましく言うこともなかろう」

「未練があろうとなかろうと、わたしの物は私の物ですけん、かえしてくれまっせ」

「旦那の言いつけだ。俺の知ったことじゃなか」

草野は言い捨てて、振り向きもせずドアのハンドルに手をかけた。

たまりかねた夏代が草野に追い縋り、

「泥棒！」

と叫んだ。

しゃにむにハンドバッグを奪いかえそうと突進して行った夏代がいきおいあまって草野にぶち当ったので、小柄な彼の体はドアにはじき返されて再び夏代に正面からぶつかる結果になった。よほど痛かったとみえ草野は、

「泥棒？　畜生！」

と腹立ちまぎれに叫び、ハンドバッグをつかんで取り縋る夏代を力いっぱいなぐりつけた。

はずみを喰った夏代の大きな図体がもんどり打ってフロアーに倒れた。それをきっかけのように彼女は突伏したまま大声でワッと泣き出した。

フォックスは驚いた様子もなく、いつまでも泣きじゃくって妖しげに波うっている彼女の肩のあたりを冷やかな目付で見下している。

好きだった男からのプレゼントを奪ったのだから当然あり得ることだと思いながらも、ヘンリーとこの女はそんなにまで深い関係だったのかと今更のように驚いていた。

しかし時間が解決するだろう。訣別だからしかたがない。このままそっと気がすむまで泣かせておいた方がいい——フォックスはそう思っていた。

草野は、これ以上二人の相手をしていたのでは面倒だとみて、そそくさと部屋を出た。そしてホテルの階段を降りながら、夏代が泣き喚くのももっともなことだ。シンガポールに来てはじめて男を知り、しかも最初の旦那だった百太郎の形見を取り上げられたのだから——と、いささか憐れをもよおすのだ

った。

けれども、夏代の気持は素朴だった。石炭船の底にかくれて故郷を出る時から肌身はなさず持ち続けて来た不動さまのお札を入れたままのバッグを持ち去られるのが悲しかったのである。

そのお守りは、彼女が貧しい彼女の家から受け継いだただ一つの財産だった。頼るすべもない異国の土地に生きる心のよりどころとして、たとえ焼判を押しただけの小さい粗末な板切れであっても、彼女にとっては宝石をあしらった高価な装身具よりも大切であった。

それに、お札は手垢にこそまみれてはいたが、日本を出た時と少しも変わっていなかった。だから今日までの汚れた肉体に、せめて純粋さを持ち続けようとする彼女の、ふるさとへかけた悲願のシンボルでもあったのである。

氷が解けて器の水が溢れそうになっている。水の色は真っ赤だ。冷やしていたアモタンの色が浸み出したのではないかと思われるほどである。フォックスはうつろな目を窓の外に移した。

港の空はいつの間にか焼けただれたようなどす黒い空に変わって、停泊した船のマストには灯火《あかり》がともっていた。辛うじて日除窓をくぐり抜けた茜色の斜光が果実を入れるガラスの容器につき当って、食い残しのアモタンと色を競っている。

フォックスはこの二、三時間をもの憂く廻転している扇風機を相手に独りで籐椅子にかけて夏代が起きて来るのを待っていた。夏代は泣きじゃくったあげくフォックスに抱かれて寝室に移され、殆ど眠らなかった昨夜の疲労も手伝っていまだにしどけなく眠りこけている。

ボーイが現れて、ガス燈のマントルに火を入れて立ち去る。いびきのような音をたてて青い光芒が室内を照らしはじめると、フォックスは不機嫌そうに白熱したマントルを睨んだ。

それを合図に、窓の外では路上の騒ぎが一段と大きくなりはじめた。

「まあフォックス、かわいそうに――。灯がともるまで一人ぼっちで待たせるなんて、私は残酷な女だわ」

不意に夏代が背後からしのび寄って、耳許に囁いた。フォックスが振り向くと、彼女は待ち受けていた唇で思いきり強くキッスした。

　さきほどとは打って変わった彼女の態度である。フォックスはとまどった。それでも嬉しそうに彼女を引き寄せると、優しく膝にのせて抱いた。

　夏代が目を覚ましたのは半時間ほど前だった。大きくあくびをして背のびをした時、彼女はキラリと光るものを指先に見た。おやと思ってたしかめると、まぎれもないダイヤの指輪である。まだ朦朧としていた意識に、虹色の輝きはスコールのあとの太陽のように光を投げた。

　そうだ、あの人は私のものをはぎ取って、代わりにこの指輪を買ってくれたんだわ。そう思ったとき、彼女は昨日までの自分とうって変わった、全く別な世界の女になっていることに気づいた。

　駅前でヘンリーを見かけさえしなければもっと早く気付いていたのにと、感激のチャンスを失ったことに対する後悔も手伝って、フォックスにすまない気持にさえなった。

　どうして自分はお礼の一言も言わなかったんだろう。前借の枷がはずされ自由な身になった喜びを、なぜ素直に喜ばなかったのだろう――。彼女は、請け出された安堵感にしみじみと浸っていた。

　また夏代はつくづくとダイヤの指輪を眺めながら、これ一つで故郷の家の何倍もの大きい家が建つのだと考えて、宝石の高価さを評価した。

　故郷にいる時から、一日も早くみじめな生活から抜け出し、せめて人並の家に住みたい、いや一生のうちにはきっと住んでみせる、と子供心に願ってきたその希望が、たった一つのこの指輪で満たされるのだ。彼女は誇りに似たものさえ感じた。

　ヘンリーなんてどうでもいいとまでは思わなかったが、フォックスを大切にしなければいけないという感情が、彼女の心の中で大きな比重を占めはじめた。好き嫌いの問題ではない。たとえ女中であろうと妾であろうと、自分は当分の間、自由にしてもらったフォックスに仕えなければならない義務がある。もしこのさき二人の間にどのような事があろうと、この指輪さえ持っていれば何時でも故郷へ帰れる。そして人並の家を建ててそこに住み、周囲の者を見かえすことが出来るのだ。

　夏代はベッドから降りると音を忍ばせて顔を洗い、

身じまいを正した。念入りに化粧すると鏡の中でにっこりと笑ってみて、自分の笑顔をたしかめてから寝室を出たのだった。

「フォックス、私がシンガポールに来てから今夜のチッテ祭りはちょうど三度目よ。だから、まる二年とちょっとになるわ。まだ言葉もわからない、来てから間もない頃に祭りの花火を見て、そして、今日の花火でマレーストリートとも別れる……。せっかくだから、ゆっくり花火を見てバンガローへ行きましょうよ」

夏代は甘ったれた口調で言った。

「俺だっていっしょだ。シンガポールへ着任したのは一九〇四年一月の第一日曜日だった。それからここではじめて女を知った。それがお前だ。それ以来、俺は他の女を知らない」

「本当に感謝するわ」

「チッテ祭りだが——残酷で、あんな奇妙な信者たちの祭りは非文明的だ。お前さえよければ一刻も早くバンガローへ帰りたいね」

「残酷?」

「みてごらん」

と、フォックスは窓の方を指さした。

夏代も、祭りの花火を遠くから見ただけで、実はチッテ祭りという名前のほかは何も知らなかった。外を見ると、海岸の芝生には半裸体になった異様ないでたちのインド人たちがひしめき合っている。

彼らは祭りに先だって幾日もお寺で行をした信者や僧たちで、錐のような金物を唇に突き刺し、或いは肩や背中に大きな針を刺して、それに曳綱をかけ、数人が一団になって神像を安置した手車を曳いているのである。

信心に対する行の成果を誇っているのだろう。その前後や周囲を、同じチッテ達が取り巻いて奇声をあげている。皮膚に針を突き刺して、それに綱をかけて車を曳くのだから、修行のたまものと言えないこともないが、見ている者にとっては一種の残忍さをもよおさせるものがある。

そうしたチッテたちの騒ぎもさることながら、お祭りの最後の日にこのホテルの前の海岸で打ち上げる花火は、当時からシンガポールの名物になっていた。花火屋は毎年チッテに招聘されて日本からやって来る。

四季の移り変わりを殆ど知ることの出来ないこの土地では、過去の出来事やいつ頃という思い出の結びつきに、この日の花火は季節の花暦のように在留邦人たちには渡航の年月を数えるよすがになっていたのである。

もの珍しげに群衆を見ていた夏代は、急にフォックスの手をとって窓を離れた。

「窓《ジンデラ》から下を見るからいけないのよ。こうして仲良く座りながら、花火だけを見ましょう」

夏代はフォックスを椅子に座らせた。

「そんなに花火が見たいのか」

「花火は日本でもめったに見られないのよ」

しかたがないといった表情で、フォックスはこくりと頷いた。

外ではしきりに打上花火が鳴りはじめた。すっかり暮れた南国の夜空に、多彩な光が調和して砕ける。夏代は子供のように上気して有頂天になっていた。

フォックスも間近に見る妖しい光の交錯に、

「極楽鳥花《ストレリチア》のようだ」

と感嘆したが、はかなく消えていった後の夜空の暗さに一抹のわびしさを覚えたのであろう、

「人間の仕事や愛情は、どんなに華やかであっても、あんなにたやすく消えてはならない——」

と、夏代に言い聞かせるように言った。

急に豆を煎るような音がして、窓の外がパッと明るくなった。仕掛花火がはじまったのである。

夏代は腰を浮かして窓にかけ寄ろうとしたが、フォックスが動こうとしないのに気付いて思い止まった。フォックスの興味が花火ではなく、今はすべて自分の上にあることを悟った夏代は、この人ならば頼ってゆける、安心してついて行ってもいいのだと直感した。

「ゆきましょう、フォックス。まっすぐにバンガローへ」

「ありがとう」

フォックスは甦ったように生きいきと立ち上がり、夏代をしっかりと抱き上げてキッスした。

深い眠りから覚めて、じっとりと汗ばんだからだに気付いたときはすでに九時を過ぎていた。外はもはや蒸し暑い時刻になっているのに、コトリともしない静かな朝だった。

夏代はカーテンを引き開けて寝室の外を見た。誰もいないロビーの真中に天井につかえるほどのケンチャ椰子が大きな鉢に植えて置いてある。彼女は不思議そうにあたりを見まわした。ベッドの様子も衣類も、マレーストリートの自分の部屋とちがっている。不覚にも寝すごしたこの部屋がフォックスの部屋であり、昨夜から自分達の家になっていることに気づくと、夏代は昨日からの出来事が夢ではなかったのかと訝った。

虚ろなまなざしで庭の方を見ると、虫除け網戸の向こうにはパーゴラのブーゲンビリアが真赤な花をつけ、明るい日射しに映えた色とりどりのクロトンの生垣が庭の向うへ続いている。夏代はぼんやりと昨夜のことを考えてみたが、やはり信じられない気持だった。

フォックスとこのバンガローに着いた時、ポーチに降り立つと、明るいガス燈の下で出迎えた支那人のボーイが、

「いらっしゃい、奥様《メン》」

と言って恭しく礼をした。奥様と言われて最初、誰のことかと思っていると、

「このボーイの名前は陳」

と、フォックスが紹介したので、奥様とは自分のことだったのかとはじめて気付いた。

傍らにひかえていたマレー人の下男が続いてピョコリとおじぎをして、

「奥様」

と、同じように言った。この男の名前はアブドラだと、フォックスが言ったことを思い出した。

部屋にはいると、夏代のために寝間着や花柄のスリッパなどが用意してあった。

フォックスは着替えをすませると戸棚を開けて丸い瓶をとった。

「今夜はコニャックだ」

いつもならばジョニーウォーカーのコクコクと鳴る瓶の口を自分でコップにあてがってすぐに飲み干してしまうのに、フォックスはヘネシーの口を突き出して夏代にも飲めと言った。

断るわけにもゆかず、弱いのを知りながらぐっと飲んだ時のあの苦しさ。間もなく酔いがまわって体がふんわりと宙に浮くような感じだったことを覚えている。それから、かつて無いほどのフォックスの

強烈な愛撫のうちにしだいに痺れるように意識が遠のいて行った……。

一瞬の恍惚感から我にかえると、夏代はかたわらのチャイムに気付いた。それを鳴らすと、すかさずボーイがやって来た。

「奥様、お目覚めでございますか」

部屋の外から声をかける。

「チャーリーは?」

思いきって口にしてから、夏代はボーイの反応をみた。はじめて呼ぶ彼の名前だった。

「旦那《トワン》様はさきほど政庁に出かけられました。奥様《メン》がお疲れのようだから、そのままゆっくり休ませておくように、とのことでございます」

「じゃあ、コーヒー」

「かしこまりました」

陳は間もなく香りのたかいコーヒーをいれて戻ってきた。夏代はベッドから起き上がると一息に飲み干した。

あらためて部屋のあちこちを見まわし、ゆっくりソファーに座った。座る拍子に夏代は、キラリと光る左手の指輪に気付いた。

「やっぱり自分はこのダイヤの持主で、この家の夫人になっている」

とっさにそう呟くと、夏代は思わず指輪にキッスした。昨日のラフルズホテルのベッドで目が覚めた時とちがった、別な幸福感がしみじみと彼女を包んだ。

ふと壁をみると、大きな油絵がかかっている。絵はマレーの村《カンポン》の風景画だった。一軒のみすぼらしいアタップ屋根の農家の庭先に鶏が四、五羽餌をついばんでいる。さしかけた梯子の傍らでは一人の老婆と子供が向きあって何か話している様子である。

夏代はその絵を見て、はっと胸をうたれた。忘れていた故郷の家に似かようものを感じたからだった。

国を出たまま一度も便りをしていない自分の家では、今、どうしているだろうか。年老いた父親は、相変わらず独り身で幼い妹達の面倒をみているだろうか――。それだのに今、自分は想像もしていなかったダイヤモンドの指輪をさした奥様になっている。

そう思うとなつかしさがいっぱいで、二年余の月日が目の前の油絵とソファーの距離のように縮められて、こみ上げてくるふるさとへの思慕を抑えることが出来なかった。まじまじと油絵をみつめているうちに夏代は、自分が故郷のあばら家の縁先に座っているような錯覚に襲われはじめた。

本当に自分は、ボーイがいう、この家の奥様になったのだろうか。嘘のような気がしてならない……。夏代は左手の掌を力いっぱい抓ってみた。

絵の中の老婆がじっと自分をみつめている。

思わず立ち上がって油絵の所へ近寄ると、彼女は、

「おっ母《か》ぁん！」

と口走った。

涙が、頬をとめどなく濡らしはじめた。

島原から石炭船に乗せられて渡って来た幾千浬の船旅、シンガポールに着いてから異国人を相手に暮らして来た昨日までの様ざまな想い出が、今は涙とともによみがえるのだった。

からゆきさん物語

第三部

落日

イギリス植民地時代のイポーホテルの玄関に立つ「夏代」

1

夏代は拡げた書物のこの部分だけをうんざりするほど読まされてきた。『スケッチブック』を読みはじめてから、もう三ケ月になる。

土曜日と日曜日を除いて、フォックスが毎晩のように一時間ずつ夏代に読み書きを教えるようになったのは、一緒になって間もなくの六年前からのことである。フォックスは日本語すら読み書きのできない彼女に、アルファベットから手をとって教えはじめた。

最初、彼女はABCをどうしても覚えなかったので、フォックスは彼女の為にピアノを弾き歌を歌って、歌の調子で覚えさせようとした。絵本や易しい教科書を探してきては、まるで子供を教育するよう

THE WIFE.

The treasures of the deep are not so precious
As are the concealed comforts of a man
Lock'd up in woman's love. I scent the air
Of blessings, when I come but near the house.
What a delicious breath marriage sends forth——
The violet bed's not sweeter!

MIDDLETON

I have often had occasion to remark the fortitude with which women sustain the most overwhelming reverses of fortune. Those disasters which ……

（アーヴィングの「スケッチブック」より）

なやり方で努力した。

困難をきわめた教育の甲斐があって、四年目にはどうにか英字新聞が読めるようになっていた。そうするとフォックスは、日本から英和辞典などを、本国からはいろいろの書物を取り寄せて、一段と難しい教育をするようになった。

夏代は何不自由ない生活の中で、毎晩のその日課だけがやりきれなかった。

「五十年前に作者は死んだが、精神は今も生きている」

フォックスはこう言ってワシントン・アーヴィングを絶賛してから「『ザ・ワイフ』のこの部分だけは、お前は一生涯忘れてはならない」と前置きして、暗誦ばかりか書き取りまできびしく命じるのだった。

夏代は、文章の内容から、フォックスが自分に対して要求している事も、自分を教育して何を期待しているかも、充分すぎる程わかっていた。彼女もまた、こんな女になりたいと願った。

だが、毎晩のように同じ所ばかりを暗誦させられる単調さには、忠実な彼女も全く弱り切っていた。小学生の頃、無理やりに詰め込まれた教育勅語のことを思い出し、これはまるで、フォックスから与えられた教育勅語のようだと思って、必ずリーディングが終ると口の中で「御名御璽」と呟いた。

ある晩、フォックスがそれを聞きとがめて、

「ギョメイギョジとは何だ?」

と訊ねた。夏代がフィニッシュの意味だと答えると、フォックスは面白がって何かにつけて「ギョメイギョジ」を連発するので困ってしまった彼女は、これは日本では天皇だけが使う言葉だからやたらに使ってはいけないのだと教えた。

今夜もフォックスは必ず書取りをさせる。暗誦は完全に出来るようになったが、書取りは充分でない。だから少しでも勉強をしておこうと、午睡を終えた夏代は渋々机に向っていた。

ティータイムがすんで、政庁に出て行ったフォックスが突然帰って来た。彼はフロントから入らず、せかせかと前庭を横切り、直接テラスから駈け上がってきた。

何か忘れていた書類でも取りに戻ったのだろうと、

「どうなさいました?」

と夏代が椅子を立って迎えると、彼は悲愴な顔で、

「お前の国の大帝《グレイト・エンペラー》が没くなったよ。ギョメイギョジだ！」

こう言って手にした新聞を渡した。夏代が彼の指さした所を読んでいると、

「黙禱しよう。日英同盟のためではない。偉大な極東の君主の死は、私にとっても大きな悲しみだ。それでお前といっしょに黙禱するために帰ってきたんだ」

敬虔な語調でフォックスは言うと、姿勢を正した。夏代もそれに倣った。フォックスが目をつむって十字を切るので、夏代は手を合わせて「ナマンダ」と呟いた。

その時だった。突然、夏代は喉の奥から甘酸っぱいものがこみ上げてくるのを感じた。じっとこらえていると生汗がにじみ出て、目先がぐらっと揺れたと思うと何もわからなくなった。

色を失ったフォックスが夏代を抱きかかえてベッドに寝かせると、夏代はまた吐いた。医者が来て診察した結果、彼女は妊娠していた。

一九一二年八月一日の夕刻の事だった。

2

ふと夏代が目を覚ますと、鳥が鳴いていた。隣接のウィリアムの邸との境に、わざと原始林の名残にのこしてある森《ウタン》で鳴いているらしい。夏代はじっとベッドの中で耳をすました。

その森には十数本の天を摩す巨木が生い茂り、下草が密生していた。幹や枝にまきついた蔓草が木もれ陽をさえぎり、昼なお暗い密林の様相をのこして猛獣でも飛び出しそうな様子をしていた。

夏代はフォックスとこの家に住むようになってから度々、森の中に分け入り、竜眼の実を拾ったり、熟れた茘枝《アモタン》の実が着いた枝を手折ったりした。シンガポールに来て街の中だけで暮らしてきた彼女には、この森が最もマレー的に感じられて珍しくもあり、小鳥の囀りを聞きながら滴るような緑の光の中に立っていると、窮屈なフォックスとの生活から少しで

も解放されたような気になるのだった。

初めの一年は、イギリス風の厳格なフォックスとの生活に耐えられない程の窮屈さを感じて、夏代は慣れない習慣にただおろおろするばかりだった。夕食ともなればどんな蒸し暑い日でもフォックスはワイシャツにネクタイを締め、身じまいを正してテーブルに着いた。マレーストリートの開放的な、というよりだらしない生活様式から、一足とびに格式ばった生活にとび込んだ夏代にとって、それは醜業婦として体をすり減らす辛さにまさる苦痛だった。おまけにレッスンが待ち受けていた。

ある日、例によって森の近くまで行くと叢がバサバサゆれるので、立ち止まってのぞき込むと二フィートもあるような大とかげ《ビアワック》が灌木の間から頭をのぞかせていた。夏代はあまりの驚きに卒倒した。こんなことがあってから、フォックスは、もし毒蛇や蝎がいたらいけない、雑草が多いとマラリヤを媒介する蚊がふえるからと、園丁に命じて蔓草を払わせ、下草を刈り取らせてしまった。その跡には芝が敷きつめられ、密林はそれから小公園のように変わった。

梟の声を聞いていると、夏代にはそうした当時のことが懐かしく思われるのだった。月光に黒々と影を落としている巨大な樹木の梢から運ばれてくるのだろうか、開け放した金網戸《ジンデラ》から吹き込んでいる微風には濃艶な花の香さえ混っていた。

ここへ来て一年程たった頃だった。マレーストリートの草野がやって来て一通の手紙を読んで聞かせた。それはフォックスといっしょになる時、夏代の持物をすっかり売り払った代金を国許へ送ってやった草野に対する、夏代の親戚からの返事だった。

それによると、夏代の家は瓦葺のこじんまりした新しい家に建て変えられ、妹達も人並みの衣服を着られるようになり元気で暮らしているとのことだった。父親の多助の病気ははかばかしくないが、十七になった市代は最近町に出来た紡績工場に通っているとか、残りの金は全部貯金してあるということなどがこまごまと記されてあった。

夏代は今までの苦労が酬いられたと思い、こみ上げてくる感激に打ちふるえながら庭に走り出たのだった。森の梢を仰ぐと、二十フィートもある梢には黄色い花が群れていた。その木は幹のまわりに沢山の気根を出して、傍らの更に大きな五十フィート（二フィートは約三十センチ）もある落葉した大樹の根元に喰い込んでいた。

夏代の後を追ってきたフォックスが、その木は白　檀《カユ・サンダル》だと教えてくれて、

「木の芯を燻べると高貴な香りを発するのに、葉や枝や花には全然香りがない。しかも、この尊重すべき香木は、ああして他の大木に寄生しなければ育たない。隣りの大木は血　樹《カユ・ジャティ》（チーク）だ。お前と俺の関係が、カユ・ジャティとカユ・サンダルにならないように――枯渇して好い香りを放つより、右手のあの香桃金嬢木《カユ・プテ》のように、お前は香り高い花となって一日も早く私の為に咲かねばならない」

と言ったっけ。百太郎も私に蓮の花になれと言ったが、男というものは所詮人種を超えて同じようなものだ。だが百太郎は蓮の花の話をした翌日、自分を置いて日本へ帰ってしまった。

この時、夏代は胸がドキッとした。もしやチャーリーも百太郎のように――と思ったが、杞憂にすぎなかった。あの時は四、五日胸の中で悩んだものだった。

それから間もなく、自然に樹形を刈り込んだように見える四十フィートもある竜脳木《カユ・カムフォル》の頂きに花が咲いた。深紅色の燃えるような若葉の間からクリーム色の花の房がのぞいた時、政庁でのチャーリーのランクが一つ上がった。

五月になると、香桃金嬢木の花が咲いた。ここに来てから二度目の花だったが、初めの年は気付かなかった。カユ・プテの木というのは、三十フィートもある枝や幹が白く見える樹冠のしだれた大喬木だ。花は黄白色で、梢の枝いっぱいに咲く。

お梅が乳呑子を抱いてひょっこり訪ねてきたのは、この花が今を盛りとむせるように咲いていた六月のことだった。

八月になると、煙草のような大きな葉を茂らせたカユ・ジャティがその梢に匂いの強い花を着けた。褐色がかった一フィートもある花の房からは日毎に粒々の白い花が地上にこぼれていた。

「大変なことだよ――」

と言ってお梅がやって来たのは、カユ・ジャティを追いかけるように二度目の竜脳木の花が咲いた時

だった（この花は一年に二度咲く）。

二月前にお梅が乳呑子を抱いて訪ねて来た時、夏代が四方山の話の末に、草野が手紙を持って来た時のことを話すと、お梅はじっと聞いていたが、自分の経験からその親戚の手紙は疑わしいと言い出した。文字の読めない両親に自分も金を送ったところが、親戚の者がその金を捲き上げていたのが最近判ったというのだった。

そこで二人は相談したあげく、お梅が時々国許に金を送る時に手紙を見てもらうようにしている村の校長先生に頼んで、草野が持ってきた夏代の親戚からの手紙の真偽を調べてもらおうということになった。また、たまたま王の親戚が長崎の新地（華僑の居留地）に居ることを聞いているので、更に念を入れるためにその親戚にも夏代の実家の調査を依頼してはどうかということになった。

万事はお梅が引受けてくれ、折返しその返事が来たというので彼女は報告にやって来たのだった。

事実はひどいものだった。夏代から送られた数百円の大金は親戚の者たちにわけ取りされ、自分達が家を新築し新たに畠を買い、夏代の家は畳を換えて数枚の建具を取り換えた、ほんの申しわけ程度の修繕にすぎなかった。それも夏代から金が送られて来たことは知らされず、可哀そうだから親戚の者でしてやるのだと、彼女の親子には恩着せがましい言い方だった。貯金などとは真赤な嘘で、現金の一円すら渡されていなかった。

夏代の一家は依然として貧困な生活を続け、父親の多助は時として薬代の無心に、夏代の金で新築された親戚の門口に立って断られる事もあった。市代が紡績工場に通っていたのは事実で、そのわずかな収入が一家を支えていたのだった。

草野も草野で、競売《セール》で得た金はそっくり親許へ送ったとフォックスには報告しておきながら半分は自分でくすねて、その残りしか送金していなかった。

お梅がもたらした島原と長崎からの返事は、何れも夏代を落胆させるものだった。彼女は文字の書けない自分の愚かさと、親戚の者達の無情を慨歎した。夏代が本気でレッスンに励むようになったのはこの時からだった。

事情を打ち明けるとフォックスも驚き「お前の親戚は人間ではない」と激怒し、早速、弁護士をしている親友のルイスを呼んだ。

ジョージ・ルイスは、フォックスとは学生時代に同じ寄宿舎で二年もいっしょに暮らした仲だった。彼の父は若い頃、ロンドンからニューヨークに渡って成功していたが、息子だけは母国の大学を出そうと、ケンブリッジにやったのだった。従って彼はイギリスとアメリカの二つの国籍を持つことが出来たが、「便利なほうが好いさ」と言って、今は父方の家を継いだことにして英国人になっていた。

だがもともとアメリカ育ちの彼は、几帳面でやや内気なフォックスに比べて、明るい典型的なアメリカ人だった。未だ独り身の彼を案じて妻帯をすすめるフォックスに対しては「入場料を払った観客は、舞台の主人公が面白い演技を演じれば演じる程、幕が降りるのを気にするもんだよ」と言っては混ぜっ返していた。

そんなルイスを、フォックスは時として軽蔑じみた口調で揶揄した。

「伝統あるケンブリッジで授けられた君の知性は、熱帯の太陽の下ではまるでアスファルトみたいに溶けちまったのかい」

ルイス「僕の乗った船は、大西洋を横断しないで間違って印度洋をこえて来たんでね」

「じゃあ何かね、船が大西洋を渡って、パナマ運河をこえて太平洋から来たとしたら」

ルイス「残念だ。パナマ運河の完成には一九一四年いっぱいはかかるそうだから、それまで俺の独身の寿命も数年はのびるってわけよ。それにしても赤道の真下で、君のロンドンの霧は何時になったら晴れるんだ、チャーリー。太陽が笑ってるぜ……」

と、こんな応酬をくり返しながら、それでいて二人はよくうまが合った。夏代も、フォックスの友人の中では誰よりも彼に好意を寄せていた。

二人はまた、その頃流行しはじめていた蓄音機に凝っていた。フォックスがさかんにアリアを集めると、ルイスは、すりきれたディスクから金切声が絶えだえに洩れるのを聞くのは耐えられんと言って、フォスターの歌を推賞した。

その頃、海峡植民地にはヨーロッパからアメリカ西海岸に往来する名演奏家たちがよく立ち寄ったので、コンサートも多かった。このコンサートの選択についても二人はよく議論した。フォックスが、ハイドン、ヘンデル、モーツアルトなどの名をあげると、ルイスは腰を曲げて老人のまねをしながら「この熱帯で、旧い鬘をかむるのは暑くてやり切れないね。鬘は法廷だけでウンザリだよ」と言った。

「じゃ俺はドボルザークで辛抱するよ」

とフォックスが言うと、

「まだテムズ河の霧は晴れないなあ。今夜は俺とストラビンスキーをつき合わないか」

「気違いになる！」

こんなことを言いながらも二人は仲良く音楽会に出かけた。夏代は彼らの議論を聞きながら、次第に音楽の知識も深めていった。

二人はハンティングも好きで、よく一泊旅行に出かけた。銃についてはルイスがライフルで、フォックスはブローニングを手がけていたことからも、二人の性格はうかがわれた。

フォックスはロバート・ブラウニングが好きだった。『メン・アンド・ウーメン』の一節を彼はよく愛誦し、夏代にも教えた。『ピパ・パッセズ』は特に彼の好むところだった。

ルイスはしばしば、

「失恋は真平だよ。追憶の情熱よりも、俺は現在の恋人に情熱を贈るね。指輪を見て涙を流すより、スコールに濡れた方がよっぽど気分が好いや」

と反撥した。それは彼が、フォックスがロンドンである婦人と猛烈な恋愛をして失恋し、その結果シンガポールに来たことや、夏代を請け出す気になった動機などについて知っていたからで、暗にそれとなくからかうのだった。勿論、傍で聞いている夏代にそこまでわかるはずがなかった。

こうしたやりとりの後で、きまってフォックスが持ちだす取っておきの文句が、ルイスの顔をにがにがしくした。

「一七八三年、ノース卿内閣におけるアメリカ合衆国の独立と印度改革法案を提唱した外務大臣は？九五年から九六年の英国議会において奴隷廃止を叫んで、その実現に努力した政治家は——」

フォックスは勿論、生真面目で言っているのではなかった。左手を胸に当て目をつぶって、政治家の演説口調を真似るのだったが、その科《しぐさ》や口調がぎこちないので笑いにはならなかった。それは一つには、彼が内心常に誇っているその政治家、チャールズ・ジェイムズ・フォックスが彼の曽祖父に当り、その血を享けているという彼の気取りに鼻持ちならぬものがあったからである。

彼のC・J・フォックスは頭文字が全く曽祖父といっしょで、ジェイムズがジョンに代わっているだけだった。フォックスの言によると、その政治家としての業績にあやかって特に祖父が命名したということであった。

数日たってからルイスがやってきた。

「あのピンプ野郎め、青くなって百五十ドルをそっくり吐き出したよ。百五十ドルに間違いないかと尋ねると『多分まちがいないと思いますが……』と言うから、ちょっと横目で睨んでやると、『これだけあげておけば釣銭が来ますよ』と言って更に五十ドル出しやがった。だから、この五十ドルは俺が弁護料にもらっておく。そして俺からミセスの妹たちに寄付しよう」

ルイスはこう言って、二百ドルの入った封筒を無雑作にテーブルに投げた。夏代の親戚の者達については、草野を証人として日本領事館に手続きをとっておいたから近く日本の官憲にパクられるだろう、と言った。

夏代は、こんなことで親戚の者達が監獄にぶち込まれてはと心配して、二百ドルもあれば結構ですと言って、領事館の書類は取り下げてもらうようにと頼んだ。フォックスも、お前がそんなに言うならと同意した。そして二百ドルは領事館から事情をそえて島原村の村長にあてて、適当な家を新築してくれるように送ってもらうことになった。

その後、郷里の村長から夏代にあてて次のような手紙が来た。

「前略。此の度の件については、外務省よりの特別の内命も在之、御希望に応じ候も、爾今の送金は直接御実家に御送付被下度候。萬一御送金につき御疑念在之候節は、御家人をして郵便持参の上、当役場に御出頭相成るべく、其上は係員立合の上、善処すべき旨を申添置候。尚、御貴宅の新築については十五坪の瓦葺、去る三月吉日竣工直ちに御家族入居され候。赤餅等搗き近所にも振舞い井戸も新たに掘り設けポンプ取付置候。〆て□□円□□銭を要し候へば残額は金□□円也。令妹市代殿に残金は一部相渡し、更に残額は当方に預り置き、非常の時に相渡す可申し伝え置候。郷里の事、萬々御心配無之御放念の上、御自愛の程、祈上候。先は要件のみ斯如御座候。

明治四拾壱年四月八日

長崎県南高来郡島原村

村長　藤本頼慶

笹田夏代殿　」

この他、森《ウタン》には様々な思い出があった。

――役場から届いた手紙の一字すら読めない悲しさに、私は英語だけでなく日本字も覚えたいと決心して、このことをチャーリーに打ち明けると彼は快く承諾してくれた。領事館に頼んで若い書記官に週二回ずつ来てもらって勉強した甲斐があって、たいていの読み書きが出来るようになったのと英字新聞が読めるようになったのは殆ど同じ頃だった。

「これならまず大丈夫だ」

とチャーリーが私の読みぶりを聞いてほめてくれた時は、ほんとうに嬉しかった。私が森の大木に何か記念の文字を残したいと言ったら、彼も喜んでくれた。

≪一九〇九年十一月三日

C・J・フォックス

笹　田　夏　代≫

今でもあの時、刻んだ文字ははっきりと覚えている。最初、血樹に彫り付けようとしたが表面がブカブカでうまく彫れなかったので、竜眼の木に彫った。傍には祝福するように、マレー人たちが雄の花木と呼ぶカユ・ガディンの大きな真黄色な花が咲いていた。

また、園丁に命じて森の一部を開墾してピーサンやパパヤ、マンギス、アボカードも植えた。一年後に、見事になったパパヤを初めて収穫した日に、郷里から二十才になった市代が親戚の与一を養子にもらったことを伝えて来た。アボカードの実がなり始めた頃、更に市代が男の子を生んだことも知った。

森は思えば思う程、自分とチャーリーの生活を豊かにしてくれたし、数々の思い出のつながりを持っている。

夏代は、そうした事を考えながら、梟の鳴き声を聞いて、ゆくりなくも七年の生活を追想していた。昼間、急に吐いてから医者に妊娠と診断され、睡眠薬を飲まされてさきほどまで眠っていたのである。傍のフォックスはすやすやと眠っていた。

この一、二年、不自由のない満ち足りた生活に夏代は満足し切っていたが、最近では何となく空虚さを覚えはじめていた。単調な生活からくる倦怠を今日まで逃れることができたのは、むしろ不思議と言っても過言ではなかった。

厳格なフォックスから課された語学のレッスンと、夏代が回想したような森に対する生活との結び付きが、はからずも程よく調和して救いとなっていたのであろう。

森《ウタン》はフォックスにとっても、またとない生活の彩りをもたらした。

彼らの寝室にいち早く訪れて夜明けの心地よい冷気を追い払ってしまう邪魔者の太陽も森の向うから昇ったので、比較的長時間の朝寝を楽しむことが出来た。

政庁に出てゆく彼の背後からは、いつも太陽が森の梢で祝福を送った。垂直に影を落とす正午の太陽も、森の足許は見て見ぬふりをして通り過ぎたので、午睡の涼風はここから送られた。

スコールがやって来る前ぶれに、森の梢が一陣の風にそよいで森全体が騒ぎはじめると、一家はこぞって干し物を取り入れた。スコールの後で濡れた森のつややかな照り返しは、あたりの空気を緑色に染めて、その向うには虹が立った。虹が立つと森にはきまって沢山の小鳥が集まって来た。それはフォックスの猟銃の相手でもあった。

あきらめの悪い太陽が、何時までも日没をきらって容赦なく残暑を叩き付ける夕刻には、黄金の照り返しの中で森も喧《かまびす》しい蝉しぐれで応酬した。夕焼の空に驚くほどの鴉の大群が森をかすめて通り過ぎると、あたりはすっかり暗くなって月が昇っていた。月は森の影を長く彼の足許に跪かせ、腕の中で愛撫を待つ夏代の瞳を輝かせた。

暗い夜の南十字星は彼に星の歌を口ずさませ、レースを編んでいる夏代の傍らで、忘れていた母国の肉親への便りをしたためさせるのだった。

強烈な光線に対抗する色彩の反射、風と緑とのたたかい、昆虫の音楽に辟易する落日、真紅のキャンバスに無数の鳥類が黒点でぬりたくられる原色画、光と影の縞模様は、フォックスに安息を与え、夏代の花に対する思い出以上に、彼にとっても切り離せない心のふるさととなっていたのである。

だが夏代の森に対する絆は、彼女が知らない間にちぎれかけていた。梢の花は年中どの花かひっきりなしに咲いていて、三年もすれば感傷を伴わなくなる。幸い果樹園の手入れでそれが補足されていたことに彼女は気付かなかった。レッスンも、ある程度まで向上した彼女にとってはもはや必要ではなくなりかけていた。

その空虚さがどこからくるのか、彼女はそれを知ろうとして探し出せなかった。それが今日の突然の出来事によって、医者に妊娠していると診断された時、はじめて彼女は、自分が子供を欲しくなっていたことに気付いた。その衝撃は、驚きや、苦痛に対する不安よりも感激に近かった。

フォックスが深刻な顔で医者の言葉を聞いているのを見て、彼も父親になろうとする複雑な気持を抱いているのだと勝手に解釈していた。

「今後は食事にも気を配り、いちだんと健康に注意して、チャーミングな子供を生むんですね」

医者のこんな月並みなお世辞にも、彼女はかつてない感激を覚えるのだった。

今、目が覚めて、彼女が鳥の鳴き声に突然、森の追想を始めたのも、こうした感激から来る満ち足りた過去を振り返り、更に幸福な未来への夢を描こうとする前提だったことは、きわめて自然な事だったと言わなければならない。

夜気がひんやりと衿元をなでた。昼間のほとぼりがやっと冷えかけたのであろう。窓の外の夜芳木が急にかおりはじめた。濃艶でむせるようなその花の匂いは、夏代の気持を言いようのない幸福感で包んだ。彼女はタオルの上掛けに首をすくめると、そっと片手を腹部に置いてみるのだった。

「この子は黒い目をして生まれるだろうか。ブラウンだろうか、ブルーだろうか。肌は白いのだから、きっと透きとおるように色の白い子が生まれるに違いない。髪はブルーネットだろうか。

チャーリーは、名前は何と付けるだろう。大政治家のおすそ分けに、男の子だったらC・J・フォックス……私の頭文字をとって、JはNにしてもらいたいな。女の子だったら――チャーリーはブラウニングの詩が好きだから、女の子だったらその中の婦人の名をとるだろう。

大きくなってハイスクールを出たら、やっぱりロンドンの大学へやるだろう。休暇には帰ってくる。ロンドンの話、テームズ川の霧、ボートレース、フットボール、寄宿舎の話。休暇が終って帰る時には波止場へ送ってゆく。やがて卒業してお嫁さんを取る。私はまだ二十五だから、六十にならないうちに孫が抱ける。孫。息子たち、娘たち、それにぶら下がる孫、孫、孫。グランド・マザー」

夏代の空想は、次から次へ連想を生んで止まるところを知らなかった。

「やっぱり男の子が好い――」

思わず夏代は大きな声で呟いた。その声が大きかったので、はっと我に返った彼女は、有頂天になっている自分がおかしくて、くすくす笑いながらくるりと寝返りをうった。

傍のフォックスがかすかな吐息を洩らして身じろいだが、夏代は気付かなかった。

3

フロントの両脇に植えたハイビスカスの華麗な花が日暦のように咲き続けた。大きくて花弁の一枚一枚が柔い薄紙を重ね合わせた造花のように一見整いすぎて不自然に見える真紅のこの花は、朝に生き生きと咲き誇って夕べにしぼんだ。だが枝という枝の先端に、頭ほどもある八重咲の花の塊が性懲りもなく咲き出してくるので、いつも同じ所に咲いているように見えた。たゆみなく咲いてはしぼみ、しぼんでは咲いてゆくこの花のように、夏代にもこの十日間というものは有頂天で張りのある日が続いていた。

夏代の悪阻《つわり》は思ったよりひどかったが、持ち前の勝気な気性も手伝って屈しなかった。何度吐いても、彼女は気をとり直して食事をとった。しかしほとんど食べた物を受けつけないので目にみえて痩せてい

ったが、近頃、少し肥り気味になっていた彼女には
それが却って美しさを増す結果となった。
　毎朝鏡に向うたびに、彼女はそれを意識していた。
フォックスは、彼より先に起きて彼女が身じまいを
正し、化粧を整えていなければ機嫌が悪かった。そ
れで夏代はいっそう念入りに化粧した。ぼんやりと
した寝起きのフォックスの前に立った夏代は、日毎
に増すあでやかさで彼を驚かせるのだった。
　夏代は今や精いっぱいの力で生きていた。悪阻の
苦痛は生き甲斐であり、それを乗り越えてゆくこと
が女の命だと思っていた。やがて数ケ月の苦難の後
には自分の生涯を安定させる幸福が待っている。二
つの肉体が別れる日こそ、シンガポールへやって来
た苦難の過去に終りを告げる日なのだと、彼女は固
く信じていた。
　紛れ込んで来た大きな蛾が機械的な羽音をひびか
せながら部屋の隅で卵を生み付けていた。夏代は
「いやらしい」と言って箒を持ち出し、力いっぱい
叩きつけた。紙にくるんで棄てようとすると、急に
吐き気がこみ上げた。フォックスは静かに彼女から
死骸を受取って棄てると、しゃがみ込んだ夏代の肩
をさすりはじめた。
「いいのよ、チャーリー。心配しなくてもいいのよ。
じっとしてればすぐ治るから」
「苦しいだろう。毎日、お前の苦痛を見ていると、
俺だって此の頃は胸がどうにかなりそうだ」
「すまないわね、チャーリー」
「いいんだ。すまないのはこっちの言うことだよ」
　フォックスはいっそう優しく彼女の肩を抱き寄せ
ると、
「お前に相談があるんだけど……」
と言った。
　夏代は、見るに見かねて、しばらくの間、病院に
入院することをフォックスがすすめるのだろうと思
った。ところが、もじもじ口籠もっていた末に彼は
意外なことを口にした。
「お前の苦しむのが見て居られない。このままでは
死んでしまう。いっそ堕したらどうだ」
　夏代は頭をなぐられたような気がした。
「平気よ！　こんなことぐらいで――私は絶対に生
むの！　死んでも生むの！」
　その声は弾かれたように夏代の口を衝いて出た。

思ってもみなかったフォックスの言葉に、彼女は気が遠くなるような失望を感じた。

　これだけ自分が耐えているのに、どうしてフォックスは解ってくれないのだろう。私の苦しみが、そんなに痛々しくみえるのだろうか。男は簡単にこんなことを割り切ってしまうのだろうか。いやきっとフォックスは、私のはしたない苦しみ方を見て胸を痛めているのだ。温和な彼の優しさが、思い余ってそう言わせたのだと夏代は思っていた。

　フォックスは、それ以上何も言わなかった。


　三日が過ぎた。フォックスは神妙な顔で、また相談があると言い出した。

「毎月の夜会にも俺がボイコットされて、白人間の屈辱に耐えているのは知っているだろうね、夏代」

　夏代はそれを言われることが一番辛かった。

　日本人の、しかも醜業婦あがりの彼女を女房同然にバンガローに入れたことは同僚たちの顰蹙をかっていた。政庁でかなりの地位を得ている彼には物笑いにされっ放しではすまされないプライドもあって、たとえ絶交同様のあしらいを受けたからといって、そう容易にくじけたのではなお笑いものになる。そこで、自分が夏代を教育して、やがて一人前の女として人前に出せるようにしてみせる。そういう意地もあって、フォックスはひたすら彼女の教育に苦心をはらった。

　その事はフォックス以上に夏代にもわかっていた。だが成長した五年後の今日、礼儀作法についても会話についてもひけをとらないようになった彼女に対する侮蔑は依然として消えることはなく、白人社会への壁は決して取り払われることはなかった。時たま役所の要件で訪れる同僚や部下たちが、こちらがどんなに鄭重な言葉を使ってもぞんざいな口調で返答することだけでもそれはわかった。そんな時のフォックスの辛そうな顔を見て、夏代は心を砕くことも度々だった。

　だから夏代は、いっそう心をこめて彼に尽くさねばならないと、素直に思い定めて仕えてきたのだった。今の生活の中で、不自由なり不服なりと言えば、このことだけが二人にとって除くことのできないただ一つの障害になっていた。

「今まで何かお前に不自由をさせたことがあったか

い？　欲しい物は何でも買ってやったし、お前の国許への月々の送金も怠らせたことはなかったはずだが――」

全くそうだ。何も言うことはない、と夏代は思った。事実、フォックスの言う通りだった。恩きせがましい事を言ったり、しみったれた素振りをしたことのないチャーリー、心からすまないと思っているわ……と夏代は胸の中で呟いた。

「お前といっしょになってから、俺が一度だって他の女に手を出したことがあるかい？　そりゃ友人達と仕事の都合で飲み歩くこともあるさ。そんな時、誘惑はつきものなんだ。でたらめをやっている白人達の遊びを知っているだろう。だけど俺がお前一人を守っていることは、お前もよく承知しているはずだ。俺にとってはお前がすべてで、もっともっと幸せにしてやりたいと考えているんだよ」

夏代にしてみれば、それが窮屈だった。むしろ時には羽目をはずして同僚といっしょに少々の浮気ぐらいはしてもらいたかった――素人女ではない私は、そのくらいの道理は心得ている。チャーリーがもっと奔放だったら、私の精神的負担もいくらかは軽くなったろうに。だけど、チャーリーは根っからの真面目者。本当は女としてみればそれが幸福なんだけれど……幸福でないとは言わない。幸福は幸福なんだけど……でも止そう。全く私はチャーリーが言うように幸せ者なんだ。

夏代の思いにおっかぶせるように、フォックスは続けた。

「お前がアルファベットも知らない時から、ブラウニングの詩集が読めるようになるまで、そりゃ俺は苦心したよ。大学のどんな難しい勉強より、役所のどんな煩わしい仕事より、俺は心胆をくだいた。お前の読み書きが出来るようになることは俺の喜びだった。その為に俺の青春の半分がすり減らされたといっても過言ではない――」

チャーリー、もう言わないで。貴方の言う通りなんだから。私がいくらかの教養を身につけたのも、物の道理がわかるようになったのも、みんな貴方のおかげであることは私自身が一番知っている。お梅と会って、彼女が世間なれしたことに感心はしても、つまらない町の女としか思えないことだけでもそれがよくわかる。

文字も知らず、みじめな思いで暮らさなければならなかった過去。考えただけでもぞっとする。どん底から這い上がった私は、今では自信をもって人に接することが出来るようになった。どんな高価な装身具も及ばないほど、私の魂は貴方の高価な精神で購われたのだから。私の魂は貴方のもの、踏みにじられたとしても文句は言えないわ。でもなぜ、急にそんなことを言うの？　貴方は何を言いたいの？　こんなに私が感謝しているのに……。

胸の中で問いかけながらじっと見つめる夏代のまなざしを避けるように、フォックスはしばらく間をおいて言った。

「これだけお前のことを考えている俺に、何か不服があるのかい？　これ以上何を求めているのだ」

「まあ、不服？　不服なんか言っちゃいないいじゃないの、チャーリー」

夏代は驚いて彼を見返した。

「だからさ——ほんとうにお前の幸福だけを俺が考えていることを判っていたら——今から話すことを静かに聞いておくれ」

フォックスは目を閉じて大きく息を吸った。

お前は、生まれてくる子が混血児《ユーラシアン》と呼ばれることを知っているかい？

隣のウィリアムの女房も、町で見かける数多くのユーラシアンも、私たちにとって今や他人事ではなくなりつつあるのだよ。白人社会でお前がボイコットされ、俺も同じように夜会から閉め出されているのは何のためか、お前が一番知っているだろう。

白人のアジア人に対する優越感——それはお前が想像している以上に根深いものがあるのだ。ロシアにようやく日本が勝ったからと言って、それは上べだけの話なんだ。アジアの劣等国の中で、極東の日本だけがやや見直されるようになったというだけの話さ。これはいけないことだが、長い伝統だからどうする事も出来ない。格別人間そのものが変わっているわけではなく、国と国の習慣や、国が持っている富と力と文化が皮膚の色によって代表されているだけの話で、そのことはお前と暮らして私自身が充分に知っている。

だが習慣は怖ろしい。私の曽祖父は奴隷の解放を叫んで国王の怒りにふれた。米国は奴隷を解放するために数十万の血を流して南北戦争を起こした。

人類の偏見と差別、それは国と国との争いにつながるものなんだ。アジア人に対する白人の優越感は数百年の歴史と強大な国の力によって支えられ、それをはね返すことは我々のような個人の力では到底不可能なんだ。神の力を借りなければ覆すことの出来ない程強靭なものがある。

日本人のお前には想像もつかないだろうが、白人の俺がそんなに考えるんだから、白人たちの考えはここ当分、いや一世紀以上もまだ続くだろう。一世紀どころか、有色人種が世界を征服しない限り、白人の思い上がった鼻っ柱をへし曲げることは出来ない。

お前は、ユーラシアンなら混血することによって半分だけ白人に近付くのだから、アジア人より好いと思うだろう。しかし、それはマレー人や印度人のことで、それでもそうしてハーフになった彼らは決して幸福ではない。むしろ日本人なら日本人としてのピュアなことが尊重されるのだ。

ユーラシアンは、白人でもなければアジア人でもない。どっちでもないということは、何もないということなんだ。数字は三に七を加えて二で割れば五になるだろう。しかし人種は複雑で、そんなに簡単にゆくものではない。

私の知っているユーラシアンについて話してあげよう。

彼は私と同じ教室で机を並べた秀才だった。私より勉強も出来たし、スポーツは何をやらせても上手かった。フェンシングは学内で一、二を争っていた。だが社会に出て彼はすぐ高等官になれず、更に大学院に通った。そこでも彼は優等生で通した。だが十年たった今もなお私より二階級下にいて、それ以上の昇進は望めないんだ。

もう一つの例を言おう。それは完全なハーフのユーラシアンではなく、いくらかでもアジア人の血が混っているというだけで、その男は生涯を常に社会から軽蔑され続けたという例だ。

彼は、最も優秀な成績で海軍兵学校を出た。世界巡航を終わって、いよいよ士官になろうとした直前だった。彼の二代前にアジアの血が混っていたという理由で、名誉ある海軍の士官としては不適格だといって彼の上官は任官を拒否した。失望した彼は学校を変えて高等弁務官を志した。だがここでも容れられなかった。遂には彼は意を決して大西洋を渡り、今、アメリカに住んでいる。

もしもここでお前がユーラシアンを生んだとしたら、それはお前や俺の不幸ばかりでなく、生まれたその子がより不幸なことを知らなければならない。その子はユーラシアンの宿命を負って苦しみ続けるだろう。

俺たちが一介の労働者だったらそれでいい。しかし、俺たちの子としては教育は受けさせなければならない。充分すぎる程の教育を受けても、その子は教育を受けることによって更に苦悩を増すばかりだ。お前が子供を生むことによって、俺がユーラシアンの父親となる非難や屈辱は甘んじて受けよう。それで万事が解決すればいい。

不幸なのはその子なんだよ。父親の俺と、母親のお前と、その間に出来た子供の三人のうち誰かが不幸になるのならかまわない。だが三人が三人とも皆不幸になる事を知っていて、どうしてその道を選ばせることが出来るだろう。

お前の子供を持ちたい気持はよくわかる。わかるが、その子によって三人が不幸になるより、持たないことによって幸福を守り得る方法はいくらでもある。

あえて俺は言う。お前の女性としての本能と母性愛から、お前が単に子供を生みたいという満足のために取り返しのつかない不幸を招くことを、俺はここで食いとめたいのだ。

お前の生涯に対する保証はどんなことでもする。子供を生むこと以外の幸福については、どんな代償も与えよう。二人の破滅から免れるために、クリスチャンとして一番いけないことだが、これだけは神様もわかって下さると思う。どうか夏代、その子を堕してくれ。

俺の気持がわかるかい。

誤解しないでくれよ。それでもお前がどうしても厭だと言うなら生んでもかまわない。私は、私の血を受けた子供が味わうに違いない不幸な生涯のために、私もその不幸の三分の一の担い手となろう——。

フォックスは、話し終わると放心したように虚空をみつめていた。彼の顎からは頬を伝わった涙が滴り落ちていた。

　夏代は話の半ばから突っ伏して泣きじゃくるだけで、フォックスの言葉を聞いていたのか聞かなかったのかわからなかった。

　翌朝、フォックスは沈痛な面持ちで政庁へ出かけた。夏代は終日、寝室から出て来なかった。

　不幸でもいい。ロンドンにやらなければいいんだ。その時はこの子を連れて日本へ帰ろう。親戚の者がどんなに白い眼で見ても、きっとこの子を育ててみせる――と、フォックスの意見に抵抗してはみたものの、フォックスの話がわかるだけに、夏代は母親になろうとする女の叫びとの板ばさみになって苦しむのだった。

　夏代は何れとも決心がつきかねた。フォックスとの間には、かつて無い憂鬱で無言の日が続いた。空はいつもスコールが降り出す前のように暗く、ハイビスカスの花は咲いても咲いてもすぐしぼむような気がした。

　悪阻《つわり》はますますひどくなって、起きておれないような日もあった。悪阻が襲うと、夏代は本能的にそれに打ち勝とうと気を張った。すると半ばフォックスの言葉に同意しかけていた気持が忽ち跡片もなく打ち払われて、何が何でも母親になるのだという意識が前よりも更につのるのだった。

　二週間ほどたった頃だった。幾分悪阻がやわらぎ、気分の良い日が続いたので、夏代は久し振りにフォックスの書斎を掃除しようと彼の部屋にはいった。

　塵を払いながらふと見ると、手文庫の蓋が半開きになっている。いけないとは思ったが、今までのぞいたことのない箱の中をつい見たくなって蓋をとった。

　中には、書類らしいものや小切手帳、少々の宝石などが入っていた。それらに混って一通の手紙が目についた。封はていねいに鋏で切られていた。手にとってみると、差出人はB・G・フォックスとなっている。ロンドンの弟からの手紙だ。

　そういえば四、五週間程前、もっと前だったかしら、確かはじめて医者に診察を受けた数日前だったように記憶している。あの時、ロンドンからの便りを受取ったチャーリーは、何となく憂鬱そうな顔をしていた。きっとあの時の手紙だ。何を知らせて来たのかしら、と思いながらそっと中味をひき出して目を走らせると、次のような意外な事が記されていた。

「兄さん、安心したまえ。貴方の人生最大の恋愛を泥靴で踏みにじり、恋人との婚約を解消せざるを得なくさせた首謀者――酒飲みのユーラシアン――アンナは、遂にこの世を去った。

彼女は我々の父親から引続いてこの数年間仕送りを受け、裏町で酒ばかり飲んでいた。時々酔っぱらってはうちにやって来て、息子をどこに逃がしたんだ、どこに隠したと言って兄さんのことをしきりに訊ねていた。もちろん彼女は、自分の故郷のシンガポールへ兄さんが行っているなどとは夢にも知らなかっただろう。

この数週間、彼女が現れないので、俺たち一家はほっとしたものだ。彼女があぁして門口に立つと、俺の恋人でさえ、俺をユーラシアンの子だと考えて逃げ出しかねないからね。

突如としてあの女が現れるまでは、兄さんは全く俺たちと同じ兄弟だと思っていた。兄さんだってそうだろう。勿論、今だって俺の気持は変わっていないけれど。

父も母も、やっと安心したらしい。僕も明日から一週間程、ジュディと海水浴に出かけるつもりだ。彼女はブロンドの、そりゃあ素晴らしい快活でチャーミングな娘さ。こんな事をあまり書いたら、昔を想い出させて兄さんに悪いな。

兄さんは今も、父やアンナを恨んでいるかい。もうすべては終ったんだ。よけいなおせっかいは止せと兄さんに叱られそうだな。

そちらは年中泳げるだろうが、こちらは今年は天候が不順で今やっと泳げるようになった。本当はボートのレギュラーになっていたら海水浴なんかに行けやしないところだけど、何をしても兄さんのように腕が上がらないのが残念だ。

来年の休暇にはシンガポールに行ってもいいと、すでに父から許可をもらったんだよ。それもアンナが死んだからサ。だから来年の予告をするためにこの手紙を書いた。

両親や他の連中からもよろしくってね。では体に注意して――。さようなら。

一九一二年七月十一日

貴方の賢き弟、B・G・フォックスより
親愛なる兄上へ
」
読みすすむうちに、夏代の眼には涙が溢れてきた。見てはいけないものを見たというより、見なければならないものを見たという気持で、夏代はていねいに手紙を折りたたんで封筒にしまうと、それを例のお不動さまのお札にした時と同じように拝んだ。

その日、政庁から帰ったフォックスが、

「ゼネラルの乃木夫妻の気持がわからない」

と言って、新聞を彼女に渡した。

一隅に明治大帝の葬送に先立って、夫妻が殉死したことを伝えていた。

「どうして将軍ともあろう人が自ら命を断って、すでに亡くなった君主に忠誠を誓わねばならないんだろう――」

首をひねるフォックスの質問に、夏代は当惑した。どう説明したらいいか見当がつかなかった。

彼女はしばらく考えていたが、にっこり笑って自分のお腹を指さした。

「チャーリー。貴方の忠告を無にしないように、私はこの子を堕す決心がやっとついたわ。私が貴方の為に命を投げ出してもいいと思う気持と同じで、ゼネラル乃木夫妻もエンペラーにどこまでも随ってゆきたかったのじゃないかしら」

フォックスは皆まで聞かずに夏代の唇をふさいだ。苦しみの末にやっと融け合った二人の心を、引離されまいとするかのように、フォックスは夏代をしっかり抱きしめた。

森《ウタン》の向うに落ちかけた太陽から放たれる金の矢が、二人の上にふり注いでいた。

一九一二年(大正元)九月半ばすぎの事だった。

4

一九一三年(大正二)二月一日。

フォックスの家には大変な事が持ち上った。

フォックスは四、五日の出張から帰ると、久しぶりに猟犬を連れて朝の散歩に出た。付近を一廻りして、近道をしようと森のカユプテの木の近くにさしかかると、犬がクンクン鼻を鳴らして吠えはじめた。何か気になるものでもあるのかと思いながら、かまわず通り過ぎようとすると、犬は下草の中に新しく土を盛り上げたあたりに駆け寄ってポイントの姿勢をとり、獲物がいることを主人に知らせた。見ると、腥《なまぐさ》にたかる青蠅が新しい土の上にいっぱい群がっている。

フォックスは、誰かが猫か犬かの死骸でもこっそり埋めたのだろうと思った。一向に離れようとしない愛犬を無理やりに連れて家に帰ると、時間が迫っていたのでそそくさと政庁に出かけた。

出がけに、心配そうな声で夏代が、

「陳《チエン》のことはどうしましょう」

と訊ねた。

「どうしようって……友達と会って、休暇のつもりで遊び歩いているんだろうから、今日あたりは帰って来るさ」

フォックスは、さして気にとめる様子もなく家を出た。

陳はよくそんなことがあった。郷里の福建から出て来ている仲の好い友人がいて、時々彼と会っては二、三日帰って来ない日もあった。毎週の休みをとらないのもこのためだというので、フォックスもそれを容認していた。

陳は、フォックスと夏代がこの家に住むようになってから七年も使っている、ボーイ兼コックの真面目な青年だった。まだ独身で、無口なせいかやや陰気くさかったが、与えられた仕事は何でも必要以上にやってのける片意地なところもあり、まず信用のおける人物だった。

今度も一昨日の夜から家を出たまま帰っていなかったが、夏代が心配したのは、いつも出かけた先から電話をかけてよこすのに今度にかぎってそれが無かったからである。

フォックスが政庁に出て、一時間ばかりたった頃だった。彼の電話のベルがけたたましく鳴った。

「陳が殺されています。今、森のカユプテの根元に埋められているのを犬が発見しました」

それは慌てている夏代の声だった。

とぎれとぎれの彼女の説明を聞いていたフォックスは、

「警察には俺から電話する。すぐに帰るから――」

と言って受話器を置いた。

フォックスが家を出てから間もなく、犬が盛んに吠え立てて犬舎をとび出したので下男《タンビー》が追いかけてゆくと、カユプテの根元まで行って前足で土を掘り始めた。いい加減に引っ張って帰ろうとしたが、あまり熱心に犬が掘るので、自分も面白半分に小枝で突っついていると衣類の一部が見えた。慌てて鍬を持ち出して掘り返すと、それは人間で、掘ってゆくうちに陳だと判ったという事だった。

フォックスが帰宅するのと、警察官を連れた検察官が到着するのとほとんど同時だった。

ロビーで一通りの事情を聞くと、

「暑くならないうちに発掘をはじめよう」

検察官はこう言って、ものうく立ち上った。生憎とその日は土曜日だった。

「よくあることさ、支那人はちょっとした怨恨でこんな事をやらかすから……。フォックスさん、あんまり神経を痛めないほうが好いですぜ。手早く昼までにすまさなきゃ、旅行に出かけられなくなってしまう」

彼は陳が殺された事に何の興味も示さなかった。フォックスからの電話さえなければ、たかが支那人の事件程度に自分が出かけて来る必要は無かったんだ、と言いたげだった。

二人の印度人警官と下男や園丁《トカンクボン》を使って発掘が始められた。指揮しているのはビルと呼ばれる白人の警官だった。検察官はシガーをくゆらしながら、母屋のテラスから持ち出して来た籐椅子に腰かけて見ていた。発掘がすすむにつれて、彼は昨夜したたか飲みすぎていたのか居眠りをはじめた。

一行が到着した時はタンビーが表面をわずかに掘り返した程度で、死体はまだほとんど土の中に埋っていた。露出した顔の部分には蝿がすき間なくたかって、それが何であるか見分けがつかない程だった。蝿は追っても追っても寄って来た。すでに腐りかけた陳の鼻や目や、唇と歯の間には、孵ったばかりの小さな蛆虫がはいまわっていた。フォックスは傍に立って、変り果てた陳の死体を痛々しく眺めていた。

死体はきわめて浅く埋められていた。申しわけ程度に穴を掘り、仰向けに寝かせた上から土がかけてあったので、発掘は思ったより早く済んだ。

はじめ裸にして埋めようと思ったのか、陳の身体からはズボンが外されていた。腰から下を半裸体にされた彼のパンツには、胸部の方から流れてきたらしい血がべっとりと澱んでいた。ズボンはその上からかけて埋められていた。傷口は胸部のあたりにあるらしく、シャツ全体が噴き出した血で黒く染まっていた。

「こいつ、射たれているな……」

死体を調べていたビルが言った。弾は心臓をぶち抜いて背後に抜けていた。

「こいつは高級だ！」

ビルがまた言った。

この種の事件では刃物でえぐられていることが多いので、高級とは拳銃で撃たれているという意味ばかりではなく、事件に白人が関係しているのではないかという意味も持っていた。

「こいつ、筒口を直かに当てて撃たれているぜ」

こいつというのは、この白人警官の口癖らしい。

掘り出した土をならしていた下男が、

「ピストルだ」

と叫んだ。犯行に使ったと思われる泥まみれの小型モーゼル拳銃が出てきた。弾倉には二発の弾が残っていた。

フォックスは拳銃を見ると、声を出さんばかりに驚いた。掌に入るようなその最新式の拳銃は、数ケ月前に彼が求めたものと全く同じ型だったからである。

別に印度人警官によって、同じ土の中から陳の持ち物らしい象牙のパイプが発見された。そのパイプには竜の彫刻が施され、目玉は金で象嵌されていた。このほか、体に着いていた以外の品といえば、陳が履いていたサンダルがいっしょに埋めてあるだけで、他には何も発見されなかった。付近の芝生や叢も調べられたが、土を掘るのに使った鍬の類も見つからず、別に手がかりとなるような品はなかった。

犯行は死体の腐敗の具合から、一昨日の夜と推定された。犯行が演じられた場所も、現場付近か、きわめて現場の近くで行われたものと思われ、死体には格闘の跡はなく、抵抗した様子もなかった。

一同が家に引揚げると、型通りの訊問が行われた。

「それでは——死体はすぐに火葬してよろしい」

検察官がそう言って立ちかけると、

「解剖しなくてもいいんですか」

と、ビルが問い返した。

「蝿がたかるばかりだ。ねえ、フォックス家も御迷惑でしょうから」

彼はそう言って、帰り支度を始めた。

検察官が帰ると、ビルはタンビー達を別室に呼んで調べ始めた。

解放されたフォックスは、ロビーから急いで書斎にとび込むと、いつも拳銃を置いている棚をあけた。

「やっぱり……無い――」

彼は唸るような声を出して首を振った。

翌日になっても警察からは何の連絡もなかった。

フォックスだけが一人いらいらしていた。

「モーゼルは知らないか」と何度も夏代に訊ねたが、彼女はただ「知らない」と言うだけだった。

月曜日の朝、係官から提出された陳の殺人事件に関する報告書をものぐさそうに読んでいる検察官の部屋へ、たまりかねたフォックスがやって来た。

その報告書によれば、あらましの内容はこうだった。

○事件発生前後の模様
陳《チエン》が失踪したのは一九一三年一月三十日午後八時前後と推定される。

同居の下男が八時の時計を聞いた時、すでに彼は部屋に居なかった。十分前に下男は彼と会話を交している。

同時刻、フォックス家には来客あり。客はフォックス氏の友人、弁護士ジョージ・ルイス氏（三十三才）。彼は三十分前に現れ、八時十分頃辞去している。彼の応対は、夫人夏代（日本人二十六才）によってロビーでなされた。応対中、陳はロビーに、レモンスカッシュ二杯、アイスクリーム二個を二度運んでいる。その事は下男が目撃しており、二度目にロビーから帰って来た彼は、落着かない様子をしていたとの事である。

夫人夏代は、ルイスが帰ると間もなく寝室に入り、電燈を消して就寝した模様である。

同時刻、フォックス家の雇人は誰も、同家の内外に於て拳銃の放たれた銃声を聞いた者はいない。また陳が家を出てゆく姿を見た者もいない。陳が同夜出かけるべき旨の何等かの話題について前もって聞いていたという証言は、使用人達からなされていない。

○証拠品についての証言

陳の服装及び衣類については、失踪直前のままであり、履物は同家より支給された本人使用のものであることは、使用人一同の証言により明白である。

パイプは、明確を期し難きも、一使用人の証言によれば本人の物ならん。

拳銃については、使用人の何れもが関知せざる所である。

○捜査範囲に於ける調査とその証言

①ルイス氏の行動

ルイス氏は、フォックス家を訪問せし当夜は自宅に帰らず、二日間外泊の後、一日午前十時前後に彼の法律事務所に現れている。（彼の自宅の使用人及び事務員の証言による）

本件に関するルイス氏本人の証言は次の通りである。

訪問の目的は、友人フォックス氏が最近、英本国製モーターサイクル「ドグラス」を買い込んだので、自分も英国製「ハーレー・ダビッドソン」を買った。共に今度の日曜日に遠乗りをしようと思い、その約束に出かけた。

訪問中はロビーに於て夫人と雑談を交わした。彼が出張中と聞いて直ぐ帰ろうと思ったが、彼は時々出張を切り上げて早く帰って来る事があるから、もうしばらく待っていたらという夫人の熱心なすすめに従い、つい上がり込んでしまった。雑談中、彼女は頭痛がすると言って終始頭をおさえていたので気の毒になり、且つ、留守中に長居をすることは気がひけたので、八時の時計を聞いて辞去した。その間、アイスクリーム一杯とレモンスカッシュ一杯を御馳走になった。話題は、モーターサイクルの事や音楽の事だった。何を話しても夫人が興味を示さなかったので途中で止め、大部分は新聞を読んでいた。

同家を辞去した後は、自宅へ帰るのには早かったので街に出た。飲んでいるうちに帰りたくなくなり、ハイナンストリートへ廻り、行きつけの女の所へ泊った。翌朝、まっすぐ事務所へ出かけたが、事務所の手前でジョホールサルタンからの使いの者に会った。久しい以前から彼から依頼されていた事件を放っておいたので、直ぐ来てくれとの事だったから、二人はその場からジョホールへ向った。一泊の後、シンガポールへ帰って来た。

（何れもフォックス家辞去後の彼の行動と行先については証人あり。証言と一致したので、証言の通りと判断される）

②フォックス夫人夏代について

（フォックス氏より同夫人の取調べに関する許可が検察官のサイン無き為、得られなかったので、使用人からの聞き込みだけによる）

夫人は、日本人には珍しい有識者にして、フォックス氏との間は極めて円満である。

彼女は貞淑なり。数ケ月間、入院せし事あるもきわめて健康。艶聞なし。ルイス氏及び陳との浮いた話や関係は考えられない。また、その証拠もない。同夫人は当夜より引続き翌朝、昼近くまで頭痛と称し、寝室にあった。フォックス氏が一月三十一日の夕刻帰宅した時は、すでに元気であった。

③フォックス家使用人達の証言

この数年間、使用人間に於て不和なし。陳の私生活に関しては、外部の人間との恋愛、怨恨、争い等の有無について殆ど知る者なし。同人の所持品、書簡等にも、殺人の原因と見られるべき事象は何等認められない。

特筆すべき事項としては、当日の夕方（午後六時前後）外部から彼に電話あり。これを取り次いだ下男の話によれば、女の声であったという。多分、買いつけの肉屋か食料品店からの注文の問い合せであったらしく、二、三語で電話は切られている。電話の主は不明なるも、単なる家事の要件の一端と思われる。

④陳の友人、劉の証言

（支那人。福建省出身にして、被害者の親友。マラバストリート二十番地、永昌号使用人）

彼は、陳とこの二ケ月間会っていない。事件発生の当日は終日病床にあり、現在も引き続き病中である。陳が被害者とならなければならない理由については、何等思い当らない。彼の友人は自分の他に一人も居ない。

証拠品のパイプについては、竜の彫物をした象牙のパイプを以前持っていた事は知っている。目に金の象嵌があったかどうかは覚えていない。

⑤フォックス氏及び夫人の証言

同氏夫妻の証言については、検察官現場臨検の折の調書を準用する。

なおフォックス氏は、事件当時出張中につき、本件の重要人物より除外しても差し支えないと思われる。


「まだ使用人を殺した犯人の手がかりはつきませんかね」

フォックスは、検察官を見るといきなり切り出した。

「つきませんな、多分永久に……」

検察官は、もの憂げに答えた。

「永久に？　そりゃ困る。連邦警察の名誉にかけても、究明してもらわなくては――」

フォックスは検察官の考えを判断しかねていた。

「しようがない。きめ手になる証拠が無いんだ」

「証拠？　犯人が使ったモーゼル拳銃はどうなりました？」

フォックスは、拳銃という言葉に力を入れて問い返した。

検察官は報告書をパラパラとめくっていたが、

「製造番号を故意に削ってある。証拠にはなりませんね」

と、不機嫌に言った。彼はこれ以上、この事件についての話題を好まない様子だった。

フォックスは、番号が削り取ってあると聞いて内心ほっとした。

拳銃の番号が削り取ってあったのは犯人の仕業ではなく、実は警官のビルがグラインダーにかけて削り取ったのである。彼らは、こんな事件に何らかでも白人がかかわり合うことを好まなかった。たかが身寄りの無い支那人が死んだくらい、放っておいてもさしたることはない。この事件は当初から彼らにとって問題ではなかったのである。

「時に、フォックスさんはドグラスをお買いになったそうで――乗り心地はいかがです？」

検察官は話題を転じてきた。

「よく御存じですね」

フォックスは驚いた。モーターサイクルはつい二週間程前に買ったばかりである。

「貴方の友人で腕利きの弁護士ルイス氏も、とうとうハーレーを買いましたよ」

「奴が？」

フォックスは二度びっくりした。さすがに検察官は何でも知っていると思った。

「彼は日曜日、つまり昨日、貴方とモーターサイクルで遠出をしようと計画してたんです。それがとんだ事件で、御迷惑でしたね」

「その事について私はまだ何も知らない。奴がそう言ったんですか？」

フォックスは全くやり切れない気持だった。この男はどこまで俺の先まわりをしようってんだと、少々苛々してきた。

「彼は、ちょうど貴方の使用人が失踪した晩に、その約束を取り付けるため、わざわざお宅にお伺いしたんですぜ」

「そいつは初耳だ！」

フォックスは本当に驚いた。その事についてはまだ夏代から何も聞いていない。勿論ルイスからも聞いていていない。

（いよいよもって俺は迂闊だった。これは全く重要な事だ。何故、夏代は、ルイスがその晩やって来たことを俺に話さなかったのだろう。拳銃の番号が消されていたからいいようなものの、拳銃の紛失といいこの話といい、どうも合点がゆかぬ。きっとこれには訳がある。ルイスと夏代が――まさか。しかし……）

ここまで考えた時、フォックスは行き詰まった。心の動揺を感じた。思わず持っていた煙草を落としてしまった。

「どうかしましたかね？」

検察官がちらとそれを見て言った。

「いや別に。では、大変失礼しました。今日はこれで帰ります。何か判ったら知らせて下さい。」

フォックスは日除帽《トピー》をつかむと、ほうほうの態で検察官の部屋を出た。

政庁へ帰ると、フォックスはすぐにルイスに電話をかけた。事務所にも自宅にも彼は居なかった。土曜日の夜から不在で、先刻一寸事務所へ立寄ったが、またどこかへモーターサイクルで出かけたという事だった。午后になって二度も電話をかけたが、まだ帰っていなかった。

フォックスが諦めて自宅へ帰ると、一台の真新しいモーターサイクルがフロント脇の日陰に置いてあった。

（奴は先廻りして来ている。疑いたくはなかったが、やっぱり……そうだ。こいつらは、俺が帰るまでに事件を隠す為の手筈を相談してたんだ――）

フォックスは胸の中に湧き上がってくる怒りを押しもどしながら、つかつかとテラスからロビーにはいって行った。

夏代はフォックスを見て、今日は機嫌が悪いなと思った。彼がテラスから入る時は機嫌が悪い時か、よほど上機嫌な時のどちらかにきまっていた。

「とんでもないことが起きたんだってね。もう帰る時刻だと思って、さっきから待ってたんだ」

ルイスがにこにこしながら迎えた。

フォックスは仏頂面で、

「有難くない事件だ。一寸待ってくれ――水浴《マンデー》をすませてくる」

それだけ言うと、日除帽をテーブルに放り出して奥に入ってしまった。

ルイスは首をかしげた。いつもならばマンデーなど後廻しで、「まず一杯」とウィスキーを注ぐのが二人の習慣だった。

浴室から出て来たフォックスは、

「せっかくの日曜日を、君はなぜ、モーターサイクルの遠乗りに俺をさそわなかったんだい？」

と切り出した。

「その事だよ。土曜の午后、連邦警察からの電話で俺もこの事件を知ったんだが――。その時はちょうどタンクロードへ出かける直前だったんで、そのままジョホールへ行って今朝帰って来た。このところ土曜も日曜もあったもんじゃない。サルタンから金山の利権のもめ事を依頼されちまってね。今日もじっとしておれないんだ」

「ふうん……景気の好い話じゃないか」

フォックスはルイスの顔を一瞥して言葉をついだ。

「俺が小型の拳銃を持っていることを知ってるかい？」

こう言ってフォックスは、今度はチラと夏代の顔を見た。夏代の顔からは何ら変った表情は読み取れなかった。

「知ってるとも。だが妙な質問だね――あの時、君がモーゼルの小型を買ったから、俺はコルトを買ったんだ。よく当るぜ。この前、君も知ってるじゃないか、ハンティングに行った時、猿を何匹も射っただろう？」

「俺は、君のコルトの話を聞いているんじゃない」

その言い方は、ルイスが面喰う程ぶっきら棒だった。学生時代から今日まで、フォックスがこんなに不機嫌な言い方をしたのははじめてだとルイスは思った。

「じゃあ、君のモーゼルがどうかしたのかい？」

「無いんだ！」

フォックスは吐きすてるように言った。それから悲愴な顔で二人を見比べた。

「すると、君は何かい、そのモーゼルで、君の所の陳が射殺されたとでも思っているのかい？」

ルイスは恐れ入った表情でフォックスを見ていたが、それから笑い出した。

「笑い事じゃない。本当に無いんだ。無くなってるんだ。こいつにいくら聞いても知らないって言うんだ。俺が拳銃をかくしてある場所を知ってるのはこいつだけなんだ」

「まあ！」

夏代の顔色が変った。

「貴方は、私がその拳銃で陳を殺したとでも思っていらっしゃるんですか」

夏代は真剣な表情で詰め寄った。

フォックスは返事をしなかった。

「あんまりじゃないか、チャーリー。君も少し言葉を慎んだらどうだね。さっきから聞いていると、どうも話が少しおかしいよ」

ルイスがたまりかねたように言った。するとフォックスはすかさずルイスに向き直って、

「それなら君は、俺のモーゼルを盗んだ者が誰だか知っているんだね」

「そんな者、知らないよ。それより盗んだのが君の夫人だという確たる証拠でもあるのかね」

ルイスに言い返されて、フォックスは言葉に詰まった。こめかみのあたりに青い筋が立ってきて、眉毛がピクピクと震えた。

「よし、君がそう言うなら俺も言おう。陳がこの家から姿を晦ました時刻には、君はこの家に居たんだ。それそしてこの部屋で夏代と二人会っていたんだ。それを君達は、今まで俺にかくしてるじゃないか」

今度はルイスの顔色がさっと変った。

「聞き捨てならないね。君は、夫人と俺がこの事件の共犯者でもあるかのような言い方をするが、まさか本気で言ってるんじゃないだろうね。それに、俺が君の夫人と何か関係でもあると思っているのかい——笑わせちゃいけないよ。確かに俺はその時刻にこの場所にいた。それが何故いけないんだい。何も俺はそれを隠し立てなんかしちゃいないよ」

ルイスはたかぶる声を押さえて、荒い息をつきながらやっとこれだけの事を言った。

「それは私が悪いんです」

と言って突然、夏代が声をあげて泣き出した。

「出張からお帰りになった時、ルイスさんがおいでになったことをすぐ言えば——よかったのですが——ついうっかりして忘れていました。それから事件が起きたので——呆んやりしてしまって——今まで忘れていました。何でもないんです。ああ——ルイスさんとだなんて——口惜しい。陳が生きていてくれたら……」

夏代はとうとう突伏してしまった。子供のように大声をあげて泣きじゃくる夏代を、フォックスは冷やかな眼付きで見ていた。

（陳が生きていたら、だって——笑わせやがらあ。証人がいないんだから、何とでも言える。お前達はその証人が恐ろしかったんだ。逢引きをしている現場を、俺に最も忠実な陳に発見された事が致命的だったんだよ。陳が邪魔だったんだ、お前達は……。だが、そこまでは俺も言えない。プライドというものがある——）

興奮した頭でそこまで考えると、フォックスの胸を不愉快な思い出がかすめた。

（あの時——ラフルズホテルで、この家にはじめて来る前、この女はヘンリーの事を思いながら、こんなしぐさで泣いていたんだ。今ではやっとあの時の思い出から解放されたと思っていたのに、やっぱり同じしぐさで泣いている。泣くだけ泣くがいい。俺にも決心がついている。今考えてみると、この女の心が動き始めたのは子供を堕した時から始まっていたんだ。俺も此奴がルイスに好意を寄せていたことは知っていた。ルイスは女にかけても名うての奴だ。油断していた俺が馬鹿だった。あれから急に、この女の欲情の表現や要求のしかたが変わってきた。手術をした時、子供が出来ないようにしてしまったのが、この女を多情にしたのだろうか。そんなことはこうなった以上、どうでも好い。とにかく俺は、執拗にこの女を追及して泥を吐かせてみせるんだ）

こんな事を胸の中で思いながらフォックスは無言のまま突っ立っていた。ルイスも興奮してフォックスを睨んでいた。

二人の間に渦巻く険悪な空気を切り裂くようにルイスは、

「どうやら、貴様は本気で思っているらしいな――フォックス、これが最後だ。ロンドンの霧が晴れるまで……霧が晴れて泣き面かくなよ」

と言い残して、後も見ずに飛び出した。

外でモーターサイクルの音が遠去かって行った。入れ替りにスコールがやって来た。


スコールに濡れながら、ルイスはモーターサイクルの上でこんな事を考えていた。

（夏代は佳い女だ。フォックスには勿体ないや。危い所だった。日本女には良い所があるぜ……。あの晩、俺が隙をみて接吻した時、彼女は、これが最初で最後ですと言ったっけ。一度は千度の始まりだと俺が言うと奴は、私だって貴方を本当に好きです。だけど私はチャーリーに一生仕えなければなりません。私の命はチャーリーのものです。日本の女は、命にかえても一人の夫にかしずく掟になっています。貴方の唇を永久に私の胸に……さようなら、と言いやがった。畜生！　彼奴はいい女だ。それにしても本当にあの女のために深淵にはまらなくてよかった。きっと助けてやるぜ！　お前の無実はきっと俺が晴らしてみせる。お前という奴は全くいい女さ――）

ルイスはずぶ濡れになりながら一人言ともつかぬ言葉を呟いて、彼の事務所のあるラフルズ広場の方へ走っていた。


翌朝、仕事が始まったばかりの検察官の部屋にはルイスの姿が見られた。

「お止めなさいよ、ルイス先生――悪い事は言わない」

検察官はいつもの癖で、瞼を半開きにしながらシガーをくゆらしていた。

「俺にゃ自信があるんだ」

ルイスは笑って言った。

「自信？」

検察官の眼がキラリと光った。

「じゃあ、法廷で被告席から小気味よい攻撃を加えていなさるあの調子を、地で行こうってわけですか」

皮肉なまなざしで検察官はルイスを見た。

「あんたの鼻を明かそうなんて、そんな気はさらさら無いよ。奴は第一、俺を共犯だと考えている。それに、犯行に使われたピストルが自分の物だと思い込んでいるんだ」

ルイスは顔を紅潮させて更に続けた。

「俺は、あの善良な日本人を救わねばならない。それに、俺にかけられた疑いも晴らさなきゃ死んでも死に切れないよ」

検察官はルイスの言葉を笑いながら聞いていた。

「古めかしい名誉ある伝統と、その血を享けたフォックス氏の為に——小官は、あの一家が事件のかかわり合いになる事を好みませんね。尤も貴方が強いて挑戦なさろうとおっしゃるならば別ですが……」

「挑戦する気はない。これは俺のプライベートの問題だ。そして名誉ある彼の為にもね」

ルイスはひるまなかった。

「それでは申しましょう。ビルが銃砲店で調べたところによると、あの拳銃はフォックス氏が数ケ月前に手に入れたことになっていますよ」

「貴官までが！」

ルイスは怒ったような口調で言った。

「勿論……」

検察官は軽く頷きながら、よしゃあいいのに人の気も知らないで……と胸の中で呟いた。

「番号は？」

「ビルによって磨滅せられた」

「充分な照合をその時なさいましたか？」

「しない。もしそんな事をしていたら、事件はいよいよ取り返しがつかなくなる。決定的となる」

「そいつがいけないんだ。アジア人に対する優越感や差別待遇も時と場合によりけりだ」

と、ルイスが火照った顔をますます赤らめて言うと、

「そいつはロシアに勝った極東の小さな島の奴らが言いそうな言葉だ」

と、検察官もむっとした口調で言い返した。

「論争はおあずけにしよう。俺は犯人さえあげればいいんだ。ねえ検察官。さきほどから言うように、調書を——頼むから、一寸だけでいいから見せてくれ」

検察官は目をつむって考え込んでいたが、この男はあきらめないと思ったのか、決心したように椅子を立った。そして、大きな赤札を貼った書棚の扉を開けると、一冊の綴じ込み書類を引出した。

「この事件は白人の家庭に起きた事件だから、型通りの起訴はするが、すでに不問に付することになっていたんだ」

彼は無造作にルイスにその書類を渡した。

ルイスは目を輝かせながら書類を読みはじめた。

「ほう！　象牙のパイプが出たんだって。こいつは拾い物だ。ついでだから見せてもらおうか」

検察官は渋い顔でベルを押し、現れた若い書記官に証拠品のパイプを持って来るように命じた。

「ルイス先生。これは俺の最大の譲歩だ。貴方には秘密を守る義務があるね」

彼はそう言って、人差指を唇に当てた。

「勿論だ。心得ているよ。決して迷惑はかけない。犯人があがったら、一切口外しないで貴官の所へ持って来る。約束するよ」

感謝をこめてルイスは検察官の手を握った。

書記官が小さな箱を持って現れた。

「すんでの所で倉庫にぶち込んでしまうところでしたよ」

彼は箱を置くとそそくさと立ち去った。

箱を開けてパイプを見ていたルイスが突然、大きな声をあげた。

「こいつぁ、買ったばかりのまっ更じゃないか！やにも歯跡もついていない。しめたぞ！」

ルイスの声は勝ち誇ったように生き生きとしていた。

検察官の唇がピクピクと震えてゆがんだ。

「手続きの関係もありますんでね、期限をつけておきましょう。一週間、いや今週いっぱい」

「結構」

ルイスは自信ありげに笑った。

検察官はすでに元の無表情にもどっていた。

ルイスは検察局を出るとその足で、フォックス一家に気付かれないように遠廻りをして、例の森《ウタン》に向った。

隣家のウィリアム・ウィルソン氏の屋敷に一番近い森のはずれに植っているドリアンの木陰で、彼はしきりに何か探しまわっていた。そのドリアンは四十フィートもある素晴らしい大木で、三分の一は境界の生垣を越えて隣家へ抽《ぬ》き出していた。

ルイスの探していた物はさほど苦労せずに見付かったとみえて、

「あるある。やっぱり俺が考えていた通り、奴はここで食いながら待っていたんだ」

と呟いた。

ルイスが眼を細めて見ていたのはドリアンの種子だった。甘いドロドロの部分をしゃぶって吐き出されたいくつかの種子には蝿がたかっていた。彼は褐色の細長いその種子を拾い集めると紙にくるんだ。殻は生垣の根元に棄ててあった。

「はて？　何でこの殻を割ったんだろう」

ルイスが首をひねってあたりを見廻すと、叢の中に光る物があった。近寄ってみると靴べらだった。

「好い拾い物だ」

と呟いてルイスはポケットに入れた。

その靴べらは金属製で、片隅に漢字で「陳」と刻まれていた。靴べらの広い部分の先端は刃物のように研がれていた。わざと研いだのか自然に摩耗してそうなったのか、とにかく靴べらのふちは鋭く尖っていた。

ルイスは、奴はいつもこれでドリアンを割っていたのだなと思った。

昨日、フォックスが帰って来るのを待っている時に、ルイスは雑談の合間に夏代から次のようなことを聞いていた。

陳は最近、これだけたまったから女房をもらうんだ、そのため煙草も今年からきっぱり止めた、と言って、貯金通帳を夏代に見せたというのである。また、その日の夕方、陳が電話にかかっている声を聞くともなく聞いた。彼はいつも電話に出ると疳高い声で喋るくせがある。それが、くぐもった低い声だったので、無意識に注意をひいたのだろう。

「ドリアン？・」

という一言だけが聞き取れた。

おや、ドリアンをどうかしたのだろうかと、その時は軽く考えて気にもとめなかったのだけれど、今考えてみるとドリアンという言葉が何故か気になってならない、というのだった。

それから彼女は、陳が非常にドリアン好きで、ドリアンを毎日食べさせてもらえるから自分はこの家から離れないんだ、と口癖のように言っていたとも付け加えた。

ドリアンは、その猛烈な臭いになじめなくてフォックスも夏代も食べないので、陳の物だった。彼はドリアンを食べてから、さらにその種子まで炙って食べるほどのドリアン好きだった。

こんなことを聞いていたので、もしこの木の下で、その彼がドリアンを食べた事実を発見することが出来たら、電話のドリアンはこのドリアンの木と関係があることになると思ったルイスは、それをまず確かめようとしたのだった。しかも靴べらは、ドリアンの種子以上に動かし難い証拠となった。

ルイスはしばらくあたりを見廻してから、ゆっくりとカユプテの木の方へ歩き出した。竜脳木《カユ・カムフォル》の根元まで来ると、彼は緊張した面持ちでじっと何かを見つめた。

ドリアンの木の方からは見えなかったが、そこには一脚のベンチが置いてあった。付近は一面に芝生になっていたが、そこだけ手入れが怠られがちとみえて、やや伸びすぎの感があった。

ベンチから十フィート先はパパヤとピーサンの畠になっており、フォックスの家は完全に視界から遮断されていた。また、ドリアンの木との間に灌木がいい加減に茂っていたので、いわばここはポケットになっていた。

「ウーム、恰好の場所だ」

ルイスは、あたりを見廻して唸った。

傘を拡げたような竜脳木の樹冠と周囲の隔壁によってここはスコールの影響もさほど受けないとみえて、芝生に混ってか弱い雑草がすくすくと伸びて可憐な花を着けていた。

「俺の考えた筋書き通りじゃないか」

ルイスは如何にも嬉しそうにベンチの近くの叢からクシャクシャになったピンク色の塵紙を拾い上げた。その紙は雨に打たれたのか、やや一部が膠着していたが、棄ててからそんなに古いものではなかった。ルイスは顔をしかめて、その紙の塊をまた紙にくるんだ。このピンク色の塵紙は、東洋の夜の女達が好んで使うことを彼は知っていた。薄くて柔い、香料を浸み込ませたこの塵紙を日常使っている者がいるとすれば、それは玄人女かそれに類する者だ。

こう考えた時、ルイスは暗い表情になった。夏代はマレーストリートの出身だ。彼女が今もってこの紙を使っているかどうかわからない。しかし、潔癖なフォックスがこんな紙を使わせるわけがない。恐らくそうだ——それでも、ルイスには一抹の疑惑が残った。

ふとベンチの上を見たルイスは、バネに弾かれたようにとび上った。

「しめた！」

異様に輝いた彼の目は、からからになった茉莉花《まつりか》（ジャスミン）の花と、短い枯れた草の蔓を捕えていた。その蔓は精巧なコイルのように弾力に富んだ細い捲髭の先端らしく、長さは一インチ程のものだった。（一インチは約二・五四センチ）

彼は、その枯れた蔓と茉莉花の花をうやうやしくつまみ上げると紙にくるんだ。

「ここらで一服だ」

ルイスはポケットからウエストミンスターを取り出してふかし始めた。

「やっぱり来てよかった。まず見当をつけたドリアンの木の下に行かなかったら、危くこの最大の証拠を見落すところだった」

と彼は呟いた。

ルイスはドリアンの木の下で、隣家との境に植えられた生垣が大実成時計草《パッションフルーツ》であることに目ざとく気付いていた。時計の文字板のような花と、沢山ぶら下っている卵大の実。ジュースを取る為にルイスの家にもうんざりする程植えていた。

この家の主も、俺のようにこいつの汁が好きなんだな。この果汁を好きな奴は、俺と同じように浮気者さ——と、彼は胸の中で思ったのだった。

（茉莉花の花を髪に挿した女は——あの生垣の間から、あたりに気を配りながら出て来た。女は——大実成時計草の生垣をくぐり抜ける時に、髪にまつわり着いたこの蔓に気付かなかった。こいつは盗人萩《ぬすびとはぎ》のように何にでも簡単にからみつくからな。

女は——このベンチに坐って、欲情の前によく女がやる本能で、髪を撫でた。その時、こいつがくっついていやがったので、彼女は、まあ厭らしいと言って——そんな事言ったかどうかはどうでも好い——彼女は無造作にこいつをかき取ってここへ置いたんだ。花も、男と抱き合った時に落したんだ。女よ——ざまあ見やがれ！　この蔓にはお前の貴重な黒い髪の毛が一本くっついているぜ。まるで陳の怨霊のようにさ）

ルイスは瞑想じみた推理から醒めると、

「どうれ、もう一つ大事なことが残っている」

と威勢よく立ち上った。それから彼は丹念に芝生の中を見てまわった。

彼の足音に驚いたのか、蠅が二、三匹叢の中から勢よく飛び立った。ルイスが用心深く、蠅の飛び立ったあたりに近寄ると、今度は数十匹の蠅が一斉に唸りを生じて舞い上った。

「ここだな」

彼は低く呟いた。

付近の芝生は心なしか押しひしがれ、まだそんなに長くは経っていない、何人かの者に踏み荒らされた形跡も残っていた。

ルイスは叢の中で、またピンク色のもみくちゃな塵紙を拾った。今度の塵紙はベットリと着いた血を拭い取ったのか黒い塊そのものでピンク色の見分けさえつかず、見方によれば動物の乾燥した糞のようにも見えた。しかし蠅は、この血の着いた紙だけではなく、その附近のあちこちの地面にもたかっていたのである。迸った血があたりの地面に落ちたのに違いないと、ルイスは判断した。勿論彼は、血の塊に等しい塵紙を大事に紙にくるんだ。

ルイスはそこにしゃがみ込んで考えた。考えながらいろいろの動作をしてみた。

（ズボンを外されていたな。陳はまだズボンをはかないうちに射たれたんだ……だとすると、この位の高さだ）

ルイスはこう考えて、しゃがんだままの姿勢で首をまわすと、鋭い目付きであたりの樹木を一瞥した。

「あった！」

ルイスは脱兎のように竜脳木《カユ・カムフォル》の幹に馳け寄った。幹は五フィートと離れていなかった。

地表から一フィート足らずの竜脳木の幹の正面には樹脂がねっとりと滲み出ていた。

ルイスはナイフを取り出すと、その樹脂を削り取った。次にナイフを立てて、何かをまさぐるように抉りはじめた。しばらくルイスの努力が続いた。

「どうだ——」

彼は感激に満ちた表情で、それをつまみ出した。緑色の光線に染まった彼の掌の上には、よじれた一発の弾丸がのっていた。


オフィスは昼食の時刻だった。ルイスは目指すレストランに入ると、テーブルの間を縫ってわざとウィルソンの脇に坐った。

「やあ、ウィルソンさん、久し振りでした」

彼は期せずして会ったような陽気な声をあげた。

「本当にしばらく。その節は大変御厄介になりました」

生真面目な顔付で、彼はいんぎんに答礼した。

「あれから三ケ月になりますね。景気はどうです？」

ルイスはもっと椅子を引きずって近寄った。

「おかげさまで。どうです、今夜あたり、また久し振りに一杯やりますかね」

彼は鷹揚に笑って目尻を下げた。

「結構ですな。何時だって遊ぶことにかけちゃ、ひけはとりませんよ。だけど、夜まで待てだなんて」

「おや、そいつぁ、こっちの言う事だ。ルイス先生の八方稼ぎは有名ですからな。まさかと思ったから遠慮したまでの事ですよ」

「ウィルソンさん、そいつは有難い。じゃあ善は急げだ」

ウィルソンはフォークとナイフを投げ出した。二人は連れ立ってレストランを出た。

ウィルソンは、ある製薬会社のマネージャーだった。生来の女好きで、遊ぶ事は飯より好きだった。でっぷりと肥った体には一晩中ウィスキーを注ぎこんでも応えそうにない、赫ら顔の好人物だった。

三ケ月程前、彼は前の女房との手切れ金の事で未解決になっていた事件をルイスに解決してもらった恩義があった。二年越しの問題で、しかも相手が手強かったので彼はほとほと手を焼いていた。それをルイスがわずか一週間程で、しかも極めて少額で片付けてしまった。彼は舌を捲いて、海峡植民地最高の弁護士だと絶賛し、二日も居続けの馬鹿騒ぎを演じたものだった。

それから間もなく、二人はマレーストリートの百六十番地で飲んでいた。バーに居る客は二人だけだった。昼間っからの客に五、六人の女がとり巻いて、大変なもてなしようだった。

ウィルソンは時々この家にやって来るらしく、女達とは顔なじみの様子だった。

ルイスは胸の中で、厭な所に連れて来られたものだと思っていた。数年前、夏代の事で一度だけ来た事のある、その時の草野の顔を思い出して苦笑した。

その苦笑をどう考えたのか、

「近頃、日本人の女が好きになりましてなあ――」

と、ウィルソンが照れかくしに言った。それからニヤニヤ笑って傍の女を引寄せた。

女は「まあ嬉しい」と言って、狎れ狎れしく彼の首っ玉にしがみつくとキスした。三十がらみの小柄で肉付きの好い女は、男好きのするあどけない顔をしていた。

「おサヨさん、みっともないね。今は昼間だよ。大切な俺のお客さんの前だよ」

ウィルソンは少々照れながらこう言ったが、いっこうに女を膝の上から降ろそうとはしなかった。

おサヨはヒゲに叩き売られた時の借金をやっと払って、二ケ月程前にパダンからシンガポールへ舞いもどって来ていた。彼女は行く所が無いので結局昔の古巣へ帰って、一応ここに落着いていた。だから言うなれば、彼女はこの家でただ一人の自前だった。

ウィルソンの好色ぶりを微笑しながら見ていたルイスは、とぼけた口調で水を向けた。

「奥様はその後、御健在ですかな」

こんな所で不粋な――女房のことなど言わなくても、と言いたげに、ウィルソンは横を向いたままで返事した。

「ええ元気ですとも、元気すぎましてね」

「そりゃ結構です。御円満ってわけですね」

ルイスは注意深くウィルソンを見ながらたたみかけた。

「円満？　ハハハハ。何れ先生の御厄介にまたなるかもわかりませんよ」

手応えがあったようだ――。

「あんな絶世の美人を！」

ルイスは、他の女達にも聞えるようにわざと声を高めた。

「美人、そうです。そりゃ確かに顔は美人です。だが、選択を誤まりましてね」

ウィルソンはくるりと向き直ってまじめな声で答え、それからまたおサヨの方に向き直った。

ウィルソンの女房は確かに美人だった。ユーラシアン特有のなめらかな肌、目の輝き、黒い髪、白人とも東洋人ともつかぬ調和した顔立ちに微笑を浮べたあでやかさには、ウィルソンならずともルイスも惚れぼれと見とれた。ルイスは二ケ月前、彼の家で会った彼女を思いうかべていた。

一体この男は、何が女房に不服なんだろう。あれ程、あの女に惚れ、前の女房を追い出してまで入れ替えておきながら——。

ルイスは、もう一度目をつぶってウィルソンの女房の顔を思い出してみた。彼女は笑っていた。ルイスはその笑いを凝視した。すると女の顔が妙にゆがんで、多情な笑いに変った。

そうだ、あの女は多情で浮気者なんだ。俺が最初から考えていた通りだ。結論を急ごう。こんな所でぼやぼやしちゃおれない。ルイスはこう思うと、目を開いて再びウィルソンを見た。

「ウィルソンさん、あなたの不服は性的技巧に関することですか」

ルイスはヘドを吐く思いで訊ねた。我ながら拙い質問だと思ったが、この男には単刀直入の方がかえっていいんだと自分に言い聞かせた。

「その通り。それに……」

ウィルソンは案ずるより易く応じた。

ルイスは追いかけるように言った。

「それに？　何です、それは」

ウィルソンはさすがに口籠った。

ルイスにとっては一番大切な聞き所だった。だが余り結論を急ぎすぎてはいけないと自制した。

「ピンクペーパーを使った女は、やはり駄目ですかね」

あせるまいと思った言葉を、ルイスは遂に口に出してしまった。

「それがねえ、ルイス先生。奴ぁ、まだそのピンクペーパーを使ってるんですよ。いくら止めろと言っても、これでなきゃ後味が悪いと言いましてね……」

ルイスは、しめたと思った。女の事に関する限り、この男には何でもズケズケ聞くに限る。ついでに構やしない、思ってることは何でも聞いてやれという気になった。

「後味が悪いって、あのペーパーには何か仕掛けがあるんですかね」

「仕掛けなんてありませんよ。習慣ですよ。商売をしている時は毎日客をとるでしょう。毎日――その……エヴリ・デイですよ。かないませんな、そんなにつき合わされちゃ。それに技巧もなければムードもない。ストレートにくるんですからな。想像して下さいよ」

「まるで、モーゼル拳銃のようですな」

「おや、最近、私がモーゼルを手に入れたのを御存じでしたか」

（判った。この男の考えている不服も、あの女がなぜそういう事をしなければならなかったかも。だが判らないことがもう一つある。御辛抱下さいよ、もう一つお訊ねしますがね――）

　とルイスは胸の中で言った。

「お宅には、美人の奥さんに負けない好男子がいますね」

「ああ、ボーイの張《チャン》でしょ。彼奴は、女房が二、三ケ月前、どこからか連れて来た曲者でさあ」

　ウィルソンは投げやりな口調で答えた。

何だ、この男は。俺が聞こうと思っていたことをあっさり喋ってしまった。女に玄い此奴は、すでに感付いて何でも知っていたんだ。

　ルイスは張り合いが抜けてきた。念の為にもう一つ確かめたら、そろそろ引き揚げる汐時だろうと思った。

「お宅の奥さんの髪は栗色でしたね」

「いや漆黒ですよ。先生は女の髪について興味をお持ちですか」

「別に……つい、そんな気がしたものですから」

　ルイスは、もともと訊ねる必要もなかったくだらん質問をして、最も大切な事を忘れようとしていたと思った。

「お宅のボーイは煙草好きでしたね」

「好きですな。奴はパイプを使って毎日プカプカふかしてますよ」

「ブライヤーのパイプで？」

「支那人は象牙にきまってまさあ、それも御丁寧に竜の彫物なんぞごちゃごちゃした奴をね」

「この所、真新しいそんなパイプを使ってるでしょう？」

「そいつは女房が四、五日前、こっそり買ってやったんだ。俺はちゃんと知っている——だが、妙な質問ですな、貴方は今日はちっとも飲まずに変な事ばかり言っていなさる。さあ、下らぬ話は止めて、もう少し愉快に飲みましょう。ルイス先生」

「そうです。下らぬ話ばかりしました。愉快に飲みましょう、ハハハハ」

ルイスは本当に愉快そうに笑った。

「日本人の女は好いですなあ」

と言った彼は、ウィスキーのグラスを一気に空けた。

「好いですとも」

ウィルソンが和した。

ルイスは胸の中で「あいつは好い女さ」と呟いた。

その翌日、ルイスが検察官の部屋を出ると、間もなくウィルソンがやって来た。

ウィリアム・ウィルソンは検察官の前に出ると、

「何か私に落度がありましたか」

とオロオロ訊ねた。

「まあ、お掛けなさい」

検察官は鷹揚に笑って椅子をすすめた。

ウィルソンはそれから、箇條書きにされた幾つかの質問に答えねばならなかった。そして最後に証人になることを誓わされた。

二時間後、今度は彼の妻メリーこと美芳《メイファン》とボーイの張《チャン》がビルに引っ立てられてやって来ると、事実が一切明白となった。

念の為に、その犯行のあらましを述べておこう。

陳が美芳と懇《ねんごろ》になったのは一年前からだった。

隣家に落ちたドリアンを拾いに行った陳に、美芳はこんな事を言ったのである。

「私たちの母国は、この一月一日から中華民国と呼ぶようになったのよ。御存じ？」

おや、この夫人は我々と同じ血を享けているのかと陳は思った。

「清国は無くなったのよ。宣統帝が退位して、孫文先生の代りに袁世凱という人が大統領になったんだって――」

陳は狎れなれしいこの女に口を利かなかった。黙って生垣の方へ歩きかけると、

「国がどうなってもいいの？」

と、美芳が呼びかけた。

「国は無い。僕の祖国はシンガポールです」

陳はぶっきら棒に答えた。

「シンガポール？　面白い事を言うわね」

「だって清国と我々とは何の関係もない。もともと国の名前だけがあって、漢人の国ではないんだから頼りにはならない。だから俺はシンガポールへ出て来たんだ」

陳は言い棄てて歩き出した。

「そう――そうなの。それが本当だわ。どこから出て来たの」

美芳も歩きながら話しかけた。

「福建、厦門《アモイ》の田舎――」

「まあ、私の父と郷里が同じだわ」

女の疳高い言葉に、陳は立ち止った。

「嬉しいじゃないの。貴方の名前、何とおっしゃるの」

「陳嘉紹」

すぐ背後に、陳は強烈な香水の香を嗅いだ。

「わたし美芳。ウィリアムの前だけでは、メリーっていうの」

彼女は陳の鼻先であでやかに笑っていた。

「わたし、とってもドリアンが好き。うちの庭に落ちたのを時々失敬するのよ。だって、こちら側に落ちた物は原則的にこちらでもらってもいい権利があるの。あの枝に太陽が当るのも生垣のこちらなんだから――でも、黙って貰っちゃ悪いわね。今拾っているそのドリアンも私にゆずってくれない？」

彼女はこう言って十ドル紙幣を陳に握らせた。

陳がもじもじしていると、彼女は重ねて陳の手を握り返した。

「とっておきよ」

と言ったかと思うと、彼女は素早く陳に接吻していた。

その夜から二人は竜脳木の蔭で逢引するようになった。

美芳に飽きたウィルソンの遊びが激しくなり出したのもその頃からだった。

ウィルソンがうつつを抜かしていたその頃の女は、イタリー人だった。おサヨに切換えるようになったのは、美芳が張と関係のあることを知った、つい一ケ月程前からの事である。

美芳と陳の逢引は、夜中十二時を期してなされた。陳の部屋からはるかに見える、彼女の二階の寝室の電燈を、十時前後に点滅して合図が送られた。合図のあった夜はウィルソンが外泊するしらせだった。十二時にならなければ陳が抜け出せなかったのは、フォックス達の就寝が十一時半前後だったからである。

ところが今年の始めから、陳はあせり気味だった。毎晩のように点滅されていた電燈が二ケ月程前から次第に間遠になり、今年になると更に一週間に一度もあやしくなった。それというのも、あの張が来てからだ。近くウィルソンと別れて自分といっしょになるとまで言ってくれた美芳が心変りしたのだと気をもんだ。

早く今のうちに何とかしなければと、陳は彼女に会う度に、ウィルソンと別れてくれと迫った。もし別れなければ、自分からウィルソンに名乗り出てバラしてしまうとまで威嚇した。しかし彼女は言を左右にして決定的な返事をしなかった。陳はすでに家を持つだけの金を貯めていた。

美芳が陳と懇になったのは、ウィルソンに対する性的不満ばかりではなかった。彼女はもうウィルソンに見切りをつけていた。だが、自分から言い出したのでは手切れ金が貰えない。そこで彼女は、ウィルソンから追い出されるのを待っていた。ところがウィルソンもさるもので、前回に懲りてなかなか自分から別れるとは言わなかった。

そのうち半年程過ぎた。或る日、彼女は街で、昔の情夫、張にばったり出会った。張はその時、女房と別れて一人身になったばかりだった。二人はその足でホテルに出かけて密会した。

焼け棒杭に火のついた美芳は、陳と遊ぶのが馬鹿くさくなった。折よく、以前から居たボーイが暇を取ったので、彼女は特にウィルソンに頼んで張をボーイとして呼び入れた。陳の方は口先で言いくるめられるとたかをくくっていたのだが、ところが陳はなかなか手強く、最近では彼女も全く手を焼いていたのだった。

一方、ウィルソンは一ケ月程前、ある重大な現象を発見していた。その晩、彼はイタリー人の女とついに喧嘩をしてしまった。外泊を変更して家に帰ると、憤懣を発散させる為に久しぶりに美芳の寝室に行った。

部屋に入ると、煙草の匂いがしていた。彼女は煙草をのまない。美芳は狸寝入りをしていた。

ウィルソンは近寄ったベットの足許にパイプが転がっているのを発見すると、こっそりとポケットにしまい込んだ。そしていきなり美芳を抱いてキッスをしながら、素知らぬふりで片手を彼女の股間にさし込んだ。濡れていた。ウィルソンは内心ひそかに「こりゃしめたぞ」と喜んだ。

数日前のことだった。朝食がすんでから、張が煙草を吸っているのを見て、

「あの新しいパイプは、お前が買ってやったんだね」

と、突然ウィルソンが美芳に言った。

美芳はドキリとしたが、

「いいえ――張が何か変ったパイプでも持ってるんですか」

と白ばっくれた。

それ以上ウィルソンは何も言わなかったので彼女はほっとしたが、早晩バレるに違いないと、胸騒ぎを押えることが出来なかった。そのパイプは、張がどこかで愛用のパイプをなくした、としきりにぼやいていたので、つい昨日、彼女が買ってやったものだった。

事件の朝、突然、陳から「何時会ってくれるんだ」と美芳に電話がかかって来た。たまりかねた陳が、絶対に、と禁じておいた電話をかけたのである。彼女は仕方なく、「今夜……」と言ってしまった。

美芳の傍で、それを張が聞いていた。張は、彼女と陳の関係を薄々感付いていた。

美芳は、いよいよ絶体絶命に追い詰められた。

夜は張が離れないのである。どうやらウィルソンも気付いて、切り出す時期を狙っているらしい。張は言い含めて、しばらく身を隠させることも出来る。しかし、陳の気持をこれ以上押えることは出来ない。今夜の返事次第では明日にでもウィルソンに申し出るかもしれない。そんな事になったら何もかも失ってしまう。何とかしなくちゃ、いまいましい陳の奴

――。彼女は、はたと思案に暮れた。

その時、彼女の胸裏にモーゼル拳銃がひらめいた。二週間程前、「ポーカーでエディから捲き上げてやった」と言って、ウィルソンが拳銃をロッカーの隅にしまい込むのを彼女は見ていた。

彼女は考えた。

自分の手で陳を殺ったのでは、殺人犯になってしまう。それに仕損じということだってある。この場合、張の手を使うことが一番賢明だ。うまく拳銃を渡しておけば、成功すれば仕損じたとしても知らないふりが出来るし、仕損じたとしても張の弱みも握れるし……。問題は、うまく拳銃を張に渡すことだけだ。

彼女は夕方陳に電話をした後、張を部屋に呼んで、ロッカーから盗み出した拳銃を見せながらこう言った。

「私って本当につまらない女。張！　これでわたしを殺して頂戴。中に三発弾丸がはいっているわ。私は貴方に申しわけないことをしてしまったの。そりゃあね、貴方とまたこうなるとは夢にも思わなかったわ。それで、貴方と会う前に、一度だけ隣のフォックス家の陳に言い寄られて関係してしまったの。ところが、それからうるさくつきまとって私を困らせるの。今夜も八時にドリアンの木の下に来いというの。行かなきゃ、後でどんな仕返しをされるかわからない。こうなったら、あの男のなぶり者にされるよりも、貴方に殺されて死んだ方がよっぽどましだと決心したの。さあ、これでひと思いに私を撃って頂戴」

張は黙って彼女の話を聞いていた。美芳は有無を言わせず拳銃を彼に押し付けた。

これでいい。八時の日没が来たら、私が大実成時計草の生垣を出る。陳が近寄って来る。すると、この男は隠れていた生垣の蔭から飛び出して陳に襲いかかる。私は驚いて一目散に逃げ帰る。後は筋書き通りに、この男が事を運ぶ――美芳はこう考えていた。

日没が始まった。ところが運悪く、七時頃になってウィルソンから電話がかかって来た。忘れていた重要な書類を今すぐ、或るホテルまで張に持たせてやれとの事だった。美芳はしかたなく、このことを張に伝えた。張は嘘だろうと言いはったが、結局、しぶしぶ出ていった。

八時になっても張は帰って来なかった。森の方からは、しきりに口笛が鳴っていた。

美芳は遂に意を決して家を出た。しばらく陳に体をまかせながら張が帰ってくるのを待とうと思っていた。

陳は待っている間に拾ったドリアンを苛々しながら食べていた。

二人は例の竜脳木の木陰のベンチに坐った。美芳は出来るだけ時間を引き延ばそうと計ったが、陳はきかなかった。美芳は陳に体を任せながら、気が気ではなかった。

やっと彼女から上体を起した陳が、ズボンを履きかけた時だった。さっと黒い影が躍り出た。張は陳に飛びつくと、有無を言わさず胸元に銃口を当てて引金をひいた。モーゼル特有の鈍い発射音が森に低く響いた。

美芳が起き上がって駆け出そうとすると、紙をくれと張が言った。張は返り血を浴びた右手をそれで拭いた。

美芳は一目散に逃げ帰った。

その日の午後、検察官のアーノルドから、フォックスの自宅に電話がかかってきた。

「お宅のモーゼル拳銃は健在でしょうなあ」

受話器を持っていたフォックスの手がふるえた。

「それが、あの……」

そこまで言って、フォックスは息を呑んだ。

「あるはずです。貴方の置き場所に記憶ちがいがなかったら――」

フォックスは受話器を落さんばかりにハッとした。そして勢いよく言い返した。

「ありますとも！」

フォックスは拳銃の在りかを思い出したのである。今度の旅行に出かける時、彼はボストンバッグの底に隠していって、そのまま忘れていたのだ。

「時に、お宅の陳《チエン》を殺した犯人が捕りましたよ」

「え？　誰です？」

「お隣のウィルソン家の張《チヤン》というボーイですがね――」

それからアーノルドの電話が長々と続いた。合槌をうっているフォックスの表情が何度か変り、やがて安堵の色が溢れた。二人が話している間に外はスコールになった。

太陽が再び、かっと照りはじめると、森の外れにある四〇フィートの巨大なドリアンの枝が、光沢のある葉の茂みをいっそう輝かせながら微風にゆれていた。


「全く取り返しのつかない俺の不明を、ジョージはどう思っているだろう」

フォックスは辛そうに言った。

夏代は返事をしなかった。

「俺はジョージ・ルイスを失ってしまった。そして、もう少しでお前も失うところだった」

フォックスはこう言って夏代を優しく抱いた。

その時刻、ルイスはウィルソンと昨日のマレーストリート百六十番地で飲んでいた。

「ルイス先生！　貴方のおかげで、今度は一文もはらわずにケリがつきました。その分で大いに飲みましょう。大いに！」

ウィルソンは有頂天だった。

「日本女は好いですなあ」

ルイスは、横目でおサヨを見ながら冷やかした。

おサヨも有頂天だった。

5

クアラルンプールから、北部のピナンやイポーへ向う幹線鉄道で三十マイルばかり行った所に、クアラクブという町がある（一マイルは約一・六キロ）。「クアラ」というのは元来、マレー語で川岸、河口、三角洲、合流点などの意味で、そのクアラクブは、セランゴール州とペラ州の境をほぼ東西に流れるセランゴール川の支流の合流点にある町である。

一九一四年（大正三）五月。そこはクアラクブから川に沿って更に十マイル程さかのぼった、ある小さな村落《カンポン》に近い山裾だった。

そこはあたり一面の樹木が百フィート程の幅で帯のように切り倒されて、まるで大雨林の中にぽっかりと穴の管をあけられたような感じであった（一フィートは約三十センチ）。斜面に群る印度人やマレー人や支那人の苦力《クーリー》たちは、大樹の梢から照りつける朝の太陽の直射を避けて木陰に寄っていた。

「さあ、スコールが来るまでに、いっぺんに焼き払うんだ」

ヘルメットをかぶり、ブライヤーのマドロスパイプを燻らしながら男が怒鳴っている。

「おい、マネジャー、うまくやるんじゃぞ。あのな、向うの錫山の境から先に火を点けることを忘れるな。目印のあった木は片ッ端から一本残らず焼き払え」

「へい」

命じられた男は苦力達を連れて、ガムビールの蔓を払いのけ払いのけしながら樹海の中へはいって行った。

マネジャーと呼ばれた男も、マドロスパイプの男と同じヘルメットをかぶり、半袖に半ズボン、それにストッキングといういでたちだった。彼は魔法びんを担ぎ、腰には拳銃をさげていた。

二人とも見覚えのある顔で、それはヒゲとその子分の長吉だった。二人が行っているのは、周囲の木を伐採して、中の原始林を立木のまま焼き払おうとする開墾のやり方だ。

バリバリと豆を煎るような音がして、風を呼ぶ不気味な騒音がごうごうと樹間に反響すると、パッと白い煙が雲一つ無い朝の蒼空にあがった。

〽コエダ　クジル　コエダ　クレタ
コエダ　ブサル　コエダ　トエンガンガン
ソエダ　ブサル　ヂャディ　トエナンガン
マレー語で歌うヒゲの鼻歌が流れてきた。彼がこの歌を歌う時は得意の絶頂だった。

歌の意味は
(小さい馬かね、そりゃ馬車馬よ。大きい馬なら、乗ってやろ。色目で眺めた小娘も、今じゃ色気の花ざかり。ホーイホイ)

といった程度のものだったが、歌の意味など彼には問題でなかった。今はゴム園王を夢みる彼の瞼には、天を焦す炎の中に、すでに太陽に照り輝く亭々と聳えたゴム園の風景が完成していたのである。

ヒゲは、すでに採集が始まった二十エーカー程の自分のゴム園に隣接しているこの場所を、例の王《ワン》の協力を得て二週間程前にクアラクブの土侯《ラジャ》から新たに手に入れたのだった。広さはおよそ百エーカー程であった(一エーカーは約四反歩)。彼は一挙にここを焼き払ってゴム園作りを計画していた。

仕事を急いだのは資金の関係もあったが、実は手に入れた土地を手っとり早く焼き払っておかねばならぬもう一つの理由があった。

この土地の山一つ越えた向うは、大きな錫鉱山になっていた。その錫山との境界線は一本の小さな川で区切られていたのだが、調べてみるとここにはもう一つ似たような川が流れていた。その川は明らかに錫山の領域に属するもので、ヒゲの土地との境界線は確かに手前の川だった。しかし、それを見て放っておくようなヒゲではなかった。

すぐに長吉に命じて、ジャングルの大木に点々と目印に打ち付けてある札を、もう一つ向うの川岸の木に打ち変えさせた。更に彼は、上流の山の頂きにあるB.M.《ベンチマーク》（水準基標）を探して、その文字の刻まれた岩石を掘り起し、別な川の川上と覚しきあたりに置き変えたのである。

「こうしておけば大丈夫――」

とヒゲはうそぶいたが、

「親分、相手は白人の大会社ですぜ」

と長吉は真顔で言った。

「バカ！　親分は止めい、親分は。社長と言うんじゃ。心配することはなか、お国の為じゃ。これで十エーカーもうかる。森を焼き払って川を埋めてさえおけば、わかるもんか」

自称社長は傲然と胸を張った。

確かにヒゲは社長だった。クアラルンプールに於て、彼は日本人間に今や時めく「日の丸洋行」の社長として、あらゆる事業に手をのばしていた。長吉は最近、このゴム園作りのために「女郎屋など女房に任せておけば好い。国の為にならん仕事は止めて、俺の所に来て手伝え」と、シンガポールから特に呼び寄せられたばかりだった。

あれから八年。四十の坂を越えた南海先生の顔は、不逞の眦《まなじり》に落ち着きを加え、本物の豊かな髭をたくわえていた。

一九〇五年（明治三十八）の暮、おサヨを叩き売ってシンガポールからコアランポ（日本人たちはこう呼ぶ）へ逃げて来たヒゲは、町外れの古ぼけた小さい一軒の家を買った。二階を改造して五間程の部屋を作ると、女を三人程探して来て女部屋を開業した。階下を名ばかりのバーと雑貨を売る店に当て、ヒゲはベッドがやっとはいる部屋におキワと暮した。

昼間は店は女房に任せて、自分は町の横を流れるラン河を溯って村から村《カンポン》へと行商をして歩いた。ある時はニッパ椰子のマレー人の家に泊り、二日、三日と帰らない日もあった。

まず彼は、メリケン粉をカユプテの油で練り、硼酸とハッカ油を加えて膏薬らしきものを作った。次に歯磨粉を飯粒で練り、丸薬とした。これは腹痛の妙薬である。

それから、彼が最も力を入れた名薬「パーリン」。ヒゲは自信に満ちたこの薬で、一旗あげんものと最初から計画していた。

それは郷里で老母が真珠貝の殼をこさいで熱さましに飲ませてくれたのがよく効いたことを覚えていたので、シンガポールを発つ時から沢山の真珠貝の殼を買い集めて持って来ていた。彼はこの殼を砕き、丹念にはたいて粉薬を作った。他には万能の妙薬として仁丹を加え、彼はこれらの品々を携えて薬の行商に出かけたのである。

彼の薬は評判がよく、飛ぶように売れた。第一、彼の西洋薬は華僑のそれと値段が違わなかったからである。ヒゲは漢字を書いた袋を一切使用しなかった。光沢のある厚い紙で横文字が印刷してあれば、雑誌であろうと衣類の包装紙であろうと、それを用いてまことしやかな薬袋を作った。仁丹も入れかえて「ジンタン」と称した。字が読めない彼のお客には平気でそれが通用した。

さすがにパーリンだけは、シンガポールで印刷しておいた特別の袋を使った。また、パーリンは不思議にマラリヤに卓効があった。当時、キニーネは高価で胃を痛めたがパーリンにはそれが無く、しかも安かった。実際パーリンは、ヒゲが苦笑する程、マラリヤによく効いた。

彼は薬を売りながら医者もしてまわった。時には沃度チンキをごしごしこすり付け、剃刀で腫れ物を手術して絹糸で縫った。しかしこんな時、彼は決して治療費を取らなかったので、マレー人の信頼を深めた。

特に彼が行商で成功したのは、薬代を現金で取らないことであった。その代り、彼は数倍に値する籐や樹脂、獣の皮などをふんだんにせしめ、シンガポールの王《ワン》に送って巨利を占めた。

コアランポの女郎屋も意外に繁盛して、一年後には二倍に建て増しをした程だった。ここには「ハイ・コミッショナー」とよばれるイギリス皇帝の代理者が一八七四年以来、総監として保護国を統轄している役所があった。町は日に日に栄え、加えて錫の景気と一九〇〇年以来急激に勃興したゴムの栽培とで町はふくらむばかりで、三年後には彼の家は町の中心地になっていた。

そのうちに彼は、物資を送るだけだは永泰公司として盛大をきわめている王を益々もうけさせるばかりだと気付いて、食料品や雑貨とのバーター制にした。そして彼はこれらの品を売る為に思い切りハイカラな欧風の家を建て、これまた漢字を使わず横文字の看板を掲げた。曰く、「ナンカイ・カムパニイ」。華僑の多いこの土地で、それは異彩を放った。

引続いて彼はクアラクブと、翌年にはイポーにも支店を置いて旭日の勢だった。

一九一二年、明治天皇が崩御されると、遙かに東方に向って恭々しく黙禱を捧げ、家には弔旗を掲げた。俄かに愛国心がよみがえったのか、その日から彼は屋号を「日の丸洋行」と改称した。それより先、利にさとい彼はゴムの栽培に着手して、クアラクブの奥に安い土地を買い、秘かに植林を始めて、今では切付《きりつけ》の出来る二十エーカー程のゴム園を持っていた。

申しおくれたが、女の方は依然達者で、シンガポールに一人、コアランポに一人、クアラクブとイポーにそれぞれ一人と、合計四人の妾を持っていた。

その頃のゴム園事業の拡大は目覚しいものだったが、まだ新興産業だった。マレーにパラゴムの木が最初に植えられたのは一八七七、八年のことである。それまでゴムの生産は南米のアマゾン川流域の天然ゴムに頼っていた。このゴムは河口《アマゾン》のパラ港から輸出されたのでパラゴムというのである。

一八七六年、英人ヘンリー・ウィッカムが厳重な監視の目をくぐってパラゴムの種子を持ち出すことに成功すると、種子は直ちにリヴァプールを経て、ロンドンのキュー植物園に蒔かれた。幸いうまく発芽し、英国はこの苗を早速、インド、セイロン、マレーに植えた。マレーのものは二十二本が活着し、これらの木が成長して花を着け、初めて結実したのは一八八〇年だった。

かくして英国は、南米の天然ゴムに対抗するため、苗の流出を防止しながらマレー全土のパラゴム植林に努力した。一九〇〇年、遂に四トンのラテックスが世界市場に送られた。

一九一〇年には栽培ゴムは七千トン余となり、第一次世界大戦が始まったこの年、一九一四年には十倍の七万三千トンに達して完全に天然ゴムを圧した。ジャワ、スマトラのゴムはこの初期に、苗が英領から流れ出したものである。


百エーカーの原始林は、スコールに叩かれながらも幾日も燃え続けた。

隣接のゴム園の事務所でヒゲが快哉を叫びながらウスケを飲んでいると、長吉がとんで来た。

「親……社長、大変な事になりましたぜ。やっぱり言わんこっじゃない。隣りの鉱山の奴等が何人も焼跡に来て、例の所を調べとります」

ヒゲは人を食ったような笑いを浮べた。

「うむ。もう来る頃じゃろうと思うとった。長吉！すぐに行って追い返せ」

長吉は目を白黒していた。

「ヘコタレ！ この一戦、負けちゃおれんぞ。大日本帝国の名誉にかけて、汝等《わりどん》がしきらんなら、この野口南海先生がジョンブル共を蹴散らしてみせる。さあ続け！」

彼はすっくと立ち上って壁のライフル銃を肩にかけた。引出からは拳銃の弾玉をポケット一杯に詰めて長吉にも渡した。長吉は青くなっていた。

「さあ、やるぞ！ お前は苦力《クーリー》やタミール人共に棍棒を持たせて正面からかかれ。後は俺に任せろ」

ヒゲは肩を怒らせると、薄笑いを浮べて事務所を出た。長吉が不安そうに続いた。

その頃はまだ、虎や野性象にゴム園を荒される事が多かったので、事務所には銃や拳銃がゴロゴロ置いてあった。

森の外まで行くと、白人を混えた錫山の支那人達がガヤガヤ騒いでいた。ヒゲは一団に近づくと、やにわに拳銃を空に向けて連射しながら大声で叫んだ。

「なんだ、なんだ。この土地は俺がラジャから買い受けた土地だ。黙って他人の土地に入ると容赦せんぞ！ おーい、お前らは日本人を知らんか！」

日本語で怒鳴っておいて、ヒゲはマレー語でくり返した。まるで、自分の言葉を自分で通訳するようなものである。最後に一段と声を大きくして、

「ロスケ共をぶちのめした日本人を知らんか！」

と英語でつけ加えた。

「さあ長吉、かかれ！」

長吉はヒゲに叱咤され、労働者を口早にかき集めると彼らを遠巻きにした。

この奇妙な宣戦布告におじけづいたのか、錫山の一団は不承不承に後退をはじめた。勢いに乗じたヒゲは更に弾丸を詰め替えて背後から何度も発砲した。

戦はあっけなく終った。ヒゲは例のマレー語の鼻歌などを歌いながら引き揚げた。

数日経つと、連邦警察からヒゲに呼出状が来た。行ってみると、「白人に、それも英人に発砲した」という理由で、二百ドルの罰金を科した上に一週間もブチ込むという事であった。

ヒゲはあれこれ言い訳をしたが及ばず、

「金を取って来るから一時間の余裕をくれ。俺はれっきとした日の丸洋行の社長だ。逃げも隠れもせぬ」

と食いさがり、たまたま係官が彼を知っていたので許してくれた。彼は手早く署長に賄賂を使って罰金だけを納め、拘留を免れる事に成功した。

帰って来た彼は、

「十エーカーの土地代にしちゃ、安かったばい」

と長吉に語った。

十日程経つと、今度は連邦裁判所から一通の書類が届いた。中味は、彼が十エーカーの土地を横領し、且、不正を隠蔽せんと発砲を以て白人を始め数人を威嚇し危害を及ぼそうとした、というような事が記されてあった。

書類を見て、さすがのヒゲも唸った。正式裁判にまで持ち込んでくるとは思わなかったからである。

境界のことは何とか言い逃れる事が出来ても、裁判となると白人を相手では絶対に勝目がなかった。それを十分すぎる程知っていた彼は、今更のように後悔した。

「社長、同じやるなら、思い切って英人の弁護士バつけてみたらどうです」

突然、長吉が言い出した。

「いや、何ともならんバイ。白人は白人同士じゃか

ら――」

ヒゲの気のない返事に、長吉は膝をのり出した。

「わたしゃ、好か英人の弁護士バ知っとりますバイ。ジョージ・ルイスちゅうて、気っ腑のよかシンガポ一番の腕利きですたい」

「ほう、耳よりな――。ところで、どうしてお前や、そげな者《もん》バ知っとるな？」

ヒゲは気をひかれたらしく、長吉の顔をのぞきこんだ。長吉は「それがですたい」と前置きして語り出した。

ジョージ・ルイスは長吉の家の竹乃に数年前から通っていた。竹乃がだんだん英語も上手になり気が利いてくると、彼はとうとう四年程前に彼女を請け出した。しかし、商売がら彼女を家に入れたのでは白人からの事件の依頼が減ると言って、万事を長吉に託した。

長吉は竹乃のために、ミドルロードに一軒の家を借りて、一寸した着物屋を開かせた。ところがそれが馬鹿に当って一人では手がまわらない程繁盛するようになり、国許から兄弟まで呼び寄せて盛にやっている。今ではルイスとの間に男の子と女の子の二人まで出来ているという事だった。

聞いていたヒゲは大きく頷いた。

「俺が見当をつけて連れて来た娘は、みな出世しとる。これがお国の為にもなったと言うもんたい。王の所へ行っても、お梅は太太《タイタイ》（奥様）バイ。時に、ほら、田中先生が帰国された後の夏代はどげんしとるかね」

思い出したようにヒゲが訊ねた。

「知りまっせんなあ……何か金持の英人に請け出されたとは草野が言うとりましたバッテン――」

「ウム、そりゃ好《よ》か。誰でも国許に金を送るような身分になれば一等じゃ。あの娘《こ》は賢《さか》しい娘じゃったからのう」

ヒゲは思い出すように瞼を閉じた。

二人はその夜、早速シンガポールに向って夜行列車に乗った。

ルイスは二人の話を熱心に聞いていたが、

「但し、今回に限り、一回だけだよ」

と念を押して、彼らの事件を快く引受けてくれた。

ヒゲは土侯《ラジャ》との契約書を見せ、地図に川があるがその川に境界の目印があること、錫山の英人が白人をカサにきて難題を持ちかけること、発砲したが単なるおどしで、わざと空に向けて射ったので今もってその弾痕がカユ・ジャティ（チーク）の枝に残っていること等を詳しく説明した。

長吉が脇から言葉をそえて、社長はきわめて高い人格の持主で教育があること、コアランポに相当の財産があること、彼の日本における故郷の家は由緒ある家柄で——と、そこまで説明した時、ルイスの目がキラリと光った。

（嘘をつけ、このピンプ野郎共）

彼は胸の中でそう呟いていた。竹乃から常々、野口または田村という男にかどわかされて来たと聞かされていたので、ルイスははじめから凡その見当をつけていたのである。

裁判の日が来た。野口の弁護に海峡植民地きっての腕利きのルイスがやって来るというので、鉱山側では特に政庁に要請して、資源局の鉱山部長に証人として出廷してもらう事にしていた。その部長は十年程前、鉱区を設定する時に測量に立ち会った、当時の若い技師だということだった。

ルイスとヒゲが被告席に坐って待っていると、鉱山側の中立人や弁護人と共に証人が現れた。証人を見たルイスは、予期していたかのようにニヤリと笑った。その男はＪ・Ｃ・フォックスだった。

裁判は一時間程で終った。鉱山側のメンバーや弁護人は、到底ルイスの敵ではなかった。

彼は鉱山側の申し立てに対し、

「証拠のない主張は、水の上に文字を描くようなものだ」

と言って激しく応酬した。

フォックスは、証拠があるんだと言って頑張った。

「そのベンチマークは、事によったら被告側によって、都合の好い場所に動かされているかも判らない」

と彼が主張すると、ルイスはすかさず、

「移動出来るような石塊にベンチマークを打ったということが、そもそもおかしい。原告側は証人の言っていることを逆に応用して、まさか被告の正しいＢ.Ｍ.《ベンチマーク》を動かしたんじゃあるまいね」

とやり返した。

フォックスはカンカンに怒って、

「こんな事もあろうかと、自分は当時、万全を期する為に二個の副ベンチマークを打っておいた。それを探そう。そうすれば事実は明白だ」

と答えて、論争は実地検証に持ち越された。

野口の発砲問題については、

「その時、居合せた鉱山側のマネージャーG氏に訊ねますが——貴方はその時、野口がライフル銃を肩にかけていた事を覚えていますか」

と、ルイスはさりげない調子で訊ねた。するとG氏は、

「そうです、覚えていますとも。彼は拳銃の他に、我々を野性の虎と思っているんでしょう、その虎を打つ銃を持っていました」

と勢いよく答えた。

「間違いありませんね——裁判官殿、このG氏の証拠は野口の無罪を証明しました。左様、野口はライフル銃を持っていながら、拳銃だけを発射して、この銃に手をかけてはおりません。拳銃はライフル銃と違って、攻撃の武器ではなく防御の武器であります。その時、G氏と野口との距離は、遙かに拳銃の射程距離から遠去かっていました。ミスター野口、君は頭上のカユ・ジャティに居た猿奴が悪戯をしたので、そいつを追い払おうと思って発射したんだね、君」

「そ、そ、そうです……」

慌ててヒゲが立ち上って答えた。

ルイスは、フォックスをちらと見て笑っていた。

こうして鉱山側の申し立ては軽く一蹴されたのだった。

その日の裁判が終ると、長吉はヒゲに命じられて現場に急行した。勿論、二ケ所の副ベンチマークを探して、その一個を一行が到着する前に移動しておく為だった。

その副B.M.は、元のB.M.があった線上を探すことによって容易に発見出来た。一個は動かすことが出来たが、他の一個は三フィート角もある岩石だった。長吉は動かせる外側の石を自分達のゴム園の方へ二フィート程ずらすと、跡は入念に雑草を植え、石には蔓草をからませた。

実施検証はあっけなく済んだ。二個の副マークを見通した結果は、境界がますます鉱山側に食い込む

形になった。慌てた鉱山側は、現在の川の線で手を打とうと妥協を申し込んで来た。フォックスの証言はかえって鉱山側を不利に陥れ、決定的な敗因となったのである。

勝ち誇ったヒゲは「大日本帝国万歳！」と叫んだ。フォックスは沈痛な面持でシンガポールへ引揚げて行った。


数日後、ヒゲと長吉はルイスを訪ねた。弁護料を支払う為だった。

「あのう――幾ら差し上げたらいいでしょうか」

ヒゲがもじもじしながら訊ねると、

「そうですね、十エーカーに相当する額を頂きます」

ルイスはケロリとした顔で言った。

ヒゲはドキリとしたが、仕方がない。元々こっちが弁護料をきめてかからなかったのが迂闊だったんだとあきらめて、渋々小切手を書いて差し出した。

ルイスは、

「ミスター野口、こんな杜撰な僥倖は君の生涯に二度と来ないだろうよ。今度の事件で最も信用出来た証言は、あの三フィート角の岩石だけだった」

と小切手を受取りながら笑った。

二人はルイスの事務所を出ると、その足で永泰公司に王《ワン》を訪ねた。王は二人から裁判に勝ったことを聞き、大いに喜んで祝杯の宴を設けた。

酔がまわった頃、王はヒゲの肩を叩いてこう言った。

「野口サン、ゴム、モウダメネ。皆、沢山植エテ余ルヨ。ソレニ、ラテックス採ルマデ五年、七年カカル。マダマダ儲ケアル仕事シナサイ」

「何か好い話でもありますかね？」

ヒゲは憮然と訊ねた。

「アルトモ、アルトモ。モウ直グ、ヨーロッパ戦争起キルヨ。俺チャントワカル。戦争アレバ、沢山薬イルネ。ゴムノ代リニ、コカ植エルヨロシイネ。コカ一年デ儲カル。法律オカシテヤル、儲ケ沢山アルヨ」

ヒゲの目が輝いた。

「コカはそんなに儲かりますかね」

「儲カルトモ、モウカルトモ、スグ植エルヨロシ。種子アルヨ。ジャワノ上等タネ、昨日トドイタヨ。

持テユキナサイ。アトデ植エ方教エルネ、ムヅカシクナイヨ」

王はニコニコ笑って答えた。

ヒゲは大きくうなずいて「やろう！」と言い、いよいよ酔がまわって「今や日本全国を風靡する、最新流行の歌じゃぞ——」と前置して歌い出した。

〽カチューシャ可愛や別れの辛さ
　せめて淡雪とけぬ間に
　君に願いをララかけましょか
その夜、ヒゲは妾の所に泊り、長吉は自宅に泊った。

翌朝、クアラルンプール行きの汽車に乗ると、長吉がとぼけた声で話しかけた。

「社長、昨日はルイス先生にゃ、してやられましたバイ」

ヒゲが悔んでいると思いの他、彼は得意の髭をひねった。

「何バ言うちょる。日本の領土が十エーカー増えたと思えば安いもんじゃ！」

と、カラカラと笑った。

長吉は彼が負け惜しみを言っているのだと思ったが、ヒゲは実際、白人との裁判に勝った事だけで満足していた。それに思いがけない耳よりな話を王から聞いたので、その方の期待に胸をふくらませていた。彼は王からもらったコカの種子を、しっかりと風呂敷に包んで傍に置いていた。

やがてヒゲはポケットから紙切れを取り出し、熱心に読みはじめた。何度も繰り返して読んでいるふうだった。その紙切れは、昨夜、王から聞いた事を書き綴ったもので、およそ次のようなことが書かれていた。

「種子は一合につき千二、三百粒也。これを一坪乃至二坪にまくもの也。まき終れば、土を二分位かけ、如露にて水をかけるものとし、椰子の葉を以て、太陽の当るを防がざるべからず。しからば二週間にて芽を出し、小便など薄めてかけてやれば喜ぶもの也。次に一尺に及びたるものを苗として用う。曇天または雨の日を選び、一フィート角に一本の割を以て植ゆるべし。

かくて一年程すれば、葉を摘むことを得べし。初め剪定をして横枝を張らせることが肝じん也。収穫を大ならしむる為也。葉を摘む時は、枝に四、五枚の葉をつけて取る事が便利、月一回也。然れども二年に一度の剪定を怠るべからず。最盛期に至るは五年目頃也。樹の寿命は二、三十年也。

いよいよ葉を摘まんとする時は晴天を選び、摘みたる葉は直ちに四、五時間太陽に照らし、荒干ししたるものを、お茶の葉をホイロにかける如く、五、六十度の熱にて柔かく仕上ぐるものとす」


この年、七月二十八日、オーストリアの対セルビア宣戦布告によって、第一次世界戦争の火蓋が切られた。

英国は八月四日、続いて日英同盟により、我国は八月二十三日、ドイツに対して宣戦を布告し大戦に参加した。

6

一九一五年（大正四）二月の初めだった。

フォックスは憂鬱そうに爪を噛んでいた。

半年程前、クアラルンプールの裁判に証人として出頭して帰ってからは急に彼は無口になり、機嫌の悪い日が続いていた。時には以前の平静さを取りもどす事もあったが、何かと怒りっぽくなり、夏代はわけがわからないまま、ほとほと手を焼いていた。あれこれ原因を考えてみたが、思い当るふしはなかった。「どうしたんですか」と訊ねても、「何でもない」とフォックスは顔をそむけるだけだった。

特に、ドイツの飛行船が、ロンドンを一月十九日以来、爆撃しはじめたというニュースを新聞で見てからは、彼の苛立ちぶりはいっそうひどくなっていた。


夜、冷した果物をフォックスに持ってゆくと、彼は朝の新聞をじっと睨んでいた。

「またロンドンが空襲されましたのね――」

夏代が話しかけても、フォックスは答えなかった。

「お食べになりませんの？」

彼女は果物をそっとテーブルに置いて自分も椅子に坐った。彼は無言で爪をかじっているだけだった。

夏代は、やり切れない気持になって溜息をついた。

するとフォックスは急に嗄《しやが》れた声で、

「夏代、俺を戦争にやってくれ――」

と言い出した。

余りの唐突さに、夏代は何と答えていいかわからなかった。

彼は熱した口調で続けた。

「首都がむざむざ爆撃されるのを、俺は黙って見ちゃおれんのだ！　俺は大英帝国の名誉ある国民として、キング・ジョージの許へ行きたい。この体で、この魂で、俺は戦線を馳けめぐってドイツの奴等をやっつけたいんだ」

そう言って彼は激しく歯ぎしりをした。

「まあ、チャーリー……貴方は本気でそんな事を言っていらっしゃるの？」

夏代はあきれた口調で言った。

「本気だ。正気だ。俺は本気で言ってるんだ」

その言葉はまるで狂気じみていた。夏代は、これは只事ではないと思った。

数日たってから、また戦争にやってくれとフォックスが言い出した。この前は何とか言いくるめてその場を繕ったが、今度はなかなか後へ引かなかった。

「チャーリー、貴方はどうしても私を放ったらかして戦争へ行くの？」

夏代は手をかえて、甘えた口調で言った。

「女を連れて戦場には行けない」

彼の返事は意外に手強かった。

「だからよ……そうなると、私淋しくて死んでしまうわ」

「死ぬ？　冗談じゃない――このままだと、俺の方が苦しくて先に参ってしまう……」

フォックスは激しく頭を振って、

「もう駄目だ……シンガポールにも居りたくない。戦争には行けない。ああ……俺は一体全体どうしたらいいんだろう」

と、狂おし気に言った。

「シンガポールにも居りたくないなんて……貴方、きっと私が厭になったのね、そうとしか考えられないわ」

夏代は、今日まで何度も言い出そうとして言いかねた言葉を、つい言ってしまった。

フォックスの顔が醜くゆがんだ。

「嫌いだなんて――そうじゃないんだ。だから俺は苦しんでるんだ……」

彼は何か言い出そうとして口ごもった。それからやけに爪を噛りはじめた。

夏代は不安げに、その手をとって、

「言って頂戴、水臭いわ。私、わからずやじゃないつもりよ……ねえ、言って下さらない？」

彼女も真剣に訴えた。

フォックスはしばらく彼女の顔を見詰めていたが、意を決したように語りはじめた。


去年の六月、クアラルンプールの裁判所でルイスに会った時、絶交しているとはいえ、彼は俺を見て冷笑していた。

畜生！　と思ったのがいけなかった。俺は、焦れば焦るほど彼に言いこめられて、法廷で奴に恥をかかされた。

実地検証ではまんまと奴らの仕組んだわなにかかり、俺の神に誓っても恥じない真実は退けられた。

その無念さ、口惜しさ。たかが一日本人の為に、俺は全く致命的打撃を受けたのだ。これというのも皆、ルイス奴のしわざなんだ。

しかし俺は後で考えた。あの時、陳の殺害事件の犯人がわかった時、俺はすぐにルイスと和解すべきだったんだ。それをしなかった。謝らなかった自分がいけなかったんだ、とね。そう思って、一ケ月後には思いなおしていたんだ。

ところが、別な方面から、今度は妙な評判が起きてきた。俺はその思いがけぬ噂を聞いた時、残念さに涙が出たよ。まあ聞いてくれ。

俺が自信と誠意をもって行った証言が思いがけぬ結果になったことで、俺の権威は全く失墜した。裁判に負けた鉱山の奴らが、俺が日本人の——お前、いいかね、お前を女房にしているので、友人のルイスと示し合わせて、被告人たる日本人の為に有利な証言をしたと言いふらしてまわったんだ。それから役所の奴らも、全マレーの鉱山主たちも、俺を白い目で見るようになった。そうなると、考えて見給え、俺の鉱山部長の権威は台なしだ。

いくら真実を説明してやっても誰もわかってくれない。政庁に行っても面白くない。それに母国は開戦以来、負ける一方だ。両親や兄弟の居る家が、じかに爆弾に曝されたんじゃ、お前だって気が気じゃないだろう。

そんなわけで、ああ……俺にとって今のシンガポールの太陽は、ロンドンの霧の日よりもっと暗い。俺の従軍は、今はただ一つの俺の生きる道だ。

わかるかい、夏代。聞いてくれ。わかったら俺の従軍を許してくれ。

切々と語るフォックスの言葉を聞きながら、夏代は泣いていた。止めようにも止める資格が自分にはもはや無いのである。フォックスが今日まで鬱鬱として楽しまなかった理由もわかった。みんな自分ゆえだったのかと思うと、夏代は情けなかった。

それにしても、その日本人というのは一体誰だろう。その男が居さえしなければ自分にまで不幸は及ばなかったのにと思うと、夏代はその日本人の名を聞かずにはいられなかった。

「ああ、あたしだって口惜しいわ。その日本人というのは何という名前でしたの？」

「確か……ノメチ？　ノムチ？　ノグチとかいったよ」

「ノグチ？」

聞き返した夏代の顔色が変った。

（野口だ！）

彼女は胸の中で叫んだ。

そうだ、ヒゲは確かに、おサヨを叩き売ってコアランポへ逃げて行った。夏代はその時の事をまざまざと思い出した。

「その男を、お前は知っているのか？」

夏代の驚いた様子を見て、フォックスは怪訝な顔で訊ねた。

「いえ、別に……」

夏代は平静を装ってさりげなく答えたが、胸の中には怒りが燃え上っていた。

夏代はその夜、森の空が白むまで泣き明かした。

フォックスは翌日、政庁のガヴァナーに許しを得て、本国政府にあてて従軍の手続きをとった。

従軍許可証が本国政府から届いたのは、五月のはじめだった。

この二ケ月の間、フォックスは身辺の雑事を整理し、いつでも出征出来るように準備を終えていたので慌てなかった。夏代もようやく平静に戻って、心の準備も出来ていた。ただ困ったことが一つだけあ

った。それはフォックスが、

「俺はおそらく生きては帰らないだろう。お前は有るだけの家財道具をセールに出して、日本へ帰れ」

といいうのに対して、夏代が帰らないと頑張り続けていた事である。

フォックスの気持としては、夏代を日本へ帰して、この機会に一切の過去を清算したかった。夏代がシンガポールに居たのでは後ろ髪をひかれる思いで、さっぱりした気持で戦場には向えない。夏代が帰ると言いさえすれば俺には思い残すことはない、というのがフォックスの主張だった。

夏代にしてみれば、フォックスが生きて帰ろうと死んで帰ろうと、自分の生涯はフォックスに捧げたのだからいつまでも一人で待っている。五年でも十年でも——生涯待ち続ける、というのが彼女の言い分だった。

フォックスは、

「そんな事は不可能だ」

と言った。夏代は、

「日本の女は、それが出来るのです」

と言い張って、互いにゆずらなかった。二人はそんな論議を毎晩のように繰り返してきたのだった。

しかしそれも、許可証が送られて来た日に、夏代が折れて日本へ帰ると言ったことで、この問題にもけりがついた。フォックスは手切れ金として、夏代に八万ドルを与えた。

フォックスは許可証が来れば次の日にでも出発する意気ごみでいたが、折悪しくヨーロッパに向けて出帆する船は二日前に出た後だったので、二週間しなければ次の船がなかった。あれこれ新聞をあさっていると、日本の静岡丸という船が五月十二日にピナン島を出港することがわかった。

まだ出航まで四日の余裕があった。そこで、明日の夜行でシンガポールを発てば、明後日の午後にはジョージタウンに着く。中一日、ゆっくりとピナン見物をしても間に合う。落ち着かない気持でシンガポールに居るより、ピナンで静かな別れの二泊を持った方がどれだけ有意義かわからないと、二人は相談して、乗船の場所をピナンにきめた。

夏代は、この悲しい別れに、せめても楽しい旅行が加えられたことを感謝した。

フォックスとしては、彼女に対するいたわりもあったが、別な理由も手伝っていた。

それは、下手にシンガポールから発てば、今までの例にならって、政庁の多くの人々が歓送するだろう。そうしたら、これまでの、日本人を妻にしていた事で不評判をかった証人の一件で夏代も気兼ねするだろうし、見送りに来る多くの白人も意地悪な目を向けるだろう。お互いに、不愉快な出発と別れは出来るだけ避けた方がいい、というのが彼の偽らない気持だった。幸い日本船の静岡丸がピナンにいたことは、彼の為に出港をのばして待ってくれているようなものだった。

その夜、出征送別のパーティからフォックスが帰ってくると、自宅の前庭に一台の車がとまっていた。訪問客の名をあれこれ想像しながら家にはいってみると、

「チャーリー！　出征するんだってね」

とルイスがにこにこしながら迎えた。

意外な訪問客に、フォックスはしばらくの間、言葉が出なかった。それに彼の傍には、一人の見知らぬ日本婦人と二人の子供が坐っていた。彼はそれが夏代の友達なのか、それともルイスに関係があるのか、判断に苦しんだ。

ルイスは、フォックスがまごついている様子を察したのか、近寄って彼の肩を叩いた。

「とうとう、パナマ運河が開通したんでね——」

ルイスは顎をしゃくって、女と子供達を振り返った。女は立ち上って目礼した。

「パナマ運河？」

フォックスは、とっさに思い出せないらしかった。

「そうさ、去年開通したパナマ運河だよ。すでにパナマ運河を通って世界を二周し、いや——三周目にかかっているかな——」

やっと気付いたフォックスは、

「おめでとう」

と言ってルイスの手を握った。

「チャーリー、紹介しよう。タケノだ。君のミセスと日本の郷里も同じだ」

ルイスが竹乃を紹介すると、夏代も寄ってきた。

「チャーリー、私も本当に今まで知らなかったわ。意地悪なルイスさん——竹乃は、私と同じ船でかどわかされて来たシスターよ。ああ、本当に驚いた。

ルイスさんと竹乃が入って来た時には、夢を見ているかと思ったわ」

意外な珍客に感激したフォックスは、竹乃とも握手を交して、皆はそれぞれの椅子に着いた。竹乃は、夏代が想像もしなかった程の美人になっていた。竹乃は、眼の大きいふっくらとした顔、色の白い大柄な体軀、フォックスは彼女を見て、夏代よりもはるかに美人だと思った。

フォックスとルイスは、二年余りの絶交を忘れたように飲みはじめた。

夏代は、絶えて使わなかった日本語で、竹乃と、上陸してから十年余のお互いの生活などについて語り合った。

だがフォックスと夏代にとって、ルイスと竹乃の間に、いわゆるユーラシアンの子供達がいたことはショックだった。二人は、しゃべりながらも、そのことが脳裏から離れなかった。

フォックスは、たまねかねたように口を切った。

「ジョージ、君はあの子達を、どの様な方法で教育するのかい?」

夏代は、フォックス達の話に耳をすました。

「どうするって? 当り前にすれば当り前に育つさ。教育すれば利巧になる。しなければ馬鹿になるだけの話さ。俺はそれ以上は知らない」

ルイスは、しごくあっさりと答えた。

「そんな事ぐらい誰だって知っているよ」

「知っている以上に何が知りたいんだい。誰だって子供が馬鹿になることは好まないだろう――」

ルイスは、フォックス達のように、子供について深刻には考えていない様子だった。むしろ気に留めていないといった方がよかった。

「いやに君は人の子供に深刻な顔つきをするね。ユーラシアンを気にしているんだろう。はっきり言っておくが、それは白人の優越感からのみ起きてくる問題だ。それを気にするようじゃ、異国の女を最初から好きにならなきゃいいんだ――。異国の女をね」

ルイスは、フォックスを真顔で見た。フォックスは自分の矛盾をなじられるような気がしたのか、恥ずかしそうにうつむいた。

夏代と竹乃は、胸のすくような思いで聞いていた。

「時に――チャーリー、例の裁判の時のヒゲを生やした日本人を覚えているかい」

ルイスが急に話題を転じた。

「覚えているとも」

フォックスは答えて苦々しい表情をした。

「そうだろうな、奴は、『ノグチ』って奴は、君のミセスやタケノをシンガポールへ連れて来た、かどわかし屋だったんだぜ。あの時の問題の十エーカー分の土地代は、俺が弁護料で捲き上げてやったよ。その金で買って来たんだよ」

ルイスはそう言って、ポケットから箱を取り出した。箱の中には腕時計がはいっていた。

腕時計は、当時出来たばかりで、非常に高価なものだった。

「俺のしるしばかりの餞別だ。持って行ってくれ給え。それに……これ――」

と言って、ルイスが目で合図すると、竹乃が妙なものを手提げから取り出した。

夏代はそれを見て、目を輝かせた。

「こいつの兄が、ロシアとの戦争で、これを身に着けて行って無事に帰ってきた記念の品だ。迷信か、まじないと思えばそれまでだがね。センニンバリって言うらしいんだ。日本の千人もの女性が一つずつ魂の糸を縫い込んだものだが、持ってゆくかね？」

手垢のついた千人針を手にとって、ルイスはフォックスに見せた。

「もらって行くよ。ありがとう」

フォックスは目を細めて受け取った。

彼は、ルイスが来てくれたことだけで満足していた。夏代のことも万事ルイスに頼むことが出来たし、思い残すことはなかった。

「これで、俺も海軍少尉として思う存分働けるぞ」

と言って、フォックスは手を振って勇んでみせた。従軍許可証には、彼を予備役の海軍少尉として志願を許可する旨が記されていた。

「十数年前の夢を、やはり君は叶えたかったんだね」

と、ルイスが冷やかしたのは、フォックスが士官候補生として世界一周を終えた直後に任官を拒まれた過去の出来事を知っていたからである。

二人は明け方近くまで飲んだ。

五月九日、日が暮れたばかりのステーションには、未だ昼間の熱気がこもっていた。

汽車の中は更に蒸し暑かった。夏代はその片隅に、紋付の着物を着て坐っていた。

彼女は今日の見送りのために、特にこの紋付を仕立てさせたのだった。はじめて見る夏代の着物姿にフォックスは奇妙な気がしたのか、出がけに洋服に着替えるようにと言った。しかし彼女は、これが日本の礼服だと言ってきかなかった。

彼女にしてみれば、生きて帰るかどうかわからないフォックスに、一度だけでも、せめて自分の和服姿を、日本人として見せたかったのである。それを断られたのでいささか不服だったのであるが、フォックスも、彼女が単なる物好きからではないとわかると、着物を着ることをゆるした。

今、タンクロードの待合所には、フォックスを見送りに来た沢山の人々が居る。彼はその一人ひとりに握手を交しているはずだ。もうすぐフォックスは、煩わしい儀礼から逃れてここへ来るだろう……夏代はそんなことを考えて、先に乗り込んだ客車の中でぽつねんと待っていた。

やがてドタドタと乱れた足音がして、フォックスを先頭に大勢の人々がホームに雪崩れ込んで来た。ブリッジに立ったフォックスが面映ゆい発車までの数分間を雑談でまぎらわしていると、ルイスが息せっ切って馳けつけて来た。

彼の顔が見えなかったので、フォックスもちょっと気になっていたところだった。

「おーい、チャーリー、大変な事が起きたぜ。今日の夕刊を見て驚いたよ。ドイツのサブマリンが、ルシタニア号を一昨日やっつけたんだってよう。商船はおちおち通れやしない。どえらい事になったぜ。それで……俺は探したんだ。ああ間に合ってよかった。これを持って行ってくれ、自動車のチューブだ。二つはいっている——おめおめとお前が土左衛門にならないようにな。やられたら、こいつをふくらませて、せいぜいこれにつかまって泳ぐんだよ」

息もつかせずルイスは一気に言ってしまってから、かかえていた箱をフォックスに渡した。

感激したフォックスが大きな声で叫んだ。

「ありがとう……ありがとう……」

それを合図に汽車は動き出した。

夕宵の中に列車の尾燈が消えると、ルイスは一人ホームに立って呟いた。

「こんなことがあるのに――あの二人は子供を生んでりゃ、もっと幸福になれたのに、畜生……」


その夜は月が出ていた。

ジョホールを出た汽車は、カラッパの林を抜けて、ゴム園の中を走り続ける。月明りに見え隠れするプランテーションの整然と並ぶゴムの木立ちは、夏代に十年前を思い出させた。

あの時、イポーのホテルを出て、不承不承にフォックスに連れられて帰ったのも、同じ夜行列車だった。私はまだ十九で、百太郎が日本へ帰ってから一年目、ちょうどピエルがアルジェリアに発った日の午後、私はフォックスといっしょに昼間のこの汽車に乗ってイポーへ向ったのだった。

あれから十年、長いようで短かかったフォックスとの生活も、三日後には終ろうとしている。

イポーのホテルから駅に向う馬車の中で、私はこの人に運命をあずけた。その運命は更にこれからも続くのだろうか。それとも別な新たな道が開けるのだろうか。いや、きっとこの人は帰って来る。生きて帰って来る。

私が日本へ帰ると気安めに言った言葉を、この人は本当にしているのだろうか。戦争だってそう長くは続くまい。この人がロンドンへ着いた頃には、もう終っているかもしれない。そうなってくれればいい……。私はどんな事があっても、きっとこの人の帰りを、マレーの月といっしょに待っている――。

夏代はこんなことを考えながら、Y字形に枝を伸ばしたゴムの梢に昇った月を見つめていた。

フォックスも同じように回想にふけっていた。

この女は、日本へ帰ると言ったが、帰らないで自分を待っているだろうか。十年前のこんな月の夜に、俺と夏代は、逆にイポーからシンガポールへ向った。ようやく十年の月日をかけて俺のものになったこの女は……本当に俺のものだろうか。若しも、生きて帰ったら……その時、彼女が忠実に待っていたら、その時こそ、完全に俺のものになったと言えるだろう。

今はそっとしておこう、夏代の意思にまかせよう。日本へ帰れと言いはしたが、結果は神のみぞ知るだ――。

フォックスは寝台車の窓からさし込む月の光に青白く冴えた夏代の顔を、こんな事を考えながら見ていた。

列車が想い出のイポーを正午頃に過ぎて、終点のバターワースのプライ駅に着いたのは、午後の一番暑い時刻だった。その暑い駅の構内では、印度人の象使いが象を使って貨車の入れ替えをしていた。鼻っつらで巧みに車を押している様子が面白く、夏代は思わず見とれて、危く連絡バスに乗りおくれるところだった。

車は、何もない赤茶けた道路をしばらく走って波止場に着いた。まばらなマングローブの向うに、錫の工場だろうか、粗末な屋根と煙突が見えた。煙突はものうく煙を吐いていた。

連絡船に乗ると、二、三十分でジョージタウンの桟橋に着いた。

ピナン島は、思ったより涼しかった。至る所に檳榔樹が生い茂っている。そのせいか、ここのマレー人は檳榔の実を噛み、赤い唇で道端に唾を吐く姿が目についた。

二人は、特に日本人経営のホテルを探して、朝日ホテルというのに落着いた。

次の日、フォックスと夏代は、ジョージタウンの街や郊外を見物して、ピナンヒルに登ることにした。途中で蛇寺や極楽寺などに寄り、支那料理の昼食をすませて、ケーブルカーで頂上に登ったのは、かれこれ二時頃になっていた。

ピナンヒルは涼風が海から吹き上げていて、シンガポールの午後とは比べものにならない涼しさに夏代は驚いた。また、途中の岡の中腹に点存する欧風の家は、このための別荘なのだと気付いた。

頂上近くの立木に囲まれた広場には、釈迦像が安置してあった。夏代はその前に一人で跪いて、フォックスの無事を祈った。

お参りを終えて展望所に立つと、雲一つない空の下に濃紺の海がひろがっていた。

夏代の胸にふと、口之津の港を出る前の日に燈台のある岬から眺めた故郷の海がよみがえってきた。はるばると数千マイルの波濤を越えて、みすぼらしい田舎娘から今日の自分になるまでの迂余曲折の十数年を経て、明日はフォックスとの別離の日をむかえようとしている。

　はるかにひろがる印度洋をふるさとの海に重ね合せて夏代が感慨にふけっていると、

「あの海の向うがスマトラだ。メダンはあの方角だよ」

　とフォックスが南の方を指さして教えた。東には巨大なマレー半島が延々と北にのびていた。フォックスはその北の方向を示して、

「あの、かすんだ山の向うはシャム国なんだ。左手のあの山は、更にビルマへ続いている」

　と説明した。

　椰子林が続くマレー半島の左手は、みな海だった。一望千里、海は涯しなく拡がり、はるか彼方の水平線で空と交叉していた。

「ニコバル群島というのは、この方角だ。俺が乗った船は明日、この真西へ向って進んでゆく――」

　フォックスはそう言って、しばらく西の方角を見つめていた。

　翌日、静岡丸の出帆は、荷積みの関係で意外に手間どった。フォックスが乗り込んだのは昼前だったが、出帆のドラが鳴りはじめたのは夕方近かった。

　夏代もフォックスといっしょに乗り込み、その合図まで出帆を船室で待った。フォックスは落ち着かない様子だったが、夏代はもっと出帆が遅れればいいと願った。

　船員たちは皆日本人だったので、夏代の紋付姿を見てあれこれと親切にしてくれた。彼女からフォックスが出征するのだと聞いて、船長までが挨拶に来た。二人のために、船長はわざわざ別れの杯を交わすようにと、日本酒を持ってきてくれた。

　ドラが響いた時、フォックスは夏代を抱きしめて、最後の接吻をした。夏代は唇が切れそうな疼きを覚えた。

　ランチに乗り移ると夏代の目はもう涙でいっぱいで、フォックスが手を振っている姿も見えなかった。彼女は椅子に突っ伏したままで桟橋に着いた。陸に上ると、汽笛がひときわ高く響いて、静岡丸はすべるようにピナンの港を出ていった。

　夏代は、船が岬にかくれるまでハンカチを振って立っていたが、急に思い付いて馳け出すと自動車を拾った。彼女は、一秒でも早くピナンヒルに登るように命じた。

転ぶように車から降りて展望所にかけつけた時は、静岡丸ははるか海洋の一点にけし粒のように遠去かっていた。消え残った煙が空の一部にすすけたように残っていなければ、船の存在さえ判らないほどだった。濃い茜色の空と真鍮色に反射する落日の海には、もう何も見えなかった。

夏代は真西を向いたまま、日が暮れるまでピナンヒルに立ちつくした。

第四部

別離

終戦後、「夏代」が引揚げてくる時に携行したヤカン（南島原市歴史民俗資料館）

1

一九一六年（大正五年）五月。

夏代は、ペラ州のビドータウンでゴム園造りに専念していた。イポーから上流に五十マイルほどはいった山奥だった。

彼女は拳銃を腰に下げ、小屋《アタップ》に寝起きして三十人程のタミール人や支那人達を使っていた。ゴム園の広さは二十エーカー程だった。

彼女は、やっと手に入れた優良クローン（接木苗）を丹念に焼畑に植えていた。五フィート×十フィートに一本の割合で、一エーカーに百五、六十本を植えるのである。三千本ほどの苗も残り少なくなって、今日明日で植付がようやく終わるところまで漕ぎつけていた。

あとは苗と苗の空地に胡麻や煙草を蒔き付け、間作の収入をはかるようにしておけばゴム園造りもまず終了するのである。その後は雑草を生やさぬようにして四年も待てば切付（ゴムの樹皮に切り込みを入れること）が出来て樹液の採集が始まる。

夏代はこの一年近く、土地を手に入れ、原始林を焼き払い、土留めの溝を掘り、苗の入手に奔走して、全く寝食を忘れて立ち働いた。働くことが今の彼女にはすべてを忘れる手段だった。働いてさえいればフォックスの事を考えないですんだ。だからゴム園造りは彼女にとって忘却のための作業だった。

この頃ではフォックスの事も仕事の忙しさにつれ次第に思い出す日が少なくなり、ひと頃のように堪え難い淋しさに襲われることはなかった。この分ならば何年でもフォックスを待てる自信もつきかけていた。

ピナンでフォックスを送ってからシンガポールに帰って来た夏代は、自動車やモーターサイクル、家財道具等の一切を売り払って約五千ドルほどを得た。

家屋敷は官舎だったので、フォックスが居ないのにいつまでも居るわけにもゆかず、ひとまず竹乃の所に身を寄せることにした。これはフォックスとルイスの間で取りきめた予定の行動だったので何の支障もなかった。数日たってからルイスに「自分は日本に帰らない。こちらに居てフォックスが帰るのを待つつもりだ」と言うと、「それもよかろう」と彼も同意した。

だまって遊んでいるわけにもゆかず、何か商売をしなければ、ということになって、竹乃や竹乃の兄弟たちにあれこれ相談した。竹乃は、夏代がとても英語が上手だから、シンガポールの市内で白人相手に日本製の陶器などを売る店を開いたらどうかとすすめた。ルイスも、それは名案だと言って賛成した。しかし夏代は、白人相手だとフォックスを思い出していけない。何か忘れるような仕事をしなければと、結局ゴム園造りに落ち着いた。最初は、女手で危険な仕事はしない方がいいと反対者が多かったが、夏代がきかないので、それではということになった。

土地はルイスの世話で、彼の友人から二十エーカーを一万ドルほどでゆずってもらうことにした。完成までの足りない資金については、ルイスが応援することを約束してくれた。

三ケ月後、彼女は単身男装して現地にのり込んだ。彼女の声は少し低音で、喉声をきかすと男の声に似せることが出来た。肩幅が広い体格の好さも、うってつけだった。彼女が旅装を整えてシンガポールを発ってから今日まで、彼女のことを女だと気付く者は誰も居なかった。それ程、彼女は言葉や動作にも注意して仕事に打ちこんだ。

フォックスが発ってから丁度半年目に、若し彼女がシンガポールに居たら——と前置して、アフリカの戦線から出された彼からの一枚のポストカードを受け取った。そのカードはルイス気付になっていて、竹乃からビドータウンに回送されてきた。

自分は軍艦を降りて陸戦隊に配属され、ナイジェリアのラゴスに駐屯している。フランス軍と相呼応して、ドイツ領のカメルーン攻撃の激しい戦闘が続いているが、近く自分も戦線に向かう——という意味のことが記されていた。

夏代のゴム園は、両脇が谷になっていて、ゆるい東南向きの傾斜面だった。西北部が深い森林に続き、彼女には恰好の独立した台地だった。左手の谷の向こうは、すでに完成した白人経営の立派なゴム園が続き、樹液《スースー》の採集が始まっていた。夏代の土地は、このゴム園主からゆずってもらったものである。

右手はすぐ川岸まで、ニッパ椰子の小屋がひしめき合った錫山の労働者の住居になっていた。朝夕は甲高い支那人労働者の話声が聞こえたり、岩石を爆破するダイナマイトの響きが昼間のけだるい空気を突き破るようにゆるがせたりするので、夏代にはさほど山奥とは思われなかった。

ひとまずゴム園が完成したなら、四年の間、黙ってここで樹木が生長するのを待つのは馬鹿々々しい。何か仕事を別にしなければ、と夏代は前から考えていた。苗の植付が終わって四、五日した頃、幸い竹乃から手紙が来た。

イポーにちょっとしたホテルがあるが、買わないか。格安だし、店の経営をしながら、ゴム園の監督は片手間で出来る。希望があるなら、すぐ知らせてくれ。金はその家を担保に、こちらで立替えておく。自分もまだマレー半島の旅行はしたことがないので、この機会に夏代のゴム園も見たいし、ピナンにも行ってみたい。ルイスが、そのホテルを検分がてらに連れて行ってもいいと言っているので、ぜひ買うようにしてくれ——といった内容の手紙だった。

夏代はこおどりせんばかりに喜んで、すぐその日のうちに電報を打った。

ホテルは思ったより庭が広く、小ざっぱりした建物だった。階下がストアー風になっており、今まで日本人が所有していたという話だった。

夏代はルイス達と建物を見ながら、イポーは思い出の地でもあり、幸運が舞い込んだと、希望に胸をふくらませながら子供のようにはね廻った。

早速彼女は、階下を思いきり広いバーに改造することを提案した。

営業の許可証を警察にもらいにゆくと、

「日本人の女で、しかもミスでは許可するわけにはゆかぬ」

といって断られた。何度も足を運んで署長に懇願したが、駄目だった。

がっかりして途方にくれていると、署長はさすがに気の毒になったのか、公安委員会の委員長に頼んでみたらどうだね、とサゼッションを与えてくれた。

夏代は、スミスというボスに会っていろいろと嘆願した。話を聞いていたスミスは、

「君は日本の婦人としては常識が発達している。いったいシンガポールでは誰といっしょにいたんだね」

と質問した。

夏代は率直に、フォックスが出征したことや、彼の友人のルイスに金を出してもらったことなどを説明すると、

「おお！ C・J・フォックス、それにジョージ・ルイス！ なぜ早く貴方はそのことを言わなかったんだ。俺は二人ともよく知っている。この問題はとてもむずかしい。だが委員会にかけて、特別に許可になるように努力しよう」

と約束してくれた。

折よく、ピナンまで行っていたルイス達が帰って来たのでこのことを話すと、ルイスは暫く首をかしげていたが、

「スミス？ 思い出した。三年前までシンガポールにいた、政庁の書記官だ」

と言って、自分もボスに会ってくれた。

委員会が難航していたところだったので、彼の出現はスミスを安心させた。結局、ルイスが保証人のサインをすることで結着した。加えて、委員達も署長も、フォックスが出征していることとルイスの名声が高かったのとで、今後夏代の経営に応援や協力を惜しまないとまで申し出た。

ルイスは彼らに万事を托し、その夜、竹乃とシンガポールへ発って行った。

駅に見送りに行った夏代は、十何年前の事を思い出して、つい昨日のことのような気がするのだった。彼女はフォックスが帰ってくるまで、絶対にこのまま待つことを決心した。


ミス笹田の経営するイポーホテルは非常に評判がよかった。公安委員会や官庁方面の応援もあったが、彼女の美貌と流暢な英語が受けた。フォックスに仕込まれた几帳面さと教養で、バーやホテルはいつも清潔だった。特に、テーブルには香りの好い高価なジャングルの蘭を飾ることを忘れなかった。

イギリス流の彼女の礼儀正しさとおしゃべりの節

度は、大いに英国紳士たちに好感を持たれ、中には彼女を目当てに通う者も少なくなかった。また、イポーは錫山の中心地として戦争景気に湧き立っていたので、鉱山に勤める白人達の金遣いも荒かった。

バーには昼間から飲み客が溢れ、朝まで続くこともしばしばだった。部屋も満員続きで、その忙しさにぶっ倒れそうになる時もあったが、夏代は仕事が面白いのと儲かることで我を忘れて働き続けた。

ゴム園には週一回、賃銀の支払いをかねて車で出かけた。道路もよかったので二、三時間で往復出来た。ゴムの苗もすくすくと伸び、すでに二フィート近くになっていた。

ところがここに降って湧いたように、頭痛の種子が生じた。数日前から、突然ヒゲが現れて泊まり込んだまま動かないのである。うるさく言い寄って来るのを上手にかわしても、ヒゲは平気な顔でまた言い寄ってくる。相手がヒゲだ。この機会に何とか懲らしめる方法はないものかといろいろ考えたが、毎朝、勘定だけはきちんと払うので、正当なお客である以上、追い払うわけにはゆかない。彼女はほとほと困り抜いていた。

もともとこの家は、彼の持物だったのをゆずったのだとヒゲから聞かされて、夏代はびっくりした。ヒゲの方は最初から夏代が買うことを知っていたが、ルイスと竹乃が夏代が厭がるだろうと思ってそれを知らせなかっただけだったのである。

ヒゲがこの家を売る気になったのは、広大なゴム園経営の資金に不自由していた矢先に、コカの栽培と密売が発覚して多額の罰金を食らい、金に窮したからである。やっと成長したコカの葉を摘んで干しているところを、隣接の錫鉱山の者に発見され、例の訴訟以来、ふだんから反感を持たれていただけに、すぐ訴えられてしまった。

王に泣きついてみたが、王は、お前が下手な仕事をしたおかげで俺までとばっちりを受けて罰金を食った、それに今まで貸した金の利息も払わない男にはこれ以上の金は出せないと言って突っぱねた。仕方なく長吉を介して竹乃の兄弟に、イポーで店をやらないかと話を持ちかけたことから、夏代の手に入る結果となったのである。

それをヒゲは、お前が買うと言うので、俺はまだまだ手放したくないのを特別にゆずってやったのだと言った。お前はきっとうまくやると期待していたというヒゲの口ぶりは、初めから夏代をとり込む機会を待っていたように思われた。彼が狙ったものは、彼女と彼女がフォックスからもらったと思われる多額の手切れ金にあったことは言うまでもない。

昼頃だった。夏代がカウンターの所に立っていると、例によってヒゲが近寄ってきた。

「コアランポには、いつお帰りですの」

たまりかねた夏代が水を向けた。

「帰したかったら、俺といっしょに寝るこった。資金も要るだけ出してやるバイ」

とヒゲは厚釜しい言い方でうそぶき、悠々としていた。

「おや、貴方とそんなことになったら、おサヨしゃんからおこられますバイ」

笑って冗談めかすと、その言葉は意外にヒゲにこたえたのか、彼は猿のように目をむいた。

「何っ！　おサヨじゃと。彼奴ぁ、薬屋の白人と夫婦になっとる――」

そうヒゲが言い紛らわそうとした時だった。

フロントから大きな声がして、一人の日本人の女がはいってきた。

「夏代ちゃん！　会いとうて、シンガポーから急に思い立って会いに来たバイ！」

声の主は、まさにおサヨだった。

思いがけぬおサヨの出現に顔をしかめたヒゲが仕方なく向きを変えた時、彼の視線とおサヨの視線がパッタリ合った。

一瞬、おサヨは驚いた様子だったが、忽ちぐっと睨み返した。しばらく二人の間に沈黙が続いた。

急におサヨの顔が凄まじい形相に変わったかと思うと、

「蠍《カラゼンキン》！」

と喚きたてて、持っていたトランクを投げすてるなりヒゲに飛びかかった。彼女はわけのわからぬ罵声を浴びせかけながら、滅茶苦茶にヒゲの顔をひっかいていた。

その日の午後、ヒゲはほうほうの態でイポーホテルを退散した。

おサヨは千ドル近くの金を持っていた。

昨日、安い日本着物を売る店があると聞いて買いに行ったところが、それが竹乃の店だった——と、おサヨはここへ来た動機について話しはじめた。

スマトラからシンガポールに帰って来たおサヨは、行先がなかったのでしばらくマレーストリートの草野の家で働いていたが、そのうちウィルソンという男を知った。自分はウィルソンといっしょになるつもりだったが、半年もせぬうちにウィルソンは病気になって、健康が恢復するのを待っていたがとうとう死んでしまった。それで、このままシンガポールで働いているのもつまらないし、金も貯まったのでひとまず日本へ帰ろうと思って、竹乃の店へ着物を買いに行ったのだった。そこで彼女から夏代の消息を聞き、矢も楯もたまらなくなって、すぐその足で夜行列車に乗ってしまったのだ、という事だった。

夏代は、手不足でもあったし、ヒゲを防衛するのにはおサヨに限ると思って、内心、好い所へ来てくれたものだと喜んでいた。

「日本へ帰ってもつまらんバイ。たかが千ドル位でどうなるね、一生遊んで暮らせるだけの金を持って帰らんバ——」

と、夏代は、千ドルを十倍の一万ドルにして持って帰るようにと、おサヨをけしかけた。

しばらくここでバーの監督をしながら遊び半分に手伝って、そのうち千ドルを元手に商売を始めたらどうだ、としきりにすすめられて、おサヨもその気になった。

「それじゃ、ゆっくり落ち着いて好い旦那さんでも探すかネ——」

と言って、その日からおサヨは夏代の所にそのまま腰を落ち着けてしまった。

夜になると、おサヨはついさっきまでの帰国の決心も忘れたようにケロリとした顔でバーに出ていた。慣れた接客ぶりと彼女の愛嬌は、一段と夏代の店に活気をそえた。あまり好い女がいなかっただけに、おサヨが加わったことでその晩の酒の売り上げまで急に増える程だった。

夜更けて、夏代が客の一人に言い寄られて困っていると、

「一人でいると体がヤキヤキしてたまらん」

と言いながら、おサヨが横合いからその白人にしなだれかかってきた。

「夏代ちゃん、あんたは二年近くも一人でいて、何ともなかとやろな？」

と笑いながら、鮮やかなところをみせて、彼女はその客を喰わえ込むと二階の部屋に消えた。

こうして夏代の店はますます繁盛をきわめた。


その年（一九一六年）の暮、夏代は半年間に得た利益を持って、一年半振りにシンガポールへ出た。ホテルを手に入れる時にルイスから借りた資金の半額を返済する為だった。

ちょうどその日はクリスマスだった。ルイスも仕事が休みで、折よく竹乃の家に来ていた。夏代が返済金を持って来たことを告げると、二人は目を丸くして彼女の商売のうまさに驚歎した。

夜、竹乃と夏代は、自分達がシンガポールに上陸した夜がクリスマスだったことを思い出し、今夜は満十三年目の記念日だといって、ルイスを混えて夜更けまで騒いだ。

尽きない話の途中で、フォックスからその後便りはなかったかを訊ねると、ルイスは簡単に「ない」と答えた。心なしか、ルイスの顔がその時ちらと曇ったのを夏代は見逃さなかった。しかし彼女はそれ以上きかなかった。

翌日、シンガポールを発って汽車に乗り込んでからも、昨夜のルイスの返事が、なぜか夏代には気になってならなかった。


実はクリスマスの前日にフォックスからは便りが来ていたのだが、それをルイスはわざと喋らなかったのである。フォックスの便りは、ナイジェリアの野戦病院からだった。

その年の初め、カメルーン攻撃の戦闘で砲弾を受けて負傷した。危うく死ぬところだったが、医者の手当が早かったので命だけは取りとめた。まだ手術を受けなければいけないが、今はドイツのサブマリンが外洋に待ち伏せをしているので本国に帰還することができない。当分ここを離れることは出来ないだろう。やっと気分も落ち着いたので便りを書いた。都合では、ここは暑いのでケープタウンの病院へ送られるかもしれない――と記してあった。

2

一九一七年（大正六）七月。

夏代のイポーホテルは、ますます繁盛していた。開業前年の年末に半額を払った残りを完済すべく、夏代はルしてからちょうど一年の記念品を持って、夏代はルイスの許を訪れた。

完全にホテルを自分のものにしてしまった夏代が、ほっとしてシンガポールから帰ってくると、おサヨがフロントに出迎えた。

「夏代ちゃん、大事なお客様がお待ちかねだよ」

おサヨはくすりと笑って耳許に囁いた。

「誰？」

夏代は、またヒゲが来ているのでおサヨが冷やかしているのだと思った。

「会えばわかるタイ……」

おサヨは意味ありげに、ニヤニヤ笑っていた。

水浴《マンデー》をすませて、おサヨが言う一号室のドアをノックすると、

「おはいり」

中からは、落ち着いた日本語の返事があった。

誰かしらと、一歩部屋に踏み込んで、夏代はその場に立ちつくしてしまった。

「久し振りだなあ――お盛んのようだが、元気で何よりでした」

「…………」

夏代は、挨拶する言葉が急に浮かんでこなかった。男は田中百太郎だった。

十二年ぶりに見る彼の頭髪には、白いものが混じっていた。還暦を迎えたばかりと思われる風貌にはいよいよ落ち着きが加わっていたが、言葉や動作にはまだきびきびした活力が溢れ、見方によっては以前より若くさえ感じられた。

夏代は懐かしさのあまり我を忘れて駆け寄ると、彼の胸にとび込んで接吻を待った。

百太郎は、三十になった豊満な夏代の体を抱きとめて、じっと彼女の顔に見入っていた。

夏代は目をつむり、全重量を彼にあずけるように放心していた。百太郎は感慨深げに静かに顔を近付

けると、柔らかく唇を吸った。夏代は身悶えるように激しく吸い返した。

フォックスと別れて二年間の生活の底に流れていた空虚さにはじめて気付いたように、夏代の中に爆発的にこみ上げてくるものがあった。仕事に打ち込むことで満たされていたはずの毎日だったが、知らず知らずのうちに鬱積したかすかな不満が、百太郎の胸に抱きとめられて堰を切ったように溢れ出してきたのだった。それを彼も彼女自身も知らなかった。ただ十二年ぶりの懐かしさのせいだと、思い合っていた。


百太郎が再びマレーへ帰って来たのは、ゴム園造りのためだった。イポーの近くのタパから数十マイル入った奥地に、二百エーカーの土地を求めて、今から開墾しようというのであった。この大きな計画は日本政府の事業で、彼はそれを遂行するためのマレー拓殖協会の総裁に就任して、現地の検分や準備に来ていたのである。彼は、今年いっぱい滞在しなければならないと語った。

タパには好いホテルも無く、連絡その他に不便なのでイポーに事務所を置こうと思っていたところ、シンガポールでおまえの事も風の便りに聞いたので、まっすぐここへ来たのだと言った。

百太郎はまた、彼の秘書で後にはゴム園のマネージャーに置いて帰るのだという、甥の夏目大助を紹介した。彼は二十七、八才の青年で、柔道四段のがっちりした体格に色白の眉のひきしまった顔は百太郎に生き写しで、百太郎の若い日を想像させた。大助は早稲田大学出身ということで、動作も言葉もはきはきした若者らしさに好感が持てた。百太郎は彼の事を、「助!」と呼びすてていた。


百太郎たちは、夏代のホテルを根城に毎日のように車で現地に赴き、時には三日も帰って来ない日があった。シンガポールへ出かけると一週間も十日も帰らないで、百太郎は精力的な活動ぶりをみせた。

すっかり日焼けした百太郎を見て、夏代はその潑溂さに惚れぼれとする時があった。しかし、そんな時、接吻はしたが、これ以上百太郎に近寄ってはいけないと、ともすれば崩れかかる自分の心に彼女は言い聞かせるのだった。

幸い百太郎の傍にはいつも大助がついていたので、危険な炎から夏代は辛うじて自分を守ることができた。百太郎も同じ事を考えているように見受けられた。

やがて滞在もいよいよ残り少なくなって、百太郎が数日後には日本へ帰るという晩だった。大助が昼間現地へ使いに出たまま夜になっても帰って来ないので、百太郎は夜更けまで寝ないで待っていた。無聊に苦しむのか、彼は部屋を抜け出して酒場《バー》に降りて来た。

夏代は店を閉めようと思っていた所へ彼が現れたので、少なからず驚かされた。しかし、百太郎から大助の帰りを待っているのだと聞くと、それでは二人で待ちましょうということになって飲みはじめた。

久しく絶っていたウィスキーの酔いが小気味よく体中にまわると、夏代はなぜか火照った体の奥から、かきむしるような苛立ちが湧き上がってくるのを覚えた。これではいけないと思えば思うほど、その苛立ちは切なさともどかしさに変わった。

百太郎はと見ると、微笑を浮かべたまま泰然とウィスキーを飲んでいた。

夏代の目先に、マレー人たちが熊蜂の巣に炬火で火を点けにゆく情景が浮かんだ。消えては浮かび、浮かんでは消え、最後には炬火の火が赤々と燃えさかり、熊蜂の大群がわっと一斉に闇の中へ飛び散った。そしてその蜂の大群が、自分の頭上に襲いかかって来るような幻覚にとらわれた。

（マレー人たちが高い木に登って熊蜂の巣を焼き打ちにするのは、一番危険を伴うスリルになっている。うまく焼き落とせば、やった！　と快哉を叫んで、英雄じみた豪快さを味わうのだそうだ。彼らに言わせると、それは猛獣を射止めた時以上に胸のすく思いがするのだそうである）

百太郎が、もう助は帰って来ないだろう、と言って椅子を立った。夏代は彼を部屋まで送るといってついて来た。階段を昇る彼女の足どりは、強《したた》か酔いがまわって危げにみえた。

部屋の入り口で、

「グッド・ナイト」

といって夏代が握手をした手を離そうとすると、百太郎の手に力が籠った。ぐいと引かれると、それを待っていたかのように彼女の体はよろめいて部屋の中に転げ込んでいた。

とろけるようなクリームの泡立ちが体中に付着して、彼女は宙に泳いでいるような気がした。疼きが腰のあたりから何度も背中にかけて波打った。

鬱積した二年間の愉悦が他愛なく堰を切って流れた。

瞬間的な感覚を麻痺させる嵐が、足の爪先から髪の先まで間断なく襲いはじめた。

その時、嵐と嵐の間隙の一瞬に、彼女はちらとピナンヒルの落日の風景を思い浮かべた。ぞっとして肌に粟立つものを感じかけたが、次の瞬間には嵐にのみこまれ、風景は瞬時に吹き飛ばされた。嵐は松明を点けた熊蜂の焼き打ちの情景に変わった。松明の火はあかあかと燃え盛り、吹きすさぶ嵐の中で、その火はますます天を焦がすように燃え続けた。

もはや彼女の世界には逡巡も回顧も詐術もなかった。ただ、三十才の肉体を占める逸楽が、マレーの太陽のように彼女の全霊を焼きつくそうとしているだけだった。


翌朝、ビドータウンから錫山のトラックに便乗して使いの者がやって来た。

「昨夜、ゴム園が数十匹の野象に荒らされた」という知らせである。

夏代は車に飛び乗ると、使いの者を一緒に乗せてゴム園へ急いだ。未だ夜明けの悪夢から覚め切らないように、夏代は車の中で、昨夜、ゴム園と自分のホテルに何が起きたかを疑うような目付きをしていた。

ビドータウンに到着してゴム園に行ってみると、すくすくと順調に伸びていたゴムの木は無残にも踏み倒され、食いちぎられ、そのほとんどが全く役に立たないほど荒らされていた。

夏代は岡の一角に立ってゴム園の変わり果てた有様を眺めて、昨夜の事を後悔せずには居られなかった。疲れからくる悪夢の幻覚が、きらきらと輝く昼前の太陽の光といっしょになって、彼女の目を射すくめているような気がした。頭がビシビシ痛んだ。目まいをこらえて立っていると、踏み倒されたゴムの木を、フォックスが一本一本、蹌踉として起して廻っている幻影を見て、彼女は立ちすくんだ。目まいがまた襲ってきた。そのまま暗黒の世界にずるずると引きずり込まれるような気がして、気が遠くなった。

夏代は慌てて家を飛び出したので帽子をかぶっていなかった。小屋《アタップ》に寝かされて、彼女が日射病から恢復したのは夕方だった。

帰りの車の中で、彼女は再び振り出しに戻ったゴム園に苗の植え付けをしなくてはと決心しながら、自分自身の生活も振り出しに戻ったのだと考えていた。

五日の後に、百太郎は日本へ発った。それから更に五日後にはその年も終わった。

3

一九一八年（大正七）一月一日。

夏代は例によって形ばかりの正月をすますと、後をおサヨに頼んでビドータウンに出かけた。

この数日、象に踏み倒されたゴムの若木を起こしてまわるフォックスの幻影に悩まされていたので、一刻も早くゴム園を再建したいと考えたからだった。

ゴム園の大半は役に立たず、まばらに生き残った若木が夏代が来るのをしょんぼりと待っていた。作業は、それらの若木を北側に移し変え、その跡に新しい苗を植えなければならなかった。象は北側の山続きの原始林から一直線に駆け降りて来たのか、ジャングルの中にトンネルのような穴があいていた。夏代は将来のことも考え、まず境界線には象の嫌いな毒草を植え、最も成長の早いカユ・ジャティ（チーク）の類などを植えることにした。優良クローン（苗木）の入手については年末から八方に手配しておよその見当がついていたので問題はなかったが、二年前の苦労を同じように繰り返さねばならないかと思うと、それがたまらなかった。

夏代はそれから毎日のように、夜明けからビドータウンに通い、夜は以前にも増してホテルの商売に精出した。数ケ月後にはゴム園は元通りになったが、フォックスの幻影は依然として彼女の脳裡から去らなかった。

もしや、フォックスは戦死したのではなかろうか。

たった一度、葉書を寄越しただけで、音信がない。生きておれば、もう少し何かの便りがありそうなものだが——そうとしか考えられない。夏代はこう考えて、ルイスに宛てて今までも度々手紙を書いた。しかしその都度ルイスからは、彼からは何の便りもないのだ、と簡単な返事が来ただけだった。

今も夏代はそう考えて、あまりにフォックスの幻影が目先を離れない事を書きそえ、もしも戦死しているならいるで好いから、真実を教えてもらいたい、と何度目かの便りをルイスに宛てて書いた。

その手紙を投函すると、入れちがいに日本の郷里から一通の封書がとどいた。開いてみると、去る二月の初めに、父親の多助がスペイン風邪で死んだことを知らせる、市代からの便りだった。

夏代は早速五十ドルを日本円の為替に組み替えて、これで墓を作るようにと市代に宛てて送った。それから自分も位牌らしきものを作り、故笹田多助之霊位と書いて祀ることにした。

こんなことがあって以来、フォックスの幻影がぱったり現れなくなった。夏代はそこで、今までフォックスだと思い込んでいたのは父親の多助だったのかと思うと気が楽になり、フォックスの事もあまり気遣わなくなった。

ルイスからの返事は相変わらず、便りが来ないからわからない——という簡単なものだった。しかし末尾に「もし彼が戦死しているとすれば政庁に通知があるはずだから、それがない所をみると、あまり心配しないほうがいい」と書きそえてあったので、夏代は、それもそうだといよいよ安心した。

七月。手狭になってきたので、夏代はホテルを増築した。十部屋ほどだったが、手持ちの金で足りた。ゴム園の被害がなければまだ増築したいところだったが、借金をしないで出来たことで彼女は満足した。

商売はますます繁盛をきわめ、増築した部屋も連日の満員続きで、夏代は開業当時とは比べものにならない忙しさに追いまくられていた。

十月。百太郎が帰国して以来、現地に行ったきりになっていた夏目大助が、ある日ひょっこりやって来て、「やっと苗の植え付けも全部終ったので、これからは暇になる」と言って、二、三日遊んで帰った。大助はそれから、休みには遊びに行く所がないといって、度々やって来るようになった。

十一月。待ち望んでいた終戦の日が来た。

九日、ドイツ皇帝が退位して、十一日には連合国とドイツの間に停戦が成立したという新聞の報道を見て、夏代はほっとした。

年が明けて、もう二、三ケ月もすれば、フォックスが帰ってくる。そうしたら、自分がシンガポールへ行ったあとの、このホテルは売ったものだろうか、おサヨにでも貸して、持っていたほうが好いだろうか。ゴム園はどうしよう。未だ樹液《スースー》の採れないゴム園を、好い値で上手に売ることができるだろうか。シンガポールにフォックスと住む今度の家は、どんな家だろうか。森《ウタン》があるだろうか、庭は広いだろうか、どんな木が植っているだろうかなどと、そんな事を考えて眠れない夜が続いた。

町にも戦勝気分が溢れて、彼女のホテルとバーはいちだんと繁盛した。夏代はその忙しさも一向に苦にならず、有頂天になって働いているうちにその年は暮れた。

一九一九年（大正八）一月。

この年は夏代にとっては、年頭から押し寄せた景気と希望に満ちた期待で始まった。

しるしだけの正月の行事もそこそこに階下に顔を出すと、朝っぱらからバーに雪崩込んできた一団があった。帰還兵らしい男を中心に、錫山の白人達がすでに酔っぱらった足取りでストームをしていた。その男が土足でテーブルに上って軍隊調の号令をかけると、一同の騒ぎが止んだ。彼はおもむろにポケットから勲章を取り出し、それを恭々しく胸に着けて挙手の礼をした。一同がやんやと囃し立てた。それから彼は前後不覚になるまで飲み続けた。

夕方になると、また同じような別の一団が繰り込んで来た。こちらは軍属らしかった。

彼らの話を総合すると、二人ともシンガポールにいたらしく、勲章を持った方は大砲の話ばかりしていたので要塞にいたのであろう。もう一人は船の話ばかりしていたので、セネタ軍港の軍属に徴用されていたのだろうと夏代は思った。夜更けて、その日の売り上げを締めながら、こうして帰還兵がぼつぼつ帰り始めたからには、フォックスが帰って来るのもそんなに遠くはないだろうと、彼女は期待に満ちた心を弾ませた。その日の売り上げは平日の三倍程もあった。

その後、終戦の余波で経済界は不況になったと、お客の口から聞いて夏代は心配したが、彼女の商売は一向衰えをみせなかった。

三月、四月とたつうちに帰還兵は益々ふえて、彼女の酒場は夜毎に彼らのストームで荒らされた。しかし、フォックスからは依然として何の便りも来なかった。たまりかねた夏代は、意を決してシンガポールにルイスを訪ねた。

ルイスは暗い表情で、多くを語らなかった。

「もしもだ、チャーリーが戦死しているとすれば、何らかの通知が政庁に来なければならない」

と繰り返すだけで、確たる返事をしなかった。

「戦争がすんで半年もたつのに、それではチャーリーはどこに雲隠れしているんでしょう？」

夏代の投げやりな言葉に
「さあ、俺には判らない――」

と、ルイスは言葉をそらした。夏代は、言いたくないと思ったが、

「チャーリーは出征する時、私に日本へ帰れと何度も繰り返して、手切金までくれたんですわ。きっとチャーリーは最初から戦争が済んでも帰って来る気はなかったのね……」

つい、言い出して涙をこぼした。

「いや、そんな事は絶対にない。チャーリーはきっと帰って来るよ」

ルイスは慌てて打ち消した。

「じゃあ、帰って来るとおっしゃる以上は、何かの証拠か、知らせがあっての事でしょうね」

「別に何もない。ただ、俺がそう信じているだけなんだ。彼も仕事の都合で軍隊に残されて後始末をしているのかもしれない。帰還兵が全部帰るのに、一年はかかると新聞にも書いてあったからね。気を長くして、待つべきものは待った方がいいさ」

ルイスは慰めるように彼女を見た。夏代は、ルイスの否定もしなければ肯定もしない態度に、割り切れないものを感じた。

イポーへ帰る汽車の中で夏代は、フォックスが果たして生きているだろうか、戦死したのだろうか、そのどちらなんだろうかと、繰り返し考え続けた。

結局イポーに着く頃には不安が次第につのって、

やっぱり戦死しているのかもわからないと考えるようになり、暗い気持で汽車を降りた。彼女は家に帰ると、そのまま寝込んでしまった。

夏代は一週間程、床に就いていた。取りたてて病気という程のことはなかったが、今までひっきりなしに働き続けた過労が一度に来たのだろうと医者は言った。微熱が続いて体が気だるく、無性に眠いといって、彼女はうつらうつらと眠り続けた。

この病気の間、彼女は忘れていたフォックスの幻影に似た夢を度々見た。前の幻影は、比較的鮮明だったが、今度、夢に出てきたフォックスは体中が影絵のように真黒だった。顔も勿論、真黒で、フォックスだとは断定できなかったが、動作でそれと察しられた。しかも今度のフォックスは、倒れたゴムの木を起こすようなことはせず、ゴム園に立っているだけだった。

声をかけると、彼は返事をしないで歩き出し、象が荒らしに駆け下りて来たジャングルのトンネルへ消えて行った。いくら呼んでもフォックスが帰らないので、ジャングルの中まで追いかけて行くと、彼女は蔓草に足をとられて地上に倒れた。強か胸を打って苦しんでいると、誰かが手を貸して起こしてくれた。そこで夢はいつも終わるのだった。

夏代は、厭な夢を見るものだと思いながら、これはきっとフォックスが戦死したことを知らせる為の夢ではないのかと考えたり、あまり自分が悲観するので、心の迷いでこんな夢を見るのだとも考えた。

それにしても、あまりに夢ばかり見るのは、フォックスがアフリカのどこかの山奥で戦死したまま、誰も知らないでいるので成仏できないと言っているのではなかろうか。恐らく生死不明なので、ルイスも、生きているとも戦死したとも言えないのだろう。要するに、フォックスは生きて帰らないことだけは確かだとも考えられた。そんな決定的な答えを出した後で、彼女は自分の考えに戦《おのの》いた。

病気が治ると、再び忙しさにまぎらわされて、夏代は夢のことをいつとはなしに忘れていた。同時に、フォックスについても、深刻な絶望感から半ば諦めに似た気持に変わって、帰還兵の凱旋パーティを見ても気にならなくなっていた。ただ、生きているのか死んでいるのか、それがはっきりさえすれば心の持ちようも感情の整理も出来るのに、何れともつきかねるところに些かの苛立ちが残っていると言った方が正しかった。

淡い期待を持って迎えた十一月の終戦一周年も、夏代にとって、フォックスに関する限り、何の吉報ももたらさなかった。

十二月もいよいよ終わりに近付くと、夏代は、これ以上フォックスの事を考えていても仕方がない、諦める時期が来たのだ、来年は思いなおして新しく出なおさなければ、と考えるようになっていた。

クリスマスの夜、三人連れの白人の女が訪れて、自分達をバーで働かせてくれと頼んだ。どうも様子が少しおかしいので問いただして話を聞いてみると、亡命の白系露人だとわかった。夏代は憐れに思って使うことにした。

4

一九二〇年（大正九）一月一日。

夏代は三十三才になった。元日の屠蘇を飲みながら、今年は厄年だから悪い事が起きませぬようにと、夏代は心の中で神に念じてした。

おサヨは、白人の好い旦那がつきかけても少しその男が来ないとすぐ外の男と浮気をするので、いつも悶着を起しては相手に逃げられ、まだ相変わらずブラブラしていた。それにクリスマスの夜から新たに加わった白系露人にバーの客が集中して、おサヨなどてんで見向きもしなくなったので彼女は大むくれだった。

「ここでウロウロしとっても大した事はなか。金は貯めたし、今年はどうあっても内地へ帰って、よか婿殿《むこどん》バもらわにゃならん――」

と言い出した。

夏代は今おサヨに去られたのでは困ってしまうので、何とか考えを翻えさせようとなだめすかしたが、おサヨは頑としてきかなかった。帰るにしても、今は内地は冬だから寒くてやり切れない。せめて暖かくなる四、五月にしたらと夏代に言われて、やっと彼女は四、五月頃まではいることを約した。

それからおサヨは、今日は正月だから休むんだと不貞腐れて、ちょうど正月を過ごすために来ていた夏目大助を相手に飲みはじめた。おサヨはそれが予定の行動だった。白人に飽いた彼女は、数ケ月前からひそかに大助に目をつけていたのである。

おサヨと大助の二人は夕方になっても飲んでいた。ひっきりなしに飲んでいたわけではなく、途中で昼寝をして、また飲み始めたのである。日が暮れると、急におサヨの酔がまわって、彼女は大助に抱きつき「キッスをしよう……」と、しきりにせがんでいた。

大助は、おサヨが唇を近付けるたびに顔をそむけるので、顔じゅう口紅の跡が花のように着いていた。「こげん好いとるのに、あんたはキッスもさせんとね」

おサヨはとうとうじれったくなったとみえて大助に武者ぶりついた。大助は柔道四段である。左手で軽く彼女の胸倉をとって、椅子の上にねじ伏せた。おサヨは足をばたつかせて泣声で叫んだ。

「殺すなら殺せ。あんたに殺されるんなら本望じゃ」

この騒ぎをみて、他のテーブルにいた白人達が総立ちになったので、大助はほうほうの態で逃げ出した。彼は階段をかけのぼると、自分の部屋へ戻ってベッドにもぐり込んだ。飲みすぎて頭がひどく痛んだ。やれやれとほっと一息つく間もなく、後を追ったおサヨが千鳥足ではいってきた。

彼女はしばらく大助を睨みつけていたが、ブラウスを脱ぎすてると、いきなり大助のベッドにとび込んだ。

狸寝入りをしていた大助は、おサヨにしっかりと抱きつかれて、すっかり慌てていた。手荒なこともできず、もたもたしているうちに、とうとうおサヨは馬乗りになって首っ玉にしがみついてしまった。引き離そうとしたが、彼女が両足で腰のあたりにからみついているので、どうすることもできなかった。大助は息苦しくもあり、少々腹も立ったので力を入れてひっくり返すと、今度は下になったまま、ますます力を入れて、ぴったりと離れないのである。

大助とても童貞ではなかったから、その姿勢が如何なる時になされるか位は知りすぎていた。おサヨが得たりと、

「さあ、早く早く」

と鼻をならすので、大助は、ますますもって妙な気分に追い込まれてしまった。彼はベッドに転げ込

む時に、生憎とズボンを脱ぎすてていた。酔った勢で、ひと思いに始末してやろうかと思ったが、どういうわけか夏代に悪いという考えが急に脳裡をかすめて、ひるんでしまった。おサヨはなおも腰を浮かせて微妙な運動をくり返しながら容赦なくこすりつけてくる。薄いパンツを通して伝わってくるザラザラとした感触に、とうとうこらえかねた大助が、パンツの紐に手をかけようとした時だった。半開きになっていたドアを押し開けて、夏代が現れた。大助あてに来たシンガポールからの電報を知らせるためだった。

「あんた方は、何バなさっとるな?」

突然、彼女に声をかけられて、大助は冷水を浴せられたようにはね起きると、いそいで床にとび降りた。

夏代は「まあ……」と言わんばかりの驚きの表情で突っ立っていたが、顔色は羞恥とも嫉妬ともつかぬ複雑な感情に染められていた。彼女の視線は、本能的に彼の下半身に向けられた。

大助は照れ臭そうにパンツを一寸つまんで、一応の身の潔白を証明してみせた。それを見た夏代も、面映ゆかったのか視線を伏せた。

それらはきわめて短い時間の出来事だった。しかし、このわずかな視線と動作のやりとりには、当事者である二人にもわからない、電光が火花を散らすような激しい感情が内蔵されていた。

おサヨも負けてはいなかった。ベッドからとび降りると大助の前に座り込み、両手で彼の腰あたりをしっかりと抱いて股間に顔を埋めた。

興醒めした大助が振りはなすと、彼女はなおも追いすがった。大助は逃げ場を失って夏代の背後にまわった。それをまたおサヨが追った。大助はくるりと夏代の正面に避けた。二、三度夏代を中心にこんなことをくり返した。

夏代もとうとう黙っていられなくなり、

「おサヨしゃん、たいていにせんか、みっともなか……」

と、たしなめた。すると、好い相手を見つけたとばかりに、おサヨは夏代の前に立ちはだかると、彼女をぐっと睨んだ。

「大体ね、あんたは何しにこの部屋に来たんじゃ……俺と大しゃんの事バ妬けとるんじゃろうが」

おサヨは呂律のまわらぬ舌で毒づいた。

夏代は黙って立っているだけで、彼女には応えなかった。

「大しゃんはな、俺のもんじゃ。口惜しかったら奪《と》ってみぃ――おい、マダム……と……おっと、ミス笹田……ミス、ミスか――ハハハハハ、ミステイクじゃ。今日はわしのミステイクじゃ――そう、もしかすると、大しゃんとマダムは、俺が知らん間に出来とったかも知れん――畜生！ それならそれでよし、俺が奪ってみせるぞ――」

さすがに夏代も顔を赤らめて、激しく言い返した。

「私と大助さんが……あんまりじゃないか。おサヨしゃん、いいかげんにせんと承知せんばい！」

「ホホホホ、語るに落ちるとは、よう言うたもんバイ。ウィー――トワン、サヤ、ミンタ、アイエル」

彼女はマレー語で、水をくれと言ってあたりを見廻した。

夏代と大助は、ここにぐずぐずしていては大変だと、彼女を置いてさっさと部屋を出た。後に残ったおサヨは、目を据えて二人の後ろ姿を睨んでいたが、やがて大助のベッドにもぐり込むと眠ってしまった。


大助は部屋を飛び出してはみたものの運悪くその日は全館満員だった。下着姿の彼は行先がないので部屋に引返すしかなかったが、部屋にはおサヨが頑張っている。困り切っていると、暫くの間なら私の部屋でもいいと夏代が言ってくれたので、大助は彼女の部屋に駆け込んだ。そのうちにおサヨも目をさますだろうと待っていたが、彼女はなかなか起きて来なかった。

大助は待ちくたびれて、一寸うたたねをするつもりでベッドに横になったが、そのまま寝込んでしまった。

夏代は酒場《バー》を閉めて部屋にもどって、今更のように自分の不覚を悔いた。部屋もないのに大助を起こすわけにはゆかず、彼女はまんじりともせず椅子に座って夜明けを待った。

朝になって大助の部屋をのぞくと、ベッドはもぬけの殻だった。夏代は急いで部屋に帰って大助を起すと、自分の部屋に帰って休むようにと頼んだ。

大助は慌てて夏代の部屋を飛び出したが、下ばき一枚だった事に気付いて飛ぶ様に部屋に帰った。しかしそれは遅かった。おサヨと他の使用人達が、夏代の部屋を出てゆく彼の下着姿を見ていた。

　そんなこととも知らぬ夏代は、大助が抜け出した後のベッドに倒れるように身体を投げ出した。やれやれと背中をのばした時、上掛けの衿のあたりに、体が痺れるような匂いを嗅いだ。それは忘れていた男の体臭だった。夏代は無理に目をつむってその匂いからのがれようとしたが、かえって目が冴えた。今今まで百太郎の甥としてのみ考えていた大助が、今は一人の男として眼前に立ちはだかる姿を払いのけることが出来なかった。

　大助はその晩、シンガポールの事務所からの電報で夜行列車でイポーを発った。


　大助を送り出した夏代がカウンターの所へ戻ってくると、入れ違いにヒゲがはいって来た。夏代は彼を見て、

「まあ、お珍しい」

と愛嬌を振りまいた。おサヨが居るので、もはや言い寄られる心配がないからだった。

　ヒゲの方も、

「お目出度うございます」

と、いんぎんに挨拶をした。何時ものヒゲに似合わず精気がなかった。

　彼は部屋があるかと訊ねて、あると聞くと安心した様子で、

「では、話もありますが、明日……」

と言って、さっさと勝手知った二階へ昇っていった。その部屋は大助が泊っていた部屋だった。

　夜に入ってから、おサヨは昨日の事がよほどこたえたとみえてバーの片隅でまたウィスキーを呷っていた。彼女は、大助がシンガポールへ発ったのも、ヒゲが入れ替りにやって来たことも知らなかった。

　酔がまわると、おサヨはまた夏代の前に立ちはだかって、毒づきはじめた。

「あんたはな、よくも俺の情人《よかと》を横奪りしたな。今朝まで抱いた気分はどうじゃった？　よっぽどこたえたとみえて、昼すぎまで寝とったじゃないか」

　夏代はぐっと胸に来たが、それが日本語だったので、近くにいた白人にはわからないと思って、やっとこらえた。

「パンツ一つで、大しゃんがあんたの部屋を出てゆく所を、皆見とったバイ。下男《タンピー》も、あの白系ロスケ

のアマ共もよう――さぞよかったろう。だがね、マダム、あたや、きっとあの大しゃんバ取り戻してみせる。俺のもんにしてみせるバイ」

おサヨはそう言い捨てて、よたよたと階段を昇って行った。

夏代は、彼女がどこへ行くのだろうと一寸気がかりだったが、言葉をかけてまたからまれたらやり切れないと思って放っておくことにした。それにしてもおサヨの言った大助の一件は、見ようによってはそうとしか思われないだろうと、今朝の出来事の意外な結果に驚いた。反撥しようにも、それを裏付ける証人もいなければ、第三者に説明できる証拠もなかった。夏代はおサヨの後ろ姿を睨みつけていたが、大助を咎める気にはなれなかった。

昨日の部屋の前までフラフラやって来たおサヨは、音のしないようにドアのハンドルをまわした。幸い鍵はかかっていなかった。そっと扉を開けると、奥からいびきが聞えた。

おサヨは忍び足で部屋の中にはいると、闇の中で素早く服を脱ぎ捨てた。素っ裸になった彼女は、ベッドにもぐり込むと有無を言わせず男の首っ玉にしがみつき、全身をペッタリと押し付けてしまった。

驚いたのはヒゲである。天から降ったか地から湧いたのか、生暖かいツルツルの肉体がぴったり自分の体に吸いついている。夢ではないかと疑ったが、まさしく相手は自分の大切なものを握りしめているではないか。

ヒゲはこんな時、便利に出来ていた。素っ裸になって寝る習慣だったので、受入れ態勢は十分である。ただ相手がほんとうに女なのかちょっと気になって胸のあたりに手をやると、ふっくらとした乳房が着いていた。彼はさわったついでにと、そのまま乳房をまさぐりはじめた。

おサヨは、相手の髭が自分の頭にふれているのもわからない程酔っていたし、もはや、目的を果たすことのみに熱中していたので、まだ男がヒゲであることに気付かなかった。おサヨが鼻を鳴らして体をくねらせた。ヒゲも覚悟をきめて、この降って湧いた幸運をありがたく頂戴することにした。

激しい応酬をくり返すうちに、ヒゲはおサヨとの長い過去の経験から、すぐにそれがおサヨだと気付いていた。しかし、おサヨはまだ、大助にしては少し変だとは思ったが、まさかヒゲだとは気付かなかった。

ゲームが終って、

「やあ、久し振りじゃった。相変らずお前はええのう――」

ヒゲの歎声を聞いて、おサヨは飛上らんばかりに驚いた。浴室に駆け込んでビデを使いながら、「こりゃ、どうしたもんじゃ。なぜこんな事になったんやろう。どうも合点がゆかんバイ」と、しきりに小首をかしげたが、どう考えてもわからなかった。

室内にはいつの間にか電灯が灯されていた。おサヨが衣類をひろって、急いで部屋から抜け出そうとすると、ドアには鍵がかかっていた。

「逃げ出さんでもええ。俺が来とるのを知って、わざわざ忍んで来たんじゃろう。僕は大いに感激しちょる。さあ、ゆっくり話そう。おサヨ、久し振りじゃのう――」

ヒゲに声をかけられて、今はすっかり酔のさめたおサヨはバツの悪そうな顔で座っていた。

三日の朝、夏代には幸運が飛び込んで来た。ビドータウンの錫山が、隣接の夏代のゴム園を買収したい、というのである。

訪れた錫山のマネージャーの話では、彼女のゴム園の北部一帯の山を鉱区に指定し、そこから錫鉱石を掘り出したいのだが、彼女の土地を通らなければ運び出せない。そこで、道を作る部分だけでも是非ゆずってもらいたい。しかし、ゴム園の真中に道路を作ったのでは貴女の土地が二分されて迷惑だろうから、自分の方でも集積場や労働者の住宅用地に使えば無駄にならないことだし、ついでに全体を買い上げてもいい。まだ貴女のゴム園は樹液《スースー》も採れないし、今は戦争が済んでラテックスが暴落しているのでゴム園の価値も下ったけれども、この際だから特別に奮発して、二十エーカー全部を十万ドル程度でどうだろうか、ということだった。

十万ドルと聞いて、夏代は心が動いた。一万ドルで買ったものが、五年目に十倍。勿論、開墾費や植林その他の費用を相当使ってはいるが、象に荒らされたので未だ樹液を採るまでに二年はかかる。人を使って面倒な仕事をして、これから先、どれほどの利益があがるだろうか。それに、言われる通り、ゴムは戦争がすんで確かに暴落している。

この際、仕事をホテル一本に集中した方がいいかもしれぬ。この機会に売った方が得策だと思われるが、もう少し駆引をすればいくらかでも価が上るかもしれないと思って、彼女は、

「お話はよくわかりました。しばらく考えてからお返事をいたしましょう」

と言って、マネージャーを帰した。

夏代がロビーの花をかえていると、ヒゲがおサヨを連れて降りて来た。

「またおサヨと仲直りをしましてな――」

これが夏代に対する挨拶だった。おサヨは照れ臭そうに、後ろの方に立っていた。

「そりゃあ、ようございました。おサヨしゃんも淋しがっておりましたから、好いあんばいでした」

夏代はこう言っておサヨの顔を見た。

ざまあみやがれだ。甲斐性のない――よりによって、欺され続けてきたこのヒゲに……他人の事ながら呆れたもんだ、と夏代は胸の中で思った。しかし、これで一応、大助との問題も、帰国の事も落着した。人柄の好いのが取柄だから尻の軽いのはしょうがない、とも思った。

おサヨは今朝まで、あのままヒゲといっしょだった。寝物語りのヒゲの詐術に、彼女はまんまとまた引っかかっていた。

「おサヨ、長い間、お前を苦労させてすまんじゃったのう。僕も日の丸洋行の社長になるまでは、お前と同じように苦労してきた。僕が今日あるは皆、お前のおかげじゃと思うとる。捜し出して、お前にホテルの一軒ぐらいはお礼に差し上げねばと、かねて思うとった。この前、十年振りにここで会うた時は、まことに感慨無量じゃったが、あんなことになってしもうて……。

そこで遂に意を決して、お前にわびを入れて僕の計画に参加してもらうべく、今回、やって来たんじゃ。しかるに幸いなるかな、それを察したるか、お前の方から先んじて僕の部屋を訪れてくれたので、大いに感激しとるんじゃ。

今回の僕の計画は、ピナンにホテルを経営することである。少々事業に手を広げすぎて資金不足の憾

なしとせずも、僕はここに百エーカーの、樹液《スースー》の採れる百エーカーのゴム園を所有しておるので、これを売り払わんか、少なくとも五十万ドルの金はたちどころに我が掌中に有りというべし、だ。

よって僕は直ちに実行しようと思うとる。然り而して、ピナンのホテルを経営する者は即ち汝である。名儀もお前のものにしてやろう。それは当然の僕の義務であるからな。

おサヨ、お前には本当に長い間苦労をかけてすまん――」

ヒゲはこう言って、優しく裸のおサヨを抱いたのである。

おサヨは以前から、ヒゲの文語体混りの演説口調を聞くと、なぜか胸がわくわくして、彼にわけのわからない魅力を感じていた。その弁説に加えて、ピナンのホテルをお前にやろうというのである。或いは例によってまた駄ボラかもしれないとも考えたが、夏代の口から、彼が日の丸洋行の社長として大成功をしていると聞いていたので、今度こそは、とついフラフラとなってしまった。

それからヒゲは、朝まで何回かおサヨの要求に奉仕した。おサヨが猫のようになっていたのも当然だった。

「実は夏代さんに、折入ってお願いがありまして――」

ヒゲは鄭重な態度で切り出した。それからおサヨに、あっちへ行けと手を振って、彼女が部屋を出るのを見届けてからおもむろに話し始めた。

彼の頼みというのは、クアラクブの奥に持っている百二十エーカーのゴム園を買ってくれという事だった。

今度、ピナンに好いホテルが売りに出ているので、それを買おうかと思っている。ところが手許資金が少々足りないので、この機会にゴム園を売ってその金をホテル購入の一部にあて、残額は他の商売に廻したいので手離す決心をした、というのだ。

ゴム園は、十四、五年生の、切付を開始して十年目に当り今が最盛期の二十エーカーと、根付六年目で去年から採集を始めた百エーカーの二ケ所で、互いに隣接している。二十エーカーの方は十万ドル、百エーカーの方は四十万ドルでよろしい。出来ればまとめて買ってもらいたいが、別々でもかまわない。もしまとめて買って頂ければ、今さし当って二十万ドルあれば用が足りるので、後の三十万ドルは貴方の方で採集しながら年に五万ドルの割で年賦払いにしても結構である。自分のゴム園は優良株で樹液の量も多く、将来性もあるのだが、何分にも自分は他の事業で忙しく、ゴム園などにかまってはおれない。商売のほうも貿易一本にしぼろうと思っている。ピナンにも支店があって度々行くので、ホテルも持っていた方が便利だと考えた。

ゴム園は華僑か英人になら直ぐ売れるけれども、お国の為に勿体ないので、ぜひ貴女に引取ってもらおうと相談に来た。それで値段も思い切って安くしている。ピナンのホテルの話が急ぐので、もし御希望なら出来るだけ早く返事がもらいたい――というのが彼の話のあらましだった。

話を聞きながら夏代は、この話は悪くないと思った。インチキヒゲの言う事だから用心することにこしたことはないが、現地を見さえすればわかることだし、話が額面通りだとすれば決して悪い話ではないのである。言い値がこの位だから、もっと叩けば有利に買えるかもしれない。幸いビドータウンの方の処分がうまくゆけば、その金でそっくり買っておいてもいい。よく考えて、現地を見て充分調べた上で話をすすめてもおそくはないだろうと考えた。

「今直ぐと言われても決心がつきかねますので、しばらく考えさせて頂きます」

彼女は錫山の場合と同じような返事をした。

ヒゲは、「ぜひぜひお願いします」と言って何度も頭を下げた。

ヒゲがピナンにホテルを買おうとしていたのは事実だった。彼はコアランポを引払ってピナンに移る決心をしていた。事業に行き詰まって、今やにっちもさっちもゆかなくなっていたのである。

世界大戦中、大いに儲けた彼も、調子にのって一九一八年の末に、日本へ送る各種塗料の原料を全資産を投じてマレー中から買い集めた思惑が終戦をむかえてもののみごとに外れてしまったのである。最近では、矢のような借金返済の催促にほとほと弱っていた。そこで最後の砦とたのむゴム園を売って、それを元手に立ち上ろうとしていたのは事実だった。

しかし、そこに時間的問題があった。

百エーカーの土地を買う時に王から借りた借金もまだ相当残っていたし、その後の取引で商品代の未払いもかさんでいた。

王はこれらの借金を、二十エーカーのゴム園と棒引きにしようと言い出して期限をつけた。ヒゲは渋々とそれを承諾した。その期限が今月いっぱいだった。そこで到底払えそうにないと思ったヒゲは、二十エーカーのゴム園が王の手に渡る前に、自分の手で売り払ってしまおうと思ったのである。

百エーカーのゴム園は香港上港銀行の担保にはいっていた。それで、十万ドルの手付を取って名儀を変えてやれば、残額の三十万ドルは銀行との契約通り、そのまま相手方に年賦で払い込ませればいいという計算だった。ヒゲの胸算用では、百エーカーの分だけでも五十万ドルはあると思っていたが、下手にぼやぼやしていると他の借金に取られてしまい、十万ドルはおろか一文も手に入らなくなると思って、思い切ったのである。

ヒゲは話がすむと帰り支度を始めた。

おサヨが部屋にやって来て、

「もう帰りなさると？　妾《あたし》もコアランポまでついて行きたか。先生、あと二、三日ゆっくりして下さらんか。先生が行ってしまわれると、あたや、どげんしゅう。淋しゅうてたまらん――」

といって彼に取りすがる真似をした。

「わかっとる、わかっとる。僕も居りたいのは山々じゃが、事業家は忙しかとたい。そんなにゆっくりしちゃおれん。時に、おサヨ……」

ヒゲはおサヨを見てニヤリと笑った。彼女を抱き寄せて、ちょいと顎を持ち上げるとキッスをして、ついでに乳房を撫でまわした。

「四、五日したらまた来るぞ。待っておれよ。しかし、その間、浮気をしちゃならんバイ」

と言って彼女の尻をポンと叩いた。

「まあ、いやらしか！　先生の方がよっぽど危なか。ゆうべの模様からすれば、ちっとも衰えちゃおらんけん」

「馬鹿」

二人はゲラゲラと笑った。おサヨの名残り惜しそうな風情を見てとると、ヒゲはまた近寄って彼女を抱いた。

「時に、おサヨ――僕はピナンでホテルの手付金を一万ドル払うて来た。他に持っていた金も、商売の招待で使うてしもうた。今ピナンの帰りじゃよ。四、五日泊るつもりじゃったが、マダムとの話もすんだので、じっとしちゃおれん。家から電報で金を取り寄せようと思うとったが、間に合わん。ここの宿料はお前が払っとけよ。ウム、なあに、今度来た時、倍にして返してやる。ついでに、俺は英人の向こうをはって汽車は一等にしか乗らん。少し小遣いが足らんから五十ドルほど貸しとけ」

おサヨは一寸思案した様子だったが、ヒゲをみて明るく笑った。

「よかですたい。先生の言わす事なら――」

「ウム、すまん！　いよいよ野口南海も駒を進めてピナンへ大進出じゃ、おサヨも共に行くぞ」

ヒゲの威勢のいい言葉に、おサヨはほれぼれと彼を見つめた。

5

大助はシンガポールに出かけたまま一週間たっても帰って来なかった。

夏代は少し苛々しだした。ビドータウンのゴム園のことを彼に相談したかったからである。それに、彼がシンガポールへ発ってからの四、五日は妙に空虚な気持ちだった。もっと詳しく言えば、彼女が一方ではゴム園の好い話に浮き浮きしながら、一方ではその喜びを分かち合う相手の無いわびしさを、彼がいなくなったことで急にはっきりと感じたのだった。

その夜も夏代は床の中で考えていた。

おサヨが大助に淫らな振る舞いをした時、無性に腹が立ったのを自分でも恥ずかしいと思ったが、その腹立ちは翌日まで続いていた。おサヨがヒゲとよりを戻したのを知ってやっと気持が治まった。それに、使用人達が囁いている例の大助のパンツ姿の一件も無理に打ち消そうという気にならない。これはどうしたことだろう。まさか私が大助に……いや、そんなことはないと否定しながら、彼の事ばかり考えるのはどうしたわけだろう――。

夏代はここまで考えると、それから先を考えるのを止めた。答えを出す事が面映ゆくもあり、恐ろしくもあったからである。

彼女は瞼を閉じて大きく息を吸った。それから毛布を引き上げて深々と顔を埋めた。もしや毛布のどこかに大助の体臭が残ってはいないだろうかと、無意識に嗅いでみるのだった。


大助が帰って来たのは十日目だった。ロビーにはいるといきなり、居合わせたおサヨに、

「マダムは？」

と聞いた。彼女は返事の変わりに夏代の部屋に向かって顎をしゃくると、

「ジャガン・マル」

と言って、くるりと彼に背を向けてしまった。

おサヨは、まだ大助に未練があった。そのおサヨに何の挨拶もなく、いきなり夏代の事を聞かれたので、彼女は機嫌が悪かった。「ジャガン・マル」とはマレー語で、直訳すれば「恥じる事なかれ」だが、御遠慮なくとか、御勝手に、という意味である。

しかし大助は、おサヨには目もくれず、真直ぐ夏代の部屋に向かった。


夏代は水浴《マンデー》をしていた。

大助はノックをすると直ぐ、返事を待たずにドアを開けた。彼女は生憎と水浴をすませて浴室から出たところだった。

バスタオルを掛けただけの彼女といきなり向き合ってしまった大助は、慌てて目をつむった。ふくよかな白い裸像が、彼の瞼の奥に焼き付くように残った。

大助が目を開くと、白い裸像はまだそのまま目の前に立っていた。彼は自分の目を疑った。白い裸像がにっこりと笑っていたからである。

夏代は大助にはいって来られた時、とっさの闖入に逃げ場を失っていた。急いでバスタオルで前の方を隠そうとしたが、かえって慌てるとみっともないと思って、そのまま立っていた。すると、大助が目をつむった。そこで急いでバスルームに身を隠せばよかったのだが、いかにも純な大助の態度に、ふと、自分でも予期しなかった悪戯っ気がむらむらと起きた。

（この人は、私の裸身をみてどう思ってるかしら。このままじっとしていたら、どうするだろう）

と思うと、たまらない愉悦が全身をかけめぐった。大助は慌てて再び目を閉じた。硬直した彼の顔面が真赤になった。夏代は底意地の悪いまなざしで、彼を見つめていた。

大助はしばらくもじもじしていたが、かっと目を見開くと、いきなり彼女にとびついた。夏代が身をかわそうとした時はおそかった。そのまま抱きすくめられてしまった。

「あ、駄目駄目、いけません……」

首を左右に振ってもがいて、キスをかわそうとしたが、かえって大助の腕には力が加わった。

柔道四段のがっちりした胸に押しつぶされそうになって、彼女は床の上で喘いでいた。放心してゆく耳許で、大助が「頼む、頼む」と言っている声を、夏代は夢のように聞いた。

夏代は、ぐったりとなった体をベッドに横たえていた。後悔する気持はみじんもなかった。それより大助の思い切った行動が、彼女にはむしろ心憎く思えた。いつかはこうなるという予感が、意外に早くほんとうになった——。五つ年下の大助に、心を見すかされたようで、ほろ苦い感情が尾を曳いていた。

(大助の口からことさらに聞かなくても、彼の気持はわかっていた。ずっと以前から気付いていながら、私はわざと今までそれを否定していただけなんだわ。フォックスを待つ身でなければ、とっくにこうなっていたにちがいない)

彼女はそう考えると、今部屋を出て行った大助が、くり返して「頼む」と言った話を思い返してみた。

彼がシンガポールの支社に呼ばれて行ったのは、ゴム園の拡張計画に関する打ち合わせの他に、総裁の田中百太郎から支社長にあてて、大助に妻帯をすすめる書簡が来ていたからだった。

百太郎の知人の娘で二十才という写真を示して、支社長は百太郎の意向を伝えた。承知なら、すぐに花嫁を連れて、百太郎が内地を発って来るということだった。大助は、好きな女が居りますから……と、きっぱり断ったというのである。

(……だから自分と一緒になってくれ……と彼は言うけれど、彼は私と百太郎の関係を知らないでいる。もしも、それを甥である彼が知ったら——また、甥と一緒になることを百太郎が果して承知するだろうか。たとえ二人がそれぞれ承知したとしても、まだ、フォックスが何時、帰還して来るかもしれないのだ。どの一つを取り上げても、簡単に片付くことではない。やはり私は大助を諦めるよりほかはないのだ。しかし、私が諦めても……大助が果して諦めるだろうか。

あの真剣な言い方、態度。いちずに私を慕っている熱情。いい加減な浮気をしつくした相手とは違う。今となっては私にはどうすることも出来ない。

フォックスが帰って来ないと、誰が断言できよう。百太郎との因縁で、必ずしも大助と一緒になって添いとげられるという保証もない。それならどうすればいいというの――)

夏代は、考えあぐねて溜息をつくばかりだった。別れたくないのは大助よりも自分なのだということを、彼女自身が一番よく知っていた。三十女の一人身の肉体が要求することの合理的な解決方法は、せっかく手に入れた大助を、どうすれば手放さないですむかという、それだけの事だった。

直情的な大助の言葉、激しい吐息、久しく接しなかった疼くような激情。考えただけでも顔が火照ってくる。長い間、押さえていた欲情が、たった今、せきを切ってほとばしった直後だけに、彼女はそれを抑制することが出来なくなっていた。

(もう、どうしようもないわ。このまま成り行きにまかせて、しばらく模様をみよう。もしフォックスが帰ってきたら、その時はいつでも別れるという条件をつけておけばいい。そのくらいは彼だって承知してくれるに違いない。くれなければ困る。そうしよう。それが今、ゆるされた最大の妥協なんだ)

夏代はこう考えて一人で納得した。

翌晩から、二人の間にはしびれるような夜が続いた。

一方、ヒゲからは催促の電報が何度も届いた。夏代は何とかしなければと思いながらも、未だ自分のゴム園の結論が出ていない上に、仕事どころか彼女の部屋に入り浸った大助ととろけるような毎日を送るのに忙しかった。

夢のような数日が過ぎた。大助に相談しても、売るなら高い方が好いというだけで、さしたる名案も浮ばない様子だった。ただ、今度の自分の会社の拡張計画では、開墾だけでなく既成林も条件次第では相当買い入れていく方針だから、場合によっては自分の会社で買うような方法をとっても好い。そうなればビドータウンのゴム園は何れか高い方に売り、その金でヒゲの二十エーカーを買えば、百エーカーは会社の方で引受けることにして、隣接地だから自分がついでに管理するようにすれば便利ではないか、と言ってくれた。

そうときまれば急ぐのは金だった。夏代のゴム園がうまく売れれば、すぐその足でヒゲの所に二人で駆けつける予定にしていた。

おサヨは二十日たったもヒゲが来ないので大むくれだった。約束を破られたので自分からコアランポへ会いにいくと言い出した。彼女の本心は、ヒゲもヒゲだが、大助が休暇をとってそのままホテルに留まり、暇さえあれば夏代の部屋に入り浸っているのが何としてもやり切れず、疳にさわっていたのである。

おサヨは夜になると酔っぱらって、度々夏代の部屋を急襲した。大助とのきわどい所を、今度は逆に自分の方で混ぜっ返してやるつもりらしかった。これには夏代も大助もほとほと困りぬいた。下手に逆らえば彼女が言いふらして廻るし、こうなれば一刻も早くヒゲを彼女に当てがう他には方法がないと夏代は思った。そこでヒゲを呼びたいのは山々だが、肝心の自分のゴム園の売却がきまらないことにはどうしようもない。だからと言って言い値どおりの十万ドルで売るのは惜しい気もするし、もうしばらく待てば向こうから音を上げて頼みに来るに違いないと、あせる気持ちを抑えて待つことにした。

数日たった或る晩だった。ビドータウンの別な錫山の若い白人が、バーで飲みながらこんなことを洩らした。

「マダム、君の所は素晴らしいもうけにありついたというじゃないか」

夏代はもうゴム園の噂がとんでいるのだと思った。

「まだ、そこまで行っていませんよ」

「それにしてもだ、あのゴム園の底は皆、純度の高い、ペラ州でも最高の鉱脈が走っている宝の岡なんだぜ。それが最近わかったんだ。たんまり儲かるぜ――」

夏代は好い話を聞いたと、こおどりした。

翌朝、彼女は早速ビドータウンに出かけた。錫山のマネージャーに会うと、

「私は今、ゴム園を手放す理由を認めません。しかし、ぜひにとおっしゃるならば、貴方がたのお仕事のためにおゆずりしてもいいと決心しました。道路になさる分だけでなく、そっくりまとめてお引取り下さい。二十万ドルならば、今日にでもサインをするつもりで出かけてまいりました」

夏代が切り出すと、

「二十万ドル！」

マネージャーは驚いた表情で目を丸くした。夏代は、少し高かったかな、と内心思ったが、ここが駆引だと思って高飛車に出た。

「いけなければ結構です。他にも希望がありますので――」

「それでは御随意に。私の方は、川上に橋をかけて山手の鉱石を運搬します。もし、気が向きましたら、またおいで下さい。但し、私達のお願いした金額の範囲で御納得がいきましたならば――」

マネージャーはそっけない返事だった。

夏代はあてがはずれて、昨夜の男の話はデマだったのかとがっかりしたが、そのままねばるわけにもいかず引揚げた。

帰ってから大助に話すと、それはきっと向こうも駆引だろうと言い、じっと考え込んでいたが、自分にも考えがあるので明日行ってみようと言い出した。

翌朝、大助は何くわぬ顔で鉱山のマネージャーに会った。

「私は、日本政府が経営する或る事業団の者です。あのゴム園の北部一帯の山にはお宅の鉱区が設定されているのですか。実は隣のゴム園を買収して、若し出来れば、将来、山手一帯も開墾してゴム園を拡張したいのですが――。ゴム園の現在の所有者は同国人ですので、当たってみましたら売ってもいいというものですから、調査に来ました」

「私の方では、近いうちに山手の採掘を始めます。お隣を買収されるのは結構ですが、この付近には象が出没します。いつかもあのゴム園は踏み潰されて全滅しました。そのため苗木を植えかえたので、今もって採算が取れません。しかし、私の方の鉱区まで拡張計画をしないでいいお考えなら、お買いになられたらいいでしょう。その点を除けば、隣は立派

なゴム園ですよ」

マネージャーの返事は依然として素っ気なかった。しかし大助には、自分たちが買い取ろうとしている土地を、そのことには一言半句もふれず、知らぬ顔で他人に推薦するような口振りは、どうもうさん臭く思われた。こいつらはきっと、俺をスパイだと思って駆引してるなと睨んだ。

「我々の事業団では近く錫の開発もしようと考えているんですが、ペラ州にも有望な山はないかと、今、探しています。何れ、その方でもご厄介になるかもわかりません。その節はどうぞよろしく――」

と言いながら腰を上げると、マネージャーの目がキラリと光った。

その日の夕方、マネージャーは二十万ドルの小切手を持って夏代の所へやって来た。

夏代が、どうしようかと大助に相談すると、思い切ってもう一度蹴ってみろと言った。そこで彼女はいろいろ考えた末、こう言った。

「実は、母国の開発会社に二十万ドルで約束しました。すでに二割の手付金を、今日の午後頂いたばかりです。折角でございましたが――」

すると慌てたマネージャーはペンを取り出して、すぐさまもう一枚の小切手を書いて彼女に差し出した。

「これで相手方と解約して下さい。この中から手付金四万ドルの倍額に当たる八万ドルを向こうへお返し下さい。一万ドルは交渉に来た相手に謝礼として、残った一万ドルは貴方に追加します」

その言葉は命令的だった。夏代はしぶしぶ二十万ドルと十万ドルの小切手を受け取ると、困った様子で彼の差し出した約定書にサインをした。

好運が訪れた翌朝、夏代が早速大助を連れてヒゲの所へ出かける支度をしていると、大助のゴム園から大急ぎで来るようにと電報が届いた。

大助は明日にでも帰って来るように言い置いてホテルを出た。夏代は彼が帰って来るのを待つことにして、コアランポ行きを延期した。その日は一月三十一日だった。

ヒゲからは、大助が出た後に、もうこれ以上待てないという電報が来た。ところが大助は、五日経っても帰って来なかった。やきもきした夏代は車を飛ばして大助のゴム園へ行ってみた。しかし彼は居なかった。

ゴム園では、彼の留守中に労務者同士の流血事件が起きたとかで、それを裁いて彼が帰ろうとしている所へ、シンガポールの支社から電報が来たので、そのまま彼はシンガポールへ向かったということであった。

がっかりした夏代が家へ帰り着いたのは真夜中だった。大助はそれから二日経って帰って来た。

シンガポールの用件はさしたる事ではなかったが、ついでにヒゲのクアラクブの百エーカーのゴム園を買い入れる諒解を支社長に得ておく必要があったので行ったのだということだった。大助は、支社長の許可も出たので万事うまくいったと、大張切りだった。

翌朝、二人は打ち揃ってクアラルンプールにヒゲを訪ねた。

駅を出て、教えられた日の丸洋行を訪ねると、入口の扉は閉まっていた。裏手へ廻ると、一人の支那人が居るだけだった。ヒゲのことを訊ねると、自分はこの家を新しく買った人の番人だと言って、すでにヒゲがこの家に居ないことを告げた。

二人がびっくりしてヒゲの移転先を訊ねると、男は詳しくは知らないらしく、前の持ち主は事業に失敗して、ゴム園やこの家を人に取られたり売り払ったりしてどこかへ逃げだしたらしいと、たどたどしく話してくれた。夏代と大助は失望した。今更ヒゲに会ってみたところでどうにもならない事がわかって、二人はがっかりして引揚げた。

その頃——夜陰に乗じて家財道具や商品を車に積み込み、一軒だけ取りとめたマラッカの店へ逃げ出して行ったヒゲは、また鞄《カランポ》を提げて村から村を渡り歩いていた。

「薬は要りませんか。マラリヤによく効くパーリンは如何……」

汗のにじんだ彼の額には、昼近い太陽がカラッパの葉越しにギラギラと照り付けていた。

ニッパ椰子で編んだアタップ屋根の続くマレー人部落を流暢なマレー語でふれ歩いているヒゲの顔には、些かの翳りも見受けられなかった。

6

夏代は、大助の協力によって得た十万ドルの中から謝礼として一万ドルを彼に与えた。その他数着の服などを誂えてやり、自分は新しい自動車を買い替えた。

ホテルはペンキを塗り替え、カーテン、家具の類もすっかり入れ替え、さきに象の襲来のため果たし得なかった五部屋の増築もやってのけた。それでも五万ドルには達しなかったので、彼女は二十五万ドルをそっくり香港上海銀行に預金した。この時から彼女の心境に変化が起き始めた。

彼女は、どんな事があってもこの二十五万ドルには絶対に手を着けない決心をし、最初から無かったものと思うことにした。如何なる事があっても、これだけあれば自分は生涯暮らせるんだ、という自信が生まれた。そして、これ以上いろんな仕事に手を出して心配するより、最も安全な方法を選ぶべきだ、というふうに考えが変わっていた。

一週間の遅れでヒゲからゴム園を手に入れそこなった当時は残念でたまらなかったが、今になってみるとむしろその方が好かったと考えるようになっていた。こうした考えが起きたというのは事業に失敗して逃げだして行ったヒゲの主なき家を見てからで、彼女は異郷にある身の変転きわまりない現実を見せられたようで、頼りになるものは自分だけなんだという感を深くした。

自分とは即ち金である。今からの人生は、色恋よりもまず金を貯めなければいけない。自分が故郷を発つ時に決心した事は金を貯めることであった。この二十五万ドルを元に、更に五十万ドルまで増やしていこう。それまでは、どんな辛い事があっても堪え忍ぶんだ——と、こんな風に、急に大金を得た彼女の心境に大きな変化が起きたのだった。

従って大助に対する考え方も次第に変わっていった。

不安定な、フォックスが帰って来たら別れるという条件付きの間柄は、愛情の識別をいっそう鮮明にして、彼女の考え方を割り切る方向へ追いやった。

こんな事で肉体の要求の外には大助に多くを望まなくなった夏代だったが、そんな事とも知らぬ大助は相変らずゴム園から毎週のように通って来た。或る時は痴情に酔い痴れて、二日、三日とサボる日もあった。

夏代は自分の肉体に溺れる彼の耽溺ぶりを小気味よく眺めながら、一方では金を貯めることにそれ以上の興味をそそられていた。

こうした五月のある日だった。四、五日前から居続けていた大助をやっとゴム園に帰してやれやれと思っていると、ルイスから電報が来た。

この一ケ月というものは、ゴム園に行ったかと思うと三日もしないうちにすぐ帰って来て、「俺は会社をクビになってもいいんだ」と言って、大助は夏代の許を離れようとしなかった。しかも二言目には、夫婦になってくれ、正式に結婚しようと迫るので、夏代も些かうるさくなっていた。だからといって、しげしげと通って来る彼を拒絶することは彼女の肉体が許さなかった。

五年間も独身で暮らしたきた彼女にとって、大助は旱《ひでり》の田に水を引き入れたようなものだった。少々水が多いからといって、決してそれでかけ足りた感じにはならなかった。今の夏代は、大助の口説を苗代の蛙の鳴き声のように聞いていた。深刻に訴える彼の表情に、彼女はかえって欲情をそそられた。そして大助の激しさが増せば増す程、昂ぶる欲情にうっとりとなっていた。

ルイスの電報は、フォックスがいよいよ帰って来ることを報らせたものだった。

電文を見た夏代は、その場で慟哭した。嬉しいのか、大助との事を後悔したのか、あまりにおそかった彼の帰りを恨んだのか、彼女にはわからなかった。とにかく、満五年ぶりに彼が帰って来るという事実だけが、晴天の霹靂のように彼女を打ちのめした。

やがて平静を取り戻すと、夏代は身の始末についてあれこれ考えをめぐらすのだった。

このホテルをどうしよう。シンガポールで再びフォックスと暮らすようになれば、誰か良い経営者を探し出して任せるか、このまま貸すか、思い切りよく売ってしまうかの三つの方法しか考えられない。以前、こんな事を考えた時は、いさぎよく売り払ってシンガポールへ行こうという単純な考えだったが、今は少し違っていた。

フォックスとも一緒に暮らしたいが、このホテルとも別れたくない、と思った。大助の存在が意識の底にあったのかもしれないが、手塩にかけてここまで仕上げてきた仕事に対する愛着は、フォックスの帰還を手放しで狂喜することを妨げた。

いくら考えても結論は出ないので、ひとまずシンガポールに出て、ルイスに事情を訊ねたり、相談をした上での事だと、彼女はその日の夜行列車で発つことにした。

夏代はおサヨを呼んだ。電報を示すと、彼女はにっこりと笑った。

「よかったなあ、夏代ちゃん、旦那さんが帰って来て――。後は心配せんでもよか、早ようシンガポールへ行てみんかい」

彼女の声は弾んでいた。ヒゲが所在不明になった今、彼女は再び、帰国することを本気で考えていたところだった。

夏代がシンガポールへ行って暮らすとなれば、自分に一応このホテルを任せてもらえる。ホテルばかりではない、大助も共々引受けられるかもしれない、と彼女が内心ほくそ笑んでいるのがありありとわかった。

夏代は、フォックスが帰って来る事をどんなふうに大助に告げようかとためらっていたが、この電文をおサヨに見せてさえおけば頼まなくても彼女の口から大助に伝えられることは間違いなかった。

彼女は予定通り、その晩イポーを発った。


ルイスに会ってたずねてみると、フォックスがロンドンを発ったのは一昨日の事で、六月一日にシンガポールに着くというしらせがあっただけで、その他の事については わからないという。

夏代は、すっきりしないルイスの返事に割り切れないものを感じた。

戦地から直ぐこちらへ帰って来るのならいざ知らず、終戦から一年半も経った今、手紙ぐらいはルイスに来ているはずだ。きっと何かわけがあるに違いない。若しかすると、フォックスはロンドンで英人の女と結婚したのかもしれない。出征する時に、彼はたしかに手切れ金だといって八千ドルを渡した。

必ず日本へ帰れとも言った。

今、たとえフォックスが妻を連れて帰って来たとしても、自分にはそれをいけないと咎める権利はない。あの時、手切れ金をもらって一旦は別れた形になっているのだから、文句は言えない。きっとルイスはそうした事情を知っていて、私を苦しめないためにわざとはっきりした事を言わないのだと、夏代は思った。

それにしても、それならなぜフォックスが帰って来ることをわざわざ私に知らせたのだろう、という疑問もおきた。

今後の身の振り方、ホテルの処置、特に大助のことは何れ知れるにきまってるから、ルイスにだけは前もって打ち明けておいた方がいいと思って来たが、今しばらく模様をみてからにしようと、話さないことにした。

夏代が浮かぬ顔で扇風機に向かって坐っていると、ルイスがとりなすように言った。

「いつかもシンガポールへ出てきて、俺の所へ寄って竹乃の所へは寄らなかったといって、彼女はえらく不機嫌だったぜ。きっと今日あたりは君が出て来るというので、彼女は待ってるよ。例のボタモチを作ってね――」

夏代は、ほんとうにそうだと思った。この前、帰りを急いだ汽車の中で、竹乃の所に寄らなかったことを後悔したことがあった。今日は竹乃を訪ねてみよう。そうすれば、ルイスからは聞けなかった他の事情が少しはわかるかもしれないと思いついて、彼の事務所を出た。

午後のシンガポールの町は、死に絶えたように静かだった。日盛りの街路には時折、自動車が疾走していくだけで、朝晩の賑やかな人通りを想像することは困難なほど人影がなかった。夏代は日傘をさして、一人その道をテクテクと歩いて行った。

何を考え違いしたのか、彼女の足が止まった所は永泰公司だった。

夏代は、看板を見て、はっと驚いた。竹乃の所へ向かっていたつもりが、いつの間にかマラバストリートの方へ歩いて来たのだった。お梅にも久し振りに会ってみたいと思ったことが、無意識にこちらへ足を運ばせてしまったのだろう。夏代は、今日はどうかしていると、一人で苦笑した。

フォックスに関するルイスの返事を割り切れないと、もどかしく思っている彼女自身も、フォックスに対して充分に割り切れない感情を抱いていた。日盛りの道を車にも乗らないで歩くほど、夏代の心は混沌としていた。

永泰公司は久しく見ない間に大きな家に建て変わっていた。隣接の三、四軒も買収して間口を拡げたと思われるほど大きくなっていた。長いベランダが二階正面に半分程突き通してある欧風と中国風をチャンポンにしたような豪華な建物の階下は、一部に食料品、一部は貴金属、時計などを売る店になっており、半分程は事務室らしく、沢山の人が机を並べていた。

住宅は二階になっているらしく、入口で来意を告げると、支那人の少年が二階へ駆けのぼって行った。

しばらく待っていると、寝ぼけ顔のお梅が降りて来た。昼寝でもしていたのだろう。厚い一重瞼がぼってりと覆いかぶさる程たるんだ目で、

「ありゃ、夏代ちゃんたい！　笹田チゆうもんじゃから、誰じゃろかと思とった」

と言って、お梅は大きく目を見開いて、彼女を抱かんばかりに喜んだ。

でっぷりと脂肪肥りをした彼女は、行きずりに町で会ったぐらいではわからないほど変わっていた。支那服を着たところは全くの太太《タイタイ》（奥さん）で、数年ぶりに見る彼女の変わり方に、夏代はしばらくの間、驚きの目をみはっていた。

「夏代ちゃんナ、何時見ても綺麗かなあ。まるでスペイン人の女子《おなご》のごたる」

と言いながら、お梅は窮屈そうに腰をひねって階段を昇った。

やがて冷たい物を飲みながら二人がその後の明け暮れを打ち明け合っていると、王《ワン》が出てきた。

「いらっしゃい。ほんとに久し振りです。あちらイポーのホテル、なかなか景気ありますね。知てますよ、ちゃんと。野口さんから聞きました」

「野口？」

夏代は思わず聞き返した。

王は笑って、

「野口さん、駄目になりました。コアランポ逃げて、居りませんね。どこ行たかわかりません」

と言って、

「ゆくりゆくり遊んで下さい。ウチの奥さん、とてもあなた恋しがっていました。イポー好い所ですね。ウチの奥さん、たずねて行くと言てましたよ」

王は愛嬌をふりまいて部屋を出て行った。

夏代はお梅の話で、ヒゲについての一部始終を知ることが出来た。話の末にお梅は、王がヒゲから引き取った二十エーカーのゴム園を持てあましていて、夏代にゆずってもいいと言っているが、もう要らないかと訊ねた。そして、その事で、近く夏代の所を訪ねるつもりだったと付け加えた。

夏代はお梅の話を聞きながら、ヒゲがゴム園のことについて自分のことをどのように話していたのか気になった。考えてみると、王の愛嬌と言い、お梅の質問のしかたと言い、この二人は自分がそのゴム園を買い取るための相談にやって来たと勘違いしているのではなかろうか。そうだとすれば、誤解をまねかぬうちに、自分がシンガポールへ出て来た目的だけは話しておかねばならないと思った。

「実は、そのゴム園も欲しかとばってん、今じゃどうにもならんようになってしもうた。出征しとったフォックスが近く帰って来るもんじゃけん――」

「へえ、旦那さんがねえ、そりゃよかった。して、いつ頃ね？」

驚いたお梅の質問に、夏代はさすがに照れるように言った。

「六月一日にこっちへ着くという話バッテン、まだ詳しか事はわからん」

「そうなりゃ、あんたもこっちへ出て来にゃならんたい」

お梅の言葉に、夏代はこくりと頷いた。

うなずきながら、彼女は胸の中で、本当に出て来られるようになるのか、それともフォックスが帰って来ても、帰って来るというだけで、思いもかけぬ不幸を持って帰るのではなかろうか……と、そんな不安が、まだルイスと別れてから彼女の胸の中にはわだかまっていた。

夏代が、ここから竹乃の所へ行ってみるつもりだと言うと、お梅も、長い間会っていないのでぜひ一緒に行くと言い出した。お梅が急いで支那服を脱ぎすて、着物に着替えるのを待つ間、夏代はお梅をさそいに来た結果になったことを内心喜んでいた。

二人が車から降りて、竹乃の経営する着物屋の店先にはいると、

「コンニチワ！　イラッシャイ、キモノイカガデスカ――」

と疳高い声がした。しかし、店の中には誰も居なかった。

「コンニチワ、イラッシャイ――」

と、また疳高い声がした。キョロキョロあたりを見廻すと、頭上に吊るした篭の中で頬の黄色い九官鳥が小首をかしげていた。

店の一部には日本風に畳が敷いてあり、片側の壁が陳列棚になっていて、中には友禅縮緬や銘仙、浴衣などの見本が並べてあった。

九官鳥の声を聞きつけたのか、若い男が奥から出て来た。年の頃は二十四、五才だろうか、目の大きな大柄な男で、すぐに竹乃の弟とわかった。二人とも他の竹乃の兄弟は知っていたが、この男ははじめてだった。

「いらっしゃい。何バ買われますか？」

と、彼はぶっきら棒に二人を見た。まだ島原訛りが抜けない、シンガポールに来て間のないホヤホヤといった感じだった。

「竹乃さんの弟やなあ？　夏代とお梅が来たと言うてくれんね」

お梅に言われて、青年はピョコリと頭を下げた。かねて二人のことを聞き知っていたとみえて、彼は横の露地を奥へ行くようにと指さした。

竹乃の住まいは店の裏手にやや広い庭があって、そこに欧風の立派な家が別棟で建っていた。

二人が裏手にまわると、スコールがやって来た。降りかけた雨の中を小走りに竹乃の住居の玄関にとび込むと、

「ウェルカム――」

と言って、すでに竹乃が玄関で待っていた。

三人がそれぞれに久闊を叙している声は沛然たるスコールにかき消された。雨の音に目が覚めたのか、昼寝をしていた子供達が物珍しげに次々と部屋をのぞいた。

「三人も子供が居るもんじゃけん――」

と言って、竹乃が子供達を呼んで引き合わせた。

三人とも色の白い、青い澄んだ目の子供達で、ユー

ラシアンとは見えなかった。

　心なしか部屋の中がガランと見えるほど片付き、所々に木箱が積んであるので、これはどうしたのかと夏代が訊ねると、

「あらあ、ルイスは言わなかったとね」

と、竹乃は彼女の顔をのぞき込んだ。

「何にも」

　夏代が首を振ると、

「さっき、ルイスから電話がかかって来てねえ、夏代ちゃんが来とる、もうすぐそっちへ行くはずだと言うから、急いでボタモチば作って待っとったが、いくら待っても来やせん。ルイスと会うた時、何もかんも聞いたと思うとったら――」

「どこかへ引越すと?」

　お梅がたずねた。竹乃は大きくうなずいた。

「みんなでアメリカへ行くとよ」

「アメリカへ?」

　夏代とお梅は異口同音に問い返した。

「うん、この二十日に。もう日が無かけんで、ぼつぼつ荷造りバしよる。夏代ちゃんにもお梅ちゃんにも知らせようと思うとった矢先にロンドンから電報が来たんで、どうせ出て来るやろうと待っとったと――」

　出しぬけに竹乃の話を聞いた二人は、驚いた表情で顔を見合った。

「発つ前に一度みんなで集まって別れの会ばしようと思うとったら、丁度よかった。今夜はルイスもどこかへ出かけると言うとったから、夜通し騒いでよかたいね」

　竹乃がはしゃいでそう言うと、お梅が、今夜は都合が悪いと言い出した。夏代がどうしてと聞くと、今夜、王の四号と縁切り話を自宅でするようになっている。王は五号まで持っているけれど、いちいちそんなのに焼餅をやいては太太《タイタイ》としての貫禄にさわるので放っていたが、四号の美芳《メイファン》というのが性悪の欲張りで、王から金ばかりむしり取っている。癪にさわるのでこっそり調べていたら、うちの番頭に相《しゃ》思《んす》がいて、ぐるになって店の金までごまかしていることが判ったんだ。永泰公司を王と二人で働きまくってここまで仕上げたのに、二号、三号共に食い潰されてたまるものか、と威勢のいい話だった。

　夏代も竹乃も、支那人の女房になっているお梅の

苦労をそれとなく察した。

「明日の晩はどうやろ」

重ねて竹乃がたずねた。二人に異議はなかった。

今から電報を打てば間に合うから、せっかくならおサヨもここへ呼んだら、と夏代が言い出すと、二人は、おサヨがまだこちらに居るのかと驚き、大賛成だった。彼女らは、おサヨはとうに内地へ帰ったものだとばかり思っていた。

夏代は早速イポーへ電報を打った。それからひとしきり、ヒゲとおサヨの話に花が咲いた。三人は日暮れまで時がたつのを忘れた。夏代はその夜、竹乃の家に泊まることにした。

竹乃の話によると、ルイスはすでに国籍を米国に移しているという事だった。

ニューヨークの郊外に住んでいる彼の父から、この二、三年、年老いたので、ぜひ帰って来てくれるようにと、しきりに彼はすすめられていた。加えて、大戦が終ってから東洋の情勢がめっきり変化したのが面白くないと口ぐせのように言っていたルイスは、遂に今年になって米国へ帰る決心をしたのだった。

それというのも、こうした個人的感情の他に、子供が学校へ入るようになって、彼には彼なりのユーラシアンに対する悩みがあった。シンガポールでは差別待遇をされて真の教育が出来ない。自由なアメリカで子供達の教育をしようというのが彼の考えだった。生涯、骨を埋めようと思って来た自由なるべき東洋のシンガポールが、今やリベラリストの彼にとって鼻持ちならぬものに変わってしまったのである。

例えば、一九一九年一月、パリで世界平和会議が始まると間もなく、三月にはインドで弾圧的なローラット法が成立して、ガンジー一派の不服従運動が始まった。英国は連合国の名の下に勝利を収めるや、ドイツやロシアとの競争がなくなったアジアで強力な植民地政策を推進し始め、その年の暮れには直接選挙による自治を認めるという名目でインド統治法を成立させた。しかし、その美名の中味は宗派別、利益代表等の選挙によって民族相互間の内部対立と抗争をますます深めさせようとするもので、何らの自由を与えるものではなかった。ましてや海峡植民地やマレー連邦における政策や法律は言うまでもないことだった。

平等のベールをかぶってますます強化される植民地に於ける人種偏見に、ルイスは憤懣やるかたなく、シンガポールは優越と卑屈のコスモポリスだと言って、同時にアジア人の卑屈さにも落胆した。

ルイスが帰国を決心すると、竹乃は更に日本から末の弟を呼び寄せた。それがさき程、店に出て来た弟で、来てからまだ一ケ月とたっていなかった。

竹乃はすでに店舗も兄夫婦にゆずり渡し、三人の子供と共にルイスについて行くための渡航手続きも終っていた。五月二十日にニューヨークに向けて出港する船の出帆を待つだけとなっていたのである。

夏代は二人になってから、あれこれとフォックスの事を聞いてみたが、竹乃も詳しいことは聞いていないらしく、あまり知っている様子ではなかった。ただ、フォックスが絶対に英国婦人と結婚しているようなことはなく、独身であることは間違いないと強調した。また、彼は一時野戦病院に居たので、マラリヤか何かひどい病気だったのかもしれない。そのためひどく体が弱って養生していたので、今までかかったのかもしれないと、あいまいに付け加えた。

夏代は何となくほっとして、この二点を聞いただけでもよかったと思った。

翌晩、竹乃を中心に、夏代、お梅、それにイポーから駆けつけたおサヨを加えた四人は、竹乃の家に集まった。

十八年ぶりに無事な姿で一堂に会した彼女らの心の底には、石炭船で波濤を越えて来た思い出が遠い悪夢のように残ってはいたが、今、胸中を占めているのはみな現実的な考えばかりだった。

竹乃は、近く太平洋を渡ってゆく未知のアメリカに期待を寄せていた。ルイスが言うように、本当に自由な国なのだろうか。人種的偏見や差別もなく、誰もが個人の生活を楽しんで暮らしているという。日本のように気候が良くて、物があり余っている国、シンガポールよりずっと文明的で、何事によらず便利に出来ている国。まだ見ぬアメリカの都会と街と村落の風景を空想しながら、竹乃は胸をふくらませていた。

ほかの三人が口をそろえて竹乃のアメリカ行きを羨ましがるので、彼女は有頂天だった。今の彼女には何ひとつ心配事はなかった。あると言えば、それとなくルイスから聞かされているフォックスの事で、彼が帰ってから夏代との間がうまくいくかどうかを気づかうくらいのものだった。

せめてフォックスが帰還して、夏代と再びいっしょになるのを見届けたいが、かえって見ないで別れる方がいいのかもしれない。彼女らの上に必ずしも幸福が待っているとは限らないし——と、ルイスの口ぶりから、竹乃は二人のことが気がかりだった。

お梅は、王の四号との縁切り話が失敗したので、もしもルイスに会えたら彼の力を借りたいと考えていた。

昨夜、竹乃の家を辞してから、自宅で四号の美芳を呼びつけて、自信に満ちた口調で話を切り出すと、思わぬ逆ねじを食わされたのだった。

「日本人、ケチンボ。コチラカラ別レテヤルヨ。ソノ代ワリ別レ賃、幾ラヤルネ。王サン、コカノ密輸、アヘンノ密輸デ沢山儲ケタネ。ソノ金、出シナサイ——」

と言って彼女はうそぶいていた。店の金をごまかした店員が王の弱みを握っていたのである。男からその事を聞いていた美芳は、こうした機会を待っていたように王夫妻を脅迫した。

お梅は口惜しくて今朝まで眠れなかった。金は少々要っても、何とかして美芳の鼻をあかしてやろうと躍起になっていたのである。

夏代は昨夜から、いくら考えてもまだフォックスについて割り切れない気持でいた。彼がはっきりした消息を知らせない、あいまいな態度についてではなく、問題は自分自身の気持だった。

去年まではあれ程切ない気持でフォックスを待ち焦がれていたのに、今は、帰って来てもよし帰らなくてもよしといったあいまいな気持になっている自分に、彼女自身とまどっていた。むしろ今となっては帰って来ない方がよかったのだという気持の方が強かった。それは大助と別れたくないというのではなく、二十五万ドルの金と、ホテルの経営が順調にいっていることが、彼女に一人で生きていける自信を与えていたからだった。

ずるずると結ばれた肉体的な関係は別として、精神的には、今の夏代にとって大助もフォックスも既に負担となっていた。彼女には、フォックスも大助と同じく、男という対象にすぎないと思われはじめていた。物心両面とも一応満たされた今、夏代はフォックスの従属物ではなく、完全に独立した夏代になっていたのである。

夏代が無垢な娘から肉体を売る醜業婦として突き落とされた時に始まる二十年近い歳月の流れの中で、常に彼女は環境への順応を強いられて来た。しかし精神を抹殺して金銭の虜になる生活を余儀なくさせられてきた彼女の意識の底には、同時に、それへの抵抗と反撥が音もなく流れていた。それが長い順応の流れをくぐり抜けて、深渕から岩の瀬に突き当たった奔流のように、今、突然噴き上げてきたのだった。

おサヨは専ら大助のことばかり考えていた。

夏代がシンガポールへ発ってから、おサヨは大助と会っていなかった。今夜あたり大助が来るだろうと手ぐすねひいて待っているところへ、夏代から電報が来たので、彼女はがっかりして夜行列車に乗ったのだった。とにかくおサヨにとっては、竹乃の口からも、フォックスが帰ってくることを確実に確かめさえすればよかった。夏代の気持がどうあろうと、フォックスさえ帰って来れば大助は簡単に自分の手に落ちるものだと考えていた。おサヨはまだ、すんでの所で自分のものになるはずだった大助を夏代に奪られたと思っていたので、彼女一人だけは浮々していた。

ややもすれば夏代とお梅が沈み勝ちになるのを、竹乃が明るく笑って引き立てようとするのに、おサヨのはしゃぎ方はその場の空気にそぐわない程、浮き上がっていた。

そこへルイスが現れた。彼は遊び上手で女の扱い方はお手のものだったから、忽ち四人を冗談で愉快にした。

おサヨは竹乃の亭主だというルイスをしげしげ眺めていたが、しばらくたってから、

「ありゃ、この人ウィルソンの友達たい」

と頓狂な声を挙げた。

おサヨはやっと思い出したのである。それほど彼女は、すでに酔いがまわっていた。

スマトラから引き揚げて、しばらくマレーストリートの草野の家にいた時、ルイスは確かに二度ほどウィルソンといっしょに遊びに来た。その時のことを思い出して、ウィルソンから何か自分のことを

聞いているのではなかろうかと、おサヨは少々照れ気味だった。

　ルイスは部屋にはいって来た時からおサヨに気付いていたが、知らぬ振りをしていた。おサヨがウィルソンと言ったので、彼はニヤリと笑った。

「おサヨさんといったね。ウィルソン氏は元気でピンピン生きているよ」

　ルイスの唐突な話に、おサヨはまさかと言わぬばかりの顔でルイスを見た。

「あなたの情熱に、彼は怖れをなして死んでしまったんだよ——彼の魂は、今もって生きている。確かにこのシンガポールに生きているんだ」

　ルイスはこう言って悪戯っぽく笑うと、電話のところに立って行って受話器を取り上げた。

「ハロー、ルイスです。ウィルソンさんですか？　ああ、しばらく。実はね、早速ですが、貴方に懐かしい声を聞かせたいと思いましてね——しばらくお待ち下さい」

　ルイスはおサヨに手招きして、電話にかかるように言った。おサヨは顔色を変えて、ブルブルと武者震いをして電話機に飛びついた。

「もしもし、貴男、本当のウィルソンさん？」

　しばらく向こうの声で、貴女は誰かと言っている様子だった。おサヨが、かっと顔を赤らめて、

「オサヨ！　本物のおサヨよ、人違いじゃありませんよ。ルイス先生の所からです。驚かなくてもいいでしょ。死んでしまったと言って——嘘つき！　スケベ爺、インポテントのなめくじ！」

　おサヨは憤怒の声をあげて、ガチャリと受話器を置いた。大きく息を弾ませながら、ギラギラ目を光らせてしばらくの間はものを言わなかった。

　ルイスもいたずらが過ぎたと思ったのか、心配そうに顔を見合わせる三人の女達に向かって片目をつむって調子の悪い恰好をした。

　おサヨは、どかりと坐ると、

「畜生！　あの助平じじい。舐めずりまわるほかに芸のない能なしめが……」

と吐きすてるように言って、ウィスキーをガブガブ呷りはじめた。

　ルイスはおサヨが可哀相になったのか、自分も彼女の相手になって飲みはじめた。

　夏代が、気分直しに歌おうじゃないかと言い出し

た。まず自分がハイヤ節をうたうから、おサヨに皿踊りをやれと言うと、

「皿を持ってこい、何でもかんでも今夜は踊りまくってやるぞ」

と、おサヨは息まいた。

夏代の唄に合わせて、おサヨは皿が割れんばかりに激しく打ちつけながら、狂い出したような腰の使い方で踊り始めたが、酔いがまわっているので、しばらく踊ると坐り込んでしまった。

夏代が歌ったので、今度は自分が歌うと、竹乃がカチューシャの歌をはじめると、夏代もお梅もこれに和した。ルイスもたどたどしい日本語で歌った。

今度は僕が……と、ルイスは竹乃の兄弟からでも教わったのか、はっきりした日本語で歌いはじめた。

〽ここはお国を何百里、離れて遠き満洲の……

その歌は、女達がマレーストリートやハイラムストリートに居た頃、日露戦争の戦勝祝賀で毎夜のように歌われたものだった。哀愁を含んだメロディーは、十数年前の、彼女らがみじめだった遊女の頃の感傷を呼び戻したのか、声を合わせる四人の胸には、そうした当時の思い出が去来した。

歌っているうちに彼女らの瞳は次第にうるんでいった。

突然、大声をあげて、おサヨがワッと泣き出した。彼女はフロアに突伏して、手足をばたつかせながら悶えるように泣き続けた。

7

外出から帰って来た夏代は手紙を書きはじめた。今は神戸の郊外に住んでいる田中百太郎に宛てたものだった。

大助と自分との最近の関係、フォックスが近く帰って来る事などについて、その手紙の内容は率直にしたためられていた。出来るなら、大助の為にも自分の為にも、一日も早く大助を内地に呼び戻してほしいとの、懇願が目的だった。

封をし終わった彼女はしばらく躊躇するように考えていたが、思い切ってベルを押した。ボーイがやって来ると、彼女はすぐ出すようにと投函を依頼し

た。

四人がルイスの家に集まった翌日、夏代は一旦イポーへ帰ろうと思ったが、おサヨだけを帰して自分はシンガポールに留まることにした。

おサヨが、まだ大助と会っている形跡が無かったので、今帰ってはまずいと思ったからである。竹乃たちの出帆も一週間後に迫っていたし、見送りに再び出て来るのも億劫に思えた。久しぶりに出て来たシンガポールでのんびりしながら、フォックスに対する考え方を一人になってまとめておきたい気持もあった。そこで彼女は知り合いのホテルに滞在しているのだった。

昨日、ルイスから電話があって、彼がフォックスの帰還について政庁に問い合わせたところ、六月一日に到着する事は間違いないという返事のほかに、官舎も決まっているという事であった。

その官舎は、ロンドンからの彼の依頼によって、出征する前に彼らが住んでいた森《ウタン》のある家にしてほしいという希望をいれて、特に、現在住んでいる人を無理に他の官舎に替わってもらうようにしてあるとの事だった。それに家が決定次第、妻の夏代が訪ねて行ったら、前もってその家に入れておいてもらいたいと、政庁に宛てた彼の書簡に申しそえてあったというのである。

ルイスの電話を聞いて夏代は、そこまでフォックスが気を配りながら、なぜ直接自分に手紙をよこさないのだろうと不審に思った。

自分が所在不明だと思っているのだろうか。それとも自分が日本人だから、政庁との関係を慮って、万事をルイスに依頼していたのだろうか――。

いろいろと思いをめぐらしながら、夏代は、もといた森のある家と聞いて気をひかれた。そして久し振りに、ひとまず家を見ておこうという気になった。朝食をすませてすぐ車を呼んでブキチマへ出かけた夏代は、今しがたホテルに帰ったところだった。

夏代がもとの住居に行ってみると、建物はすっかり新しく建て変っていた。もとの家よりすっきりして近代的な建て方で、住みよさそうに見えた。

森へ廻ってみると樹木はほとんどなくなり、数本の大木がわずかに面影を留めていた。森の大部分は切り開かれて、テニスコートや広い芝生になっていた。

それでも自分達が住んでいた当時を偲ぶのには充分だった。なつかしさのあまり、夏代は木陰に佇んで、しばらく追憶にふけった。雲一つない空にカユ・ジャティとカユ・プテの梢が大きく枝を張って視界をさえぎり、むせるような花を着けていた。地面には米粒のような白い花が散り敷き、その花の香りも花の散り方も昔と少しも変わっていなかった。

夏代は、濃い緑色の光の彼方から、フォックスが『ピパは過ぎゆく』の紡ぎ女の詩を朗読している声が微風にのって聞こえて来るような気がした。

「チャーリー！」

夏代は思わず呟いた。

フォックスがすぐ傍に立って彼女の肩を抱き、優しく囁きかけているような幻覚に襲われた。その瞬間、彼女はイポーホテルのマダムではなくなっていた。厳格な躾と、たゆまざる努力によって、フォックスに培われた教養が、五年間の一人暮らしの中で次第に堕落していった自我の世界から彼女をよみがえらせ、五年前のフォックスの妻としての慎ましやかな精神に引きもどしていた。

夏代は、帰りの車の中で、すべてをチャーリーに打ち明けよう。もしそれで彼が赦してくれたなら、自分は決然と再び彼の妻になろう。ピパの歌に教化されたオチマのように、自分が懺悔をもって彼にひざまずけば、彼も理想の世界に到達することを喜んでくれるだろう。誠意をもって、再び自分が彼に応えれば、彼も愛をもって私をゆるし迎えてくれるに違いない——そんな風に考えて、彼女はホテルに帰ったのだった。

百太郎に宛てて書いた手紙も懺悔のつもりだった。彼女は臆せず一気に書き上げた。書くことによって、大助との関係も一切終るように思われた。

手紙の投函をボーイに依頼して、さっぱりとなった夏代は、近来にない安らかな気持ちで長い午睡をとった。

スコールで目を覚まして水浴《マンデー》をすますと、彼女は街に出た。竹乃夫婦に贈る記念品を買うためだった。

竹乃には何か身に着ける物を贈るとして、ルイスには、いろいろと考えたすえ、ピエルの事を思い出して、浮世絵の版画のようなものと焼物の仏像を贈ろうと、最近出来たと聞いている日本の美術品を売る店をたずねて行った。

やっと探しあてて店に入ろうとすると、背後で彼女の名前を呼びながら駆け寄ってくる足音を聞いた。夏代はそれが大助だと気付くと、振り向きもしないで急いで店の中へはいった。

大助は夏代の後を追って店の中へ駆け込むと、まっすぐ彼女に近付いて激しく彼女の肩を叩いた。

「ああよかった。追いついてよかった。ずい分探したぞ――」

大助は汗だくになって息を弾ませていた。

夏代はちらと彼を見返しただけで、返事もしなかった。表情まで、きわめて冷淡だった。

紅潮した大助の顔が見る間に蒼白に変わった。会って話しさえすれば、さしたる事はなかろうとたかをくくって来た大助は、この数日で意外に一変した夏代の態度にぶち当たって、打ちのめされたようになった。

彼はイポーでおサヨから電報を見せられてフォックスの事を聞かされると、おサヨの口説を聞くどころかそのままホテルを飛び出して汽車にとび乗り、シンガポールへやって来たのだった。

夏代は一言も発せず店内を見廻すと、仏像と有田焼の最高の茶器を手にとって、それを店主の所へ持っていき金を払った。店主は何か話したげな顔をしていたが、夏代が押し黙っているので、奇妙な顔をしながら茶器を箱に詰めた。

大助は、話しかけるきっかけを失って、所在なそうに突っ立っていた。

夏代は品物を受け取ると、そのまま黙ってさっさと店を出てしまった。舗道を急ぎ足で歩いていく夏代に、大助は追い縋りながら何度も声をかけた。

「今からいったいどこへ行くんだ。黙っとったんじゃわからんじゃないか」

夏代は胸の中で、最近は自分に対して亭主気取りでぞんざいな口をきくようになった大助を、可愛いと思って聞き流してきたのに、今日はひどく憎らしく感じていた。土壇場になると哀願する彼が今日に限って気負っているのが、最初から彼女の疳にさわっていた。それが、この場で言葉をかけられても下手に返事をしない方が好いと思っていた彼女を、ますます押し黙らせる結果になったのである。

日暮れの激しくなった人通りの中で、大助が何度も大声で話しかけるので、行き交う人が振り返った。大助はそんな事にかまっていなかった。

夏代はたまりかねて立ち止まると、振り向きもしないで低い声で言った。

「大助さん——直ぐにタンジョン・マリムにお帰りなさい」

言いすてて彼女はスタスタと歩きかけた。

「じょ、冗談じゃない。俺はお前と一緒でなきゃ帰らんよ」

「それでは約束が違います。フォックスが帰ってくるのですから——おわかりでしょう」

依然として夏代の声は冷たかった。

大助は、この女のどこに、こんな冷酷な態度がひそんでいたのだろうと、自分の耳を疑った。何とか色よい返事を彼女から取り付けようと焦ったが、大助があせればあせる程、適当なきっかけや話のいとぐちを手操ることは困難だった。だからといって夏代からものを言い出しそうな気配はなく、大助は途方にくれた。

二人が十字路まで来た時、ぼんやりと考え込んでいた大助がまごまごしていると、印度人のポリスが「止まれ」と手をあげてしまった。ふと気付くと、夏代だけは群衆の殿から向こうの道路へと渡っていた。しまったと思って大助が駆け出そうとした時には、すでに数十台の車が目の前をさえぎっていた。

夏代は背後に大助を置き去りにしたことを意識したのかしなかったのか、彼女の姿は忽ち見えなくなってしまった。

夏代を見失ってがっかりした大助は、竹乃に聞いてさきほどたずねた、夏代の泊っているホテルにひとまず行って待つことにした。

ホテルのフロントで夏代の部屋を訊ねると、フロントの男は愛想よく、

「御主人ですね」

と念を押して、彼女の部屋の隣室に通してくれた。

「奥様はお帰りがおそいかもしれませんので、ここでお待ち下さい」

と言うのだった。

大助は、自分を主人と判断して丁重に扱ってくれ

たフロントの好意に気を取り直したが、実は大助が来る前に夏代から電話があって、フロントはそのように指示されていたのである。しかも夏代の手廻り品は皆、整理されて、彼女の使いの者がこっそり取りにいくからとフロントに保管されていた。夏代はその夜、ホテルには帰って来ないことになっていた。

　その頃、夏代はお梅の家に居た。竹乃に贈るイヤリングを彼女の店で買ってやった方がいいと思ったからである。スターサファイヤのイヤリングを、お梅は原価に近い価格に値引きしてくれた。

「こんな上等を餞別にやると？」

　と、お梅が訊ねた。彼女は、すでに自分のやった餞別が夏代のものに比べてはるかに安価で形式的だったことに気おくれを感じていた。また、夏代がなぜこれだけのものを竹乃にしなければならない義理があるのだろうかと疑問にも思っていた。

　夏代自身も、心の中では同じような事を考えていたのである。竹乃にはこんなにする必要はないのだが、これもルイスへの餞別だと思えばこそ奮発するのだと、自分に自分で言いきかせた程だった。

買い物がすむとお梅は、今から竹乃の所へ行くのだろう、自分も一緒に行くと言って夏代について外へ出た。

　車に乗ってしばらくするとお梅は、

「夏代ちゃんナ、青年《わかかと》の情人《よかと》バ持っちょるげなね。旦那さんが帰って来るのに心配タイ。若かとは未練がましゅうして、こんな時はなかなか手を切るのに骨が折れるバイ。うまい具合にやらんと――」

　と冷やかすように囁いた。

　夏代は、触れられたくないものに触れられたようで、いやな気がした。

「他人《ひと》の事は心配せんでもええ。お梅チの方の四号は、どうなったナ？」

　夏代は苦笑して、すかさず問い返しながら、あのおサヨがみんなベラベラ喋ってしまっているのだと思った。お梅が知っている以上、竹乃も知っているだろう。そうしたらルイスにも伝わっていると考えなければならないと思うと、気が重くなった。

　ところが、おサヨは何も喋っていなかった。その日の午後、実は大助がお梅の所へも訪ねていたのである。大助は予め夏代のアドレスブックからシンガポールの分を引きちぎって持って来ていた。

　お梅は、大助と会って話している間に、さてはと直感していた。それで素知らぬ振りをして夏代にカマをかけていたのだった。

　夏代の逆襲を受けて、お梅はゲラゲラと笑い転げた。

「夏代ちゃんのように、勿体なさそうな気持で手を切るのと違って、こっちは腹立ちまぎれに追い出すんじゃから気が楽バイ」

　と言って、四号との顚末を話し始めた。

　第一回の対決で、ものの見事に逆ねじを食わされた事を、お梅は面白おかしく説明した。結局、どうにもならないのでルイスに知恵を借りて、今、その作戦で王が自宅で四号と対決しているので、自分は家に居ちゃ都合が悪いから出て来たんだというのである。

　ルイスは、お梅の相談に答えて、

「女には、女同士で別れるように強要することが一番禁物だ。その女には、反対に亭主の王さんから死んでも別れないと言わせなさい。『お前は俺のものだ。他の男には指一本触れさせない。俺は太太《タイタイ》がどんなにやかましく言っても、お前とは絶対に別れない』と言わせるんだね。そう言っておいて、女を男から引き離し、男と会わせないようにするんだ。監視つきでね――そうしておいて貴女は、亭主を絶対にその女の所に足を踏み入れさせないようにする。そうしたら、女は一ケ月と持たないね、自分から出て行くよ。だからといって僕は自分の経験を話してるんじゃないよ」

　と言ったそうである。

　夏代は、ルイスらしい言い方だと思った。もし自分がその四号だったら、きっと自分もルイスの考えているようになるだろう。しかし、他人事ではない。自分にも似たようなことが目の前に迫っている。どうするのが一番好い方法だろうか。今考えている処置のしかたが妥当かどうかは、結果をみなければわからない事だが、前もってルイスに打ち明けて相談した方がいいのではなかろうかと思った。

　お梅が急に大助のことを言い出したのも、ルイスの知恵を借りた方がいいというナゾなのかもしれない――そう思って口を切ろうとした時、車は竹乃の家に着いた。

ルイス達の出帆する朝が来た。

大助をかわして昨日一日、別なホテルに引きこもってゆっくりしたので、夏代は早朝から目が覚めた。

一昨日、お梅と二人で記念品を持って訪ねた時はルイスに会えなかったのが残念だったが、明日会えるだろうと思って引揚げたのがいけなかった。大助が終日、竹乃の家の近くをウロウロしている事が彼女からの電話でわかったので、夏代は、昨日一日をホテルで過ごす結果になってしまったのである。

ことによると大助は、今日、波止場まで来るかもしれない。とにかく大勢の中で騒がれては困ると夏代は思った。そんな事をふと夜中に考えたので、起きるとすぐ彼女は大助のホテルに電話をかけた。

船が十時に出帆する予定だったので、十二時に彼女が大助のホテルを訪ねていくことを約束すれば、彼はホテルで待っているだろうと思ったからだ。ところが大助は、昨日の夕方ホテルを出たまま、まだ帰って来ないということだった。留守だとわかると、夏代は何かしら胸騒ぎを感じた。

おそらく彼は、今日のルイスの出帆を知っているだろう。だったら自分が見送りをすまさなければイポーへ帰らない事も知っているだろう。どこかできっと待ち伏せをしているに違いないと、夏代は考えた。

こうなると、大助の存在は夏代にとって煩わしくなるばかりである。ひと思いに彼と会って、彼の未練がましさを責め、愛想づかしを言って諦めさせるしかないと思った。しかし相手があることだし、一人でいらいらしても仕様がないと、辛うじて苛立つ気持を押さえた。

ところが大助は、もう夏代がシンガポールに居ないものと諦めて、ゆうべの夜行でイポーへ帰っていたのである。

そんな事とも知らぬ夏代は、いつ大助が現れても慌てないようにと、心構えをしながらホテルを出た。桟橋に着いてからも何となく落ち着かない気持ちだった。

すでに波止場にはルイスの友人達が来ていた。夏代が竹乃の兄弟達と片隅の方でルイスが来るのを待っていると、白人の集団の中から、彼女を見つけてウィルソンがやって来た。

「奥さん、相変わらずきれいですなあ。すっかり御無沙汰しまして――もう五年になりますかな。御主人が近く凱旋なさるそうで、ほんとうにおめでとう」

「御健康そうで結構でございます。また隣同士になりますので、どうぞよろしく」

夏代は日本式に鄭重に頭を下げた。

「時に、数日前は、わしの事でえらい御迷惑をかけたそうな……」

ウィルソンは目尻を下げてニヤニヤ笑った。

「御迷惑?」

夏代にはその意味がとっさに諒解できなかった。

「いや、なに……オサヨの事……」

夏代がやっと思い出して微笑で返事を返すと、ウィルソンはくるりと踵を返して再び白人の中へ戻って行った。

ルイスはなかなか現れなかった。皆が苛々していると、九時になってやっと顔を見せた。

「皆さん、どうも――お見送りを感謝します。皆さんの健康とシンガポールの繁栄を祈ります」

車から降りると、ルイスは一同に向かって大声で挨拶をし、蜜蜂のようにせわしく人々と握手してまわった。皆はそのスピードに驚いた。最後に夏代の所にやって来て、手が切れる程、固い握手をした。

「貴女も船まで来てくれるでしょう?」

と言って、

「ではみなさん、さようなら」

と叫ぶと、彼はさっさとランチの方へ歩いて行った。夏代も竹乃について ランチに乗った。

一万トンもある豪華な客船のタラップを昇りながら、夏代はなぜかみじめな気持になった。

ピナンでフォックスが出征する時に乗った静岡丸では、ただ悲しい気持でいっぱいだったので、他に気がまわらなかったのだろう。朝の微風に頬をなでられながら甲板に立ってみて、いよいよ気分が沈み込むのを夏代は感じていた。

華やかで賑やかな送迎が行われる客船だけに、同じこの港で石炭船から降ろされた十数年前の思い出が、思い出すまいとしてもなおみじめに思い出されるのだった。

ピエルが泣きながら発って行ったのも、この港であり、この時刻だった。百太郎も、この港からこうして去り、再び現れ、大助を置いて去ったが、その大助も、近くこの港から去って行くだろう。やがてルイスと入れ替わりにフォックスが帰って来る。この港に去来する人々によって、自分の人生はこの十数年の間、左右されてきた。この港に始まり、この港で終わっていく人生……そんな考えが夏代の気持ちを滅入らせていた。

甲板の手すりにもたれて、夏代がぼんやりと硬貨拾いのカヌーを眺めていると、ルイスが近寄って来て、

「すんでのところで忘れるところだった。これをチャーリーに渡してくれ」

と言いながら、一通の手紙を手渡した。

「では元気でね。俺の生涯における本当の最後の握手だ」

ルイスは囁くような小声でこう言うと、彼女の手をしっかりと握った。見つめるルイスの眼が心なしかうるんでいるように思えた。

握り合った手先から流れ出した電流が、夏代の体を駆けめぐったようだった。しびれるような惜別の感情に夏代は辛うじて堪えていた。人目がなかったら、二人は抱擁し合って別れたい程の情炎を、共に瞬間的に燃やしていた。

「チャーリーは、今度帰って来たら性格が一変しているかもしれないよ。今まで君には黙っていたが、彼との最近までの手紙のやりとりで、俺にはそんな風に思えるんだ。うまくやるんだな、君ならやっていけるだろうよ。実はゆうべ、ゆっくり君と会いたかったんだが——それもいろいろの用事で叶わなかったが、その方がよかったかも知れん。お互いにね——」

ルイスが、もう時間だと言って彼女から離れかけた時、ドラが鳴りだした。

ルイスは行きかけた踵を返して、鳴り響くドラの中で素早く言った。

「チャーリーが帰って来なければ、俺はアメリカ行きを思い止まったかも知れぬ。生涯、君の事を忘れないよ」

その声は夏代の他には誰にも聞こえなかった。

「私も——」

夏代は言いかけたが、声がのどにつまって出てこ

なかった。ルイスは振り返りもせず大股で船室の方へ立ち去った。

入れ替わりに竹乃と竹乃の兄弟達がやって来た。タラップの所まで送って来た竹乃は、

「夏代ちゃん、本当に心配かけたなあ。バッテン、あんたも旦那さんが帰って来らすけんで、よかったなあ。これからお互いに苦労が多かろうバッテン、よう辛抱してやらにゃならんバイ。兄弟達の事は、頼んでおくけんね」

意味ありげにそう言って夏代の手を握った。竹乃の言葉は夏代の心を素通りしたのか、今度は別離の切なさは湧いてこなかった。

波止場に立って夏代は、船の煙が消えてしまうまで、竹乃の兄弟達と見送っていた。

涙が止めどなく流れた。

ピエルの時やフォックスの時とは違った、底知れぬわびしさが悪感のように胸の中からこみ上げて身体中にひろがった。水車のゆっくり廻る水切り板から、ポタポタと落ち続けるしずくのように、彼女の悲しみはこれからも無限に回転し続けるように思われた。

夏代は、三十三才というこの年に、何かしら自分の青春が、今のルイスの言葉で終わりを告げたような気がしてならなかった。ルイスこそ、今までに自分の自由意志によって好きになった、ただ一人の真実の恋人だったのだ、という思いが、夏代の胸を切なくゆさぶった。

跣足の人夫達の行き交いが繁くなった波止場から、悲しみを振り払うように足早に立ち去る夏代の頭上には、すでに高く昇りつめた熱帯の太陽が容赦なく照りつけていた。

―未完・了―

「からゆきさん物語」の出版にあたって

これは「からゆきさん」の実録を元に書き起こした小説である。

昭和三十三、四年頃の梅雨明けのある日、康平の親友、吉田安弘氏が一人のお婆さんを連れて来た。かねて「凄いからゆきさんを見つけましたよ」と報告を受けていた康平は、大喜びで二階の書斎に請じ入れたのだった。

このお婆さんはかつて「からゆき」としてシンガポールに渡り、現地で大成功を収めて財をなした、からゆきさんとしては数少ない成功者の一人だった。

第二次世界大戦が敗戦に終わり、収容所を転々とした彼女はやっとインドのカルカッタから引揚げ船に乗ったが、そのとき全財産を宝石に替えて隠し持って帰国した。たいした根性である。ところがその後、彼女はその莫大な宝石を二束三文に殆どだまし取られて、今は近所の子守りなどをしながら糊口をしのぐ日々となったのであった。

だが、したたかな彼女は毎日のように市役所に押しかけて、この不当な境遇を何とかしてくれと訴えるので、役所ではほとほと持てあまし、記者室でも「ダイヤモンドなつを」と話題になっていたのを吉田氏が聞きつけ、交渉して連れて来たのだった。

上背があり、がっしりとした体格の老婆は「ありゃ、旦那さま……」と、もじもじしながら居心地悪そうにしていたが、コーヒー、バナナ、ウイスキーと、かつての暮らしを思い起こさせるような品々でもてなすうちに、聞き上手の康平にすっかり打ち解け、「ありゃ、ジンデラ（網戸）のある。懐かしかあ。シンガポーのごたる」と、開け放った窓にはめられた網戸を指さすなど口がほぐれてきた。

やがて夕食に皿うどんなどを取り寄せる頃にはウイスキーの酔いも程よく回って、ウイスキーをウェスケ、労働者をワーカーなどと、シンガポール仕込みの英語がぽんぽん飛び出すので、もてなしながら傍らでメモを取る私は汗だくだった。メモが追いつかないからと、お願いして録音テープを回すことができた時はシメタと思った。

「なあ、おかしかバッテン、旦那さま…」「聞かせらるる話じゃなかバッテ、なあ奥様……」と、マイクも気にせず、実に事細かに赤裸々な話が続いた。

オン・ザ・ロックのウイスキーをぐいぐい傾けながら語る老女の顔は今は肉がダブついていて、むしろ「容貌魁偉」とでも表現したほうが良いかもしれないが、若い頃は彫りの深いエキゾチックな顔立ちだったかと思われた。

空が白むまで、夜を徹して老女は語り、私たちは聞き入った。ここまで赤裸々に、からゆきさんの悲惨な道中が明かされたことがあっただろうか。長い苦しい船底の旅から解放され、糞まみれの体でシンガポールの海岸を女衒《ぜけん》宿へと這いずって行くシーンでは、思わず鳥肌が立った。

もう、話を聞きながら康平の中ではストーリーが出来上がり、登場人物のイメージがふくらんでいったのだろう。翌日からすぐ執筆にかかったのだった。

幸いご近所に、若い頃シンガポールに暮らし、戦争が始まったので引揚げて来た方が住んで居られたので、街の様子、からゆきさんの風俗、港の景色など事細かに教えて頂くことができた。執筆中、疑問が生じると、質問を個条書きにしたメモを持って駆けつけることも度々だった。

航海の途中の海路については、当時島原鉄道の船舶課長をしていた荒木さんという元海軍将校に教えを乞うた。中学時代の友人から譲り受けたシンガポールとマレー半島全域の古い地図や、マレー語辞典も大いに助けとなった。

康平はかねて「からゆきさん」「天草四郎」、それに高島秋帆を軸にした「幕末大砲伝」を書きたいと長年温めていたが、中でもからゆきさんは俺にしか書けないと豪語していたモチーフであった。天草四郎については、九州文学の先達、劉寒吉先生が書かれているし、康平の許に村上元三、堀田善衛の両文豪が取材に来訪され、それぞれ『天の火柱』『海鳴りの底から』という傑作を出版されているので些か気勢をそがれたようだったが、こと「からゆきさん」に関しては絶対の自信を持っていた。それは康平の生い立ちが深く影響していたと思われる。

康平が生まれた大正六年（一九一七年）には、父宮﨑徳一は鉄道技師としてドイツ政府に雇われ、スマトラ横断鉄道敷設のためにスマトラ島のパダンに一家で住んでいた。康平を出産する為に一時帰国した母秀子はお産だけ島原の実家で済ませると、乳飲み子の康平を抱いて再びパダンに渡ったのである。

第一次世界大戦がドイツの敗戦に終わったために、ドイツの植民地であったスマトラでの鉄道事業は挫折し、止むなく一家は故郷島原に帰国したのだが、折にふれて母から聞かされた南洋の暮らし、現地のからゆきさんにまつわるエピソードなどが、追体験として強烈に康平の意識の中に育っていたのであろう。加えて、島原中学の同窓生にはからゆきさんを母に持つ混血の少年が居たり、英語教師はからゆきさんの夫として共に来日した英国人であったりといった、からゆきさんをめぐる濃密な環境も、どうしても「からゆきさん」の真の姿を畢生の作品として残したいという思いに駆り立てたのだと思う。

そういった康平の思いが、この、から帰りの老女、下田なつをさんの胸にも響いたのであろうか。とても自らの体験としては口に出せないような醜業婦としての細かい日常の生活、英人の夫への赤裸々な気持ち等が、時折「なあ、おかしかバッテン……」「言わるることじゃなかバッテン」といった言い訳めいた合いの手をはさみながら、縷々吐き出されたのであった。

絶好のモデルを得た康平は、第一部「波濤」、第二部「花莚《はなむしろ》」、第三部「落日」、第四部「別離」と約八百枚に及ぶ大作を、島原鉄道の常務として多忙な中で一気に書き進んだ。深夜口述で走り書きしたものを、昼間、康平が会社へ出かけた後、私がざっと読めるように書き起こし、更に小林松太郎氏が清書をしてくれた。

前述の吉田氏も小林氏も、共に早稲田大学の文学部の後輩で、康平が片腕として島鉄に迎え入れていた方々である。このお二人の助けが無かったら、とうていこの小説をまとめることは出来なかっただろう。手元に保存している当時のメモ帳を見ると、小林さんと私と二人がかりでメモを取った様子が、思い起こされる。

ところが、殆どストーリーが完結し「ピナンの仏陀」と題した小説は、第二部「花莚」までは推敲を繰り返して清書を仕上げていたのに、ある日突然、康平はこの大作を一時棚上げにして、「からゆきさん」は何時でも出せる——と、邪馬台国の探究に熱中し始めたのである。昭和三十七年頃だったろうか。きっかけは今となっては知る由もないが、諫早大水害の折に露出した島原半島の遺跡探究に相次いで来島された考古学者達との交遊が、眠っていた古代史への情熱に火を付けたのでは無いか……としか言いようが無い。ともあれ、そういう次第で一時お蔵になっていた「からゆきさん」であった。

ところが昭和四十年五月号から九州文学に連載を始めた『まぼろしの邪馬台国』は忽ち注目を集めて、多くの出版社から声を掛けられ、再敲の末に昭和四十二年に講談社から出版されると、あっという間にベストセラーとなり、古代史ブーム、邪馬台国ブームを巻き起こしたのだった。

本を出したら、当時唯一運航していたイギリスの船会社P＆Oの貨客船に乗って、からゆきさんの航跡を辿りながらシンガポールに行こう。現地の空気を一度味わってから、今度は「からゆきさん」を出そう——というのが、二人の約束だったが、思い掛けない吉川英治賞受賞と、巻き起こった邪馬台国ブームはそんな願いを吹き飛ばしてしまった。

加えて、邪馬台国研究の為に始めたはずだった農場が、すっかり康平の心を捉えてしまい、無農薬栽培だ、バナナをはじめとする熱帯果実の栽培だ、ガチョウの飼育だと、どんどんのめり込んでいる最中に、康平は突然の脳卒中であえなく昇天してしまったのであった。

康平没後、遺稿をまとめて講談社から二冊の本を出して頂いた後、「ピナンの仏陀」を渡すために読み返してみると、第二部「花莚」まではそのまま出版社に渡せる状態になっているが、三部、四部は口述筆記をしたままである。なんとか私の手で纏めはしたものの、今一つ自信が無く、講談社の担当者といろいろ相談をしているうちに、私自身どうにも踏ん切りがつかないまま立ち消えになってしまった。

私が出版に踏み切れなかった最大の理由は、未完ということにこだわったわけではなく、『まぼろしの邪馬台国』のヒット以来、あれほど熱中した「からゆきさん」に十余年も手を付けず放っていた康平の心情が何とも推し量れなかったからである。一番相談したかった劉寒吉先生が間もなく病を得られ、病床にこれだけの原稿を持ち込むのもどうかと躊躇しているうちに、帰らぬ人となってしまわれた。

康平の意に反して出して好いものか、でも眠らせておくには勿体無い。と、悩んでいたが、九州文学の復刊に参加した機会に、思いきって主宰者の高尾稔氏に相談し、原稿を渡しておいたところ、復刊第五号（平成七年）から五回にわたって連載して下さったのだった。

ともあれ一応活字になった、ということで、私としては康平への責任の一半を果したような思いで、積極的に出版することは考えていなかったのだが、九州文学で「ピナンの仏陀」を読まれた宮崎大学の森下和広さん（南有馬町出身）から、ぜひ単行本として出版してほしいというご要望があり、同道されてご紹介いただいたのが不知火書房の米本慎一さんだった。

全く降って湧いたようなことでいささか驚かされたが、話し合いの中で米本さんのお人柄も見えたし、以前、朝日新聞西部本社の連載企画『邪馬台国への道』という本を手がけられたこともわかったので、すべてお任せしてみようと決心したのだった。

活字離れの昨今、どれだけの方がこの本を手にして下さるか些か不安もあるが、宮崎康平畢生の小説として、康平ファンの方々には異なった康平の一面を知って頂けたらと願っている。

出版に至るまでの細かい作業をすべてお任せし、貴重なアドバイスを頂き、誠意をもってこの本をまとめて下さった米本さんはもとより、最初に九州文学に取り上げて頂いた佐賀の高尾稔氏に深い感謝を捧げます。

二〇〇八年九月

宮崎和子

本書は『九州文学』（第六期）復刊第五号（平成七年一月）〜第九号（同八年一月）に「ピナンの仏陀」と題して連載されたものを改題して単行本化したものです。

宮崎康平（みやざき　こうへい）
1917年、長崎県生まれ。早稲田大学文学部卒業。文学の道を目指し東宝文芸課に入るが、兄の死により帰郷。島原鉄道取締役となる。30代前半で失明。失明後、慰留されるも島原鉄道の職を辞す。1957年、島原鉄道の強い要請で常務取締役として復職。鉄道建設の際の土器出土に興味を示し、考古学を志す。1965年「まぼろしの邪馬台国」を「九州文学」に連載開始。1967年、同書で第１回吉川英治文化賞を、夫婦で受賞。1970年代の耶馬台国ブームを全国に巻き起こす。1980年逝去。
「新装版　まぼろしの邪馬台国」は２分冊で講談社文庫に収録。

からゆきさん物語

2008年11月10日　初版発行

定価はカバーに表示してあります

著　者　宮　崎　康　平
発行者　米　本　慎　一
発行所　不 知 火 書 房

〒810-0024　福岡市中央区桜坂３-12-78
電話・FAX　092-781-6962
郵便振替　01770-4-51797
印刷・製本　九州コンピュータ印刷

落丁本・乱丁本はお取替えいたします　Printed in Japan

ISBN978-4-88345-046-6　C0093

邪馬台国への道

朝日新聞西部本社［編］

中国の史書、三国志・魏志倭人伝に記述された邪馬台国は日本古代史最大の謎といわれている。このクニが存在した三世紀当時の人々はどんな暮らしをしていたのか。卑弥呼とはどんな女性だったのか。そして、邪馬台国はどこにあったのか…。近年の発掘調査と研究成果をもとに、三世紀当時の倭の風俗（衣・食・住）とクニグニの実相に迫る。

Ｂ６判／２４８頁／本体１４５６円

昭和の尋ね人

西日本新聞文化部［編］

「旅愁」の作詞者の犬童球渓、ストリッパーのジプシー・ローズ…。昭和の一時期に光彩を放ちながらも、やがて埋もれていった40人の人物の生と死を追う。●浅原健三／麻生豊／上原美佐／内村健一／大塚博堂／川南豊作／北村サヨ／神代辰巳／竹中英太郎／錦洋／三角寛他

四六判／２１４頁／本体１６００円

風に立つライオン

宮崎大学医学部学生［編］

さだまさしの「風に立つライオン」には、グレープ時代に長崎で出会ったモデルとなる医師がいた…。「風に立つライオン」「八ヶ岳に立つ野ウサギ」と、さだまさしの歌でつながった医師たちが、自分はなぜ医療の現場をめざしたのか、これからの医療はどうあるべきかということについて、医学生の問いに答えて語ったインタビュー集。［07年増補版］

四六判／２２７頁／本体１５００円

いつか春が

父が逮捕された「佐賀市農協背任事件」

副島健一郎［著］

「お父さんは、不正融資など絶対にやっとらんばい。信じてくれ」―拘置所の面会室で、ボロボロの父は目に涙をためながら私に訴えた。私は涙で声が詰まってうなずくのが精一杯だったが、父の無実を証明するために闘うことを決意した。平成十三年三月、背任容疑で検察に逮捕された佐賀市農協組合長（当時）副島勘三の逮捕・起訴・勾留・保釈・公判・判決までの三年間を家族の立場から記録した迫真のノンフィクション。●忍びよる危機／父が逮捕された／犯人にされていく恐怖／涙の再会／仕事も信用もなくした／帰ってきた父／真夜中のアルバイト／証言台の父／証言台の検事／裁判長の異例の判断／いつか春が／空を見上げて

四六判／２８７頁／本体１７００円

有明海異変

海と川と山の再生に向けて

古川清久・米本慎一［著］

キスやメバル、ハゼ、グチ、アイナメ、ウナギ…30年前には小さな石積みの波止にも溢れるようにいた魚が、姿を消したのはなぜなのか。多様な生きものを育み、沿岸の人々の暮らしを支えてきた「宝の海」を瀕死の状態に追いやった大規模干拓、圃場整備事業、ダム、林政の現状を検証する。国破れて山河もなし。平和な土建国家の30年戦争が齎した国土破壊からの脱却の道を提言。◉瀕死の有明海／有明海異変の周辺／危機の深部へ／税金のダム遣い／照準はなお潮止め堤防の撤去に

Ａ５判／１９９頁／本体１８００円

「農」に吹く風

南里義則・佐藤弘［編著］

このままいけば、この国はどうなるのだろう――。今さえよければという刹那主義、儲かりさえすればという効率主義がはびこるなか、子孫に美田を残そうと困難に立ち向かう人たちがいる。なぜ、人は地域のものを食べなければならないのか、これからの農業はどうあるべきか。スローフード、地産地消、身土不二…。効率一辺倒の近代化の中で、いったんは切断された食と農、まちとむら、消費者と生産者をむすぶ回路を取り戻そうとする人々の動きを報告する。◉「農」に吹く風／農村から日本が見える／ここに住み続けたい／食を見直す人たち／水田を守れ／環境農業への道

Ａ５判／１５８頁／本体１０００円

森と棚田で考えた

水俣発　山里のエコロジー

沢畑亨［著］

工業化した国では異例の、国土の７割近くが森林で占められている国、日本。この豊かな森が産業と文化のみなもとであることは言うまでもない。しかし、現状は…。森林や棚田の公益的機能にはもっと金を出すべきという世論形成を図ることが必要だ。《風土・循環・自律》のエコロジーにもとづくむらおこしを掲げて11年、森を育てる「働くアウトドア」、棚田の石垣積み教室、大豆耕作団、家庭料理大集合などのアイデア溢れる実践例を報告する。むらづくりの成否は、住民が楽しさを実感できるかどうかで決まる！　著者は水俣市久木野ふるさとセンター愛林館館長。◉森を育てる／美しい棚田の私／山里通信／水俣から見える社会／エコロジカル・アジア

四六判／２７８頁／本体１６００円

温暖化は憂うべきことだろうか

CO_2地球温暖化脅威説の虚構

マスコミ報道では知られない
地球温暖化と環境問題、新エネルギー技術の「なぜ」を解き明かす。

シリーズ［環境問題を考える］１

近藤邦明［著］　Ａ５判／本体２０００円

［第1章］生きている地球

□地球は大局的には冷却の一途をたどっている。現在は約五百万年前に始まった氷河期の中にあり、幸い比較的温暖な間氷期に位置する。地球内部熱の放出は静穏で、地球の表面環境は太陽放射と大気システムによって規定されている（ミランコビッチサイクル）。温暖な間氷期は既に一万年ほど継続しており、近い将来急激に寒冷化する可能性が高い。□この間氷期における過去の歴史から、温暖な時期は生物にとって好条件となり、寒冷化は悪条件となる。温暖化は好ましい変化である。□環境問題とは温暖化ではなく、大気水循環と生態系における物質循環の撹乱と破壊である。

［第2章］二酸化炭素地球温暖化脅威説批判

□地球大気の有効に働く温室効果は既に飽和状態に近く、大気中二酸化炭素濃度の増加による付加的な温室効果による熱暴走は起こりえない。□気温上昇の結果として大気中の二酸化炭素濃度の増加は観測されているが、逆に二酸化炭素濃度の増大を原因とする気温上昇を科学的に示す証拠はない。二酸化炭素温暖化説は幼稚な数値モデルによるシミュレーションに対する過信に過ぎない。□この間氷期における気温変動の主因は、地球の太陽放射に対する受光特性によると考えられる。□二酸化炭素排出量削減を謳う京都議定書とは、先進工業国・企業の覇権確立の道具でしかない。

［第3章］「温暖化」対策が環境問題を悪化させる…石油代替エネルギー供給技術の有効性の検討

□太陽光発電・風力発電・燃料電池・原発などの、いわゆる「石油代替エネルギー供給技術」は、石油消費によって支えられた工業生産システムの産物であり、石油なしに実現することは不可能である。□「温暖化防止＝CO_2削減」を大義名分に導入が図られている代替エネルギー技術の有効性を検討、それらが石油と鉱物資源を浪費する「環境破壊システム」であることを明らかにする。